王向远文学史书系

Literary History Book Series by
Wang Xiangyuan

中国日本文学研究史

王向远

著

九州出版社
JIUZHOUPRESS

**图书在版编目（CIP）数据**

中国日本文学研究史／王向远著．--北京：九州
出版社，2021.7

ISBN 978-7-5225-0155-0

Ⅰ.①中… Ⅱ.①王… Ⅲ.①日本文学—文学批评史
—中国 Ⅳ.①I313.06

中国版本图书馆 CIP 数据核字（2021）第 113722 号

## 中国日本文学研究史

| 作　　者 | 王向远　著 |
| 责任编辑 | 周弘博 |
| 出版发行 | 九州出版社 |
| 地　　址 | 北京市西城区阜外大街甲 35 号（100037） |
| 发行电话 | （010）68992190/3/5/6 |
| 网　　址 | www.jiuzhoupress.com |
| 印　　刷 | 三河市华东印刷有限公司 |
| 开　　本 | 710 毫米×1000 毫米　16 开 |
| 印　　张 | 23.5 |
| 字　　数 | 325 千字 |
| 版　　次 | 2021 年 9 月第 1 版 |
| 印　　次 | 2021 年 9 月第 1 次印刷 |
| 书　　号 | ISBN 978-7-5225-0155-0 |
| 定　　价 | 99.00 元 |

# 本书内容简介

　　中国的日本文学研究已有一百多年学术传统，大体上经历了由浅入深、由文学评论到文学研究、由非专业化到专业化、由追求功用实用价值，到追求非实用的纯学术价值乃至审美价值的发展演变历程，作为我国外国文学研究史乃至整个学术文化史的重要组成部分，在不同历史阶段，对我国的社会文化、审美文化起到了显著的推动作用。《中国日本文学研究史》作为国内外第一部关于中国的日本文学研究史的专门著作，对这一学术传统做了系统的梳理与研究，把学术史与学术批评结合起来，对重要人物及重要成果做了分析评述。

　　本书作为国家社科基金重大项目最终成果《中国外国文学研究的学术历程》（12卷本，陈建华教授主编）之一，2016年由重庆出版社出版，初版题名《日本文学研究的学术历程》。现对初版本做了若干修订，改题为《中国日本文学研究史》，作为第二版，收于《王向远文学史书系》。

# 目 录
## CONTENTS

# 绪　论

中国的日本文学研究有一百多年学术传统，大体上经历了由浅入深、由文学评论到文学研究、由非专业化到专业化、由追求功用或实用价值到追求非实用的纯学术价值乃至审美价值的发展演变历程。在历史上的不同阶段，对我国的社会政治思潮、文学文化革新等起到了显著的推动作用。新中国成立六十多年来，形成了四代研究群体，在文学史综合研究、中日文学关系史研究 、《万叶集》及和歌、俳句研究、《源氏物语》等古典散文叙事文学研究、能乐等戏剧文学研究、汉诗文研究、现代文学研究、文论与美学研究等领域，取得了一系列研究成果，成为我国外国文学研究史乃至整个学术文化史的重要组成部分，从知识与思想两个方面，对中国当代文化建设做出了贡献，也为今天该领域的学术史撰写准备了充分的条件。

## 一、我国日本文学研究的历史经验与学术积累

日本文学在中国的译介、评论与研究，从晚清时代算起，到今天（2012 年）已经有一百多年的历史。

据《20 世纪中国的日本翻译文学史》（北京师范大学出版社 2001 年；再版改题《日本文学汉译史》，2007 年）一书所附《20 世纪中国的日本文学译本目录》统计，到 2010 年为止的一百多年间，中国翻译出版的日本文学单行本已达 2500 多种，日本文学译本的数量在各国文学译本中位居第五。特别是 1980 年代以来的三十年多间，我国的日本文学评论与研究呈现出了前所未有的繁荣局面。又据《东方各国文学在中国》（江西教育出版社 2001 年）、《中国比较文学论文索引 1980—2000》（江西教育出版社 2002 年）等工具书统计，六十年间，有关日本文学的评论与研究的文章约两千篇，有关研究专著（含论文集，不含教科书）约有 250 部，由此可见中国的日本文学研究已经形成了相当显著的规模，有了厚重的成果积累。

中国的日本文学研究史，其源头可以追溯到晚清时期黄遵宪在《日本杂事诗》中对日本和歌等传统文学样式的介绍。梁启超等对日本政治小说的翻译与评论，是中国的日本文学研究的肇始。此后的日本文学评论与研究都与中国现代文化与文学的发展进程与时代要求密切相关。五四新文化时期到 1940 年代，周作人、鲁迅、郭沫若、郁达夫、田汉、巴金、韩侍桁等，对日本文学关注的幅度大有扩展，但除个别成果外，总体上还属于"评论"的范畴。虽然时有深刻的见解、透彻的分析，但大多属于主观印象性的论说与评价，与严格意义上的"研究"还有距离。谢六逸的《日本文学史》虽然较为全面系统，但主要也是着眼于介绍，在文学史料、文学史观上多从日本人那里借鉴而来。抗日战争时期，中国对战时日本文坛的动态与走向的密切关注、对日本军国主义文学的批判，成为整个抗战史的重要组成部分。到新中国成立后的 1954 年，有关出版部门将日本古典文学名著《古事记》《万叶集》《源氏物语》《平家物语》《今昔物语集》等古典名著以及二叶亭四迷、夏目漱石、岛崎藤村、樋口一叶、石川啄木等近现代作家作品列入出版计划，标志着我国的日本文学研究已经超越了此前的商业化或功利化的考量，而以纯学术价值作为主要考量标准。此时期周作人对日本文学的源头——《古事记》的翻译，标志着日本文学"研究"的真正展开。周作人在翻译中对《古事记》做了大量注释考证（出版时大部分被编辑删除），是翻译与研究结合的范例。可惜在这几种名著的翻译尚未结束或尚未出版的时候，一场政治运动爆发。直到改革开放之后，才重新将十几年前启动的工作接续下去。总体看来，这一历史时期是日本文学研究的准备期，基本上属于"日本文学评论"的范畴。

改革开放后的 1980 年代到 1990 年代初期，在"中日友好"的大氛围下，中国出现了长达十年的"日本文学热"。从古典名著《源氏物语》到当代川端康成，从严肃的纯文学到推理小说等大众文学，大规模的译介全面展开，每年都有五十篇以上日本文学的评论与研究文章发表问世，还出现了"日本文学研究会""东方文学研究会"这样的全国性的学术团体，出版了专业的《日本文学》杂志（1984—1988 年）。到 1992 年后，由于中国加入了世界版权公约和伯尔尼版权公约，受版权许可的制约，日本文学的翻译数量明显减少，但日本文学的评论研究的规模与水平却在 1980 年代的基础上进一步放大和提高。此时期中国各大学进入了大张旗鼓的"学科建设"时期，重要的大学的外语系都设立了日本语言文学专业，也有不少大学中文系（文学院）的比较文学与世界文学专业设立了日本文学及中日比较文学研究方向，并逐渐形成了从学士学位到博士学位的人才培养制度。到 2012 年，全国有 460 多所本科大学、200 多所专科大学，亦即中国约三分之二的大学，都设立了日本语言文化或日本语言文学专业，专业教师约 9000 人，各校中文系从事东方文学、日本文学教学研究的教师也有数百人，再加上原有的中国社会科学院文学研究所、日本研究所及其他研究机构的研究人员，中国的日本文学的教学、研究人员的队伍规模也较为可观。在除英语之外的"非通用语种"中，日语及日本语言文化的规模位居第一。这是由日本作为世界第二或第三大经济体的地位所决定的，也是由中日两国政治、经济、文化、关系的重要性所决定的。尽管在进入 21 世纪后,各大学的外语学院的日语专业在学科建设中,为了强调实用价值,原来清一色的"日本语言文学专业"大都去掉了"文学"二字,而分解为语言、政治、经济、历史、文学、翻译等不同专业。但无论如何,要学习日本语言,必然要学习作为语言之艺术的日本文学;要了解日本,必然要了解集中体现日本精神文化的日本文学。一个研究日本政治或日本经济的人,若丝毫不关心日本文学,那他对日本人及日本文化能否有深度了解,是令人怀疑的。事实上,绝大多数大学日语专业都一直开设着日本文学的课程,至少几十所名牌大学的文学院(中文系)在外国文学史课程中,都教授东方文学特别是日本文学。还有不少人到日本留学,学习日本文学。这些都为中国的日本文学研究奠定了学科体制和人才培养的基础。

综观中国的日本文学研究历史,积累已经很丰厚,在各个方面都取得了相当的成就。按学术领域的不同,这些成就可以划分为如下八个方面。

第一个方面是日本文学史的综合研究。周作人 1918 年的长文《日本近三十年小说之发达》是站在中国人及中国文学的角度,对明治维新后日本小说所做的考察与评论,目的是为中国新文学的发展提供借鉴,开中国人日本现代文学史研究之先河。十年后出版的谢六逸的《日本文学史》,是中国第一部从古代到现代的日本文学通史,首次对日本文学发展史做出了系统纵向的把握。谢六逸之后的半个多世纪中,由于历史的和学术上的原因,日本文学史的著述几乎处于空白状态。1987 年出版的吕元明著《日本文学史》是新中国成立后第一部用汉文撰写出版的、有中国学者立场和观点的日本文学通史。1990 年代后,陆续出现了一批各具特点、各有用途的新的日本文学史教材类著作。其中,叶渭渠的《日本文学思潮史》作为从思潮角度撰写的日本文学通史,具有显著的学术个性;叶渭渠、唐月梅合著四卷本《日本文学史》则是集大成之作,综合各家之长,在许多方面超越了日本学者的相关研究,代表了 20 世纪末期之前我国日本文学史研究的最高水平。

　　第二个方面是《万叶集》及和歌、俳句的研究。和歌、俳句是日本古典诗歌的典范性样式，也是日本人精神文化的重要载体。要把和歌、俳句置于汉语文化的平台或语境中加以研究，首先就有赖于和歌、俳句的汉译。和歌、俳句的汉译及关于汉译方法的争鸣讨论本身，也是中国和歌、俳句研究的独特形态。周作人、钱稻孙、杨烈、林林、李芒、赵乐甡、金伟、吴彦等，在不同的历史阶段为和歌、俳句的汉译和研究做出了自己的贡献。从俳句翻译及格律模仿中诞生的"汉俳"成为中国当代新型小诗体，丰富了中国诗歌体式，具有重要的文学价值。和歌、俳句无论在内容表现，还是在艺术形式上，都与中国文学有着密切的关联，王晓平等中国学者的和歌、俳句研究，在选题上也大都从中日文学关系的角度出发，充分发挥中国立场和中国文化的优势，在借鉴吸收日本学者的研究成果的基础上形成了鲜明的研究特色。在日本和歌史、俳句史的研究上，郑民钦的《日本民族诗歌史》等著作最有代表性。

　　第三个方面是《源氏物语》等古典散文叙事文学研究。所谓日本古典散文叙事文学，是指用古日语写作的古代王朝物语、中世战记物语、"说话"及近世各体市井小说等。对中国而言，这些作品因语言文化的阻隔大，翻译难度也很大，因而翻译既是研究的基础，其本身也是一种研究。丰子恺、林文月等对《源氏物语》等贵族文学的翻译，周作人等对古代神话的翻译，周作人、申非、王新禧等对《平家物语》的翻译，金伟、吴彦对《今昔物语集》等民间说话的翻译，周作人、钱稻孙、李树果等对江户市井小说的译介与研究，都为相关的学术研究打下了基础，也为相关的研究做出了贡献。不同历史阶段中国学者对日本古代散文文学都做了不同角度的评论与研究。其中，对《源氏物语》的评论研究在中国已颇具规模，经历了从主观性的评论到力图贴近日本原典文化的解读与研究的过程，站在中国文化和比较文学的立场上，形成了中国特色的"源学"。

　　第四个方面是戏剧文学研究。日本戏剧是一种综合性的艺术，中国对日本戏剧的翻译介绍，多从"戏剧文学"的立场进行。周作人、钱稻孙、刘振瀛、申非、麻国钧、王冬兰等对日本古典戏剧及戏剧理论的译介，填补了文学翻译与戏剧文学翻译的空白，奠定了中国的日本戏剧研究的基础。王爱民、崔亚南的《日本戏剧概要》、唐月梅的《日本戏剧史》以及能乐、歌舞伎、狂言等剧种的评介专著，填补了相关领域的知识空白。在此基础上的日本戏剧文学研究，一方面注重对日本戏剧文化、审美心理的体察与理解，一方面站在比较戏剧的立场上，研究中日戏剧文学关系与交流，形成了自己的研究特色。

第五个方面是日本汉学及日本汉诗文研究。汉文学研究是日本汉学研究的重要组成部分，日本汉学中包含了日本的汉文学研究。中国学者对日本汉学的研究，也包含着对日本学者的汉文学研究的研究。在这方面，严绍璗的《日本的中国学家》《日本中国学史稿》关于"日本中国学"的研究成果首开风气、奠定了基础，李庆的五卷本《日本汉学史》集其大成。1980年代以来，中国学界对日本以汉诗为主，包括汉文及汉语小说在内的汉文学展开了研究，陆续出现了马歌东的《日本汉诗溯源比较研究》、王晓平的《日本诗经学史》等力作。宋再新、肖瑞锋、高文汉、严明、张石、孙虎堂、马骏、陈福康等研究者也各有特色。从作品分类整理、注释赏析，到对相关作品进行个案研究；从中日的比较研究及关系研究，到综合性的专题研究，还有文体学、语言学等不同层面上的研究，更有大规模的日本汉文学史著作问世，解决了文献学、诗学、比较文学层面上的许多问题。

第六个方面是日本现代文学研究。所谓"日本现代文学"，在时段上包括了从1868年开始的明治时代，到当下2010年代的140多年间的文学，包括了中国读者习惯上所说的"近代文学""现代文学""当代文学"。从历史上看，这一段文学史的时间虽不太长，但处在从传统文学到现代文学转型、更新，到逐步融入世界文学这一重要的历史时期，与中国近现代文学的关系也十分密切。从20世纪初期开始，中国文坛就对日本现代文学予以关注，并加以翻译、介绍、评论。相对于日本古代文学，对中国人而言，日本现代文学在语言上的阻隔度、阅读翻译的难度相对要小一些，加之没有太长的时间距离和历史沉淀，故而中国关于日本现代文学的译介更多地着眼于创作或理论上的借鉴与阅读鉴赏，大多属于"文学评论""作家作品论"的范畴，学术价值不高。到了 1980 年代，特别是1990 年代后，才逐渐由"评论"发展到"研究"，并在一些研究领域（如对日本侵华战争时期文学现象的研究等）具有自己的立场和特色。出现了吕元明的《被遗忘的在华日本反战文学》、王向远的《"笔部队"和侵华战争——对日本侵华文学的研究与批判》、董炳月的《"国民作家"的立场——中日现代文学关系研究》、唐月梅的《怪异鬼才——三岛由纪夫传》、周阅的《川端康成文学的文化学研究——以东方文化为中心》、林少华的《村上春树和他的作品》等重要成果。

　　第七个方面是日本文论研究。日本文论是日本文学的重要组成部分，中国的日本文论译介与研究也是日本文学研究的重要组成部分，因其研究难度大，又是研究深化的重要标志。中国对日本文论的译介最早集中在1920 年代后期至 1930 年代中期对日本现代左翼文论、通俗文论的译介，主要目的是为新兴文学的理论建设提供参照。1990 年代后，日本古典文论的翻译陆续展开，王晓平承担了《东方文论选》中日本文论的翻译，王向远的《日本古典文论选译》（古代卷、近代卷）和《审美日本系列》（四卷），大规模地系统译介日本文论、美学原典，并围绕"物哀""幽玄""寂""意气"等日本传统审美范畴展开研究。古代文论方面蒋春红的《近世日本国学思想——以本居宣长为中心》、祁晓明的《江户时期的日本诗话》，现代文论方面李强的《厨川白村文艺思想研究》、王志松的《20 世纪日本马克思主义文艺理论研究》等著作，都富有创意。

　　第八个方面是中日文学关系史研究。这是中国的日本文学研究的重要延伸和有机组成部分，它包括"交流史"和"关系史"两个方面。"交流史"指的事实上的文学交流，需要运用文献学的方法，实证、考证的历史学方法加以研究；"关系史"则更侧重两国文学的平行的比较研究，寻求两国文学精神上的关联与异同关系。中国的相关研究始于1930年代的周作人，但真正意义上的研究是从1980年代后开始的，到1990年代之后的二十几年间得以深入展开。严绍璗的《中日古代文学关系史稿》、王晓平的《近代中日文学交流史稿》和《佛典·志怪·物语》、王向远的《中日现代文学比较论》《日本文学汉译史》和《中国题材日本文学史》等著作，填补了中日古代、近代、现代文学关系研究的空白。由于中国学者在史料运用，特别是理论辨析能力方面占有明显优势，能够较大程度地超越日本人的先行研究而后来居上，使该领域成为中国的日本文学研究中成果最多、学术品质最高的领域，在中国的中外比较文学研究中也占有重要地位。

在上述领域的研究过程中，形成了稳定的知识群体。新中国成立后的六十年来，至少形成了四代研究梯队。对此，刘振生教授在《鲜活与枯寂——日本近现代文学新论》（吉林大学出版社2010年）一书第218页中，列出了三个梯队，如下：

第一梯队：郭沫若、巴金、周作人、丁玲

第二梯队：陈喜儒、文洁若、叶渭渠、李德纯、刘振瀛、李芒、林林、、吕元明、王长新、李树果、唐月梅、谷学谦、高慧勤、金中、刘柏青、于雷、刘德有、吴树文、赵乐甡、李明非、孙利人

第三梯队：谭晶华、宿久高、于长敏、孟庆枢、徐冰、陈岩、修刚、高文汉、王向远、林少华、张福贵、靳丛林、刘利国、张龙妹、于荣胜、林岚、王若茜、刘光宇、王中忱。

这三个梯队的划分大体符合实际，但也有忽略和遗漏，例如第一梯队中应该有谢六逸、韩侍桁；第二梯队中应列入中日比较文学研究的名家严

绍鎏、王晓平，还应有杨烈、何乃英、郑民钦、彭恩华、陈德文、马兴国、郭来舜、马歌东等重要学者；在第三梯队中，还应有王敏、王勇、王志松、王琢、马骏、刘立善、许金龙、李强、李俄宪、陈多友、陈春香、张哲俊、张石、佟君、宋再新、肖霞、赵京华、徐东日、姚继中、施小炜、彭修银、阎小妹、董炳月、曹志明、魏大海等研究者。可以看出，第一梯队主要活跃于 1980 年代之前，除周作人外，其他人对日本文学只是偶有涉猎；从第二梯队开始，即从 1980 年代后开始，大多是主要从事相关研究的专业人士，两代研究者经历了从非专业化到专业化的转变。进入21 世纪后的十多年来，现年四十岁左右的第四代研究者也已经形成，如钱婉约、关立丹、柴红梅、周阅、蔡春华、刘研、卢茂君、杨炳菁、翁家慧、郭勇、王昇远等，其研究实绩也日益显著。

## 二、我国日本文学研究的作用与功能

中国的日本文学研究史，是现代中国的外国文学学术史，乃至整个学术文化史的一个组成部分。在 19 世纪末 20 世纪初社会改良和文学革命的时代，在"红色三十年代"，在侵华战争—抗日战争时期，日本文学的译介、评论和研究都具有不可忽视的社会政治、学术文化的功能。特别是新中国成立后，日本文学译介、评论与研究的影响与作用更为显著。除了"文革"高峰时期的几年外，在没有邦交的情况下，中国的日本文学译介评论关注于日本民间的、反体制的战后民主主义文学，成为一般读者了解日本的重要途径。1972 年中日邦交正常化后，在两国领导人倡导"中日友好"的大背景下，使得通常被视为"资本主义腐朽文化"的日本文学艺术，得以借助电影这一媒介，先于欧美资本主义国家的文艺作品而捷足先登，传入中国，并在 1970 年代中后期的中国受众中产生了令今人难以置信的巨大反响。例如，根据女作家山崎朋子的小说改编的电影《望乡》，在中国各地放映后，成为各地街谈巷议的话题。日本文学及电影中所表现的人性人情，乃至长期成为禁忌的两性主题，对习惯于接受主题思想、政治说教的读者受众而言，是一种巨大的冲击，某种程度上为1980年后的思想解放运动铺垫了感性基础。

　　从学术史的角度看，中国的日本文学研究的功能与作用，主要体现在"知识"与"思想"两个方面。换言之，我国日本文学研究对中国的学术文化做出的贡献，一是对知识的贡献，二是对思想的贡献。

　　先说知识上的贡献。我们关于日本及日本人的知识，很大程度上来源于日本文学，来源于日本文学的评论与研究。通过对日本文学的研究，我们不仅对古今日本文学在知识层面上有了系统全面的了解，同时也可以通过日本文学研究成果，深入了解和理解日本历史文化的各个方面，特别是日本人的国民性、民族文化心理、审美趣味等。需要强调的是，由于中国的日本文学研究成果绝大多数是用汉语发表或出版的，从而实现了日本文学知识表述的汉语转换，也就是站在中国文化角度的再书写。经转换和再书写的日本文学知识，与日本人在日语语境中的表述相比，后者已经加入了中国人的表述与理解。因此，中国学者所撰写的成熟的《日本文学史》、各种中日文学交流史、各种中日文学比较研究的著作，还有对作家作品的解读与批评等，固然依据的是日本原典，也吸收借鉴了日本人的研究成果，但其知识体系的建构、陈述的角度、解读的方法上，与日本学者都有明显的不同。这些知识成果在很大程度上是中国学者自己的创造或再创造。

　　从知识论的角度看，日本文学评论与研究之于中国的意义，还在于日本文学研究的成果，很大程度地影响着中国人关于日本的知识建构。从梁启超、到鲁迅、周作人，中国人对日本文化的了解，大多是从"文本文化"入手的，而日本文本文化的大部分，则是日本文学的文本。从日本文学文本入手，建构关于日本及日本人的知识系统，是一个行之有效的途径。美国学者本尼迪克特研究日本的名著《菊与刀》，其主要的材料依据就是不同时期的日本文学作品。同样的，中国不同时期的日本研究者也清楚这一点。因而日本文学便成为几代中国人关于日本之知识的汲取来源。从日本文学评论与研究中积累起来的关于日本的知识，在不同的历史时期影响了中国人的日本观。当然，日本文学很复杂，不同历史时期的日本文化，又突显着日本文学的阶层属性和时代属性，《古事记》中的"皇国"意识，《万叶集》以"诚"为本的质朴，《源氏物语》等王朝物语文学以"物哀"为基调的华丽装饰的人情主义，《平家物语》《太平记》等"战记物语"的忠、勇、风雅的武士精神，五山僧侣文学的汉文学化与日本式的"风流"，江户时代町人文学以身体审美为主导的"意气"及"粹"的审美趣味，近现代各种文学思潮流派在传统与西化、个性与社会之间的探索与苦斗，都从不同侧面呈现着不同的日本面貌。由于不同历史时期两国的战争和平、远近亲疏的关系不同，对日本文学译介与研究的选题侧重的不同，所承载的知识侧面不同，读者的既定日本观及接受期待不同，这些也都在一定程度上造成了中国人日本观中的诸多困惑与矛盾。许多人在美的日本与丑的日本、樱花的日本与刀剑的日本、残暴的日本与人情的日本、彬彬有礼的日本与傲慢无礼的日本之间，困惑着、思考着。加之在相当长的历史时期中，中国的日本文学评论与研究留有许多的盲点和空白点，对日知识的完整的知识结构尚未充分形成。这种状况到了1980年代后逐渐得以解决。从古到今的日本文学的名作，尤其是第一流的代表性的名作，都已经有了中文译本，对这些名作的不同角度的评论与研究文章已经有了相当的数量，对夏目漱石、川端康成等近现代经典作家作品，我们不仅有了大量的文章论文，也有了若干的研究专著，都在一定程度上形成了中国的学术特色；在中日文学关系的研究与中日比较文学研究方面，我们的不少研究成果的学术水平超越了日本。总之，经过一百年努力，到2010年代，中国的日本文学研究已经形成了一个较为完整的知识系统，这对中国人的日本知识建构也产生了积极的影响。中国人对日本的了解，尤其是中国读书人对日本的了解逐渐趋于全面，也趋于多元化。尽管一般民众关于日本的知识和日本观，仍不免受到媒体上铺天盖地、想象丰富的抗日影视剧的影响，但是要想获得对日本文化的深入了解，完全可以借助和参考中国学者的日本文学及日本文化研究的成果，而获得更为理性、更为可靠的知识与学术依据。

中国的日本文学研究对中国现代思想的贡献也十分显著。这种思想上的贡献首先就是通过日本文学研究，对日本文学中所包含的独特的有普遍价值的思想加以阐发。日本文化与其他各国文化的一个很大的不同点，就在于日本人的思想主要是通过文学的方式来表现和传达的。如果说西方人表述思想的主要方式是哲学著作，印度人表述思想的主要方式是宗教圣典，中国人表述思想的主要方式是注经，那么似乎可以说，自古以来，日本人表述思想的主要方式是文学创作。日本人不擅长哲学的、理论的、逻辑上的思维与表述，却在感性思维上异常发达，因此，日本人在思想上的主要贡献体现在文学作品中的感性思维、情感思维方面。而感性、情感思维一经模式化，便形成审美观念，乃至美学思想。换言之，日本人对世界思想宝库的最大贡献是审美思想。包含在日本文学中的这些美学思想十分丰富、十分独特。例如，《源氏物语》所蕴含的"物哀"美学，和歌、能乐中所蕴含的"幽玄"美学，俳谐中所蕴含的风雅之"寂"的美学，江户市井文学中所蕴含的"意气"及"粹"的美学，近代作家夏目漱石的"余裕"论与"则天去私"论，正冈子规等的"写生"论，长谷川天溪的"自我告白"与"自我静观"论，谷崎润一郎的"恶魔"之美与"阴翳"之美论，三岛由纪夫的"残酷之美"论，川端康成的"背德=悲哀=美"论，等等，都蕴含着新颖、独特而又深刻的美学思想乃至人生哲学。这些美学思想与审美的人生哲学，与西方美学、哲学思想在表述方式与内涵上有很大不同。中国的日本文学研究者在日本作家作品及文论的研究中，对这些极有特色的审美思想做了评述与阐发，从感性学或美学的角度充实了我们的思想宝库。

　　中国的日本文学研究对思想的贡献，更主要地体现在"文学思想"方面。日本文学译介、评论与研究，在中国文学发展的各个不同历史时期，对中国文学观念的革新与转变、对中国文学评论方法与文学理论的建构，都起到了不可替代的借鉴、启发和推动作用。例如，中国近现代文学评论、文学研究、文学理论、文学思潮和运动的概念体系，大都是在日本文学的译介与评论中首先使用并且逐渐流行开来的。例如，"革命/文学革命""古典文学/近代文学/现代文学""国学/国粹/国故""民族文学/国民文学""贵族文学/平民·民间·大众文学"；"东洋（方）文学/西洋（方）文学""世界文学""文学史""翻译文学""写实/写实主义""自然主义""浪漫/浪漫主义""审美/耽美""悲剧/喜剧""生命力""余裕""主观性/客观性"……。这些新名词、新概念，都是日本近代从西语中翻译过来的汉语词汇，陆续引进后，都成为中国文学理论与批评及文学研究的基本概念而使用至今。新中国成立之后，特别是改革开放后，中国的日本文学评论与研究对中国文学的影响，就更加显而易见了。例如，1980 年代之后中国的持续多年的"川端康成热"，实际上主要是由研究家、评论家们促成的。长期以来，由于政治的、历史的原因，我国文学评论界独尊现实主义，习惯用现实主义的创作方法来看待文学现象。1980 年代初期，研究和评论川端的一些文章，都把川端康成的作品看成是现实主义作品，用现实主义的"典型人物"论及"人物形象分析"的方法来分析川端康成作品中的人物，用所谓"主题思想"的概括来把握作品，用"反映社会本质"论来衡量作品的价值。但不久人们就发现对于描写日本式的感觉、情绪、日本式审美的川端康成而言，这样的评论是方凿圆枘的。因为川端康成的作品中没有我们理解的"主题"或"主题思想"，没有西方文学意义上的"典型人物"，没有我们从其他作品中能够找到的各种"思想意义"，更没有我们所期待的"社会价值"乃至社会批判，甚至最不讲"道德"。若用原先那种既定视野来读川端康成，简直读不懂。于是评论家和研究者调整视角，试图走进日本文化内部，从日本独特的审美文化入手，来理解和评价。可以说，日本文学研究者在川端康成评论与研究中所展示的审美批评、文化批评，不仅促进了中国读者阅读视角的转换，丰富了审美趣味，更促进了中国文学批评、文学研究方法的转型与多元化，并使当代中国文学的审美批评、文化批评方法走向成熟。

此外，在审美的人生态度上、日常生活的审美化的推动方面，日本文学研究所起的作用也很显见。例如，日本动漫及动漫文学这些年来对中国青少年影响极大，随之而来的动漫评论和动漫研究也相当丰富，虽然大都散见于电子媒体，难以作为严格意义上的"日本文学研究"成果来看待，本书也没有把它们列入论述范围，但是动漫评论将虚幻世界与现实世界相接，将日常生活与文学艺术相融，将文艺鉴赏批评与人生批评高度合一，或许预示了今后文学批评的一种前景。更为切实的例子是日本当代作家村上春树最近二十多年来在中国读者中的巨大影响。关于村上的评论与研究文章，每年都有十篇以上，仔细检点这些文章，就会发现林少华等对村上春树的评论研究，既是品评和研究作家作品，更是在品评和研究着乃至"推荐"着村上所描写、所提供的那种后现代的生活方式。村上及其笔下的人物在熙熙攘攘的现代都市中对孤独的享受与把玩、对苦涩与无奈的咀嚼与反刍，随遇而安、无可无不可，又有所追求、跃跃欲试，在高度封闭的蜗居式生活空间中如鱼得水，又在高度开放的都市人海中自由徜徉。这样的"小资"的审美的生活方式激发了年轻读者的体验与憧憬。而中国的村上文学研究者的那些得其要领的论文著作，不仅将村上的文学世界"解码"化，实际上也是对一种生活方式和生活态度的阐发，从而一定程度地推动了一些年轻白领阶层、"小资"阶层的生活态度与审美趣味的养成，一定程度地影响了相当一部分读者的人生态度与生活趣味，塑造了他们的人生价值观。

## 三、日本文学学术史的理路与方法

　　综上，中国的日本文学研究已经有了上百年的悠久历史，形成了四代知识群体，大体上经历了由浅入深、由文学评论到文学研究、由追求功用或实用价值到追求非实用的纯学术价值乃至审美价值的发展演变历程。学术资源丰富、研究成果丰厚，研究人员的数量、成果的受众群体已有相当规模，在中国的外国文学研究的格局中占有极为重要的地位。现在要写出中国的日本文学研究史，条件已经成熟。

　　此前，对日本文学研究及中日比较文学研究的学术成果加以系统的评述的著作，已有几部相关著作出版。第一部是王向远著《二十世纪中国的日本翻译文学史》（再版改题为《日本文学汉译史》），虽然该书涉及日本文学研究的许多内容，但因其研究的角度和重心是"翻译文学"，翻译史与研究史往往密不可分，但翻译史与研究史也有区别，在翻译史的框架内，对日本文学研究的评述难以深入展开。第二部著作是王向远著《东方各国文学在中国——译介与研究史述论》，该书有一半篇幅涉及到日本文学研究的内容，但其研究的框架与平台是"东方文学"，侧重区域史的整体性，而且时间截止到 20 世纪末。王向远著《中国比较文学二十年》《二十世纪中国人文学科学术研究史丛书·比较文学研究》《中国比较文学百年史》等书，对作为日本文学研究史之组成部分的中日比较文学有专章评述。谭晶华主编的《日本文学研究：历史足迹与学术现状——日本文学研究会三十周年纪念文集》（译林出版社 2010 年），以日本文学研究会三十年的活动历程为中心，收录了 47 篇文章。其中，谭晶华的《回眸与见证——改革开放时代的中国日本文学研究会》、吕元明的《日本文学研究会建立时日的回想》、刘春英的《〈日本文学〉杂志创刊始末》以及文洁若、陈喜儒、李长声的回忆、总结性文章，具有一定的史料价值。此外，还有王升远的《周作人与北京大学日本文学学科之建立——教育史与学术史的视角》（《鲁迅研究月刊》2010 年第 7 期），张龙妹、王成、王志松、王升远等撰写的评论日本作家（包括紫式部、夏目漱石、芥川龙之介、川端康成、厨川白村等）在中国翻译与研究状况的单篇文章，以及对某年度的中国日本文学研究加以概述的文章。但是，迄今为止，以"新中国成立六十年"作为时间范围，乃至上溯到新中国成立前的半个多世纪，对中国的日本文学研究的学术史进行系统、深入的评述与总结的著作，还是一个空白。

学术史的写法和其他历史著作的写法根本上相通，都要求科学合理的架构、丰富充实的史料、敏锐深刻的史识、客观公正的立场、包容百家的心胸。写史又不同于文献目录的编纂，在既定的框架结构与叙述流程中，不可能面面俱到，不可能对所有文献都全面罗列和提及，而必须有取有舍、有详有略。除此之外，具体的学术史也有具体的情况和具体的要求。我曾在《中国比较文学二十年》一书"前言"及《我如何写作〈中国比较文学二十年〉》（《山西大学学报》2003 年第 1 期）一文中提出写学术史要处理好三个关系：第一是正确看待学术成果与学术活动、学术性身份之间的关系。学术活动只是手段而不是目的。一切学术活动的根本目的应该是服务于学术研究，是为了多出成果、出好成果。评价一个学者必须坚持"学术成果本位"的原则，以他的学术成果为主要依据。第二是正确认识学术成果的数量与质量的关系。评价一个人的学术贡献和地位，既有软性的标准，也有一个硬性的标准。硬性标准就是他的学术成果的数量。数量多未必质量好，但很高的学术水平往往要从大量的学术成果中体现出来，从根本上说，没有数量，质量无从谈起。从学术史上看，几乎所有学术大家，都是著作等身的。对人文学科而言，若学术成果数量太少，就无法形成系统的学术思想，无法体现出一个学者学术研究上的体系性、广度和深度。第三是处理好学术成果的两种基本形式——论著与论文的关系。人文科学研究与自然科学不同。自然科学以论文为首要的成果形式，人文科学却要著书立说。论文常常是研究的阶段性表现，单篇论文中的观点和材料，最终会体现在专著中。比起单篇论文来，专著（包括专题论文集）更能集中地体现其研究的实绩与水平，因而以专著为主要依据来评述其学术成绩，是可行的、可靠的。以上三点看法是十多年前提出的，但至今仍没有改变。

上述的三种关系的处理是人文学术史都要共同面对的。除此以外，中国的日本文学研究史的撰写还要处理好"翻译史"与"研究史"的关系、区分"评论"与"研究"两种形态的关系、辨析"借鉴"与"创新"的不同，这都是日本文学研究史撰写的关键环节。

首先是"日本文学翻译"与"日本文学研究"的关系。

没有翻译，就不能将外国文学置于中国语言文化的平台和语境中加以观照。就外国文学研究而言，翻译是研究的基础。说翻译是研究的基础是因为，事实上，在许多情况下，相当一部分研究者是根据译本而不是根据原作来研究的。之所以根据译本来研究，是因为历史和语言上的原因，原作的阅读已经变得很困难。例如，日本的《源氏物语》，连日本的许多研究者都是通过现代语译本阅读和研究的，只有在涉及语言学问题时，有些研究者才拿原作来对照。同样的，中国的《源氏物语》研究者，大多是通过中译本来研究的，到涉及原文语言问题的时候便参考原文。这种情况不只是存在于日本古典文学研究中，也广泛存在于日本当代文学研究中。例如，已出版的有关夏目漱石、川端康成、三岛由纪夫、村上春树的博士论文，引用原作时几乎全都使用译本，在书后的参考书目中大都列出译本。这种做法在一些"语言原教旨主义"的人看来是不可以的、不可取的，但实际上这不光是日本文学研究，也是整个外国文学研究，乃至外国哲学、美学研究的通常做法。例如研究马克思，根据中文版的《马克思恩格斯选集》，研究黑格尔、康德，依据的也是中文版译本。只要不涉及具体的语言学上的问题，根据译本来研究是可行的、可靠的。但重要的是所选择的译本本身的质量一定要高，要依据名家名译才行。通常，一个外国文学研究者，无论外文水平多么高，他读原文的时候对原文的理解，其准确性超过翻译家译作的，恐怕极为少见。哪怕是外文再好的研究者，如果完全无视译文的存在，不去参考译文，恐怕也要走不少弯路。更何况，如果从"翻译文学"的角度去研究，则译本就不仅仅起参考作用，而且还是研究对象本身。这样看来，日本文学翻译是日本文学研究的基础。特别是对日本古典文学而言，翻译本身就是一种研究形式，因为日本古语古奥难懂，翻译家在翻译时困难和阻隔很大，同时涉及大量典故出典、概念难词等的注释问题，这些都是古典作品研究的重要环节。因此，从这个角度看，日本文学研究史，应该包括日本翻译史在内，特别是应该包括日本古典文学翻译史。事实上，许多翻译家同时也是研究家（学者），或者说，在亲手翻译的基础上所做的研究，是较为可靠的、有权威的。在日本文学学术史上，周作人、刘振瀛、李芒、叶渭渠、唐月梅等，都是翻译家与研究家兼于一身的。他们的翻译活动与研究活动是密切联系在一起的。因此，谈研究家的学术研究的时候，必然涉及他的翻译。从这个意义上说，文学翻译史与文学研究史是难以截然区分的。但是，另一方面，严格说来，"翻译文学史"和"学术研究史"的立场、角度和方法又有显著区别，分属于不同的研究领域。翻译文学史关注的是原作—译作之间的转换，要有语言学立场上的对与错的判断和翻译美学立场上的优劣判断，而学术研究史关注的则是作者及其著作，要进行的是选题价值、学术规范、学术创新度的判断。因此，翻译文学史与学术研究史应该分头进行。就日本文学而言，笔者此前曾撰写出版《日本文学汉译史》（初版名为《二十世纪中国的日本翻译文学史》），其中多少涉及日本文学研究问题，但那还不能代替学术研究史。

第二是"日本文学评论"与"日本文学研究"的关系。

写中国的日本文学研究史，还要处理好两种形态的成果，即"文学评论"与"文学研究"之间的关系。众所周知，文学评论是文学研究的基础，但文学评论不等于文学研究。文学评论带有作者的主观倾向性、感受性、印象性、鉴赏性，文学研究则有更严格的学术规范。但具体到中国

的日本文学研究史，两者的严格区分往往不是那么容易。例如，周作人在
20 世纪上半期所撰写的一系列关于日本文学的文章，大都采用随笔、漫
谈、介绍评论的形式，篇幅短小，行文随意潇洒，形式不拘一格，固然属
于文学评论的范畴，但这些评论文章却包含着作者的深刻新颖的见地，具
有很高的思想含量和学术含量。但是，除了周作人那样的大家以外，大多
数文章往往流于介绍，而缺乏灵气和新见了。一直到 1990 年代之前，严
格地说，在中国的日本文学研究成果中，大部分的文章实际上是作家作品
的评论文章，而不是真正的学术论文，主要是属于"文学评论"的范畴。
1990 年代之后，教育界、学术界开展学科建设，强调学术规范，真正意
义上的论文才陆续出现。即便到了 1990 年代后，由于受到长期以来的中
国的作家作品论模式的影响，再加上日本学术界也长期盛行作家作品论的
模式，还有从英美传来的强调"文本细读"的所谓"英美新批评"方法
也被一些人推崇，因而大部分文章仍然属于"作家作品论"或文本分析。
文本分析所分析的文本，若不是古典作品而是浅显的现代作家作品，那么
写出来的文章就更加浅陋，类似于读后感，写起来容易，写好极难，大多
数基本上没有学术价值可言。1980 年代以后的三十多年间，一多半的文
章属于这类评论文章，只有少数属于"学术论文"。但这种现象绝不是只
有日本文学研究所特有的，而是整个外国文学界，乃至文学评论与研究界
的普遍现象。诚然，介绍性、赏析性的评论文章，对需要的读者而言也有
价值和用处。写得好的，除了学术价值之外，还有美文的价值，如翻译家
林少华的关于村上春树的评论文章。但问题是许多研究者将"文学评论"
视作"文学研究"，严重妨害了文学研究应有的品格和品位。相对而言，
虽然也有若干著作写得相当粗陋，有的甚至文不对题、思路混乱，但从比
例上来说，好书要比好文章多。那些有独到见地和深入研究的学者，总是
要把自己零散的文章体系化、专辑化，而以出版专门著作作为某一领域或
某一课题的总结。同样的，那些写出专著的作者所发表的文章，一般而言
也是有一定水平的。总的看来，大部分的学术著作（含系列论文集，不

含教科书类的书）都是有学术性的，中国日本文学的研究成绩也集中体现在这些著作中。

第三是借鉴日本人的成果与我们自己的创新之间的关系。

对中国的日本文学研究而言，如何借鉴日本学者的研究成果，而又不是无条件地模仿、照搬和认同日本学者的观点，如何既充分尊重作为研究对象的日本文学，又站在中国人的文学与文化的立场上，放出我们的眼光、运用我们的见识、做出我们的判断，能否在了解的基础上理解，在理解的基础上"再思"，在"再思"的基础上提出"自见"，决定了我国日本文学研究的学术水平。但是，要做到这一点是非常困难的。一方面，受时代与国内大环境的制约，有的研究者对日本作家作品做出定性判断时，依据的是当时流行的僵化定见。例如，关于岛崎藤村的小说《破戒》，长期以来我们研究者认为该作品是"现实主义"乃至"批判现实主义"作品，而在日本则公认为它是自然主义的代表作，两种判断的基准完全不同。对《破戒》做出"批判现实主义"的判断，本质上基于当时独尊现实主义的主流文学价值观，而很难说是"自见"。另一方面，不少中国的日本文学研究者，特别是长期在日本受教育的学者，会自觉不自觉地受到日本学术的影响，有意无意地带上了所谓"和臭"，即日本气味，实际上是对日本学者观点和材料的模仿、袭用。这首先在学术思路和方法上有所表现。绝大多数日本学者的研究成果重材料、重实证、重考据、重细节、重微观，但其文章或著作往往结构松弛，缺乏思想高度与理论分析的深度。从积极的方面看，这样写出来的文章，不说空话和大话，风格平实质朴；从消极的方面来看，往往罗列材料、平庸浅陋、啰嗦絮叨、不得要领、只摆事实、不讲道理。由一些平庸的日本教授指导出来的学位论文，或者模仿日本人用日语写出来的篇什，大都平淡如水、浅显如滩。这样的论文用日语表述还好像是论文，可是一旦译成中文，则无甚可观，与我国国内的学术无法接轨，也难以为严肃、高端的学术期刊所接纳。还有那些低水平重复的日本文学史教材，大多是从日文书中编译而来，在普及阅读与教育教学中固然也发挥了一定的作用，但少有学术价值。其次，"和臭"也表现在具体的学术观点的套用上。一些研究者对日本的时髦的学术观点缺乏批判的辨析，而径直拿来加以发挥。例如，关于夏目漱石的《文学论》，日本当代文学批评家柄谷行人从其后现代的"反思现代性"的立场出发，认为夏目漱石的《我是猫》不是"小说"而是属于"文"，即现代小说形成之前的综合性文体，这本来是一种刻意"解构"的、主观性很强的看法，而中国有研究者却按照这一思路和结论，认定夏目漱石的《文学论》中所阐述的文学观念也是"文"而不是西方意义上的"文学"，而全然不顾及《文学论》中甚至连"文"这一概念都没有使用过这一事实，如此貌似也很"理论"，这是拾日本学者之牙慧的典型例子。这样的情形不仅在日本文学研究中，而且在欧美文学研究中也相当突出。有朝一日，当我们在研究日本问题的时候不再一味模仿、重复，研究外国问题的时候不再"唯外是从"，那么我们的思想、学术就算真正独立了。

最后，还有几个技术性问题需要交代。首先是本书的时间范围。按国家课题的名称"新中国外国文学研究六十年"，该课题的时间范围很明确。但"新中国"与"旧中国"的外国（日本）文学研究是一个连续的过程，因而谈新中国也应该上溯到旧中国，这样才能探寻到新中国外国（日本）文学研究的源头。其次，是对"六十年"做软性的理解，使学术史一直延伸到当下，将研究的时间下限延伸到所谓"末日"的2012年。（以往的"末日"也是将来的"初日"。）

第二，关于本书的评述对象，因为有"新中国"的限定，本书所评述的主要是中国大陆地区的日本文学学术研究，只有在个别特殊的语境下，才偶尔涉及到香港、台湾地区的相关研究。港台的研究当然属于中国学术文化的一个组成部分，但考虑到历史的与社会制度的原因，学术研究的历史语境和社会条件很不相同，往往难以同日而语，今后可以考虑在"中国学术史"（而不是"新中国"学术史）的语境中，实现学术史叙述上的整合与汇流。

第三，本书所处理的文本，是在中国大陆正规出版社正式出版发行，或在报刊上公开发表的文章，不包含中国学者在日本或其他国家地区出版的、用日语撰写的、主要以外国人为读者对象的相关著述；近年来，有关日本文学、中日比较文学的学位论文也逐渐增多，一般而论，学位论文在答辩后，作者如认为有一定的学术价值，会做进一步修改，在达到出版和发表水平后再将其社会化。因而，本书评述的对象未包含非公开出版的硕士、博士学位论文。

第四，关于引文注释问题。正如先前我在《比较文学研究》一书中的"后记"中曾作过的交代一样，现引述如下：

> 作为学科史、学术史著作，本书以具体的文章与著作作为主要评述对象，所以行文中的文献名称大大多于一般著作，有时可谓触目皆是。如果将文献与引文出处等以脚注的形式一一注出，势必会繁琐至极，甚至一页中脚注会占三分之一以上的版面，且编序排号时很容易出错，所以我在已出版的其它几种类似著作中，均采用文内注的方法，那样既避去繁琐，版式也较为美观。

"文内注"，即在书名和文章名后面，直接用括号标明出版社、出版时间，或所载期刊报纸及年份、期号，如"《日本文学史》（昆仑出版社2004年）""《论"寂"之美》（《清华大学学报》2012年第2期）"。

第五，关于年号数字的使用。本书作为学术史著作，年代的使用很多。在这种场合，为了表述更科学、更洗练和更直观，也与日本、中国台湾、中国香港地区通行的年代表示法相接轨，本书使用"1910年代""1920年代"这样的表述，一般不使用"20世纪××年代"这样的表述。例如："1910年代"指的是1901—1910年间，若用以前的表示法，便要写成"20世纪10年代"，这样的表述既不合所谓"规范"，也拖沓拗口，实不可取。

# 第一章　日本文学史综合研究

中国学者对日本文学史的综合把握与研究，肇始于周作人发表于1918 年的长文《日本近三十年小说之发达》。十年后，谢六逸的《日本文学史》在上海出版，这是中国第一部从古代到现代的完整的日本文学通史。谢六逸之后的半个多世纪中，由于历史的和学术上的原因，日本文学史的著述与研究几乎处于空白状态。1987 年出版的吕元明著《日本文学史》是新中国成立后第一部用汉文撰写出版的、有中国学者自己的立场和观点的日本文学通史。1990 年代后，陆续出现了一批各具特点、各有用途的新的日本文学史教材类著作。其中，叶渭渠的《日本文学思潮史》、叶渭渠、唐月梅合著四卷本《日本文学史》是集大成之作，在许多方面超越了日本学者的相关研究，代表了 20 世纪末期之前中国日本文学史研究写作的最高水平。

## 第一节　周作人、谢六逸与民国时期
的日本文学研究

文学史研究，是对文学做系统、纵向的梳理，并建立起知识谱系的一种重要的途径和方式。文学史的撰写，也是文学研究进入严格意义上的学术层面的一种显著标志。"文学史"作为一种学术研究或学术撰述的方式，欧洲人搞得最早，19 世纪的日本人随后，20 世纪初的中国人又随后。就日本文学史而言，明治时期出现了"国文学"和"国文学史"的概念，随后，各种各样的"国文学史""日本文学史"的著作陆续出现，最早的是三上参次、高津锹三郎于 1890 年出版的《日本文学史》，随后，例如芳贺矢一的《国文学史十讲》、五十岚力的《新国文学史》、芝野六助的《日本文学史》、服部嘉香的《日本文学发达略史》、铃木畅幸的《新修国文学史》、津田左右吉的《表现在文学上的国民思想研究》、土居光知的《文学述说》、本间久雄的《明治文学史》、吉田精一的《明治大正文学史》和《现代日本文学史》、久松潜一的《日本文学评论史》、加藤周一的《日本文学史序说》、小田切秀雄的《日本现代文学史》、平野谦的《日本文坛史》等，通史、断代史、专题史，单行本、多卷本等各种形式，丰富多彩，迄今日本文学史类著作（包括教科书）多得难以准确统计，估计接近上千种，可以说，日本是一个"文学史大国"。这种情况为中国人系统了解日本文学提供了很大的方便，也对中国学者的日本文学史的撰写与研究提供了参考。

中国人在晚清时代对日本文学就有所介绍，如黄遵宪在《日本国志》，梁启超在相关文章中，都谈到日本文学，但都是片断的，还没有出现日本文学史类的系统著述，也没有把当下的文学纳入文学史视野加以叙述。进入中华民国时代，这种情况渐渐有了改变。居于中国文坛领导地位的周作人，此前长期留日，学习日本文学，对日本文坛有着精细而又独到的观察和研究，并于 1918 年写出《日本近三十年小说之发达》的长文，在北京大学举办了讲座，这是中国最早的较为系统的日本文学史述。从日本文学史的角度看，"近三十年"这样一个历史区间，实际上构成了以明治时期为中心的日本近现代文学史、小说史的一个纲要。

在《日本近三十年小说之发达》中，周作人用最为洗练的语言，对日本小说的历史渊源、对"近三十来"的日本小说的思潮流派和代表作家作品，都做了很中肯的概括和评述。他从物语文学说起，到江户时代的通俗小说、明治初年的旧小说、以二叶亭四迷为代表的"人生的艺术派"新小说，到尾崎红叶、幸田露伴的"艺术的艺术派"的砚友社小说，到自然派小说，非自然派的夏目漱石的"有余裕的文学"、森鸥外的"遣兴主义"，再到永井荷风、谷崎润一郎的享乐主义、武者小路实笃等以白桦派为中心的理想主义小说等，梳理了明治时代日本小说发展的基本脉络，涉及到了重要的作家作品。这样的综述性的文章直到今天看来，也仍然是很得要领的。将日本文学近三十年的最新动态梳理得如此清晰、如此到位，从文学史撰写的角度看，也实在很不容易。因为在当时，日本文学正在发展变化中，日本文坛和学界并没有写出像样的当代文学史之类的文字。虽然，此前日本文坛也有人梳理过明治时代的文学史，如评论家山路爱山（1864—1917 年）曾发表过《明治文学史（序论、凡例）》（1893年）的文章，北村透谷发表过《明治文学管见——日本文学史骨》（1893年）的长文，但他们的评述都带着特定的思潮流派的印记，并非是严格意义上的客观的文学史论。相比而言，像周作人这样，站在日本文坛之外加以鸟瞰，对 1918 年之前三十年的日本小说的发展脉络做如此全面、客观、准确评述的，不仅在中国是第一次，这样的好文章在当时的日本也是不易得的。从文学评论的角度看，周作人往往在三句五句的评论文字中，就能把一个作家、一部作品的特点，在前后左右的比较中概括出来，例如说："一样的主观的倾向，却又与〔幸田〕露伴不同的，有北村透谷的文学界一派。露伴的主观是主意的，透谷的主观是主情的。露伴对人生问题，不曾切实地感着，透谷感得十分痛切，甚至因此自尽"；又如说："自然派说，凡是小说须触着人生；漱石说，不触着的，也是小说，也一样是文学，并且何必那样急迫，我们也可以缓缓地、从从容容地玩赏人生。譬如散步，自然派是急忙奔走，我们就缓步逍遥，同公园散步一般，也未尝不可。这就是余裕派意思的由来。"这样的结论，在百年后的今天看来，仍然是切中肯綮的。

周作人讲日本文学史，之所以先从"近三十年"讲起，显然是与当时他本人及当时主流学术界的"为人生"的价值观所决定的。讲日本文学史，不是纯粹为求知而求知，而是要为中国新文学的发展走向提供一种借鉴和参照。最值得借鉴和学习的，就是日本人的"创造的模拟"。日本文学古代受中国的影响，近代受西洋的影响，却"仍有自己特别的精神"，因为它善于学习模仿，"所以能生出许多独创的著作，造成二十世纪新的文学"，因而周作人认为，理清日本小说发达的经络，"同中国新小说界的情形来比较，也是一件颇有益有趣味的事"。这种意图，他在文章的最后一部分表述得非常明确，他指出："中国讲新小说也二十多年了，算起来却毫无成绩，这是什么理由呢？据我来说，就只在中国人不肯模仿不会模仿。"体现在翻译选题上，真正的世界名著不多，倒是译出了一些不值得模仿的东西，"因为译者本来也不是佩服他的长处所以译它，所以译这本书，便因为它有我的长处，因为他像我的缘故"，这样是不行的。周作人的结论是：必须"真心的先去模仿别人，随后自能从模仿中蜕化出独创的文学来，日本就是一个榜样"。可见他是带着比较文学的自觉意识，站在中国人的立场上谈日本文学的。

此后的日本文学史，是在周作人的延长线上进行的。1929 年，也就是在周作人的《日本近三十年小说之发达》发表后的第十年，编辑家、作家谢六逸（1898—1945 年）的专著《日本文学史》由上海北新书局出版，这是中国第一部从古代到现代的完整的日本文学通史，在中国的日本文学学术史上有重要位置。他在该书序言中，讲了为什么要写这本书的理由。他说：

> 近二十年来的日本文学，已经在世界文学里获得了相当的地位。有许多著名作家的作品，曾有欧美作家的翻译介绍；我国近几年来的文学，在某种程度上，也受了日本文学的影响，日本作

家的著作的译本，在国内日渐增多；德俄的大学，有的开设日本
文学系，研究日本的语言与文学；法国的诗坛，曾一度受日本
"俳谐"的影响。根据这些事实，日本文学，显然已被世人
注意。

其次，欧洲近代文艺潮流激荡到东方，被日本文学全盘接受
过去。如果要研究欧洲文艺潮流在东方各国的文学里曾发生如何
的影响，那么，在印度文学里是寻不着的，在朝鲜文学里更不用
说，在中国文学里也觉得困难，只有在日本文学里，可以得到这
个的答案。

以上文字中，虽然，谢六逸所说的西方文艺潮流的影响在东方只有日
本文学里可以找到，在印度、朝鲜乃至中国都找不到，这种说法并不准
确，但是日本近代文学学习西方文艺思潮，无疑是最早、最全面、最有成
效的。最为难得的是谢六逸所体现出的一种紧追世界文坛潮流的积极心
态，这是一种有别于一直以来一些国人轻视日本文化与文学的自大心态，
也有别于梁启超时代以"东学"为跳板快捷地接触西学的急功近利的心
态，是较为纯粹的为学问而学问的扎实态度。他在后文中还希望中国的学
术能够赶上日本，中国的书店里书架上"能够增添许多研究日本文学的
书籍，俨然与日本出版界的庞然的《支那文学史》《支那经济调查》等书
遥遥争雄"，这种纯学问上的竞争与对等诉求，对于中国文坛而言，洵属
可贵。

《日本文学史》分上、下两卷，上卷是古代文学史部分，分四章：第
一章"绪论"；第二章"上古文学"；讲述奈良时代（含）之前的文学；
第三章"中古文学"，讲述平安王朝时代近四百年间的文学；第四章"近
古文学"，讲述镰仓时代、南北朝时代、室町时代近四百年间的文学。下
卷包括第五章"近世文学"，讲述江户时代260多年的文学；第六章、第
七章是"现代文学"（上、下），讲述明治时代、大正时代的文学。从章

节结构的安排上看，日本传统文学占到了四分之三以上的篇幅，也体现了作者通古鉴今，而不是厚今薄古的急功近利的态度。在文学时代的划分上，谢六逸针对中国读者的需要，没有采用日本学者最为通行的按朝代更替来安排章节结构的做法，而是直接采用在当时较为新颖的"古代""中古""近古""近世""现代"这样的断代法。这种断代法是从西方学者的世界历史著作中借鉴过来的，其好处就是将历史上的朝代更替、社会政治变动与文学性质的变化结合在一起。例如，中古时代的平安王朝文学，属于以宫廷贵族为中心的文学，作者主要是贵族女性；"近古文学"即镰仓、室町时代的文学，是以武士阶级为主体的武士文学，以及因战乱而遁世的佛教文学；而近世文学即江户时代的文学，则是"平民文学"。对此，谢六逸在"绪论"部分做了明确的概括与说明。这种断代法最能揭示日本文学发展演变的连续性与时代性的特征，故而直到今天，仍为许多学者沿用。后来中国学者所撰写的文学史，也大都采用谢六逸的这种断代法。

谢六逸的《日本文学史》从细部来看，不仅在文学史断代上，而且在对作家作品的分析评述上，也有自己的特色。作家作品论虽然较多地借鉴日本学者的通行看法，但取舍之间，要言不烦，能够将修史的客观与文学论的主观很好地结合在一起。例如关于《源氏物语》，谢六逸是这样说的：

> 关于《源氏物语》里表现着的思想，有人说作者把佛教的教义具体化，写成这部长篇小说；有的人说寓有劝善惩恶主义在内，这两说都不恰当。有一位学者名叫本居宣长的，他说《源氏物语》是描写"人世的哀愁"（即"物哀"——引者注）的，是写出含着人生悲哀的人情的小说，即是一种人情的描写，此说颇得多数人的赞许。所以这部写实的长篇小说，不外是以人情为中心，以佛教思想为背景，而去描写平安时代的宫廷生活与贵族

生活的著作。

对于《源氏物语》这样复杂的作品，谢六逸用了二三百字，便把各种观点摆出来，并且提出了自己的看法。谢六逸写作此书的年代，已经是左翼"革命文学"如火如荼的时候，用阶级及阶级斗争的观点来分析作品，以政治意识形态倾向对作家作品做出价值判断，在当时已经开始蔓延。而谢六逸仍然坚持着纯学术的态度，不为时代主旋律所左右，从历史与文本出发，在尊重前人观点的基础上提出自己的判断，是难能可贵的。联系到半个世纪后，许多中国的《源氏物语》评论者却无视《源氏物语》特殊的文化背景，从主流意识形态的立场和观点出发，将这部作品说成是描写宫廷政治、反映社会历史的现实主义作品，认为这样说才与文学名著的定位相匹配。与谢六逸比较起来，时代的进退，见识的高下，不禁令人感慨。

谢六逸的《日本文学史》在日本文学翻译史上也有一定的意义。在谢六逸《日本文学史》出版之前，除了鲁迅与周作人合译的《现代日本小说集》、周作人翻译的俳句、短歌，以及《古事记》和《徒然草》等译作之外，古代文学名作严谨忠实的翻译不多。鉴于此，谢六逸的《日本文学史》的上卷，在相关章节中附录了他自译的日本古典文学的作品或作品片断，其中包括古代的歌谣、祝词、《古事记》选、《万叶集》和《古今集》中的和歌、《伊势物语》《大和物语》《竹取物语》《源氏物语》《宇津保物语》《枕草子》《今昔物语》《平家物语》等物语文学，还有两出狂言剧本。假如不将这些日本独特的文体加以示例性的翻译，仅仅靠解说是难以让读者加以体会的。因此文学史中附录译作这种做法，相当于是把后来的"文学史"加"作品选"两种样式结合在一起了，这在当时可以说是一种创意。谢六逸的这些翻译显然承续了他所敬重和推崇的周作人的语言与翻译风格，使用俗语而俗中见雅，流畅中带有一丝涩味。例如他翻译的《万叶集》中的大伴家持的一首和歌——

　　　　我想念着的父母，

　　　　如果是花就好了，

　　　　——如果是花，

　　　　我在旅途上好捧着走。

译文应该说相当有味道。

　　谢六逸的《日本文学史》是一本不厚的小册子（全书十来万字），但却把从古至今的日本文学史讲述了一遍，该讲的作家作品、重要的文学现象等都涉及到了。这种言简意赅、要言不烦的篇幅短小的微型文学史，是一种由博返约的高度提炼和概括，写起来相当不易。直到今天，其学术价值和学术个性仍没有减弱。

　　《日本文学史》问世后，由于种种原因，几十年间中国没有出现"日本文学史"字样的书。在这期间，还是谢六逸于1940年出版了一本名为《日本之文学》（长沙：商务印书馆1940年）的小册子，在内容上是《日本文学史》的改编版。值得注意的是，在日本侵华战争和中国抗日战争的胶着时期，谢六逸为什么要出版这样的一本书呢？谢六逸在"自序"中认为，在"烽火四起"的时候，决不可以像黄遵宪所批评的中国士大夫那样"好谈古义，足以自封，与外事不屑措意"。他援引了周作人在抗战爆发前夕发表的《谈日本文化书》（1936年）、《关于日本语》中的两段话，认为："因为憎恶暴力，便抹杀一切，则凡学术的研究都无从进行了。周先生的公正意见，指示一条研究日本的路径。"又说："再说到日本文学的研究，编者所取的态度，纯以客观的立场，就是既不夸张，也不贬抑。日本文学的原样是怎样，编者就还它一个怎样。因为，文学是人类共有的。日本的国民文学，原是世界文学的一环。这其间并没有什么民族的恩怨。这本书就是在这个观点上写成的。"这种态度，与谢六逸十多年前在《日本文学史》中的态度是一脉相承的，那就是学术要保持相对独立性、学术研究要有客观性，而不能受当下情势的左右。这种看法显然不是当时的主流看法和主流做法。要保持这一姿态，实际上也是很不容易的。谢六逸的卓然不群的姿态和个性，由此可见一斑。

在谢六逸的《日本之文学》出版稍后，日本文学研究者尤炳圻在1943年至1944年间，于《艺文杂志》创刊号之后，连载了介绍日本文学史的系列文章，其中包括《日本上古文学》《日本中古文学》《日本近古文学》（以上连载《艺文杂志》第1卷各期，1943年）、《日本近古文学》《日本文学讲话》《日本近世的狂歌和川柳》《日本的近世小说》《日本近代的戏曲》（以上连载《艺文杂志》第2卷各期，1944年），形成了自己的日本文学史的雏形。但时值日本战败投降前夕，由于种种原因，尤炳圻的日本文学史研究未能继续下去。

# 第二节　1980 年代的日本文学史研究
## 与吕元明《日本文学史》

谢六逸之后，乃至新中国成立后的二十几年间，由于历史的和学术上的原因，日本文学史的著述与研究几乎处于空白状态。1972年，中日邦交正常化，中日两国的交流逐渐增多了，通过文学来了解日本的精神文化史也成为许多读者的需要，同时更是研究日本的必要途径。但当时，尚无人能够写出《日本文学史》，于是只能先翻译日本学者的著作。1976年，正值中国的政治运动后期，上海人民出版社出版了日本著名文学史家吉田精一（1908—1985年）的《现代日本文学史》，译者署名"齐干"，显然是一个集体笔名。卷首《译者的话》开篇写道：

这本《现代日本文学史》比较全面地介绍了从明治维新开

始到最近为止，这一百年来日本文学的发展过程。在以资产阶级
观点写成的日本文学史中，这是比较简明扼要的一本。我们把它
翻译出来，供我国文学工作者了解日本文学思想流派和进行批判
之用。

"供批判之用"云云是那个时代的套话，否则外国的一切非马克思主
义的书籍的出版就没有合法理由了。出版者和译者的这个选题非常精当，
因为吉田精一的书在众多日本文学史类的著述中，是一部篇幅虽小（合
中文 16 万字）但知识含量和信息含量很高、理论深度很大、审美分析颇
为到位的著作，即便在今天看来，仍然是出类拔萃的。

两年后，北京的人民文学出版社出版了日本文学史家西乡信纲等人合
著的《日本文学史——日本文学的传统与创造》（1978 年）。译者署名
"佩珊"，是北京大学东语系日本语言文学专业刘振瀛等译者的笔名（据
说刘振瀛自己执笔翻译了古代和中世纪两部分）。西乡信纲的这本《日本
文学史》出版于 1951 年，在日本为数众多的文学史书中，并不是知名度
最高的，而当时之所以选择它来翻译，恐怕主要是因为该书博采众家之
长，结构凝练，资料丰富而又要言不烦，特别是作者所采用的方法是恩格
斯的历史唯物主义，从社会学、阶级关系的视角着眼，注重从日本历史上
的阶级关系的变化来寻找文学史线索，把不同时代的文学看作是某一阶级
兴衰的表现和标志。尽管西乡信纲可能不是一个正统的马克思主义者，但
用这样的观点写成的文学史，对于当时的译者、出版者和读者来说，都是
较为容易接受的。事实上，从 1970 年代末到 1980 年代初，在谢六逸的
《日本文学史》绝版被尘封的情况下，中国一般读者对日本文学的系统了
解，主要是靠了西乡信纲和上述吉田精一的这两本书，影响不可低估。

1978 年改革开放后，中国大学恢复正常教学秩序，有关大学的日文
专业也开始招生，当时的日文系与近来不同，一般统称"日本语言文学
系"，文学在学科教学中占有相当重要的地位。在这种情况下，1982 年，

外语教学与研究出版社出版了吉林大学日文系王长新（1914—1994 年）用日文写成的《日本文学史》，作为教材使用。这是改革开放后中国学者写成的第一部日本文学史，也是日语专业最早公开出版的文学史教材，从内容上看，属于一部编著，侧重文学史知识的客观介绍。北京大学刘振瀛（1915—1987 年）陆续在《日语学习》杂志 1983 年第 2 期至 1989 年第 5 期上，发表了一系列介绍日本古代文学的短文，包括《〈古事记〉中的海幸山幸故事与大国主神故事》《〈万叶集〉"东歌"的浓郁的生活情趣》《情思至甚的〈伊势物语〉》《〈源氏物语〉中抒写的离愁别恨》《〈今昔物语〉中的偶像破坏》《〈平家物语〉中武士的鲜明形象》《优美典雅的诗剧"谣曲"》《"好色精神"与〈好色五人女〉》《近松的"殉情剧"〈曾根崎情死〉》《松尾芭蕉的俳句与纪行文》《〈蛇性之淫〉与我国白娘子故事》，共 11 篇，对奈良时代到江户时代文学近千年间的若干名著做了介绍评析，每篇文章都从特定角度切入，每一篇都不是泛泛而论，而是取一独特角度，言简意赅，多有自己的见解。

刘振瀛先生去世后，这些文章后来收进了《日本文学史话》（商务印书馆 1990 年）一书；1991 年，北京大学出版社出版了刘振瀛著《日本文学论集》，该书收录的文章 18 篇，其中一半是一般论文，另一半是为人民文学出版社等出版的有关日本文学译作所写的译本序言，反映了从 1950 年代至 1980 年代作者对日本文学的思考研究，特别是运用马克思主义阶级分析方法及批判现实主义的价值观评论作品这一点上，较为鲜明地反映出那个时期中国学界对日本文学评介与研究的状况，因而颇有代表性。

1983 年，在东北师范大学日本文学研究室和吉林人民出版社的合作下，《日本文学》杂志创刊，成为我国第一份日本文学译介与研究的专业期刊。该刊的主要促成者、东北师范大学教授吕元明（1925—2014）在1983 年第 3 期上，开始连载《文学史讲座》，一直到 1985 年，连载到江户文学部分为止。在此基础上，吕著《日本文学史》1987 年由吉林人民出版社出版发行。这是继 1929 年谢六逸的《日本文学史》之后，第一部用汉文撰写出版的、有中国学者自己的立场和观点的日本文学通史。谢著与吕著之间，相隔差不多半个世纪，造成文学研究这种漫长断裂期的原因，是不言而喻的。

吕著《日本文学史》是在中日关系的黄金时期出现的。中日邦交正常化之后，中日两国各方面的交流迅速增多。改革开放后，日本在资金、技术等方面对中国提供了大量的援助和支持，对推动中国的建设和发展做出了很大贡献，两国国民的好感度都达到现在看来最好的状态。这种情况也推动了日本文学艺术在中国的传播与影响，多种日本古今小说在中国翻译出版，而且大都畅销，印数达到了数万册，甚至十几万册的书并不少见，日本不少的电影如《望乡》《追捕》，电视连续剧《浮华世家》《血疑》等，都在中国读者当中引起了强烈反响，甚至可以说是轰动性的影响。在这种情况下，系统地了解日本文学的历史，就是许多读者自然而然的期望了。吕著《日本文学史》的出版，在相当程度上满足了这一要求。在当时的一般读者所能找到的同类书中，除了上述的 1970 年代末期出版的两本译著外，最容易入手的，无疑就是这本吕著《日本文学史》了。

吕著《日本文学史》有自己的特点。首先体现在结构上，全书分为"总论"；第一章"大和、奈良时期的文学"；第二章"平安王朝时期的文学"；第三章"镰仓、室町时期的文学"；第四章"江户时期的文学"；第五章"近代文学"；第六章"现代文学"；第七章"日本古典文艺论"；第八章"阿伊奴、琉球文学"。在文学史时代的划分上，作者使用了日本文学史最通行的时代划分法。而在每个时代的第一节中，大体论述了时代文学和文学发展的概貌，接下来的各节是重要的作家作品的评述。这种结构其重点不在文学史的发展演变的叙述，换言之重点不在文学的历史本身，而是在文学史的框架结构中，评述作家、分析作品。因此可以看出这是一本以作家作品评介为主的文学史，这与该书的日本文学启蒙的性质是相适应的。

在文学史方法论上，吕著带有鲜明的时代印记。作者坚持唯物主义的反映论和阶级分析方法，以及"进步、落后"的价值判断，例如在"前言"中指出，"在文学领域，阶级性是通过作家、作品来表达的"；在"总论"中又指出，"一部文学史就是日本奴隶制时代、封建时代和资本主义时代人与人的社会关系的再现"；"衡量文学史，是看它反映时代生活的深度如何。在阶级的社会中，文学表现着各个阶级的利益，也充满着各个阶级的思想和感情，但不论怎样，只有那些具有进步思想和倾向的作家和作品，才能成为民族文学的精华，才能在文学史上存在下来"；又说，"凡是具有重要意义的作品，必须具备下述三个条件：第一，必须能深刻地反映它经历的那个时代的最本质的方面；第二，它必须能深刻地表达那个时代进步阶级的思想和感情；第三，它必须具有广泛的概括性，以史实般的画面从广阔的天地反映那个社会的现实。"（第105页）云云。这既是主流意识形态的套话，也是作者的文学观。作者在评述作家作品的时候，是贯彻了这种文学史观念的，例如在谈到《源氏物语》的时候，认为"爱的物语虽然多于政治，但政治事件、历史、人物确是小说的骨架，也可以说小说是把宫廷的爱情物语与皇权物语融为一体，并且从具有传奇志怪的小说，走向现实主义"。今天看来，显然是要为了证明《源氏物语》必须符合上述的理论所要求的条件，而实际上把政治社会因素强调到这种程度，却与作品实际并不符合，更不用说把"现实主义"这个标签贴在《源氏物语》上，就更为迂远、方凿圆枘了。联系到1985年中国文艺理论界对文学批评方法论进行了大讨论，反思了阶级分析的社会学方法的局限，而采用多种方法和角度解读作品，吕著《日本文学史》在这个方面，显然与1980年代整个文艺理论界的活跃状况是有距离的。把吕著与1929年的谢六逸的《日本文学史》相比较，谢著从日本文化的特点出发，没有特定的意识形态方法论的运用，对作品的理解评论却更准确，而吕著将日本古代作品强行纳入正统文艺理论的轨道所得出的结论，恰能形成一种对比。但是，这不是吕著特有的问题，而是中国的日本文学研究界普遍存在的问题。可以说，在理论水平和思想探索上，与中国的欧美文学研究界比较而言，日本文学研究界总体上是滞后和乏力的。

　　尽管存在着方法论单一的问题，吕著《日本文学史》还是一部体现着 1980 年代至 1990 年代中国日本文学史研究水平的标杆之作，代表了当时中国学者对日本文学史加以梳理、把握并转换为汉语表述的最高水平。这部书在内容上的一个最大的特点之一，就是所涉及的作家作品和知识点很多，几乎触及了日本文学史上绝大部分的作家作品、事件和现象，知识信息的密度和含量相当高，甚至可以把它看作是一本日本文学史的工具书和导读辞典类的书来读。作为一部约 30 万字的中型文学史，做到这一点很不容易。例如，在第三章中，作者专列"拟古物语与历史说话物语"一节，讲到了模仿《源氏物语》的拟古物语和《松浦宫物语》《石清水物语》《苔衣》等作品，这是一般文学史（包括日本人写的文学史）常常忽略的。在最后专设一章（第八章）讲阿伊奴文学和琉球文学，这部分文学与日本本土正统文学有所不同，所以被许多文学史著作所忽略。

　　另一方面，作者对日本文学独特的审美理念也高度重视，因而特设了第七章《日本古典文艺论》，讲述了日本文学史上的十个重要的审美概念（吕著称为"文艺论"），包括"真言"（诚）、"可笑"（おかし）、"哀怜"（あわれ）、"物哀怜"（もののあわれ）、"艳""余情""幽玄""有心""寂"（さび）、"意气"（いき）。这也是一般文学史常常忽略的。照理说，这些审美概念的分析在相关时代的相关作品的评述中加以运用和体现，那是最为理想的。设立专章将这些概念做了简明的解说，虽然与全书不无游离之感，但却一定程度地弥补了正文中一味采用社会学的阶级分析的方法，而缺乏审美分析的缺憾。尤其是对江户时代核心的审美概念"意气"所做的说明，是非常可贵和准确的。作者认为，"意气"是核心概念，"和'意气'相联系的尚有'粹'、'通'和'穿凿'等艺术论"，这就明确把"意气"作为一级概念，而把"粹""通"作为二级概念。这是很值得赞赏的正确表述和正确理解。因为直到二十几年后的 2010 年代，一些中文的相关著作仍然对"意气"存在误解，将"意气"（いき）

翻译为"粹",颠倒了"意气"与"粹"的从属关系。吕元明先生很早就对这个问题有了正确表述,是非常难得的。

## 第三节　叶渭渠著《日本文学思潮史》

1990 年代后,陆续出现了一批新的日本文学史著作。1991 年,陈德文的《日本现代文学史》由南京大学出版社出版。1992 年,雷石榆的《日本文学简史》由河北教育出版社出版。同年,陕西人民教育出版社出版了李均洋的《日本文学概说》,吉林大学出版社出版了宿久高的《日本中世纪文学史》和《日本文学研究——王长新教授八秩华诞纪念》(吉林大学出版社 1994 年),都在日本文学史知识建构中做出了努力。张锡昌、朱自强主编了《日本儿童文学面面观》(湖南少年儿童出版社 1994 年),虽然没有冠之以"史"的名称,但该书系统梳理、评述了从明治时期到1980 年代一百多年间日本儿童文学的发展轨迹,对日本儿童文学的不同类型、不同题材及其时代背景做了介绍分析,对小川未明、坪田让治、浜田广介、宫泽贤治等二十位儿童文学名家的生平创作做了评述,是一部很有参考价值的日本儿童文学史性质的著作。

1990 年代之后,在中国日本文学史研究领域成果最多、影响最大的是叶渭渠(1929—2010 年)、唐月梅(1931 年生)夫妇。

1991 年,叶渭渠、唐月梅合著《日本现代文学思潮史》由中国华侨出版社出版;1996 年,叶渭渠著《日本古代文学思潮史》由中国社会科学出版社出版。在这两本书的基础上,叶渭渠又出版了将古代与近现代文学合二为一的《日本文学思潮史》,1997 年,作为"东方文化集成"丛书之一出版。2009 年,该书修订版作为三卷本《叶渭渠著作集》之一卷,由北京大学出版社出版,是最能体现作者的日本文学史独特理论建构的著作。这个版本（以下简称北大版，下文评述以该版本为据）最出彩之处，是冠于全书的《绪论·日本文学思潮史的研究课题》。这篇绪论在旧版的基础上做了较大补充和提升，可以说是叶渭渠晚年对其一生日本文学史研究经验的高度概括和总结，对他所理解和界定的"文学思潮"的定义、文学思潮的流变因素、文学思潮的发展模式和特征，以及文学思潮的时代划分等做了阐述，可以说是全书的理论总纲。

一般认为，"文学思潮"是从西方文论中传来的一个概念，它指的是在某种特定的时空条件下、由共同或相近的理论主张与创作而形成的共通的文学倾向。文学思潮又如气象学的冷暖空气，在某时某处发生后，具有明显的流动传播性、系统整体性、超越国界性等特征。叶渭渠对"文学思潮"做了广义上的理解，认为"文学思潮是在文学流动变化的过程中，伴随着文学的自觉而超个体的、历史地形成的文学思想倾向"。取广义上的文学思潮的概念，可以帮助作者处理日本古代文学中的"思潮"问题，因为日本古代的一些文学观念和文学思想，固然受到中国文学和文化的深刻影响，但也有着自己的具有民族特色的文学观念，例如关于"言灵"的思想，"物哀""幽玄""寂""意气"的思想等，按狭义的文学思潮的定义，它们都是较为本土化的文学观念，空间上的流动性、超国界性也不太明显。在这个意义上，叶渭渠将"文学思潮"与"文学思想"作同一观，他认为："文学思想与文学思潮属同一概念范畴，两者不能绝对区别开来。如果说有区别的话，就是对不同发展阶段的不同称谓罢了。"为此，他将日本"文学思潮"划分为"文学意识→文学思想→文学思潮"这样三个阶段。具体而言，就是上古时代只有不自觉的"文学意识"，古代在中国文学思想影响下有了自觉的"文学思想"，到了近现代受西方文学的影响，有了以"主义"为形态的"文学思潮"。在这样的区分中，实际上等于说只有近现代文学才有严格意义上的"文学思潮"。

叶渭渠的这种观点，在理论上是能够自圆其说的。但是，把日本古代文学作为"文学思潮"来处理，仍有一些问题，就是在明治维新之前漫长的日本传统文学中，文学思想、文学理论都是存在的，而真正称得上有"思潮"特点的，在哲学思想上大概只有江户时代的"儒学"与"国学"思潮了，而反映在江户时代文学上的以町人文学为主体的游戏主义（主要表现为叶渭渠所谓"性爱主义文学思潮"），以及以"意气"为中心的身体审美、色道审美的思潮，实际上是以一种本能的、不自觉的方式体现出来，而由后人加以提炼和总结的。归根到底，严格意义上的"文学思潮"，只是存在于明治之后的日本近现代文学中。

尽管如此，《日本文学思潮史》的写作仍然具有充分的合理性和可行性，因为作者的根本动机，是要以这种途径和方式对日本文学史写作加以更新。在"文学思潮史"的架构中，可以把老套的以作家评论、文本分析为内容的文学史，改造为立体的、多维度的文学史，可以将文学史与思想史结合起来，将文学思潮与社会思潮结合起来，将作家的作品文本与理论家的理论文本结合起来。对此，叶渭渠论述道：

> 目前，一般文学史研究基本上习惯于对具体作家的作品、内容与形式进行孤立的、静态的评价这种固定的模式，这样就很难准确把握作为文学整体内涵的文学思潮与美学思想，以及与之相关的大文化思想背景，以作出历史的本质的评价。因此，要突破这种带惰性的固定研究模式，就要在历史的结构框架上，以文学思潮为中轴，纵横于文学理论、文学批评和文学创作几个相互联系而又不尽相同的环节中展开，并以作家和作品作为切入点，进行多向性的、历史的动态研究，这样才能更好地透过文学现象，深入揭示文学发展的态势和更本质的东西。

通观《日本文学思潮史》全书，作者完全实现了这样的意图。例如，一般的日本文学史大都直接进入作品文本，讲古代往往先从《古事记》《万叶集》讲起，但在《日本文学思潮史》的古代篇中，并不是直接进入作品，而是用两章的篇幅对日本古代文学文化特质加以总括。第一章"风土·民族性和文学观"从风土与民族性格的角度出发，总结了日本的民族性格中的四个特点，即"调和与统一的性格""纤细与淳朴的性格""简素与淡薄的性格""含蓄与暧昧的性格"；第二章"自然观与古代文学意识"则从哲学的角度，分析了日本的自然观（包括色彩、季节与植物等）与日本古代文学意识的关系。虽然这些看法和结论是其他学者早就提出的定说，但用这些基本结论来统驭文学史的叙述，还是不乏新意的。

从第三章起，作者开始按时代顺序进入文学思潮的叙述，从汉诗集《怀风藻》《古事记》与《日本书纪》《万叶集》、歌论等重要原典中加以分析，梳理了以"真实"为中心的美意识的形成轨迹，认为"日本古代'真实'的文学思想，除了上述表现'事'、'言'的真实以外，还表现心的真实，即真心、真情的一面"。（北大版，第 82 页）进而从文学思潮的角度把"真实"的美意识提升概括为"写实的文学思潮"，认为到了紫式部，真实的文学意识达到了自觉的程度。"可以说，'真实'是日本文学思潮自觉地开展的最初也是最重要的思潮之一。这一文学思潮支配着日本古代文学，左右着那个时代文学的走向。"（北大版，第 90 页）到了第八章，作者继续从江户时代的"国学家"、松尾芭蕉、上岛鬼贯等人的俳论中寻绎"真实"论，使古代"写实的真实文学思潮"的来龙去脉得以系统呈现。不过，需要指出的是，作者把日本的"まごと"译为"真实"，意思固然没有错，但"真实"只是一种解释性的翻译，在日语古语中，也有"真实"一词，音读为"しんじつ"，是一个汉语词。但"まこと"不同于"真实"，"まこと"训为汉字"真言""真事"，汉字常标记为"诚""真"或"实"，其基本含义更趋向于精神性。也就是说，它固然是指真实，但主要指的是真心、真情、真诚，而重点并不主要强调对客观外在加以真实描写的"写实"，因而与西方文论及一般文论中的"真实"论、"写实论"是有区别的。应该说，在世界各民族文学中，对"写实""真实"都有普遍的追求，都有叶先生所说的"写实的真实的文学思潮"，在这方面，日本文学并没有突出的特点。但在对"真实"的理解上却有自己的民族特色，就是"まこと"并不强调客观性，而是倾向于精神的、情感的方面，这是需要加以特别强调的。叶先生似乎是为了与一般文论相接轨，才使用了"写实的真实文学思潮"这样的表述。

《日本文学思潮史·古代篇》中所论述的第二种文学思潮是"浪漫的物哀文学思潮"。关于"物哀"，日本学者在这方面的论述很多，叶先生参照相关成果，对从"哀"到"物哀"的发展演变，"哀"与"物哀"在不同时期作品中的用例与表达，特别是《源氏物语》中的"哀"与"物哀"的用法，都做了仔细辨析，指出了紫式部在《源氏物语》中所表现的文学观，并在《源氏物语》与《红楼梦》的比较中，表明了两者在儒教与佛教思想受容方面的差异性，认为《源氏物语》中的"物哀"是日本神道观念与佛教思想相融合的产物，"物哀的本质，以佛道思想为表，以本土神道思想为里、为主体。实际上，《源氏物语》是古典写实的'真实性'与古典浪漫的'物哀性'的结合达到完美的境地"。（北大版，第131页）接着，又对江户时代国学家本居宣长的"物哀论"进行了评述分析。从"物哀"的角度理解《源氏物语》，也是本居宣长以来日本"源学"的主流观点，上述的谢六逸的《日本文学史》已经注意到这一阐释视角，叶渭渠在这里用较大的篇幅做了系统论述，体现了中国学者试图走进日本文学内部、设身处地地理解原作所做的努力。而不是"用放之四海而皆准"的政治意识形态观念来解读，这是很可贵的。但稍感遗憾的是，在这个方面，作者对本居宣长的"物哀论"原典似乎没有全面接触，对最早、最集中地阐述"物哀论"的《紫文要领》一书也没有提到，因而对"物哀"的内部构成的探讨还留下了不小的余地。

该书第十章"象征的空寂幽玄文学思潮"，主要围绕日本文学美学的另一个关键概念"幽玄"而展开。叶渭渠认为：

幽玄是这个时期（镰仓室町时代——引者注）文学精神的

最高理念。它在日本文艺中又是与日本空寂的美意识互相贯通的。空寂文学意识的出现，可以远溯古代，而发展到中世与禅宗精神发生深刻的联系，形成空寂文学思潮就含有禅的幽玄思想的丰富内涵，从而更具象征性与神秘性。

把"幽玄"视为中世时代（镰仓室町时代）日本文学精神的最高理念，是没有问题的，这也是日本学术界的定论。但这一章把"幽玄"与所谓的"空寂"作为几乎相同的概念来处理，却很成问题。日本古典文论概念中并没有"空寂"这个词，这是叶渭渠对"わび"（汉字标记为"侘"）一词的翻译，而被译为"空寂"的"わび"这个词，在含义上与近世（江户时代）以松尾芭蕉为中心的"蕉门俳谐"核心的审美概念"寂"（日语假名写作"さび"）意思是相同的。而"幽玄"则是中世时代和歌、能乐的审美概念。"幽玄"与"寂"虽然有着内在联系，但它们的适用对象与领域是各有不同的。在"象征的空寂幽玄文学思潮"这一章中，作者却把两个概念视为本质上同一的概念了，因而有时表述为"空寂幽玄"，使两个概念并列，有时则表述为"空寂的幽玄"（北大版，第148页），如此用"空寂"来限定"幽玄"，是颇为值得商榷的，也不太符合日本学界大部分研究成果所得出的结论。而且，把"わび"译成"空寂"，把"寂"（さび）译成"闲寂"，问题似乎更大，因为它们本身都是"寂"，只是前者多用于茶道，后者多用于俳谐。"空寂""闲寂"的译法，是用"空"和"闲"字，对"寂"做出了限定。做出这样的限定本质上也无大错，但却缩小了原来"寂"概念应有的丰富内涵。所谓"空寂的幽玄"这样的表述，实际上是说"幽玄"是具有"空寂"的属性。实际上，"幽玄"虽然有空灵感，但绝不是"空寂"，相反，却具有像现代美学家大西克礼在《幽玄论》中所说的那种"充实相"，而且这个"充实相"非常巨大、非常厚重。（见《幽玄论》）总之，由于这一章将"幽玄"与所谓"空寂"合为一谈，对"幽玄"这个重要审美术语的探讨和阐发也就受到了严重妨碍。

同样的问题也体现在下一章（第十一章）"象征的闲寂风雅文学思潮"中。这一章的重心是论述松尾芭蕉以"寂"为中心的风雅论。由于在上一章中已将所谓"空寂"与所谓"闲寂"分开，这一章的开头就讲述两者之间的区别与联系——

> 空寂与闲寂作为文学理念，在许多情况下，尤其是在萌芽的初级阶段，含义几乎是混同的，常常作为相同的文学概念来使用……而且作为日本文学理念的空寂和闲寂的"寂"包含更为广泛、更为深刻的内容，主要表达一种以悲哀和静寂为底流的枯淡和朴素、寂寥和孤绝的文学思想。

既然说"空寂"与"闲寂"，也就是"侘び"（わび）和"寂"（さび）两者"含义几乎是混同的，常常作为相同的文学概念来使用"，那么，既然这样，为什么还要将它们拆分为两个概念、做出两种不同的翻译呢？这就显示了论述和操作上的矛盾。而且，接下来又说"作为日本文学理念的空寂和闲寂的'寂'包含更为广阔、更为深刻的内容"云云，这就等于承认了"寂"这个概念包含了所谓"空寂"和"闲寂"两个概念；换言之，"空寂"和"闲寂"这两个译词，即便能作为概念来使用，那也只是从属于"寂"的两个次级概念。当作者在第十章中不恰当地将所谓"闲寂"和"空寂"分开来，到这里就不可避免地引发逻辑上的混乱。此外，这一章在论述蕉门俳谐所谓"寂静风雅"的文学思潮的时候，由于对俳论及"寂"论原典使用和征引不多，对"寂"的丰富内涵阐释不够，显得浅尝辄止。

还需要特别指出的是，《日本文学思潮史·古代篇》上述几章的标题，分别为"写实的真实文学思潮""浪漫的物哀文学思潮""象征的空寂幽玄文学思潮""象征的闲寂风雅文学思潮"，其定语分别是"写实"

"浪漫""象征"。显然是受西方文学思潮的术语概念的影响。这样做的好处是容易和西方文学思潮对位,并有助于现代读者的理解。但由此也带来了问题,就是日本的"诚"的文学观念不是西方意义上的"写实主义"意义上的"写实",而是出于儒教、神道的"诚"的观念;"物哀"的文学思潮虽然以其情感性、情绪性的特征而具备一些"浪漫"的特征,但"物哀"与西方"浪漫",特别是与"浪漫主义"建立在思想解放基础上的自主自由精神和反叛性等相距甚远;同理,作为蕉门俳谐审美理念的"寂",虽然因使用暗示、托物等手法,不无"象征"的因素,但也绝不等于文学思潮意义上的"象征主义"。这样看来,假如不使用"写实""浪漫""象征"这三个限定词,似乎更为稳妥一些。

除了上述的"象征的闲寂风雅的文学思潮"外,《日本文学思潮史·古代篇》在论述近世(江户时代)文学的时候,还划分出了另外三种文学思潮,即"古典主义""性爱主义""劝善惩恶主义",并用三章(第十二至十四章)加以论述。加上"闲寂风雅的文学思潮",这四种类型的划分概括了江户时代文学创作、文学理论、学术研究方面的主要的思想倾向。严格地说,如果不使用西方文论概念来表述的话,所谓"古典主义",实际上是一种思想理论方面的国粹主义复古思潮,但作者显然是特意与西方文学史相对应,而将日本的这种思想倾向称为"古典主义"。"古典主义"这样的称呼在日本各种文学史著述中,是很少看到的,作为作者的创意之一,固然是值得肯定的,但是另一方面,"古典主义"这个词也有词不称意的问题。"古典",最根本的含义就是既"古"又"经典",对于日本文学而言,所谓"古典"绝不仅仅是本居宣长、贺茂真渊等江户国学家所推崇的《古事记》《万叶集》《源氏物语》,也包括日本源远流长的汉文学,因为在日本从奈良时代到江户时代长达一千年的文学史上,汉诗汉文都被认为是文学的正统,比日本语文学更"古",也最"经典",至于日本语文学,则长期被视为闺房文学、妇幼文学,是后来才被逐渐认可的。这样看来,"古典主义"也应该包括对汉诗汉文等汉文学的推崇。然而实际上却恰恰相反，作者在这一章中所说的"古典主义"却是排斥汉文学，反对汉文学的价值观念、审美趣味和表达方式，是将原本非经典的日本语文学加以经典化、正统化。这样看来，比起"古典主义"一词，用"国粹主义""复古主义"或"国粹复古主义"之类的名称来概括这一思潮，似乎更为恰当吧。

第十三章"性爱主义文学思潮"中的"性爱主义"，也是作者的新提法，指的是日本人常说的"好色文学"，或者说是"好色"的文学美学思潮。在这一章中，作者简单梳理了日本文学史上的性爱传统，然后将论述的重点放在以井原西鹤为代表的"以'粹'为中心的新的性爱主义文学思潮"。诚然，"性爱"的问题作为人性中的基本问题，不仅贯穿于从古到今的日本文学，也贯穿于其他各民族文学。在日本，把性爱"道学"化而成为"色道"，将性爱文学提高到一种美学形态的，是江户时代的市民文学即"町人文学"，因此，也不妨把这个意义上的"性爱"作为一种"文学思潮"来看待，但可惜这一章没有很好地展开，内容显得单薄。特别是对"性爱主义"之所以成为文学的审美思潮，没有透彻阐述。"性爱主义"之所以成为一种"文学思潮"，是因为它体现了自己的文学审美观念，这种观念集中体现在"意气"这个概念中。关于"意气"这个词，此前的吕元明《日本文学史》已经涉及到了。对这个问题，叶渭渠写道：

> 这时期将这种纯粹精神性的好色的美理念，提升归纳为"粹"（すい）、"通"（つう），训读"いき"时写作"雅"，其内容大致是相通的，只不过不同时期、不同文艺形式，其称谓有所不同罢了。

以上表述中，显然存在一些不确之处。首先，"いき"并不是对"粹""通"的训读，而是一个独立的概念；第二，"いき"训读为——即用汉字解释为——"意气"两字，而不是"雅"字。虽然在江户时代的文学作品中，是有作家有时偶尔将"意气"（いき）表记为"雅"，但那是极少的情况，因为"雅"作为一个审美观念，假名写作"みやび"，与"意气"属于完全不同的范畴。第三，"意气"（いき）是核心概念，次级概念是"粹"与"通"，关于这一点，现代美学家九鬼周造在《"意气"的构造》中阐述得已经很清楚了。

与"古代篇"比较而言，《日本文学思潮史·近现代篇》用"文学思潮"来统驭之，理论上的问题要少一些。因为对明治维新后的日本文学而言，"思潮"是文学发展的主线。在西方文学思潮影响下，各种思潮相互更替，相生相克，推动着文学的不断发展演变。作者在"近现代篇"中，用十四章（十五至二十九章）的篇幅，从近代启蒙主义文学思潮讲起，一直讲到20世纪末当代文学思潮。各种文学思潮之间具有千丝万缕的联系，划分的角度和标准有所变化，思潮的名称和论述方法就会有变化。在这些思潮中，写实主义、浪漫主义、自然主义、唯美主义、人道主义、理想主义与无产阶级等，现代派文学、战后文学等，都是经典化的文学思潮，作者对这些思潮分专章论述，是无可争议的。但是到了战后的半个多世纪至今，日本的文学思潮如何例定和划分，就成了一个问题。《日本文学思潮史·近现代篇》在这个问题上是有商榷余地的，主要问题是切分过细。例如，第二十二章"无产阶级文学思潮"与第二十七章"民主主义文学思潮"，这两种思潮虽然分别发生在战前和战后，实际上是一脉相承的左翼文学思潮。"民主主义文学"这个词，与其说是文学概念，不如说是一个政治性的概念。所谓"民主主义"文学在理论上除了内部理论斗争之外，并没有新鲜的理论建树，也没有写出真正胜过战前无产阶级文学的优秀作品，因此尽管作者强调民主主义文学"不是战前无产阶级文学运动的简单延续"，但它在性质上属于"左翼文学思潮"是毋庸置疑的。又如，第二十五章"战后派文学思潮"与第二十八章"无赖派文学思潮"，都是日本战败后社会状况与精神状态的反映，作为文学思潮，两者实际上具有同时、同质、同构的特点，因此，"无赖派"完全应该合并到"战后文学思潮"中去。而作者之所以把"民主主义"与"无产阶级"文学、"战后派"与"无赖派"分开，关键原因似乎是没有在理论上对"文学思潮""文学团体"与"文学流派"这几个概念加以严格区分。民主主义文学也好、无赖派文学也好，这些都属于文学团体、文学流派。比起"文学思潮"来，文学流派或文学团体更受时间、地域和组成人员的限制，而文学思潮完全可以涉及不同地域、不同作家与理论家，持续的时间也相对较长。因而，"文学思潮"完全可以笼罩和包含"文学流派"和"文学团体"的概念。如果将思潮切分得过于细碎，那么"文学思潮"这一概念对"文学史"的统驭性，就势必会受到削弱。

在具体的各种思潮的论述中，应该以"思潮"（思想倾向、理论主张等）为纲，以作家作品为目加以研究和评析，将理论文本与作品文本结合起来加以研究，在这一点上，《日本文学思潮史·近现代篇》中的大多数章节都有很好的体现。但也有的章节在理论文本方面的评析上显得薄弱。例如，在第十五章"启蒙主义文学"中，作者论述了启蒙思潮的起源及其倾向，翻译小说的意义、自由民权运动与政治小说的关系、近代文学观念与方法的引进、文学改良运动的性格，抓住了启蒙主义文学运动各个方面，都是很得要领的，分析也是到位的，但是对启蒙主义文学理论的分析评述却有不足。既然讲的是启蒙主义的"文学思潮"，那么关于文学启蒙的理论观点、理论主张的分析评述就应该是主体内容。而对于启蒙文学时期的重要的理论家，作者只提到了西周的《百学连环》《美妙新说》等著作，井上哲次郎等的《新体诗抄序》等少量篇什。而实际上，构成启蒙主义文学思潮主流的，是小室信介、坂崎紫澜、尾崎行雄、末广铁肠、矢野龙溪、德富苏峰、内田鲁庵、森田思轩、矢崎嵯峨屋、金子筑水等启蒙主义文学理论家的文章，应该对这些文章加以重点评析，才能细致深入地揭示启蒙主义文学思潮的内容及其特点。

总起来看，《日本文学思潮史》在日本文学史观念和方法上具有创新意识，很大程度地更新了中国的日本文学史研究与写作的模式，与日本的众多文学史著作相比较，也是突出的。书中所存在的一些问题，大多是在观念和方法论更新过程中所产生的问题，也为今后的继续研究留下了余地与空间。

## 第四节　叶、唐合著四卷本《日本文学史》

《日本文学思潮史》近 50 万字，是篇幅上属于中型的专题文学史。也可以看作是叶渭渠的日本文学史研究的一个浓缩。此后，叶渭渠先生和唐月梅一道，将日本文学史的研究进一步展开，写出了四卷本的《日本文学史》。

《日本文学史》全书分为"古代卷"（上、下册）、"近古卷"（上、下册）、"近代卷""现代卷"，近 200 万字，属于大型的日本文学通史。2004 年列入《东方文化集成》，由昆仑出版社出版。《日本文学史》的特点首先是"大"。从篇幅规模上说，文学通史的撰述，最难的是两端，一端是小型文学史，用十来万的篇幅就把文学史写下来，非有极强概括力而不能为。另一端是大型文学史，篇幅在数百万之上。迄今为止，我国出版的外国文学史中，堪称大型文学史的，据笔者所知大概有两种：一种是王佐良、何其莘主编，1994—1996 年陆续出版的五卷本《英国文学史》，总字数有 200 万字左右；另一种是 2000 年出版的刘海平、王守仁主编四卷本《新编美国文学史》，总字数在 150 万字左右。以上两种大型文学史，都是多人合作撰写。这样比较看来，多达 200 万字的《日本文学史》，由叶、唐两人合著而不是多人执笔，保证了文学著作风格的统一性，实在难能可贵，也从一个侧面表明了我国的日本文学史研究水平是居于前列位置的。这样的大规模的日本文学通史，不仅在中国是空前的，在日本也是不多见的。日本学者的《日本文学史》类的著作，卷数字数有更多的，但日语表述比汉语拖沓，若把它们译成汉语，超过两百万字的恐怕也是屈指可数，规模最大的似乎只有美国学者唐纳德·金的十八卷《日本文学史》。叶、唐合著四卷本《日本文学史》从古代一直写到 20 世纪末，是中国唯一的一部跨度最长、规模最大的日本文学通史，堪称叶、唐夫妇日本文学研究的集大成的著作，是几十年孜孜不息、潜心研究的结晶，显示了他们在日本文学方面长期的、丰厚的积累。可以预料，今后相当长的时间里，中国学者要在规模和水平上超越此书，恐怕是很困难的。

作者在序章"研究日本文学史的几点思考"中，阐述了日本文学史研究的基本思路和方法，这些主张和表述与上述《日本文学思潮史》绪论中的主张和表述大体一致。作者不满意以往日本文学史的既定模式，意欲有所突破和更新。表现在文学史分期上，作者分析了日本文学史的各种分期方法，没有采用日本人最常用的按朝代更替来划分文学史时期的做法，而是采用西方式世界通史的做法并做了简化，将从古到今的日本文学史分为古代、近古、近代、现代四个历史时期。其中，作者所说的"古代"，是指平安王朝时代及其此前的文学史，"近古"是从镰仓时代、室町时代到江户时代的文学史，"近代"是指明治、大正时代，"现代"是指昭和时代至今。并按照这样的划分，每个时代各成一卷，简明扼要，有利于分卷。这样的时代划分与日本学者西乡信纲的《日本文学史》大体是一样的，不同之处在于西乡信纲将"近古"表述为"中世纪"。叶、唐合著《日本文学史》把"古代"之后的历史时期称为"近古"，是一个独特的表述。细究起来，既然以"古代"为开头，那么一般而论"古代"以下应该依次有"中古""近古"。从"古代"突然跳到"近古"，势必会使习惯于世界通史划分方法的读者多少感到疑惑。但好在作者对此做了明确的时代界定，不至于产生太大的误解。

在文学史撰写的方法上，《日本文学史·古代卷》在对日本文学的起源和发展进行追溯和清理的时候，既注意日本本土文化的特性，也不忽略中国语言文化的影响及它与世界各民族文学的共性；既充分论述日本语文学,也用相当的篇幅研究日本的汉文学,包括《日本书纪》那样的历史文学,《怀风藻》等汉诗集;在论述日本古代文学评论及文学观念的时候,也周到地论述了中国文学批评的影响,反过来又肯定了空海的《文镜秘府论》对保存和整理中国古代文论所做出的贡献。在论述《源氏物语》的时候,则专辟一章论述《源氏物语》与中国文化的关联。在《近古卷》中,作者对镰仓时代以佛教僧人为主体的"五山"汉文学以专章加以论述。在论述到江户时代文学时,也分专章论述了中国儒学的文学观对江户文学观念的影响。因而,在某种意义上说,《日本文学史》的《古代卷》和《近古卷》也是一部中日古代文学的关系史和交流史,并揭示了一个历史事实:上千年的日本的古代文学史,是汉文学与日语文学并存的历史,而且在大部分情况下,汉文学一直是居于正统和主流的地位。一些具有日本文化民族主义倾向的学者写作的《日本文学史》,虽然也都承认汉文学的存在,并给予一定篇幅的论述,却有意地贬低汉文学的价值,例如用"历史唯物主义"观点写成的西乡信纲等著《日本文学史》,认为"汉诗是由头脑里产生出来的理性的文学,卖弄学识的文学。作为具有无限生命力的古典作品流传至今的,当然不是《怀风藻》,而是《万叶集》"(中译本,第46页)。从这种认识出发,该书对后来的"五山文学"等汉文学创作则基本未提。近些年来日本出版的一些《日本文学史》,由于新一代作者汉文学修养不足,想谈也谈不了;抑或出于文学史观念上的原因,导致对汉文学的论述越来越少。这种情况下,叶、唐合著的《日本文学史》全面客观地再现了日本传统文学中汉文学与日语文学并存的状况。不过,该书对汉文学的评述方面也存有一些缺憾之处,例如江户时代、明治时代日本人创作的大量的汉文小说,就基本没有提到。

　　《日本文学史》的《近代卷》和《现代卷》,由于作者对相关作家作品的翻译研究积累更多,所以显得更为成熟。在长达半个世纪的岁月里,叶渭渠、唐月梅先生的主要精力用在了对日本现当代作家作品的译介方面,许多重要的作家作品,包括川端康成、三岛由纪夫、谷崎润一郎、横光利一、东山魁夷、安部公房等著名作家的多卷本文集，就是经他们两位组织、策划并译成中文出版的。在译介这些作家作品的过程中积累了对作家作品丰富的阅读经验，对其中的有些作家，如川端康成、三岛由纪夫等，还做过专门深入的研究，这些都为《日本文学史》的《近代卷》和《现代卷》的研究和写作打下了坚实基础。

在《日本文学史·近代卷》的"序章"中，作者论述了日本近代文学与日本传统文学、与西方文学之间的双向的密切关系，同时强调了近代文学成立的三个价值基准：一是近代自我的确立，二是文学观念的更新，三是文体的改革，并在具体章节的论述中加以贯彻。"近代自我的确立"属于近代文学综合体现的思想内涵，"文学观念的更新"主要是在文学批评与文学理论中得以反映，"文体的改革"主要体现在作品表现形式演变的层面。作者就这样以"近代性"为中心，从内容到形式，从理论到创作，系统地呈现了日本近代文学的发展进程及基本特点。在以下各章中，作者以作家作品论为中心，以思潮流派的更替为线索推进近代文学的叙述，将翻译文学、政治小说作为启蒙主义文学的主要表现，将二叶亭四迷作为日本近代小说的开山者，将坪内逍遥、森鸥外分别作为近代写实主义与浪漫主义文学理论的奠基者，将正冈子规作为近代俳句的革新与确立者。在论述日本文学思潮的时候，将浪漫主义运动作为近代文学主体性确立的标志，将自然主义思潮作为日本近代文学的主潮，将反自然主义的唯美主义、理想主义文学作为近代文学进一步展开，将夏目漱石作为日本近代文学的高峰和代表。在论述过程中，把小说视为近代文学的主要样式，同时也对诗歌、戏剧的近代化发展进程做了评述。总之，《日本文学史·近代卷》写得周密、周到和成熟。

当然，具体到有些论述，也有一些问题值得商榷。例如在第十章"岛崎藤村与近代现实主义的发展"中，把岛崎藤村看成是"现实主义者"，这似乎是延续了1950年代刘振瀛先生在《破戒》译本序言中的说法，但刘的说法是在独尊现实主义的那个特定时代产生的，实际上，按日本自然主义的标准，岛崎藤村的《破戒》在"描述实事""个人隐私告白""无理想、无解决"等方面，是地地道道的自然主义小说，这也是日本学界的定论。不能因为作品反映了社会现实问题就判为"现实主义"。如果单从反映现实甚至批判现实着眼，实际上浪漫主义、现代主义等几乎所有思潮流派的作品也都从不同角度反映了现实，甚至批判和否定了现实。因此，还是得从日本自然主义的独特定义出发，来判断岛崎藤村思潮的归属问题。再如，在第十一章"夏目漱石"中，把夏目漱石定位为"一位伟大的批判现实主义作家"（第 364 页），把《我是猫》视为"批判现实主义的经典"（第 380 页），恐怕是以偏概全了。夏目漱石的作品充满社会正义感，有批判精神，但更有欧美"批判现实主义"作家所没有的那种佛教禅宗式的超越、余裕、旁观、静观的姿态，尤其是对社会政治保持了足够的距离，也没有欧美批判现实主义者那种以文学干预社会，乃至改造社会的动机与意图。《我是猫》《哥儿》等前期创作是取江户文学的滑稽讽刺，后期则是专心对人性中的利己主义的剖析。因此，漱石作为一个大作家，其文学具有超流派的、综合性的特征，不能简单地说夏目漱石是个"现实主义"作家，用欧洲的"批判现实主义"来给夏目漱石定性，这样就难以揭示夏目漱石作为"日本近代文学之代表"的本质特征。此外，对戏剧家菊池宽的戏剧的评析和评价也不够。

和日本近代文学史比较而言，1920 年代末期之后，即芥川龙之介去世后的日本文学史，被一些日本文学史家称为"现代文学"，这一时期处在日本历史上最为动荡的混乱年代。在战前和战中，反国家体制的无产阶级文学、为天皇制国家服务的民族主义及日本国家主义文学，协力侵略战争的战争文学，西化的新感觉派及现代派文学，以娱乐消遣为目的的大众通俗文学，反对西化和反拨近代化进程的"近代的超克"文学等，呈现出错综复杂的局面，加上历史沉淀时间不长，经典化的过程太短，因而现代文学史的撰写也远比近代文学史困难。

在这种情况下，叶渭渠、唐月梅合著的《日本文学史·现代卷》在

"序章·现代的探索"中，谈了这一时期文学史发展的基本特点，认为"在社会的重压之下，近代文学虽然在促使近代人的观念、文学思想和文学方法开始发生变化，但未能实现根本性的变化。这就是日本近代文学软弱性和妥协性的原因所在。"（第4—5页）那么这种情况到了"现代文学"中有了什么改变吗？若没有改变，近代文学如何演进到现代文学呢？"现代文学"的"现代性"又体现在什么地方？对于这个问题，《日本文学史·现代卷》并没有明确地加以回答。作者认为："无产阶级文学和新感觉派文学是近代文学解体期的产物，前者从个人意识转向社会意识，以实现革命文学的形式，促进这种解体；后者脱离社会意识而笼闭在个人意识中，试图以文学革命的形式来完成这一解体的过程。它们的诞生，宣告了近代日本文学的完成，拉开了现代日本文学的序幕。"（第5—6页）又指出，无产阶级文学与现代派文学"这两种文学思潮的基本对立关系，就是日本现代以来的文学本质，也是20世纪世界文学状况在日本现代文学中的反映"。（第6页）。这个基本判断是符合历史事实的，也是日本文学史家们的共识。但是，上述近代文学中人的解放、个性解放、自我意识的主题，在现代文学中并没有得到进一步解决，而且在很大意义上是后退了。对此，作者也指出：无产阶级文学的实质是以阶级性、党性、政治性、集体性为优先，是反对个人主义和个性表现，而战争时期的为天皇制政权对外侵略服务的御用文学及战争文学，也是强调个人一切服从国家。还有一些理论家提出了反对西化、回归日本民族传统的"日本主义""近代的超克"的主张。这一切，不但很不"现代"，而且是在"超克"近代了。对此，作者没有加以透彻分析。实际上，将日本的昭和时代以后的文学史称为"现代文学"，只不过是一些日本文学史家为了给明治以后的文学史做时代分期，而使用的一个单纯的时间性词汇而已。换言之，1926至1945年的日本文学，在天皇制政府前所未有的集权统治及对外侵略的举国体制中，人的解放、个性解放方面，总体上是倒退了，在一定程度是反"近代"的，更遑论"现代"。对于这个问题，文学史家必须作出清醒的判断。也必须让读者明确，只有到了日本战败后，才在一定程度上接续了近代的传统，而具备真正的"现代"文学的性质。

正因为"现代"历史不长，因而哪些该写进文学史、哪些该多些、哪些该少写，不同作者由于立场视野和方法论的不同，而处理有所不同。叶、唐合著的《日本文学史·现代卷》，在这方面也有自己的选择。对于战前文学部分，众多的日本文学史书论述很多，选材上是没有问题的，但也存在一个论述上多寡与轻重的问题。例如，在《日本文学史·现代卷》的"序章"之后的头三章，讲的都是无产阶级文学，三章的篇幅是全书各流派中最多的，可见对无产阶级文学的高度重视。其中对小林多喜二单列了一章，与后文中单列一章的井上靖、川端康成、三岛由纪夫处在一个等级，给了他以大作家的地位。但是，应该明确：小林多喜二去世的时候不到30岁，生前主要精力并不在写作，艺术上处在学习阶段，如何能把他列为专章，作为第一流的大作家来论述呢？老实说，这样的选材标准，恐怕主要还不是文学本身的标准、艺术性的标准，而是社会政治的标准，这与作者关于文学与政治关系的理解也不尽相符。而另一方面，对战争时期的侵略文学，作者单列第八章"黑暗的战争年代与文学"做了评析，但对侵华文学及战争文学的来龙去脉的分析还不太充分，对日本文学史上的反文学的阴暗面还应该更充分地加以揭示。特别是该章第四节谈到所谓"抵抗文学"的时候，与其他一些日本文学史书一样，没有明确说明那些看起来是"抵抗文学"或反战文学的作品篇什，到底是战争期间，还是战后写的。只有在战争中发表的抵抗文学才是真正的抵抗文学，正如只有面对着敌人抵抗才是抵抗一样。鉴于日本很多作家战前、战中、战后，在压力之下见风使舵，频繁"转向"，战后发表的那些所谓反战文学，很难证明是战争中写的，而很可能是战后写的而故意说成是战中写的。这一点要做明确辨析虽然不容易，但一定要跟读者说明。否则就会使读者误以为日本文学界也像德国文学界那样存在"反战文学""抵抗文学"，并给予过高评价。

对于战后文学部分，特别是近 20 世纪最后二三十年，选材上有许多困难，这也许就是所谓"灯下暗"现象，越是晚近的，越难以入史。例如，大众文学、通俗文学，主要包括战前战后的历史小说、推理小说等，是日本现代文学的重要组成部分，大众文学的发达也是日本现代文学的一个突出特点，对此，《日本文学史·现代卷》第七章"现代戏剧再兴与大众文学流行"中的后两节，评述了 1920 年代至 1930 年代大众文学及代表作家中里介山、吉川英治、大佛次郎、直木三十五等人。鉴于这些作家在读者中影响很大，一些日本文学史家认为这不是"纯文学"而是商业化的文学，便予以轻视。《日本文学史·现代卷》在这里予以专门介绍是非常必要的。但写到战后至当下文学部分的时候，《日本文学史·现代卷》对战后十分繁荣发达的大众通俗文学虽有涉及，但评析不足，例如，在日本读者中几乎人人皆知、长期以来影响力名列前茅、被众多研究者作为研究对象的著名小说家司马辽太郎，论述却过于简单，与司马辽太郎在日本文学中的实际地位与影响不甚相配。平心而论，就当代日本作家的创作成就、对读者与社会的影响力而言，能与司马辽太郎比肩的作家，为数极少，司马辽太郎是应该用单列专章予以论述的大作家。另一方面，对于推理小说这样一种具有巨大影响的文学样式介绍不够。站在中国读者的角度来看，近三十多年来，特别是 1980 年代至 1990 年代的二十多年间，日本的推理小说在中国的译介很多、传播甚广，对此，面向中国读者的《日本文学史》也应该做出相应的反应和解说。同样的，中国读者很熟悉的村上春树并不是大众文学家，而是属于纯文学或精英文学，村上 1980 年初就走向文坛，并产生了持续的、世界性的影响，可惜在《日本文学史·现代卷》全书中，甚至难以找到村上春树的名字。除了村上以外，在战后文坛上影响很大的许多作家，都没有进入该书的视野。本来全书的最后一章"当代日本文学的走向"和终章"未来文学发展的大趋势"中应该提到，但是作者只是援引了若干日本评论家的话并做了宏观层面上的综述，便匆匆结束全书。看来，《日本文学史·现代卷》中涉及当代（战后）部分的文学史时，面临的关键还是选材问题。要把近十年来的重要的文学现象纳入文学史，需要冲破已有文学史的论述范围，紧密追踪文学发展的实际，将文学史的纵深性与当下性联结起来。总之，尽管存在选材范围及论述轻重上的一些值得商榷的问题，但这并没有从根本上妨碍《日本文学史·现代卷》的学术上的高水平和重要价值。作者的论述和评析在知识层面上是可靠的，在思想层面上也不乏启发性。

　　总而言之，全四卷的《日本文学史》作为迄今为止篇幅最大、内容最丰富、资料最全面的日本文学史，代表了我国 20 世纪末期之前日本文学史研究写作的最高水平，是叶渭渠、唐月梅夫妇日本文学史研究成果的集大成。作者虽然借鉴和参阅了许多已有的日文版文学史，但由于建立了自己科学严谨的文学史观和文学史研究写作方法论，能够有效地避免了日本学者常有的那种材料堆砌、文本细嚼、散漫繁琐、过于感性化、过多雕词赘句、缺乏理论思辨性的弊病，充分发挥了中国学者所擅长的思路清晰、表达准确洗练的优势，体现了中国学者日本文学研究的实力和贡献。这样大规模的、高水平的日本文学史著作，不仅在中国是空前的，即便在日本也并不多见，与日本的同类文学史相比也是出类拔萃的。全书结构合理、逻辑周密、知识密集、信息丰富，既可以作为专著连续阅读，也可以作为工具书与资料书供随时查阅使用，具有阅读和收藏的双重价值。对于日本、中国的日本文学史学习与研究者来说，可以将此书置于座右。

　　除上述的著作外，叶渭渠、唐月梅先生的其他的日本文学史方面的著述还有二人合著《20 世纪日本文学史》（青岛出版社 2004 年）、《日本文学简史》（上海外语教育出版社 2006 年），叶渭渠著《日本小说史》（北京大学出版社 2009 年）等，基本上都是在四卷本《日本文学史》基础上的缩编或改写的。

　　在叶渭渠、唐月梅四卷本《日本文学史》这样的文学通史之外，有特色的日本文学史，还有大连外国语学院教授罗兴典（1934 年生 ）著《日本诗史》（上海外语教育出版社 2002 年）。作者长期从事日本诗歌的翻译，出版了多种日本新诗译本，因此撰写《日本诗史》的条件可谓得天独厚。该书以 30 多万字的篇幅，从明治初期《新体诗抄》一直写到 1990 年代的日本诗歌，对浪漫主义、象征主义、唯美主义、现代主义、无产阶级诗派、战争时期的诗歌、战后诗歌的各种思潮与流派，做了系统的评述，是一部系统的日本新诗通史。所引用的作品也由译者翻译，可以看出译者作为一个翻译家出色的诗的语言感觉，只可惜书名"日本诗史"不免会引起歧义，因为在日本传统文学中，"诗"指的是"汉诗"，与"和歌"相对而言，到了近代才泛指新体诗（新诗）在内的一切诗歌样式。名为"日本诗史"，会使读者误认为是日本传统的汉诗史，至少是包括传统汉诗和新诗的古今通史。

不以文学史之名，而具有文学史性质的著作，是叶舒宪与李继凯合著的《太阳女神的沉浮——日本文学中的女性原型》（陕西人民教育出版社 1992 年），作者使用 1990 年代盛行的原型批评的方法，以日本文学中的女性原型为中心，从《古事记》《竹取物语》到《源氏物语》等平安王朝物语，再到中世纪武士文学与江户时代的町人文学，最后到近现代文学，系统揭示了日本文学中的女性观念、女性形象的变迁及其特点。该书虽然只是一本 12 万字的小册子，却在从特定视点考察和研究日本文学史这一点上，具有很大的启发性。还有其他学者也先后编写出版了日本文学史著作或教材，如平献明《当代日本文学史纲》（辽宁教育出版社 1993 年），马兴国《日本文学史》（春风文艺出版社 2000 年），谭晶华编《日本近代文学史》（日文版教材，上海外语教育出版社 2003 年），高晓华编著《日本古代文学史》（大连出版社 2004 年），张如意编著《日本文学史》（河北大学出版社 2004 年），曹志明著《日本文学史》（黑龙江人民出版社 2005 年）、《日本战后文学史》（人民出版社 2010 年），刘立善著《日本近现代文学流派史》（辽宁大学出版社 2007 年），谢志宇著《20 世纪日本文学史——以小说为中心》（浙江大学出版社 2005 年），张龙妹、曲莉编著《日本文学》（上下册，高等教育出版社 2008 年），李先瑞编著

《日本文学简史》(南开大学出版社 2008 年),刘利国、何志勇编著《插图本日本文学史》(北京大学出版社 2008 年),蓝泰凯著《日本文学研究》(贵州人民出版社 2009 年),崔香兰、张蕾编著《新编日本文学史》(大连理工大学出版社 2009 年),刘利国编著《日本文学》(北京大学出版社 2010 年),王健宜、吴艳、刘伟著《日本近现代文学史》(世界知识出版社 2010 年),高鹏飞、平山崇著《日本文学史》(苏州大学出版社 2011 年),钱韧编著《简明日本文学史》(四川大学出版社 2011 年),肖霞编著《日本现代文学发展轨迹:作家及其作品》(山东大学出版社 2011 年),于荣胜、翁家慧、李强编著《日本文学简史》(北京大学出版社 2011 年),等等。还有一些日本文学作品选评类书籍,如孙莲贵主编的《日本近代文学作品评述》(天津人民出版社 2000 年)、张予娜主编的《日本文学教程》(华东理工大学出版社 2010 年)等。这些书大都是在日语专业教授日本文学的教师所编写的教科书,各有其一定的特点,都为中国的日本文学史教学与知识传播做出了自己的贡献。特别是马兴国的《日本文学史》、张龙妹的《日本文学》,在某些方面是有自己独到的研究和见地的。但从学术的创新与进步的角度看,十几种日本文学史,许多都没有在此前的叶渭渠、唐月梅先生著述的基础上有明显超越。有的文学史观念较为落后甚至原始,大多仅仅是作家作品的简单介绍的连缀,而且,其中许多书不严格遵守学术著作的规范,参考书目的征引相当随便,许多著作在书后的参考书目中没有列出此前出版的叶渭渠、唐月梅著四卷本《日本文学史》,甚至有些就完全没有"参考书目"。试想,若想写出有新意的、超越前人(至少在某些方面超越前人)的日本文学史,怎么可以不看前人的相关著述呢?作为用中文写作的日本文学史,怎么可以无视叶渭渠、唐月梅的《日本文学思潮史》《日本文学史》的存在呢?

还需要提到的是,北京日本学研究中心文学研究室编著的《日本古典文学大辞典》(人民文学出版社 2005 年),该书由张龙妹执行主编,编委有王华、蒋义乔、赵力伟、尤海燕、何蔚泓、林晓,撰稿人除主编与编委外，还有佟君、刘德润、邱岭、周以量等 20 多人。以词条释义的方式，对日本文学史上的重要和较为重要的作家作品、文学样式、文学术语、概念、文学题材及相关典故等，做了言简意赅的表述，既借鉴了日本出版的《日本古典文学大辞典》之类的工具书，同时又根据中国读者的需要，在词条选择和释义方面，重视中日文学关系及中日比较文学的内容表述，而且在重要词条中都有研究史概述、相关版本介绍以及研究参考文献的胪列，具有较大的信息含量和参考价值，可以作为日本古典文学学习的入门书和手头常备工具书，作为日本文学综合研究的重要成果，是值得注意的。

# 第二章 《万叶集》及和歌、俳句的研究

　　和歌、俳句是日本古典诗歌的典范性样式，也是日本人精神文化的重要载体。要把和歌、俳句置于汉语文化的平台或语境中加以研究，首先就有赖于和歌、俳句的汉译，因而，无论从翻译学的角度看，还是从学术研究的角度看，和歌、俳句的汉译及关于汉译方法的争鸣讨论本身，就是对和歌俳句的独特的研究形态。周作人、钱稻孙、杨烈、李芒、赵乐甡、林林等，在不同的历史阶段为和歌俳句的汉译和汉俳的诞生，做出了自己的贡献。从俳句翻译及格律模仿中诞生的"汉俳"成为中国当代的新型小诗体，丰富了中国诗歌体式，具有重要的文学价值。和歌、俳句无论在内容表现，还是在艺术形式上，都与中国文学有着密切的关联，王晓平等中国学者的和歌俳句的研究，在选题上也大都从中日文学关系的角度出发，充分发挥中国立场和中国文化的优势，在借鉴吸收日本学者的研究成果的基础上，形成了鲜明的研究特色。在日本和歌史、俳句史的研究上，郑民钦的《日本民族诗歌史》等著作最有代表性。

# 第一节　《万叶集》及古典和歌的译介

和歌是日本民族诗歌的主要样式，日本最古老的和歌总集是《万叶集》，在日本文学史上，《万叶集》的地位相当于《诗经》在中国文学史上的地位。《万叶集》收集了自公元 4 世纪到 8 世纪约 400 年间的和歌4500 余首，全书共 20 卷，其中大部分是 8 世纪奈良时代的作品。《万叶集》写作和成书时，日本自己的"假名"文字还没有诞生，故全部借用汉字标记日语的发音（后被称为"万叶假名"），同时直接使用汉字（即所谓"真名"）来表义，真名、假名混杂难辨，难以卒读。经日本历代学者研究考订，才有了我们现在所看到的用日语文言文整理出来的本子。《万叶集》中的各种体式的和歌都是五七调，但与汉诗的五言或七言的对偶句不同，一首和歌的句数和字数都是奇数的。其中"五七五七七"五句三十一字音的短歌在《万叶集》中占绝大多数，《万叶集》之后便成为和歌的唯一体式。

明代的李言恭、郝杰编纂的《日本考》中，有编纂者翻译的日本和歌（短歌）39 首，或许是中国最早的和歌翻译，译文形式不一，最多的是五言四句，其次是四言四句。晚清黄遵宪在《日本杂事诗》中，也有对日本和歌的介绍。第 162 首云："弦弦掩抑奈人何，假字哀吟伊吕波。三十一声都怆绝，莫披万叶读和歌。"并注云："国俗好为歌。上古口耳相传，后借汉字音书之。'伊、吕、波'作，乃用假字。句长短无定，今通行五句三十一言之体，始素盏鸣尊《八云咏》。初五字，次七字，又五字，又七字，又七字，以三十一字为节。声哀以怨，使人辄唤奈何。《万叶集》，古和歌名作。有歌仙、歌圣之名。"这是对和歌最早的较为概括的介绍。第 157 首诗及诗注介绍了和歌在宴饮等场合的使用，还介绍了日本古代"歌垣"（赛歌会）的盛况。

到了现代，最早介绍和歌的是周作人。1921 年，他发表《日本的诗歌》（《小说月报》第 12 卷 5 号）一文，介绍了日本和歌，并在与中国诗的比较中，对和歌的基本特点做了提示性的总结。他认为，和歌的特点是由日本语言的特点所决定的，"日本语很是质朴和谐，作成诗歌，每每优美有余，而刚健不足，篇幅长了，便不免有单调的地方，所以自然以短为贵"。"诗形既短，内容不能不简略，但思想也就不得不含蓄。"他认为和歌与中国的诗比较起来，是"异多而同少"，这是由和歌的特殊形式所决定的，和歌短小，擅长抒情而不擅长叙事，也不能像汉诗那样使用典故。所以他认为和歌很难译成中文。周作人之后，谢六逸在 1925 年 6 月《文学周报》上发表了《关于〈万叶集〉》的介绍性文章。

对于中国的和歌研究而言，和歌特别是《万叶集》的翻译，是研究的基础和出发点。《万叶集》翻译一方面是中国学者、读者阅读理解的津梁，另一方面，对翻译者而言，翻译本身需要对原作有透彻的理解、准确的语言转换，需要对日本学者的相关研究成果，包括注释、出典等加以鉴别和吸收。因此，汉译本身就是一种研究，而且是一种充满困难和挑战的研究。

最早翻译《万叶集》的是钱稻孙（1887—1966 年），他早在 1940 年代便在《北平近代科学图书馆馆刊》上发表了选译，题为《万叶集抄译》。1958 年 8 月，他在《译文》（今《世界文学》的前身）杂志发表了《〈万叶集〉介绍》一文；1959 年，钱稻孙选译的《万叶集》300 余首曾由日本学术振兴会在日本东京出版。1960 年代，他又在此基础上增译了 379 首，准备在国内出版，但由于后来的"文化大革命"，出版已无可能。直到 1992 年，钱稻孙译的《万叶集精选》才由文洁若编辑整理，由中国文联出版公司正式出版发行。2012 年，上海书店出版社在中国文联版的基础上，将 1949 年前发表在有关报刊上的译文加以汇集整理并编入，出版了该书的增订本。钱稻孙的《万叶集精选》的特点是：第一，对同一首和歌提供了至少三种译文。一种译文采用中国《诗经》及楚辞的用词和格律形式，一种采取唐宋诗词的用词和句式，一种则采用现代白话文译文。《万叶集精选》的编者文洁若在编辑时将钱稻孙的三种不同格式的译文一一列出，可使读者在比较中品味鉴赏，不同的译文可带来不同的审美感受，避免了一种译文所带来的理解上的局限性，对于读者全面地理解原作，提供了多种视角和参照。钱译《万叶集精选》的第二个特点，就是除了原注以外，在译文前后、译文中间夹带了不少解说和注释的文字，对原歌中所涉及的知识背景、地名人名物称，以及用词用典等，均做了简明扼要的说明。因此，该译本同时也是一个译者自己的评注本，具有较强的学术价值。王晓平先生在《钱译万叶论》（《日本研究集刊》1996 年第 2期）一文中评论说："总的来说，钱氏在尽量调动中国诗歌表现手法的同时，也注意到'力存其貌'、'力存其奇'。既要'存其貌'、'存其奇'，又要做到如同歌人在用汉语作诗，译者便不能不为之呕心沥血。"又说："钱译可称为《万叶集》的'学问译'。应该说，钱译万叶很适合一部分读过较多古书而又希望了解日本古代文学的人的口味，因为钱氏始终在拟古与'力存其貌'、'力存其奇'之间寻求平衡。"可谓切中肯綮之论。

　　《万叶集》的第一个全译本的译者是杨烈（1912—2001 年）。早在1960 年代杨烈就译完了《万叶集》。这是 20 世纪我国《万叶集》的仅有的一个全译本。但也由于国内社会动乱等原因，该译本一直到了 1984 年，才由湖南人民出版社作为"诗苑译林"之一种出版。关于为什么需要《万叶集》的全译本，杨烈在译序中说："中国至今没有全译的《万叶集》。虽然有人和我自己都曾发表过少许，但在全书四千五百首中，所占比例太小，不足以窥全豹。所以仅从文献的立场看，也应该有此书的全译本问世。"杨烈的《万叶集》译本的最大价值，在于它是全译本，填补了我国日本文学翻译中的一大空白。《万叶集》中有许多歌，意义暧昧难解，翻译更难，全译本无法跳过。全部译出，难能可贵。杨译本除了译文本身的欣赏价值之外，还有重要的文献资料价值。曾帮助杨烈校对译文的施小炜在《〈万叶集〉〈古今集〉以杨译浅论》（《日本文学散论》第21页）中说：面对诗歌翻译的内容与形式之间的矛盾和难题，"杨先生作了一次用中国古典诗歌形式翻译外国诗歌的成功尝试：杨先生将长歌和旋头歌等全部用五古和七古的形式译出，而短歌则全部译成格律严谨的五绝，既传神达意，又形式完美，而且符合我国读者的欣赏习惯，兼得形似与神似之妙"。的确，严格按中国的五言律诗的韵律和体式来译，译文风格统一。用整齐的汉诗体来翻译"五七调"的和歌，实在很不容易，这其中不但是意义的传达翻译，也势必是原作的意义的增值和阐释，译者为此付出的心血、智慧和创造性劳动可想而知。另一方面，全部以汉诗的体式来翻译和歌，原作的形式便不可兼顾了。例如，以短歌而论，短歌的"五七五七七"五句共三十一音节大约只相当于十个左右的汉字所承载的信息，以五绝的形式翻译三十一个音节的短歌，往往势必会增加原作中没有的词和意义，这在形式上不可谓"忠实"的翻译，但确实符合中国一般读者的欣赏趣味。

还应该提到的是杨烈对《古今和歌集》的翻译。《古今和歌集》，又简称《古今集》，是继《万叶集》后，在10世纪初年出现的第二部和歌集。同时又是第一部由天皇下诏编辑成书的所谓"敕撰和歌集"，也是第一部由刚创制不久的"假名"文字写成的和歌集。《古今集》仿《万叶集》的体制，也分为20卷，收录了《万叶集》未收的和歌与新作和歌1110首，除个别例外，全部是"短歌"，篇幅约有《万叶集》的四分之一。《古今集》的风格与《万叶集》的雄浑、质朴颇有不同，其风格特点被称为"古今调"，题材狭窄，专写四季变迁、风花雪月、人情与爱情，风格纤细婉曲，精镂细刻，讲究技巧与形式。《古今集》代表了和歌的成熟状态，对后来出现的和歌集的影响也超过了《万叶集》。杨烈的《古今集》的翻译，也是在1960年代完成的，但直到1983年，才由上海复旦大学出版社出版。杨烈在《译者序》中说："我在六十年代先后译完《古今和歌集》和《万叶集》。六十年代对我来说是寂寞的年代，住在斗室之中以翻译吟咏为事，每每译出得意的几首，便在室内徘徊顾盼，自觉一世之雄，所有寂寞悲哀之感一扫而光。"杨烈的《古今集》译文，绝大多数仍使用五言古诗的句式，大部译得合辙押韵，朗朗上口。如译著名女歌人小野小町的歌："念久终沉睡，所思入梦频，早知原是梦，不作醒来人"；"莫道秋长夜，夜长空有名，相逢难尽语，转瞬又黎明"等等，都很有韵味。

在已有的翻译的《万叶集》及古典和歌翻译的基础上，到了1979年改革开放后，我国日本文学研究界就《万叶集》及和歌的汉译理论与方法问题展开了一场讨论。引发这场讨论的是李芒（1920—2000年）在《日语学习与研究》1979年创刊号上发表的题为《和歌汉译问题小议》的文章，认为以往的和歌翻译有两种主要的情形。第一种情形是钱稻孙的翻译，钱的翻译在正确理解原意、遣词造句等方面，达到了相当高的水平，但大部分译文使用《诗经》的笔法，文字过于古奥、难懂，不利于让更多的读者了解《万叶集》，因此其译法是不可取的；第二种情形是主张一律用五言或七言四句的形式（杨烈译文），这种译法使译文具备中国古诗的形式，如果在实践上做得好还是可取的。但是，以短歌而论，句法和内容多种多样，应采取相应的译法，而不宜在形式上强求一律，宜从原歌出发，使用七言（一般多用于翻译长歌）、五言、四言和长短句等多种多样的形式。该文发表后，李芒又在《日语学习与研究》1980年第1期上发表《和歌汉译问题再议》，通过进一步举出自己和他人的译例，将前文的观点加以展开，认为和歌汉译最重要的要做到"信"，同时也要有一定限度的灵活性。李文发表后，引起了较大的反响。罗兴典在《日语学习与研究》1981年第1期发表了《和歌汉译要有独特的形式美——兼与李芒同志商榷》一文，认为李芒译的短歌，在译文形式上多种多样，但"作为一首首不定型的和歌，似乎还缺少他独具的特色——形式美"，因此他提出："除了李芒同志采用的那些和歌汉译句式以外，能否还采用一种和歌固有的句式——'五七五七七'句式。"他认为，虽然这样译，要在译文中增加原文中没有的字词，但"为了解决这一矛盾，在不损害原诗形象的前提下，汉译时可以适当增词，灵活地变通。这在翻译理论上也是容许的"。对此，李芒在发表《和歌汉译问题三议》（《日语学习与研究》，1981年第4期）中，认为"不能片面地绝对地界定诗歌的形式问题"，多种多样的译法也有"另一种形式美——参差美"，同时认为罗兴典提出的按和歌原有句式来翻译，也可以作为"多种多样"的译法的一种。王晓平又在同刊1981年第2期上，发表《风格美、形式美、音乐美——向和歌翻译工作者提一点建议》，认为和歌翻译中这三"美"都必须兼顾，不可单纯强调一方面而忽视其他。沈策在同刊1981年第7期上，发表《也谈和歌汉译问题》，指出：《万叶集》"这部歌集基本上是用当时的口语写成的。……实际上那些和歌在当时的读者中，听起来是很容易明白和欣赏的"，他提出也可以用汉语口语来翻译和歌，并举出了自己的一些译案。接着，孙久富发表《关于〈万叶集〉汉译的语言问题的探讨》，对沈策的说法提出质疑，认为《万叶集》所使用的是日本上代古语，它同现代日语差别很大，将《万叶集》译成现代日语，对传达原作风格尚且有很大局限，而以现代汉语翻译《万叶集》，局限性就更大。他最后说："我认为采用中国古代诗歌的语言翻译这部歌集更为有利。"接着，孙久富又发表《关于〈万叶集〉古语译法的探讨》，进一步举例探讨了用古汉语翻译《万叶集》的可行性问题。丘仕俊在《日语学习与研究》1982年第3期上，发表《和歌的格调与汉译问题》，提出为保持其格调，和歌直译成"三五三五五"的格式。总之，关于和歌汉译问题的讨论历时四年多，而且若干年后余音不绝，是中国的日本文学译介史上少有的就日本文学某一体裁的翻译所进行的专门的讨论和争鸣。这次讨论，吸引了读者对日本文学翻译问题的注意，对和歌的翻译实践具有一定的指导意义，同时，也增进了人们对和歌与《万叶集》的阅读与研究的兴趣。

李芒翻译的《万叶集选》，是改革开放后译出的第一种《万叶集》的选译本。这个译本被收入人民文学出版社"外国文学名著丛书"，1998年

10月正式出版。《万叶集选》选译和歌734首。李芒在《译本序》中说："我们过去的译文，有的偏重于古奥，有的较为平易。但有人照搬原作的音数句式，由于中日文结构迥异，这样译成中文必然比原文长出不少，就难免产生画蛇添足的现象。然而总的来说，大家都为我国的《万叶集》欣赏和研究作出了贡献。本书译者参考了上述种种译作，采取在表达内容上求准确、在用词上求平易、基本上运用古调今文的方法，以便于大学文科毕业，喜爱诗歌又有些这方面常识的青年知识分子，个别词查查字典就能读懂。"李芒的译文是他和歌汉译理论主张的实践，即译文不拘泥于某一种格式，根据情况灵活变化。他在《万叶集选》中的绝大多数译文使用的是五言律诗的形式，少量译文五、七言并用，或夹以长短句。李译本较为晚出，有条件借鉴前译，加之所选和歌均为《万叶集》中之珍品，也为现代日本读者所广泛传颂。译文锤炼精当，既有古诗之风，又晓畅易懂，具有较强的欣赏价值。

赵乐甡《万叶集》译本是继杨烈译本后的第二个全译本。1980年代开始翻译，到2000年全部完成，2002年由译林出版社出版，历时二十多年。赵乐甡在"译序"中谈到了此前的《万叶集》存在的四个方面的问题——

　　一是古奥。以为古歌要用古语，因此译得比《诗经》还难懂。当时日本人的语文也不见得那么古。

　　二是添加。"戏不够，神来凑"似的，字数不够硬要凑，便添加一些原歌没有（不可能有）的词，甚至改变了歌的主旨或意趣。

　　三是打扮。本来是些朴实无华的作品，却有意尽量选用一些华丽的辞藻，浓施粉黛，打扮得花枝招展，似乎这才是"诗"。

　　四是改装。不论原作的表现特点如何，一律纳入起承转合的四句里，倒也像"诗"，只是不是那首"歌"。

　　上述问题，在钱译本、杨译本中的确是存在的。总起来说就是重视中国读者的阅读感觉，而使和歌"归化"于中国的汉诗，而不太尊重原作独特的形式，赵译本是对此前译本的一种反拨，强调尊重和歌（主要是短歌）的形式，打破过去的五言、七言律诗的译法，采用日本近代以来流行分三行分写的短歌体式，每句字数不等，使用现代汉语而不是古文，以直译为主，尽量不添加原作中没有的意义和词语。相对于钱译和杨译的"归化"和"仿古"的翻译，赵译则是一种以"存貌"为主要原则的"异化"翻译，文字上文白夹杂，有时长短句参差交错，有时句式整齐划一，不避俚语俗语，也有古语雅词，还照顾了中国读者的感觉，就是在句末使用了汉诗才有的韵脚。这样的翻译，就许多中国读者而言，在欣赏性上可能不如归化的"翻译"，例如，"苦恋阿妹/古昔，有人亦如我耶/辗转不能眠"（第497首）；"我家院中，/花橘零落结珠实，/可串绳"（第1489首）；"坐立等，不耐烦；/来此幸逢君，/胡枝子，插发端"（第4253首）。实际上是一种"述意"（转述大意）式的翻译，这一点上有似于当年周作人在小林一茶俳句翻译时所采用的方法。但俳句以古拙、幼稚为美，和歌则以古雅为尚，这种带着"拙"味的"述意"式的翻译是否适合和歌美的呈现，不能不说还是一个问题。不过，另一方面，考虑到当今中国读者，特别是年轻读者对日本和歌的了解比此前增多，对日本文学样式的理解和接受度也比从前大有提高，赵译的这种"异化"的翻译在"归化"的翻译之外，更有出现和存在的价值。特别是对于《万叶集》的研究而言，以前不通，或粗通日文的研究者大多以杨译本作参照，但由于杨译本常常增加原作中没有的字词，例如，谈到日本的色彩感，有的论者直接以杨译本为根据，找出其中的红绿黄白之类的词，实际上原文未必存在，有时是靠不住的。在这种情况下，赵译本更尊重原文，力求对原作的信息不增不减，对于中国的《万叶集》研究者、中日诗歌比较研究者，更有可靠的文献意义和参考价值。

　　赵乐甡全译本出版（2008年）几年后，金伟、吴彦夫妇的合译本由人民文学出版社列入"日本文学丛书"出版,这是第三种汉语全译本,一律采用现代汉语翻译,形式不拘一格。译者在译序中说:"本书在翻译期间,参考了各种《万叶集》相关的注释书、校本、索引、辞书、年表、定期刊物、学会杂志以及各种中日古辞书,在此不一一列举,谨表感谢。"但不知为何,唯独不提对已有的多种汉译本是否有所参考。从翻译学上的"复译"的角度来看,如果复译者不知道之前有汉译本存在,则属无知,是译者和研究者的大忌;如果故意无视已有的译本的存在,不参考已有的诸种译本,要扬长避短、超越以前的译本、发挥出自己的特色,是不可想象的,甚至连复译的必要性、合理性都成了疑问。比较地看,这个译本的特点是所有的篇目都用现代汉语来译,而且不使用韵脚,从语体的口语化上看要比赵译本来得更彻底;短歌有时写为三行,有时写为四行或五行,从形式上看也比赵译本来得更为自由。总之,该译本比此前的译本更为通俗易读。值得提到的是,在此之前,金伟、吴彦还根据岩波书店《日本古典文学大系·古代歌谣集》翻译出版了《日本古代歌谣集》(春风文艺出版社 2001 年),使用现代汉语,对散见于《古事记》《日本书纪》《风土记》等文献中的古代歌谣做了系统翻译,对研究日本和歌及日本古典民俗文化都具有重要的参考价值。

## 第二节 俳句的译介及汉俳的兴起

俳句是从和歌中演化、独立出来的日本古典诗歌样式之一,经典的俳句在形式上是"五七五"三句共十七个音节,其中在用词或句意上要暗含着表示春夏秋冬某一季节的"季题"或"季语"。还要使用带有调整音节和表示咏叹之意的"切字"。近代以前俳句一般称为"俳谐","俳谐"与中国古代的"俳谐诗"有着一定的关系。

据周一良先生在《八十年前中国的俳句诗人》（《日语学习与研究》1980年第4期）和郑民钦《中国俳人苏山人》（《中日文化与交流》第2辑，1985年）的研究和介绍，清末的旅日人士罗卧云（俳号苏山人）是第一个写俳句的中国作家，在当时日本俳坛也有一定影响。而最早翻译和详细介绍俳句的，则是周作人。1916年，周作人（启明）在《若社丛刊》第三期上，用文言文发表了题为《日本之俳句》的小短文，是说日本的俳句"其体出于和歌，但节为十七字，以五七为句，寥寥数言，寄情写意，悠然有不尽之味。仿佛如中国绝句，而尤多含蓄"。又说："俳句以芭蕉及芜村作为最胜，唯余尤喜一茶之句，写人情物理，多极轻妙。"并说俳句的翻译，自己"百试不能成，虽存其词语，而意境殊异，念什师嚼饭哺人之言，故终废止也"。他在《日本的诗歌》（《小说月报》1921年5月）一文中，对俳句的由来、体式、不同时代的代表人物松尾芭蕉、与谢芜村、正冈子规等做了介绍，认为："芭蕉提倡闲适趣味，首创蕉风的俳句；芜村是一个画人，所以作句也多画意，比较地更为鲜明；子规受到了自然主义时代的影响，主张写生，偏重客观。表面上的倾向，虽似不同，但实写情景这个目的，总是一样。"周作人还对俳句的通俗变体"川柳"做了介绍，谈到川柳"与俳句一样，但没有季题与切字这些规则"，关于川柳的用语，周作人说："短歌俳句都用文言，（一茶等运用俗语，乃是例外，）川柳则用俗语，专咏人情风俗，加以讽刺。"实际上，短歌用文言雅语，而俳句包括蕉门俳谐，虽然不少使用汉语词汇，但也都是提倡使用俗语的，蕉门俳论书《二十五条》更鲜明地提出俳谐创作就是"将俗谈俚语雅正化"，与谢芜村在《春泥发句集序》中也提出俳谐应使用俗语，可见，在使用俗语的问题上，小林一茶并不是"例外"。在这篇文章中，周作人还再次强调了日本诗歌（包括和歌、俳句）"不可译"。但他还是译了几首，如松尾芭蕉："下时雨初，猿猴也好像想着小蓑衣的样子"；"望着十五夜的明月，终夜只绕着池走"。小林一茶："瘦虾蟆，不要败退，一茶在这里"；"这是我归宿的家吗？雪五尺"等。可见，周作人一开始就知道和歌俳句不可译，所以他干脆完全不管俳句的"五七五"的形式，而只是做解释性的翻译，即他所说的"译解"，即把意思翻译、解释出来就行了。译出后，他又承认："各自美妙的意趣，但一经译解，便全失了。"然而另一方面，他却是知其不可为而为之，这一点集中体现在他此后对小林一茶的译介中。

在日本的俳人中，周作人对小林一茶可谓情有独钟。他在 1921 年《小说月报》第 12 卷第 11 号上，发表了题为《一茶的诗》的文章，开篇就写道：

> 日本的俳句，原是不可译的诗，一茶的俳句却尤为不可译。俳句是一种十七音的短诗，描写情景，以暗示为主，所以简洁含蓄，意在言外，若经翻译直说，便不免将它主要的特色有所毁损了。一茶的句，更是特别；他因为特殊景况的关系，造成一种乖张而且慈悲的性格；他的诗脱离了松尾芭蕉的闲寂的禅味，几乎又回到松永贞德的诙谐与洒落（Share 即文字的游戏）去了。但在根本上却有一个异点：便是他的俳谐是人情的，他的冷笑里含着热泪，他的对于强大的反抗与对于弱小的同情，都是出于一本的。他不像芭蕉派的闲寂，然而贞德派的诙谐里面，也没有他的热情。一茶在日本俳诗人中，几乎是空前而且绝后，所以有人称他作俳句界的彗星……。

这段话不长，也不深奥，却把小林一茶俳句的特点精确地点了出来。"五四"新文化时期的周作人之所以特别推崇小林一茶，恐怕与他的"人的文学"的提倡、与他的人道主义的思想主张是密切相关的。他在这篇约五千字的文章里，一连译出了一茶的俳句 49 首，且翻译且评议，可以说将一茶最有特点的作品大都翻译出来。至于翻译方法，一如他的《日本的诗歌》一文中所采用的方法，就是用散文译述大意，去掉了原文形式的外壳，却歪打正着，不经意间传达出了一茶俳句的"俳味"，而令人觉得清新可喜，如"来和我游戏罢，没有母亲的雀儿!""笑罢爬罢，二岁了呵，从今朝开始!""一面哺乳，数着跳蚤的痕迹""秋风啊，撕剩的红花，拿来作供"等等，这种天真稚拙、轻松随意、悲凉而又温馨的小诗，与"诗言志""文以载道"的严肃板正的中国古典诗歌相比，形成了极大的反差，与五四时期的新青年文化、与五四诗坛的"少年中国"的气息，不期而合。所以，周作人的俳句翻译很快引起了人们的兴趣，在周译俳句和泰戈尔的小诗的影响下，1920 年代的最初几年，中国诗坛产生了不大不小的"小诗"运动，"小诗"在很大程度是对周作人俳句翻译的模仿，也是对中国传统古诗的矫枉过正。

1937 年，周作人发表《谈俳文》（《文学杂志》第 1 卷第 2 期，1937 年 7 月），由俳句而进一步谈到"俳文"（俳谐文），这也许是中国最早地系统介绍日本"俳文"的文章。周作人给俳文下了一个简单的定义："俳文者即是这些弄俳谐的人所写的文章。"认为日本的"俳谐"这一名词源自中国，"俳文"和中国的"俳谐文"有着渊源关系，并指出："用常语写俗事，与普通的诗有异，即此便已是俳谐"，认为"日本的俳文有一种特别的地方，这不是文人所作而是俳人及俳谐诗人的手笔，俳人专作俳谐连歌以及俳句（在以前称为发句，意云发端的一句），也写散文，即是俳文，因为其观察与表现方法都是俳谐的，没有这种修炼的普通文人便不能写。……归纳起来可分为三类：一是高远清雅的俳境，二是谐虐讽刺，三是介在这中间的蕴藉而诙诡的趣味。但其表现方法同以简洁为贵，喜有余韵而忌枝节，故文章有一致的趋向，多用巧妙的譬喻适切的典故，精炼的笔致与含蓄的语句，复有自由驱使雅俗和汉语，于杂糅中见调和，此其所以难也。"并指出"现今日本的随笔（及中国的小品）实在大半都是俳文一类"，这就点出了当时中国盛行已久的小品散文与日本古代俳文、现代随笔之间的关系。

谈到俳文的时候，必须要说到的是，周作人所说的"俳文"，到了七十年后的 2008 年有了系统的翻译，那就是翻译家陈德文的《松尾芭蕉散文》。松尾芭蕉的俳文不是日本最早的俳文，但堪称古典俳文的典范。陈德文在"译者前言"中指出："照现在的观点，所谓俳文，就是俳人所写的既有俳谐趣味，又有真实思想意义的文章。这种文章一般结尾处附有一首或数首发句（俳句）。"这是通常的定义，也与周作人的俳文定义一脉相通。陈德文在《松尾芭蕉散文》中，将芭蕉的散文分为"纪行、日记编"和"俳文编"两类，这也是权宜的分法，其实纪行和日记等总体上都视为"俳文"也未尝不可。《松尾芭蕉散文》将芭蕉俳文的主要作品都翻译出来了，对读者来说，译者实现了在"前言"中所说的"送您一个完整的芭蕉"的承诺。

此外，在 1930 年代，还有傅仲涛发表了《松尾芭蕉俳句译评》（《新月》第 4 卷第 5 号，1932 年 11 月 1 日），翻译介绍了松尾芭蕉的若干作品；1936 年，徐祖正发表《日本人的俳谐精神》（《宇宙风》1936 年 10 月 1 日）。抗日战争及此后的国共四年内战乃至新中国成立后直到改革开放前，像俳句这种闲适脱俗的、纯审美的诗体的译介就失去了环境和余地。

到了 1980 年代，诗人、翻译家林林（1910—2011 年）的《日本古典俳句选》由湖南人民出版社作为"诗苑译林"之一种，于 1983 年底出版。译本选译了松尾芭蕉、与谢芜村、小林一茶三位最著名的俳人作品约 400 首。林林的译文，基本上使用了白话、散文体的译法，即使有的译文用了较整饬的文言句式，也都通俗易懂，一般分两行或三行。如松尾芭蕉的几首俳句，译文如此："请纳凉，北窗凿通个小窗"；"知了在叫，不知死期快到"；"蚤虱横行，枕畔又闻马尿声"；"旅中正卧病，梦绕荒野行"。小林一茶的俳句："小麻雀，躲开，躲开，马儿就要过来"；"瘦青蛙，别输掉，这里有我一茶"；"像'大'字一样躺着，又凉爽又无聊"。可以说译文风格基本承袭了周作人。值得注意的是诗人、民俗学家钟敬文为林林的译本所写的序言，是一篇颇得俳句的要领和精髓的文章，钟敬文从比较文学角度，指出中国古今有一些诗体，如两句成章的信天游（陕北）、爬山歌（蒙古一带）等，在同是形制短小这一点上，与日本的俳句是相通的。关于俳句的体味和欣赏，钟敬文形象地指出：俳句是凝缩的，"它像我们对经过焙干的茶叶一样，要用开水给它泡过来，这样，不但可以使它那卷缩的叶子展开，色泽也恢复了（如果是绿茶）。更重要的是它那香味也出来了。对于俳句这种小诗，如果读者不具备上述的那些条件，结果恐怕要像俗语所说的'囫囵吞枣'那样，不知道它到底是什么味道了。"他并结合芭蕉和一茶的俳句，对俳句的思想感情、情绪感觉、象征、同感等手法的运用等等，做了细致的分析。关于俳句的翻译，钟敬文认为，尽管采用口语散文体来翻译有缺点，但它也有两点颇为值得注意的好处，一是它能尽量保存原文中的感叹词，如"や""かな"等，这些叹词很重要，往往起着传神的作用；第二它有利于表现出异国情调，因为我们译的毕竟是外国诗。……钟敬文作为一个诗人曾写过汉俳，对日本俳句之美有着深切的体会，故能有切中肯綮之论。

在译介古典俳句的同时，现当代俳人的作品在 1990 年代也陆续被译介了不少。其中，葛祖兰的《正冈子规俳句选译》是出版最早的近代俳句译作集。正冈子规（1867—1902 年）是明治时代人，也是 19 世纪后半期由古典走向近代的俳句革新的领袖人物。译者葛祖兰（1887—1988 年）本人也是一个俳人，从 1940 年代起一直写作俳句。1979 年，他的《祖兰俳存》在日本出版，引起重视，日本还为他树立了"句碑"和铜像。葛译《正冈子规俳句选译》1985 年由上海译文出版社出版。共选译、注释子规的俳句 163 首。每首都先列原文，再列汉译，最后是作者的注解和译者的注解。译文大都用七言两句或五言两句的古诗句式翻译，和上述的周作人、林林的翻译属于不同的两种路数，与钱稻孙、杨烈用中国古诗体翻译和歌一样，葛祖兰可以说是俳句翻译中的"归化"派。

李芒在当代俳句的译介翻译方面做了大量的工作。他在 1993 年译出了《赤松蕙子俳句选》，1995 年出版了《藤木俱子俳句·随笔集》（中国

社会出版社）；由李芒主编、主译，南京译林出版社 1994—1995 年出版的
"和歌俳句丛书"，出版了金子兜太、加藤耕子、赤松唯等俳人的作品数
种，全部采用原文与汉译对照的形式，就译介的系统性和规模而言，都是
前所未有的。

在日本俳句的翻译介绍的同时，仿照俳句的"五七五"格律写成的
"汉俳"，也悄然兴起了，并成为近 1980 年以降中国诗坛的一种崭新的
诗体。

早在五四时期，在所谓小诗中，郭沫若等就曾用"五七五"句式写
过作品，也可以说是最早的"汉俳"。但那时的诗人在写作时，并没有
"汉俳"的自觉意识。汉俳的真正发足，还是在 1980 年代。1980 年 5 月
底，在欢迎以大林野火为团长的中日友好协会代表团时，赵朴初仿照俳句
的"五七五"的格律写了几首别致的诗，其中一首诗曰："绿荫今雨来，
山花枝接海花开，和风起汉俳。"这大概就是"汉俳"一词的由来。此
后，杜宣、林林、袁鹰等相继发表了一些汉俳作品。北京的《人民文学》
《诗刊》《人民日报》《中国风》，江西的《九州诗文》等报刊，提供了发
表的园地。"汉俳"作为诗歌之一体，逐渐为人们所了解。到了 1990 年
代后，汉俳创作的势头有了更大的发展，《香港文学》《诗刊》《当代》
《文史天地》《人民论坛》《民俗研究》《中国作家》《日语知识》《佛教文
化》《金秋》《扬子江诗刊》《黄河》《人民文学》《中国作家》《天涯》
《中华魂》《北京观察》等许多报刊陆续刊登汉俳。到 2012 年为止，中国
大陆和香港地区已出版的各种汉俳集有 20 多种，如中国香港的晓帆的
《迷朦的港湾》（文学报社出版公司 1991 年）、谷威的《情丝》（北岳文艺
出版社 1991 年）、林林的汉俳集《剪云集》（北京大学出版社 1995 年）、
林岫的《林岫汉俳诗选》（青岛出版社 1997 年）、段乐三的《段乐三汉俳
诗选》（珠海出版社 2000 年）、刘德有的《旅怀吟笺——汉俳百首》（文
化艺术出版社 2002 年）、曹鸿志的《汉俳诗五百首》（北京长征出版社
2004 年）、张玉伦的《双燕飞——汉俳诗百首选》（河南人民出版社 2009

年)、肖玉的《肖玉汉俳集》（香港 2001 年）、杨平的《杨平汉俳诗选》（中国人文出版社 2006 年）等。此外，中日俳句、汉俳交流的集子也有出版，如上海俳句（汉俳）研究交流协会编辑的中日汉俳、俳句集《杜鹃声声》，北京的中国社会出版社出版的日本竹笋（たかんな）俳句访华团和中国中日歌俳研究中心共同创作和编辑的《俳句汉俳交流集》等。一些城市和地方（如长沙、益阳、长春等）还成立了汉俳协会之类的团体。如 1995 年在北京成立了以林林为顾问、李芒为主任的"中国中日歌俳研究中心"，2009 年长春成立长春汉俳学会，以及全国性的"中国汉俳学会"等，还出现专门的汉俳同仁杂志，如长沙的《汉俳诗人》、长春的《汉俳诗刊》等。

其中，香港的晓帆（原名郑天宝，1935 年生）的《迷朦的港湾》，是中国最早的汉俳集，1993 年出版的《汉俳论》是最早的专门论述汉俳的理论著作，在理论与创作方面具有相当影响。后来，晓帆在 1997 年《香港文学》杂志（1997 年 10 月）上发表《汉诗—俳句—汉俳：中日文化的双向交流》的文章，该文根据作者在广州中山大学中文系的讲座稿修改而成，也是作者此前观点的一种提炼和概括，对汉俳的来龙去脉、艺术特点、世界十几个国家的俳句（英俳、法俳、德俳、美俳等）创作情况，还有本人的汉俳创作心得，都做了清晰的表述。晓帆认为，日本俳句之所以能在世界上广为流行，在于俳句有以下几个特点：一是"题材发现的独特性"，二是"创造的新奇性"，三是"简练的必然性"，四是"捕捉实态"，五是"象征的力量"，六是"季语的作用"。其中在第五条中说："俳句要求有深刻的内涵、令人寻味的余韵和朦胧美，我想这就是人们所欣赏的'俳味'。这种功能靠象征来完成。"提出"汉俳的艺术技巧"主要是要表现出"意象美、意境美、含蓄美"，他把自己写作的汉俳分为五种不同的风格，并举例证之。即"雅俳"（典雅优美、押韵，如《紫荆》："山色浮窗外/燕子低飞紫荆开/幽香落满腮"），"俗俳"（通俗平易、口语化，如《香港时装》："时装走天涯/香江风情染华夏/难辨是哪家"），"谐俳"（风趣、活泼、诙谐、押韵，如《寻句》："手扶辛弃疾/踏遍深山绕小溪/不怕没有句"），"讽俳"（讥笑、讽刺、押韵，如《蜜语》："蜜语一箩箩/苦口良药常缺货/今朝无华佗"），"散俳"（自由抒发的现代散文式小诗，可不押韵，如《琴手》："自从那一夜/弹响了你的心弦/我才算琴手"）。晓帆的理论与创作，对后来的汉俳理论与创作都产生了一定影响。此外，汉俳理论方面的专著还有林克胜的《汉俳体式初探》（长春出版社 2009 年）等，李芒、刘德有、纪鹏、罗孟东、段乐三，都写过汉俳论方面的文章。

最早出版的诸家汉俳合集《汉俳首选集》（青岛出版社 1997 年），收集了包括老中青三代、共 33 名汉俳诗人的代表作，如钟敬文的"终于见面了/多年相慕的心情/凝在这一握"；赵朴初的"入梦海潮音/卅年踪迹念前人/检点往来心"；林林的"相招开盛宴/远客尝新荞麦面/深情常念念"；公木的"逢君又别君/桥头执手看流云/云海染黄昏"；杜宣的"葡萄阴下坐/蕉扇不摇凉自生/断续听蝉声"；邹荻帆的"高树衍根深/地层泉水青空云/自有天地心"；李芒的"白梅辞丽春/缤纷蝶翅离枝去/犹遗青梦痕"；屠岸的"画室满春风/笔下桃花万朵红/身在彩云中"；袁鹰的"昨夜雨潇潇/梦绕樱花第几桥/未知归路遥"；纪鹏的"金门邻厦门/两岸烟雨幻彩云/炎黄骨肉亲"；刘德有的"霏霏降初雪/欣喜推窗伸手接/晶莹掌中灭"；陈明远的"青涩的果子/一夜之间变红了/只是为了你"；林岫的"西服套袈裟/儒释而今各半家/蛋糕输讲茶"；郑民钦的"秋野雨初晴/月色今宵分外明/可怜冷如冰"等 33 人的汉俳约 300 首，可以说是汉俳精品的集大成的选集。林岫为此书写的《和风起浪俳——兼谈汉俳创作及其他》附于书后，论述了俳句与汉俳的关系，总结了汉俳写作在格律、季语（俳句中表示或暗示四季的字词）方面的特点。

汉俳在中国的迅速发展，是 1980 年代至 1990 年代中日文化交流深化的结晶。汉俳虽是日本俳句影响下产生的外来诗体，但鉴于古典俳句受到了中国古典诗歌的影响，所以我国有些学者、诗人并不把汉俳看成是纯粹外来的东西，鉴于历史上中日诗歌和中日语言的特殊的因缘关系，汉俳在中国的发展相当快，作者和欣赏者较多，理论与创作上都有声有色。但是，另一方面，汉俳作者们对日本俳句的美学精髓加以体会与把握的不多。在理论上，对汉俳的外在形式谈得多，而对汉俳的审美特征，特别是对"俳味"的体悟与论述太少。所谓"俳味"，也就是俳谐精神，归根到底要归结于"俳圣"松尾芭蕉及蕉门弟子提出并论述的俳谐审美概念——"寂"。"寂"就是一种闲适、余裕的生活态度，洒脱、游戏的艺术精神，静观、写生的诗学方法。就是要求俳人有独特的"俳眼"，能够看到"寂之色"；要有独特的"俳耳"，能聆听到"寂之声"；要有独特的"寂之心"，能去感受和体悟虚与实、雅与俗、老与少、"不易"与"流行"的和谐统一；还要有对这一切的艺术地、审美地表达，那就是"寂姿"。总之，汉俳应该在审美上将俳句这些美学精髓吸收过来，才能一定程度地矫正中国传统诗歌那种"文以载道""忧国忧民""发愤""言志""风骨"等传统士大夫的泛社会化、泛政治化的思维习惯，才能在中国的源远流长、根深蒂固的传统诗学与诗作中吹进异域之风，从而丰富我们的诗学趣味。这才是我们输入汉俳这种外来诗体的根本意义和价值。否则，汉俳只不过是用"五七五"写的传统意义上的汉诗而已，就失去了"汉俳"存在的意义。实际上，日本俳句的审美特色是与中国传统诗歌互为对比和补充的，而现有的绝大部分汉俳却是以汉诗词的创作思路与习惯来写的，徒有"五七五"的外形，仍自觉不自觉地沿袭古典诗词的思维方法和写法，严肃雅正有余而轻松潇洒不足，使很多作品在立意、取景、遣词上都十分平庸，没有汉俳应该有的潇洒、机警、超脱与新鲜味，甚至一些作品用汉俳来揭露、批判社会丑恶等社会问题，过于"文以载道"、过于"工具化"，便没有了汉俳应该有的超越与余裕。尽管如此，随着日本俳句研究及"寂"的美学研究与体悟的深入，随着国人精神境界的进一步超越和拓展，可以相信，"汉俳"作为一种新兴的诗体，在中国将会有一定的发展前景。

# 第三节　李芒、王晓平等的《万叶集》
## 及歌俳研究

　　中国和歌俳句的研究，一开始就与和歌俳句的汉译联系在一起。李芒先生是中国最早对歌俳翻译问题做出理论探索的学者，生前曾长期担任中国日本文学研究会会长，是改革开放以来中国的日本文学研究的带头人与开拓者之一。他在日本文学研究上的贡献主要在于两个方面：一是和歌俳句，二是现代日本的无产阶级文学。1986 年前发表的相关成果都收入了《投石集》（海峡文艺出版社 1987 年）一书中。现在看来，李芒在歌俳方面的文章似乎更有学术价值。如上所述，他于 1979—1982 年间在《日语学习与研究》杂志上连续发表的数篇相关文章，曾引发了关于歌俳翻译问题的讨论，推动了歌俳在中国翻译传播乃至汉俳的产生，在中国的日本文学研究史上，是值得记忆的。

　　《投石集》中的相关文章的总体特点，是作者以日本文学的启蒙者的姿态，从鉴赏的角度出发，对日本文学之不同于中国文学的审美特质，做了具体的分析解说。他的基本理论根据，一是马克思主义的历史唯物主义，二是来自日本文学评论家吉田精一、加藤周一的日本文学特征论，再结合他自己的中日文学比较论，然后加以诠释和发挥。除了上面提到的1979—1982 年间发表关于和歌汉译问题系列文章之外，还有若干文章，涉及歌俳研究问题。其中，《壮游佳句多——日本俳句访华佳作译评》（《日语学习与研究》1981 年第 4 期）是一篇将纪游、评论、研究熔于一炉的文章，将日本俳句作家访华时吟咏中国山水景物的作品，加以介绍和评析，在 1980 年代初期，起到了促使国人注意俳句、欣赏俳句的启蒙作用。《日本文学欣赏刍议》（《日语学习与研究》1984 年第 3-4 期）从和歌俳句、物语等日本独特的文学样式出发，对吉田精一等人提出的日本文学的特点做了概括，如"喜爱阴翳和朦胧，追求深幽的余韵和优美"、无逻辑的结构、局部描写的细腻与光彩等，做了进一步的论证。《日本古典诗歌的源头——记纪歌谣》（《日语学习与研究》1986 年第 1 期）是周作人之后我国研究记纪歌谣的最为翔实的一篇文章，对《古事记》与《日本书纪》中的古代歌谣做了系统介绍，又将其中的重要作品引出原文并译成中文，并从诗歌起源的角度，比较了中日两国偏重"言志"和偏重"抒情"、表现社会政治与疏离社会政治的两种不同的诗学传统。《从和歌到俳句》（《日语学习与研究》1986 年第 5 期）一文，介绍了从和歌、连歌，再到俳句的发展演化历程，并援引不同时代有代表性的歌俳作品，原文之后加上汉译，做具体的个案分析，是歌俳知识的启蒙性文章。《和歌·俳句·汉诗·汉译》（《日本研究》1986 年第 3—4 期）是一篇总结性的长文，从中日诗歌比较的角度，将作者此前关于歌俳及其汉译问题的思考，特别是歌俳汉译形式多样化的主张，进一步加以发挥和强调。

1980 年代后期至 1990 年代，李芒的日本文学研究成果集中体现在他的第二本论文集《采玉集》（译林出版社 2000 年）中。作者把《采玉集》中的四十篇文章分为五个栏目：依次为"中日比较文学"，"古代日本文学"，"日本近现代短歌、俳句和汉俳"，"日本现代文学"和"日本文学的翻译"，其中第一、三、五的栏目中的全部文章都属于歌俳研究的，占全部论文集的一大半，可见，李芒后期的日本文学研究的重心仍在和歌俳句。除了继续强调他在此前提出的一些观点主张外，这些文章还在两个方面有所拓展，一是中日诗歌的比较研究。这主要体现在第一个栏目的几篇讲座稿中，作者对和歌、俳句与中国诗歌、芭蕉的俳句和杜甫的诗歌等做了比较的讨论，他表示不同意那种将芭蕉说成是日本的杜甫那样的比附方法，在该书"前言"中强调：比较研究"就是要分清中日两国文学的特点和相异与相同之处，为正确地理解和欣赏日本文学提供充分的、符合实际情况的资料和参考观点"，在实际研究中，比起"求同"来，李芒似乎更倾向于"求异",即通过比较揭示日本歌俳的独特的民族特点。第二个方面的拓展就是通过赏析文章、序文等方式,对日本近现代和歌、俳句,如石川啄木、上头火、赤松穗子、加藤耕子、宇咲冬男等的俳句创作做了更多、更深入的评介和研究。更值得提到的是,李芒在《日本短歌的翻译及汉歌——1998年4月初在中日两国短歌研讨会上的发言》中,提出了"汉歌"的概念,并说:"关于汉歌的创作,起步比汉俳的创作较晚,更是处于摸索阶段。大体一致的做法,是在字数句式遵循日本短歌的格律,比较普遍地采取押韵的方法……在形式方面无疑受到了日本短歌的影响,在艺术上也必然继承中国诗词的方法。"并提出自己的一首汉歌:"西天一片霞/胭脂红似梦中花/采撷趁仙槎/瑶台今夕尝佳果/蓬莱明朝问酒家。"这样的"汉歌"看上去很像是中国传统的长短句,是中国古词中早就存在的。尽管作者对"汉歌"的内容与形式上的独特的审美价值没有展开论证,没有使"汉歌"特点突显出来,故后来和之者甚寡,但是提出"汉歌"的概念本身就是很有意思的事情。

总之,李芒是改革开放后最早关注歌俳及其汉译问题,并发表文章最多、影响最大的学者之一,对此后和歌、俳句的翻译与研究、对汉俳的创作与研究,都产生了一定的积极影响。

王晓平在《万叶集》及其与中国文学关系研究上也有突出成绩,他本人早年研究《诗经》,并学习日语,从而发现了《万叶集》和歌与《诗经》的关系并进入研究。1995年,他翻译了日本著名学者中西进的《水边的婚恋——万叶集与中国文学》(四川人民出版社1995年)一书,从中西进的《万叶集比较研究》《万叶史的研究》《万叶和大海彼岸》《山上忆良》四部著作中,选取了十几篇文章,从不同角度论述了《万叶集》与中国文学的关系,及《万叶集》反映的9世纪之前中日文化之间的交流关系。这本书大概是最早的一本中文版有关《万叶集》与中国文学关系的专门著作,对国内读者及研究者而言,有相当的启蒙价值和参考作用。这本书和两年后由石观海翻译出版的日本学者辰巳正明著《万叶集与中国文学》（武汉大学出版社 1997 年）一道，成为中国读者窥视日本学界《万叶集》及其与中国关系之研究的窗口。十年后，王晓平和隽雪艳、赵怡合作翻译了另一个日本学者川本浩嗣的《日本诗歌的传统——五七五的诗学》（译林出版社 2004 年），这是一部站在比较文学角度写成的论述日本歌俳及其特点（特别是体式和韵律上的特点）的著作。

　　除上述的翻译作品之外，王晓平在日本和歌及中日诗歌比较方面的代表性的著作，是与中西进合著的《智水仁山——中日诗歌自然意象对谈录》（中华书局 1995 年）。采用"对谈"的方式著书，在日文出版物中颇为常见，这种著书方式的好处是不必过于顾及全书的体系建构，话题转换较为灵活，风格较为平易近人，可强化学术著作的可读性。《智水仁山——中日诗歌自然意象对谈录》也具备了这类书的优点。尽管是对谈，但没有失之于散漫，全书的主题是相对集中的，就是以《万叶集》及 9世纪前的日本诗歌为中心，对中日诗歌中的自然意象的描写，包括风花雨雪、日月山河、草木飞鸟等，都结合具体作品的赏析，进行了细致的分析和比较。在这本书中，中西进将自己此前的许多研究成果，转化为对谈的方式加以更为通俗易懂的表述，而王晓平则站在中国学者的立场上，对相关话题加以引导，并发表自己的看法。两人的对谈可谓探幽发微、珠联璧合，通过跨文化比较和相互发明式的对话，表明从《万叶集》时代起，日本和歌借用中国诗歌中的意象，特别是自然意象，包括想象性的意象，以便更好地抒情表意，这种现象已经很普遍了。作者不仅仅指出了这种现象，而且对这背后的文化背景、审美心理等都做了分析，在中日诗歌比较中，既见出两国文化的深刻联系，也反衬出两国诗歌各自不同的民族风格。

　　《智水仁山——中日诗歌自然意象对谈录》出版的前一年（1994年），梁继国的《万叶和歌新探——汉文虚词在万叶和歌中的受容及其训读意义》一书由苏州大学出版社出版，这是运用比较语言方法对万叶和歌所作的独辟蹊径的研究。《万叶集》本来就是全部使用汉字作为标记符号（万叶假名）来书写日语的。其中，汉字绝大部分作为纯粹的符号来使用，但也有一小部分是直接引进的汉语词，形音义兼具，因此，研究汉字与万叶假名的复杂关系，是历代学者解读《万叶集》的关键环节和必由之路。《万叶集》成书不久，由于假名的发明使用及语言的变化，对日本人来说已经很难读懂了。在这种情况下，天历五年（951 年），村上天皇授命五位学者（所谓"梨壶五人"）对其进行初步训点，直到镰仓时代的 1269 年才出现了对它进行全面校对注释的著作，即学僧仙觉的《万叶集注释》。此后一直到 17 世纪江户时代所谓"国学"思潮的兴起，五百年间几乎没有出现注释训读的有价值的成果。而在江户时代"国学家"契冲在《万叶代匠记》、贺茂真渊在《万叶考》等著作中，对《万叶集》进行训释，奠定了万叶和歌释义的基础。但是，那些江户国学家是站在弘扬日本国学、贬低中国文化的日本民族主义立场上进行《万叶集》训释的，他们千方百计淡化和漠视中国语言文化的影响，因而有些观点和结论是不科学的。战后一批日本学者在此基础上进行了更为科学的研究，基本解决了《万叶集》训释中的绝大部分问题。但是，梁继国认为，对万叶和歌的汉语虚词使用的研究，还非常薄弱。他指出，在虚词方面，汉语和日语都没有词尾变化现象，因此，汉语虚词较其他词类更容易被日语所吸收和使用，换言之，日语与汉语最具关联性的主要是虚词部分，因而，研究万叶和歌中的虚词的使用及其变化过程，是研究《万叶集》吸收中国语言文化的重要的线索。鉴于此，他在该书中对四十多个副词、二十多个助词、十多个助动词在万叶和歌中的使用做了考察，对其中的"同音多词""一词多训""呼应现象"等做了辨析，对汉语虚词在万叶和歌中被赋予的"新意"做了考辨，并提出了对有些汉语虚词重新释义的必要与可能。他强调，在万叶和歌中，有些汉语虚词不仅仅是作为表音符号来使用，而且也与古汉语中的意义、用法有深刻联系。在万叶和歌中，许多汉字虚词，如"太""胡""当"等，不仅仅用作表音，其在汉语中作为虚词的意义、用法常常被保留，具有表音兼表意的双重作用，而按照这个思路，可以对有关和歌作出更合理、更合逻辑的释义。尽管作者的观点在相对保守的日本《万叶集》研究界不一定轻易被接纳，但这种大胆立论、小心求证的学术态度，还有语言学与文学的跨学科研究方法，是非常值得肯定的，在中国学者万叶和歌研究中独树一帜。

自 1990 年代中期《智水仁山——中日诗歌自然意象对谈录》《万叶和歌新探——汉文虚词在万叶和歌中的受容及其训读意义》问世之后的十几年间，用中文撰写并在中国国内出版的有分量的关于《万叶集》研究的著作很少见。2007 年，宁夏人民出版社出版的刘雨珍著《〈万叶集〉的世界》一书，分"前篇——《万叶集》中的主要歌人及其作品"和"后篇——《万叶集》与中国文化"两部分，是一部对《万叶集》的内容及与中国文学的关系加以祖述的书，对于读者系统了解相关知识应该是有用的。但其中的许多段落与论述，与已有的研究成果大体相同，如后篇的第六章《〈万叶集〉与汉语》，从观点到材料（包括举的例子）许多是来自日本学者中西进在《智水仁山》等著作中的相关论述，可惜作者却未做注释和说明，该书还有极为严重的文字上的错误（如第 179—180 页）。此外还有张继文著《日本古典短歌与唐诗的隐喻认知研究》（日文版，大连理工大学出版社 2009 年）等，单篇论文中，有吕莉的论文《"炎"考：关于万叶集第 48 首歌的探讨》（《外国文学评论》1996 年第 2 期）、《"西渡"考：关于万叶集第 48 首歌的探讨》（《日语学习与研究》1996 年第 4 期）等文章，都有自己的特定视角，着眼于微观的比较分析和出典研究，不避琐屑，以细致见长。

在俳句及其中日比较方面，杭州大学的陆坚与日本学者关森胜夫合作撰写的《日本俳句与中国诗歌——关于松尾芭蕉文学比较研究》（杭州大学出版社 1996 年，该书副标题文法上稍有不通）是 1990 年代值得注意的成果，是一位研究中国古典文学学者与日本的俳句专家合作研究的结晶。该书在形式上独具一格，全书选出芭蕉俳句一百多首，每首都作为相对独立的一节，先列出日文原作，在原文之下注明该句的季语为何，之后依次是"汉译""引评"和"备考"三部分。其中，汉译的方法一律使用俳句原有的"五七五"格律，有些译文相当成功，如第八首，芭蕉的原文是"花ううき世我酒白く食黑し"，汉译为："世道忧心头，浊酒淡饭解我愁，赏花人如流。"又如第六十一首，原文："初しぐれ猿も小蓑をほしげ也"，汉译为："初冬时雨期，猿猴也要小蓑衣，朔气冷凄凄"，都十分传神，富有俳味。汉译之后是"引评"，对该首俳句的写作背景、含义加以解说，并提出主题、题材或意境上相关的中国古典诗歌，加以比较研究，或提出并分析芭蕉可能受到的中国诗歌影响，或做平行对比，并在比较中加以评论和鉴赏。最后是"备考"，补充一些"引评"中插不进去的内容，提供一些可资参考的知识与资料。在陆坚执笔的全书"前言"中，对芭蕉俳句及其与中国古典诗词在意境、炼字、通感等方面的相似与关联，也做了总体论述。总之，这是一部属于以细读、细品为特征，带有研究性质的赏析之作，具有工具书与专门著作的双重价值，同时，也没有同类著作中的咀嚼过细、嚼饭哺人的过度阐释，而是有话则长，无话则短，点到穴位，关乎痛痒，可谓恰到好处，对于从作品出发理解芭蕉俳句及其与中国古典诗歌的关联，颇具参考价值。

进入 21 世纪后，对和歌俳句的研究又出现了一些新动向、新作者和新成果。

首先，出现了相关的学术组织。2000 年，北京大学日本研究中心成立"中日诗歌比较研究会"，会员达到六十多人，由刘德有任会长，并主编出版了《中日诗歌研究》第一辑（国际文化出版公司 2000 年）和《中日诗歌比较研究》（中国文联出版公司 2003 年），收入中日两国学者、作者的相关论文及作品多篇，是一个相当好的交流园地，很可惜这样的不定期出版的学刊此后似乎未得为继。

其次，中日诗歌比较研究的文章与著述陆续出现，平均一年约有两三篇，虽然不多，但也不绝如缕。其中，有的文章承续 1980 年代上半期关于和歌、俳句汉译的话题，继续进行探讨，如宿久高的《和歌的鉴赏与汉译》(《日语学习与研究》2002 年第 1 期)、佟君的《俳句汉译的形式美》(《内蒙古大学学报》2000 年第 3 期);有的文章论述松尾芭蕉及俳谐与中国文化之关系,如郑宗荣的《论禅宗思想对日本俳句的影响》(《重庆三峡学院学报》2005 年第 2 期)、吴波的《日本禅宗文化影响下的古典俳句诗探析》(《南华大学学报》2010 年第 6 期)、唐小宁的《松尾芭蕉俳句中的中国文化因素分析》(《安徽文学》下半月,2011 年第 10 期)、齐金玲的《松尾芭蕉俳谐作品中汉诗的点化》(《安徽文学》下半月,2011 年第 12 期)、郑腾川的《管窥芭蕉俳句之中国文化因子》(《集美大学学报》2005 年第 3 期);有的从"意象"表现为切入点做中日诗歌的比较,如刘海军的《从月意象看中日古典诗歌审美差异》(《福建论坛》2006 年第 1 期)、曹颖的《唐诗远播扶桑时:从意象"竹"分析唐诗对于日本文学的影响》(《社会科学论坛》2008 年第 8 期)、邹茜的《松尾芭蕉俳句中的三种花意象》(《世界文学评论》2008 年第 2 期)、万芳的《日本古典和歌中"雪月花"的美意识研究》(《时代文学》下半月,2011 年第 3 期)等;有的从色彩的表现来研究俳句的审美特点,如钱国英的《论俳句中色彩语的审美效应》(《世界文学评论》2007 年第 1 期)等。

尹允镇、徐东日、禹尚烈、权宇四位教授合著的《日本古代诗歌文学与中国文学的关联》(黑龙江朝鲜民族出版社 2005 年),共 30 万字,从上古时代的《万叶集》开始谈起,到《古今和歌集》以及近世俳谐。论述了日本在上古、中古、中世、近世的日本诗歌与中国的文化交流关系,涉及"记纪歌谣"、《万叶集》、汉诗集《怀风藻》和"敕撰三集"(《凌云集》《文华秀丽集》《经国集》)、敕撰和歌集《古今和歌集》《新古今和歌集》、五山汉诗,连歌、俳谐、近代汉诗等日本诗歌的主要样式和重要作品。通过文献资料的引用和作品文本细读、分析,列举了日本诗歌在不同发展阶段所包含的中国要素,将传播研究与影响研究与平行研究结合起来,指出中国文学对于日本诗歌的深刻影响,包括主题、题材、意象、构思、修辞手法等方面对中国诗歌与中国文化的借鉴与吸收。撰写该书的四位教授都是朝鲜族出身，本身也精通朝鲜文学，这本书的特点也主要体现在把中日诗歌关系纳入中日韩东亚文化圈的视野中进行研究，指出了朝鲜半岛在中日诗歌文化交流中所起的津梁作用，并随时将三国诗歌进行比较分析，具有自觉的东亚区域文学的视野。书中涉及的问题较为全面，具备了史的线索与构架，但显然还不是全面的中日诗歌关系史的研究。或许由于立意角度或材料的限制，有些重要问题未能纳入研究范围，如第四章第二节"近世和歌论与中国文学"，对于近世和歌论的重要理论家及其歌论著作，如贺茂真渊的《歌意考》、荷田春满的《国歌八论》、本居宣长的《石上私淑言》、香川景树的《〈新学〉异见》等歌论经典著作及对中国文学的反思与批判，或一语带过，或没有提及，这对"近世和歌论与中国文学"这一论题而言是一个缺憾。第三章第五节"连歌、小歌与中国文学"，没有对日本连歌与中国"联句"之间的关系做出分析，第四章第四节"近世俳谐与中国文学"也没有就中国的汉代以后的"俳谐诗""俳谐文"等与日本"俳谐"这一概念的形成之间的关系做出应有的分析。但无论如何，该书作为一部严肃的、有深度的学术著作，是有一定的创新价值的。

2006 年，西北大学外语系日文专业的高兵兵（1967 年生）《雪·月·花——由古典诗歌看中日审美之异》（三秦出版社 2006 年）是在日本获得的博士学位论文的基础上充实改写而成的 15 万字的小册子，是一个在内容上有一定关联性的多篇文章的结集。该书在冠于卷首的《汉诗与和歌之间——代序》中认为，以往对日本汉诗文的研究，过多强调的是中国六朝及唐代文学的影响，"这是基于日本人追踪溯源的立场，当然有一定道理，但同时又不免有其片面性。站在中国文学的立场，以一个中国人的眼光来看，日本创作的汉诗、汉文，与中国文学之间，只能说是形似。在本质上，日本汉诗反而与和歌更为神似，而且日本汉诗与和歌的许多的共同点都与中国文学相异"。基于这一认识，作者主要从求"异"的

角度，展开中日诗歌的比较分析，强调中日文学的本质区别，这种立意显
然是可取的。作者主要以"花"为中心，论述了日本文学对"白色"描
写的偏好，又分析了中日诗歌中"残菊""莺花"意象表现的不同，还举
例式地对中国诗歌与和歌进行平行比较，包括李清照与紫式部笔下的
"梅花"、中日古典诗歌中的"以花插头"题材。该书在结构与言说方式
上，深受日本主流学界的研究方法的影响，全书没有体系构架，选题细
小，对文本的细微之处做了细致赏析，但作为学术论著，特别是获得博士
学位的博士论文，在"论"上较为乏力，其思想的含量、理论的展开、
分析的深度都相对缺乏。作为全书核心结论的"日本人及日本文学'偏
好白色'"的问题，也是日本学界早就有的定论，例如，中国人较为熟
悉的今道友新的《东洋美学》中就有论述。但即便如此，该书作为高雅
的普及性学术读物来看，是可取的、有益的。

　　这方面的普及性读物还有数种。其中，郑民钦编著《和歌的魅
力——日本名歌赏析》（外语教学与研究出版社 2008 年），以春夏秋冬四
季为题，选取古典和歌 200 多首加以赏析；刘德润、孙青、孙士超编著
《东瀛听潮——日本近现代史上的和歌与俳句》（外语教学与研究出版社
2010 年），选取 60 多人的短歌 148 首，50 多位俳人的俳句 157 首，共 305
首加以赏析。刘德润编著《小仓百人一首——日本古典和歌赏析》（外语
教学与研究出版社 2007 年），对日本传统上类似中国的《唐诗三百首》
的著名选本《小仓百人一首》进行分析，有日语原文、日语现代语译文、
重点词语解释、作者简介、鉴赏几个部分，对日语有基础的和歌爱好者是
一本很好的入门读物。北京第二外国语学院日语学科教师铁军、潘小多、
王静、施雯合著《日本古典和歌审美新视点——以〈小仓百人一首〉为
例》（中国传媒大学出版社 2010 年），按题材将《小仓百人一首》重新加
以分类，其中包括爱情歌、咏月歌、山水情结、原野情结、春夏歌、秋
歌、冬歌、动物昆虫歌、自然现象歌、花草木歌、作者、技巧等 13 类，
并对同类作品加以整体赏析与研究，虽然分类标准并不统一，但对了解和

歌的传统主题与题材是有助益的。早早（张春晓）的《东瀛悲歌：和歌
中的菊与刀》（复旦大学出版社 2009 年）一书，采取"以诗证史"的方
法，以名歌介入日本历史，分为"武家卷""战国卷""风月卷""怨灵
卷""宫闱卷""风雅卷"，讲述历史事件，分析日本历史人物、呈现民族
文化心理，将学术随笔与和歌赏析融为一体，在构思写法上别具一格。

# 第四节　郑民钦等的歌俳史研究

专题史著作的出现，常常是某一学术领域得以形成的标志，也是学术
研究体系化的表征，对于中国的和歌、俳句的研究而言也是如此。在中
国，最早为日本的和歌、俳句写史的，是上海的日本文学研究者彭恩华
（1944—2004 年）教授。

彭恩华的《日本俳句史》是由中国人编写、在中国出版的第一部系
统的日本俳句史专著。为中国读者全面系统地了解俳句的历史发展演化的
过程，提供了可靠的参考书。据彭恩华在该书序言中自述，该书原稿完成
于 1966 年，字数约 40 万左右，但在"文化大革命"运动中散失无遗，改
革开放后重写。虽然篇幅只有 16 万字，但以时代为经，以俳人为点，对
从古至今各时代俳人的佳作及俳论都有较为简要而又具体的评析，尤其是
最后一章论述俳句在西方各国及中国的传播与影响，可以见出俳句的国际
性。在日本，俳句史方面的著作很多，用中文撰写俳句史可以参考日本的
同类著作，从资料上看照理说不算很难，但最困难的，是要将大量的俳句
译成中文之后，方可称为中文版的俳句史。彭恩华的《日本俳句史》涉
及到俳句原作上千首，因此，俳句史的写作最重要的其实在于俳句的翻
译。彭恩华有其自己固定的翻译方法，就是将"五七五"格律的俳句，
译成五言体两句或七言体两句，多数采用五言的句式。在用词上基本上与

原作相当，一般不用额外添加原文中没有的词，同时符合中国读者的阅读习惯，但鱼与熊掌不可兼得，俳句的"五七五"的形式则被淹没了。作者用这种方法，译出了古今俳句名作一千首，并且以日汉对照的方式，作为附录附于书后。所以说，《日本俳句史》不仅是一部俳句历史书，同时也是一部有特色的俳句译作集。如松尾芭蕉的"草の葉をおつるよりとぶほたる哉"，彭译作"流萤翩翩舞，起落草叶中"；芭蕉的"送られつ送りつはては木曽の秋"，彭译作"君送我兮我送君，往来木曽秋气深"。宝井其角的俳句"虫の音の中咳き出すねぎめかな"，彭译作"咳嗽梦惊醒，人在虫声中"等等，均能达意传神。

1986年，彭恩华又出版了《日本俳句史》的姊妹篇《日本和歌史》（学林出版社1986年）。这也是由我国学者编写的第一部日本和歌史的著作。其写法与俳句史相同，仍使用以陈述史实、赏析作品为主，以介绍歌人为中心的写作方法。在1980年代，中国一般读者对和歌还很陌生的情况下，这样的书，这种写法是必要的，也是很有用的，也为中国的和歌研究及日本文学研究提供了基本的参考。全书依次论述"记纪"歌谣、《万叶集》、以《古今和歌集》为中心的平安朝和歌、以《新古今和歌集》为中心的镰仓朝和歌、南北朝和室町时代的和歌、江户时代的和歌、明治与大正时代的和歌、昭和时代的和歌，并附录《古今和歌佳作一千首》（日汉对照），其译文大多采用七言两句的古诗句式，整饬而又雅致。可以说，在以古诗句式翻译的和歌译作中，彭恩华的两句译案与杨烈的四句译案，代表了"古诗派"翻译的两种主要形态。

1996年，马兴国先生的《十七音的世界——日本俳句》的小册子（上、下两册，共14万字）作为"世界文化史知识丛书"之一，由辽宁大学出版社出版。该书印制相当粗陋，但作为知识性的读物，也不乏学术价值，内容颇为可取。全书分为"俳句的产生及发展""古典俳句与松尾芭蕉""近代俳句与正冈子规""当代日本俳坛""俳句规则""俳句与禅文化""俳句与中国""俳句与世界"共八章，对俳句做了纵向和横向的梳理、评介和分析，与上述彭恩华的歌俳史以歌人、俳人为单位的纵向评述的写法有所不同。特别是最后三章，不仅提供了许多新鲜的资料，而且也有颇得要领的分析。例如，"俳句与文化"一章，借鉴日本学者铃木大拙等人的看法，对禅宗东传及如何影响日本的自然观乃至人生观，对松尾芭蕉作品中的禅意禅境，特别是芭蕉的"寂"与禅宗思想的关系做了分析。但马兴国仍沿用此前彭恩华等的译法，将"寂"（さび）译为并理解为"闲寂"，显然是将这个词的内涵缩小了，也进一步限定了一般中文读者对"寂"作出的"闲寂"的理解。《俳句与中国》一章，对松尾芭蕉、与谢芜村、正冈子规与中国文学的关系做了介绍和分析，对俳句在中国的译介及汉俳的诞生做了评述，都不乏参考价值。

此后不久，北京大学的王瑞林编著的《日本文化的皇冠宝珠——短歌》（清华大学出版社 1998 年）一书出版，全书共分"短歌的起源""短歌的历史"和"短歌赏析"三章，既有和歌起源与历史沿革的梳理，也有名家名作的原作、翻译及鉴赏分析，对一般读者而言，是一本内容系统、通俗易懂的和歌知识入门书。

进入 21 世纪后，中国的歌俳史研究更上一层楼，而登楼者就是日本文学研究家、翻译家郑民钦（1946 年生）。

2000 年，郑民钦《日本俳句史》由京华出版社出版，这是一部内容系统翔实、资料丰富、富有学术性的日本俳句通史。日本的俳句史类的著作非常多，但很多的书流于堆砌材料和句作赏析，郑民钦的这部史充分吸收借鉴了日本同类著作，但是同时自觉突显中国学者的学术追求，写成了一部贯通古今、有史有识的俳句史。他在"后记"中说："我写作的立足点是站在中国人的立场上，以自己的眼光审视历史，力图表现个性，即自我见解。要做到不落窠臼，有所创新，实非易事。在占有丰富翔实的材料和了解各家学说的基础上，披阅爬梳，去粗取精，吸收营养，自成机杼。当然，不是为了创新而创新，而是在研究过程中的确觉得有自己的话要说，有一些与众不同的体会。"统观全书，对这些，作者都完全做到了。

写史除了掌握充分史料外，关键是要有"史识"，要有史家自己的文化立场、学术理念和独到的鉴别分析，这就要将史料与史论结合在一起，《日本俳句史》最大的特点是史论结合。作者无论是对俳句史的叙述，还是对俳人创作的分析，都在史料的使用中渗透着透辟的理论分析，从而形成了一种叙述张力，使读者在阅读中不但能体会到求知的快乐，而且能够享受到思维与思想的快感。一般受日本式思维影响过重的中国学者，常常自觉不自觉地沾染传统日语特有的那种拖沓绵软的表述、缺乏理论思辨的写生式的表达，而郑民钦的书，却通篇充满着中国学者的阳刚文气，处处可见透彻的评论与辨析，这是十分可贵的。这样写出来的《日本俳句史》虽然篇幅不小（34万字），读之却不觉得疲沓，急欲读毕而后快。例如，在第四章介绍小林一茶的创作的时候，作者写道："在近代俳句史上，一茶与芭蕉、芜村齐名，但三人的风格以及在历史上的作用各不相同。芭蕉为俳谐正风之祖，把俳句升华为真正的文学、走进艺术的殿堂。他的理论对后世产生极其深远的影响。芜村是中兴俳坛的第一人，对俳谐的复兴和天明时期的新风的树立做出光辉的业绩。而一茶处在俳谐相对衰退的时期，又离开江户，回到家乡定居，他的独具奇特魅力的句风未能被世人理解，没有得到社会上的承认，在俳坛几乎没有影响。……一茶属于'生前寂寞生后荣'，在他死后，人们才认识到他的俳谐的真正价值。那种充满泥土气息的、极具个性的作品给芭蕉、芜村以后沉滞、衰竭的传统风雅观注入野性的血液……。"全书几乎通篇都是这样的以史代论、夹叙夹议的写法。假如没有对日本俳句史各方面知识的熟稔于心与融会贯通，是难以做到这一点的。

2004年，郑民钦在《日本俳句史》的基础上，将俳句与和歌熔于一炉，出版了《日本民族诗歌史》（北京燕山出版社2004年），全书68万字，这是一部厚重的著作，评述了一千多年的和歌和六百多年的俳句的发展历史，作者从和歌的萌芽时期的记纪歌谣写起，到《万叶集》，再到《古今和歌集》，再到《新古今和歌集》等，到连歌、连句、俳句、川柳、狂歌的产生和发展的轨迹，都做了系统的评述；特别是对近现代短歌、俳句，着笔较多，用了占全书一半的篇幅加以评述，指出了和歌、俳句在现代社会生活中的生存发展及其困境。在写法上仍然采用《日本俳句史》那样的以史代论的方法，但由于将和歌、俳句作为一个日本民族诗歌的整体加以处理，在内容上更为条贯，更能强化历史的纵深感，对一些问题上的思考与表述进一步细化和深化。其中最突出的特点是将和歌论、俳论纳入，并分专门章节加以评述，对各家理论观点做了分析阐释，从而将和歌、俳句史写成创作与理论相辅相成的历史，这更强化了该书的理论色彩和学术思想含量。因而，可以说该书不但是日本民族诗歌发展演进的历史，也是从诗歌角度切入的日本民族的审美意识、审美思想和文学理论的历史。当然，一般而论，理论问题涉及越多，值得商榷的地方相对也就越多，该书也不例外，例如，第五章"和歌理论"，以"余情""幽玄""有心"三个概念为中心，论述了中世纪和歌理论的概貌。但作者对三个概念是并列论述的，没有加以逻辑层次上的厘定和划分，若站在日本美学和文论的发展史上看，"幽玄"应该是中世和歌理论的最高概念，而"余情""有心"等，应该是"幽玄"的从属概念；第九章谈到松尾芭蕉的俳论的时候，将"风雅之诚"论作为芭蕉俳论的最根本审美概念，实际上，"风雅之诚"就是"俳谐之诚"，重心在"诚"字上，而这个"诚"作为文学真实论，早在芭蕉之前的古代文论中就被反复强调过了，这是日本文论的一般概念，与中国文论、西方文论的中的真实论相比，也缺乏理论特色。对蕉门俳论而言，真实论即"风雅之诚"论似乎并不是芭蕉俳论的核心，更不是芭蕉俳谐美学的最高理想，这个最高的理想境界应该是"寂"，关于这一点，大西克礼等现代日本美学家已经做出了充分的论证。再如该书第九章第六节"松尾芭蕉的俳论——寂、余情、纤细"中，将"寂、余情、纤细"三个概念作为并列的概念加以论述，实际上，对蕉门俳论的内在理论体系加以细致考察就会看出，"余情"和"纤细"（或译为"细柔"）只是"寂"的次级概念，是"寂"的具体化表现。另外，

第四章第四节"平淡美与极信体的理念",在标题中出现了"极信体"这个令人困惑的词(抑或概念),而在该节正文中却没有使用这个词,更没有做任何解释,不知是出于印刷错误还是别的原因。不过,另一方面,任何一部好的学术著作都不是一劳永逸地向读者呈现真理,而是启发读者去思考真理、追求真理,《日本民族诗歌史》也是一样,在这个意义上,它作为一部面向中国读者的专题文学史,填补了和歌俳句整体纵向研究的一个空白。可以说,这样高水平的著作,在日本同类著作中也是出类拔萃的,显示了当代中国学者对日本文化与文学的钻研已经达到相当深入的程度,具有重要的学术意义和参考价值。

郑民钦在理论上的追求,使得在和歌理论方面的研究进一步聚焦和系统化,于2008年出版了《和歌美学》(宁夏人民出版社"人文日本丛书")一书,该书是在上述两部书的基础上提炼而成的。以和歌美学的重要范畴,以20万字的篇幅,分九章分别对"抒情""物哀""心·词·姿·实""余情""幽玄""有心""风雅""优艳""无常"这些范畴和概念做了分析。这也是我国第一部关于和歌美学的著作,在日本,以"和歌美学"为题的著作似乎也没有,因而填补了选题上的一个空白,是一个很有价值而又相当困难的选题。关于日本古代文论与美学,日本学者虽然做了大量研究,但或许是由于偏向情感思维而不善理论思辨的传统思维方式的集体无意识遗传的影响,除大西克礼等少数学者外,大部分日本学者在这个问题的研究上缺乏深度感和思辨力。因此,要对和歌美学的历史轨迹,特别是横向的结构体系加以建构,可资参考的成熟的著作并不多,是一项充满挑战性的工作。《和歌美学》的立足点在"和歌",而不是"美学"本身,是从文学批评的、文艺美学的角度对历代和歌论与和歌的审美内涵所做的分析,作者所采用的主要方法是基于和歌作品的分析来印证相关的范畴和概念,而不是用美学思辨的方法,对概念和范畴的内在理论逻辑加以寻绎并加以美学体系化。《和歌美学》一书的特点和局限都在这里。这可能是因为作者在写作中更多地参照、借鉴了日本学者的相

关著作（如栗山理一编《日本文学における美の構造》，东京：雄山阁
1976 年）的缘故。无论如何，郑民钦的《和歌美学》第一次对和歌美学
——它占据了日本传统美学的半壁江山——的基本范畴，结合和歌史和歌
论史做了动态的梳理，为中国读者系统了解这些独特的审美范畴提供了知
识与参考。只是由于对这些概念进行相对孤立的分别论述，因而对概念之
间的逻辑关系的清理就受到削弱。同时，对属于和歌的独特的审美概念，
和那些不仅属于和歌的一般的思想性、宗教性概念，也未能加以严格区
分，例如，第一章"抒情"，将"抒情"这个一般词汇作为和歌概念来处
理，就显得勉为其难，导致这一章的分析论述很一般化。再如，第九章
"无常"所论述的"无常"，是来自佛教的日本人传统的世界观，当然也
与审美观相联系，但无论如何不是和歌独有的概念。第八章的"优艳"，
实际上在歌论中最经常地写为"艶"（えん），"艶"有时候训读（解释
为）"优"（やさし），但"优艳"作为一概念的使用是很少的，倒是
"妖艳"一词更常见。总之，《和歌美学》作为开拓性的著作，解决了一
些问题，也留下一些问题，为进一步的研究思考提供了一个参照和起点。

# 第三章 《源氏物语》等古典散文叙事文学的研究

　　本章所说的日本古典散文叙事文学，是指用古日语写作的古代"王朝物语"、中世"战记物语""说话"及近世各体市井小说等。对中国而言，这些作品因语言文化的阻隔大，翻译难度也很大，因而翻译既是研究的基础，而翻译本身也是一种研究形态。丰子恺、林文月等对《源氏物语》等贵族文学的翻译，周作人等对古代神话的翻译，周作人、申非、王新禧等对《平家物语》的翻译，金伟、吴彦对《今昔物语集》等民间说话的翻译，周作人、钱稻孙、李树果等对江户市井小说的译介与研究，都为相关的学术研究打下了基础，也为相关的研究做出了贡献。不同历史阶段的中国学者对日本古代散文叙事文学都做了不同角度的评论与研究。其中，对《源氏物语》的评论研究在中国已颇具规模，经历了从主观性的评论到力图贴近日本原典文化的解读与研究的过程，站在中国文化和比较文学的立场上，形成了中国特色的"源学"。

## 第一节 丰子恺、林文月等对《源氏物语》
## 及贵族文学的译介

《源氏物语》是平安朝宫廷女官紫式部（本姓藤原，约 978—1015 年）创作的长篇"物语"，即散文体小说。它不但是日本首屈一指的古典名著，也被公认为是世界上最早的完整统一的长篇小说。《源氏物语》成书于公元 11 世纪初年。全书规模宏大，共有五十四回（帖），约合中文 80 万字，以细腻柔婉、优美典雅的笔调，描写了主人公光源氏及其名义上的儿子薰君与众多女子的恋爱故事，反映了平安王朝宫廷贵族的生活情景，表现了感物伤情、多愁善感、悲天悯人、缠绵悱恻的审美风格，奠定了日本古典文学的基本的美学格调，对后来日本文学的发展，产生了巨大而深远的影响，成为历代日本文人墨客的重要的精神源泉。

在中国的日本文学史学术史上，较早介绍《源氏物语》的，除谢六逸外，还有周作人。周作人在 1934 年《国闻周报》（第 11 卷第 38 期）上发表的以中国的日本文学翻译为主题的文章——《闲话日本文学》一文中说：

> 《源氏物语》的全译现尚无，于英译本读之，我是钦佩至甚，当推为日本文学中之巨制，最伟大的作品除此莫属。特别从年代看去，还是世界任何地方未出现 Novel 的时候，那样的巨制的产生也该是值得惊叹的。中国的《红楼梦》，还只是其后的作品。胡适也看过此书，也说这样伟大的作品，以前还不知道。

周作人在 1936 年致梁实秋的一封信中又说：

《源氏物语》五十二卷成于十世纪时，中国正是宋太宗的时候，去长篇小说的发达还要差五百年，而此大作已经出世，不可不说是一奇迹……这实在可以说是一部唐朝的《红楼梦》，仿佛觉得以唐朝文化之丰富本应该产生这么的一种大作，不知怎的这光荣却被藤原女士抢过去了。

据说1930年代时任北京大学教授的钱稻孙就表示要译《源氏物语》，但似乎并未动手。到了1950年代，在国家有关部门对外国文学名著的翻译进行统一规划的时候，《源氏物语》被人民文学出版社列入了翻译出版的计划。由于《源氏物语》卷帙浩繁，文字艰深，翻译难度很大，一直无人开译。在当时翻译家中，堪当此任的人可谓凤毛麟角。最佳的人选一个是钱稻孙，一个是丰子恺。钱稻孙一直把翻译《源氏物语》作为毕生的宏愿。1950年代，他译出了《源氏物语》的第一卷，发表在《译文》（后改为《世界文学》）杂志1957年8月号上。由于钱稻孙翻译进度甚慢，后来，人民文学出版社决定由上海的丰子恺承担翻译。1961年，丰子恺欣然接受了翻译任务。他还写了一首诗表达了他高兴的心情，诗曰："饮酒看书四十秋，功名富贵不须求，彩笔昔曾描浊世，白头今又译红楼。"（丰子恺自注："红楼"，指《源氏物语》）同年10月10日，上海的《文汇报》发表了丰子恺的《我译〈源氏物语〉》一文，其中写道：

……日本文学更有一个独得的特色，便是长篇小说的最早出世。日本的《源氏物语》，是公元一〇〇六年左右完成的，是几近一千年前的作品。这是世界上最早的长篇小说。我国的长篇小说《三国演义》和《水浒》、意大利但丁的《神曲》，都比《源氏物语》迟三四百年出世呢。这《源氏物语》是世界文学的珍宝，是日本人民的骄傲！在英国、德国、法国，早已有了译本，早已脍炙人口，而在相亲相近的中国，一向没有译本。直到解放

后的今日，方才从事翻译；而这翻译工作正好落在我的肩膀，这
在我是一种大的光荣！

　　丰一吟在《白头今又译红楼》（《艺术世界》1981年第4期）谈到了
丰子恺翻译《源氏物语》的有关情况，其中说："我在整理译稿时，还有
一个体会：由父亲来译这部作品，确实是非常合适的。因为紫式部这位女
作家博学多才，书中所写往往涉及音乐、美术、书法、佛教等各个方面，
而父亲恰好也对这些方面感兴趣。例如，书中有一节专写绘画，译者对此
自然是内行；书中经常评论音乐，我父亲对音乐向来偏爱；书中还论及书
法之道，父亲在这方面也不是外行；书中大量地谈到佛教，有许多佛教名
称和佛教典故，而父亲恰好又是一个与佛有缘的人。"
　　从1961年8月到1965年9月，丰子恺用了四年多的时间，终于完成
了这部皇皇巨著的翻译。但是，接着到来的所谓"文化大革命"，使《源
氏物语》的出版耽搁下来。丰子恺在生前也未能看到译著的问世。直到
1979年，人民文学出版社委托丰一吟对译稿进行了整理。1982—1983年，
丰译《源氏物语》分三卷陆续出版。从此，我国有了第一个完整的《源
氏物语》的译本。
　　《源氏物语》原文为平安时代的日本古文，特点是较少使用汉字汉
词，是典型的"和文"体，古雅简朴，句式简洁，表达含蓄，主语、特
别是人称代词常常省略，只靠人物之间的身份关系及相关语体来体现。其
中又涉及当时宫廷贵族独特的生活方式，如风俗习惯、服装打扮、文物典
章、建筑居所等，连后世的日本人阅读起来也比较困难。因此，历代一些
日本的"国学"家们，曾对《源氏物语》进行了讲疏，到了现代又有与
谢野晶子、谷崎润一郎、圆地文子等著名文学家将《源氏物语》译成了
现代日语，给现代读者的阅读带来了方便。丰子恺翻译《源氏物语》的
时候，参照了日本的多种注释本和现代语译本，主要有谷崎润一郎的译
本、与谢野晶子的译本、佐成谦太郎的译本等，并对各种译本进行比较，

择善而从，同时又努力忠实紫式部的原文。由于丰子恺对日本文学有深刻的会心和了解，他的《源氏物语》译文可谓信达雅，几近完美。丰子恺在"译后记"（译本中未刊，后编入《丰子恺文集》第六卷）中说："原本文字古雅简朴，有似我国的《论语》《檀弓》，因此不宜全用现代白话文翻译。今使用此种笔调译出，恨未能表达原文之风格也。"丰子恺在译文中，较多地使用了《红楼梦》式的古代白话，恰当地运用了一些汉语成语、文言词和文言句式，可以说基本上是典雅简练的现代汉语，译文儒雅流畅，具有音乐感，而且较为通俗易懂。紫式部还是有名的歌人，著有和歌集《紫式部家集》。《源氏物语》中有大量的和歌，是日本古典和歌中的珍品。这些和歌，也是翻译的难点。丰子恺用中国五言或七言古诗的形式来译和歌，多译作两句，少数译作五言四句，大都注意对偶或韵脚，如"秋宵长短原无定，但看逢人疏与亲"，"杜宇怎知人话旧，声声啼作旧时声"，"愿将大袖遮天日，莫使春花任晓风"，"梅花香逐东方去，诱得黄莺早日来"等等，虽然未能译出和歌的形式，但却传情达意，符合中国读者的阅读习惯。但另一方面，译文除存在少量错译或不准确翻译之外，也存在过度"归化"的问题，例如汉语成语用得很多，文采过于浓重。对此，当年的周作人看了待出版的原稿后，私下表示了不满。他在1964年3月5日的日记中写道："略阅源氏校记，丰子恺文只是很漂亮，滥用成语，不顾与原文空气相合与否，此上海派手法也。文洁若予以校正，但恨欠少，其实此译根本不可用。"周作人的批评未免苛刻了，以自己的带有苦味、涩味、拙味的个人文风，来批评丰子恺"很漂亮"的译文，只是表明了两者文字审美趣味的差异。

进入1990年代后，丰译《源氏物语》的读者面也在进一步扩大，有关《源氏物语》的文章仍然常见于某些学术性期刊，人民文学出版社又把丰子恺的译本列入"世界文学名著丛书"中，将原来的三册平装，合并为上、下两册，精装出版，发行量进一步增大。在这种情况下，1990年代末，有个别出版社为追逐经济利益，将丰子恺译本改头换面，名为

"全译",实为篡改,这是不足为训的。进入 21 世纪后,又有出版社重译和重出《源氏物语》,如北京燕山出版社 2006 年出版的郑民钦译本,上海译文出版社组织彭飞等 12 位译者翻译的田边圣子改写的《新源氏物语》(上海译文出版社 2008 年)。但从出版社方面说,恐怕更多是出于经济利益的考量。无论是谁承担翻译,假如不能胜过丰子恺、林文月的译本,则复译的必要性和其价值就成为疑问。

还应该提到的是,在《源氏物语》之前,有所谓"传奇物语"(又称"虚构物语")和"歌物语"两种形式的物语,《源氏物语》就是在吸收、借鉴"传奇物语"和"歌物语"的基础上集物语文学之大成的作品。丰子恺在译出《源氏物语》之后,又将其他三部有代表性的物语文学翻译出来。这三部作品是被称为"日本物语之鼻祖"的《竹取物语》,还有以王朝贵族生活为题材的《伊势物语》和《落洼物语》。到 1984 年,这三部物语被人民文学出版社列为"日本文学丛书",以《落洼物语》为书名,合集出版。在此前后,关于这几部物语的研究文章也陆续出现,特别是从民俗文化与古代文化交流史角度研究《竹取物语》的文章最多,如武殿勋的《日本古典文学名著〈竹取物语〉的出典》(《山东外语教学》1980 年第 2 期)、乌丙安的《〈竹取物语〉故事原型研究的新发现》(《辽宁大学学报》1981 年第 2 期)、严绍璗的《〈竹取物语〉与中国多民族文化的关系》(《中日文化与交流》第 1 辑,1984 年)、孟宪仁的《春秋时代〈竹取物语〉原型传入日本考》(《日本研究》1986 年第 3 期)、张北川的《〈竹取物语〉与〈斑竹姑娘〉的难题考验》(《西藏艺术研究》1999 年第 1 期)、雷华的《〈竹取物语〉与古代日本伦理、君权意识》(《日本研究》2000 年第 2 期)、任敬军的《〈竹取物语〉与日本竹文化》(《外国文学评论》2010 年第 2 期)等。

在丰子恺动笔翻译《源氏物语》之后不久,台湾的林文月女士也开始了《源氏物语》的翻译。

林文月(1933 年生)出生于上海日本租界,后长期在台湾大学任教。

她的《源氏物语》翻译开始动笔于 1974 年，到 1978 年底全书译毕。其间，边译边在台湾大学外文系的刊物《中外文学》上连载。到了 1979 年，由《中外文学》月刊社分五册出版单行本。在中国大陆，丰子恺先生早在 1960 年代初就已开始翻译《源氏物语》了，但由于 1966 年政治运动的爆发，丰子恺译本出版的时间反而晚于林文月译本两三年。由于当时两岸无法沟通，丰子恺、林文月分头翻译，互不知晓。对此，林文月在《源氏物语》洪范书店 2000 年出版的"修订版序言"中写道："未能参考丰译，诚然遗憾，却也足以激励自我奋勉。设若我当初知悉前辈大家已先完成此巨著之译事，也许竟会踌躇不敢提笔；而即使提笔翻译，有可供参考之另一种译本在手边，遇有困难，大概不会不产生依赖之心，然则，我的译文必然会受到丰译之影响无疑。于今思之，反倒庆幸蒙昧中摸索前行，至少建立了属于自我的译风。"此话并非过言。拿林文月的译本与丰子恺译本相比，很快就能看出两种的译文风格各具千秋：丰译本多用《红楼梦》那样的古代白话小说的词汇句法，典雅简洁，华美流丽；林译本则使用标准的现代汉语，将现代汉语的书面语与日常口语很好地结合起来，通俗而不流俗，清新而又亲切。说起来，《源氏物语》的语言在 9 到 10 世纪的日本要算是地道的"口语"了。所以林译本用纯粹的现代汉语来翻译，并不使人觉得有失古典的韵味。她上述的"修订版序言"中说："虽然采用白话文体，但是在字句的斟酌方面，也努力避免陷于过度现代化，尤其是外来语法的掺入，以此试图把握比较典雅的效果。也就因为这个缘故，全书中共出现的 795 首和歌，避免采用白话诗的译法，而自创三行、首尾句押韵的类似楚歌体形式，如此，在白话的散文叙事中时时出现比较古趣的诗歌，或者可以使人在视觉上与听觉上，有接近原著的典丽感受。"这很好地概括出了她的译文的特色。可以说，林文月的《源氏物语》译本与中国大陆的丰子恺的《源氏物语》译本，业已成为海峡两岸日本文学翻译的两块丰碑。此外，在译出《源氏物语》后，林文月还在 1980 年代至 1990 年代，陆续译出了《枕草子》《和泉式部日记》《伊势

物语》等王朝贵族散文文学的其他重要作品。林译《源氏物语》及其他
作品，近年来在大陆出版了简体字本。

紫式部的作品除了《源氏物语》之外，留传下来的还有《紫式部日
记》和《紫式部家集》。《紫式部日记》约合四万字汉字，以作者所侍奉
的藤原彰子皇后的分娩为中心，记录了宫中的念佛祈祷等种种法事活动，
也部分地记录了作者的心情，透露了《源氏物语》写作的一些信息，对
于研究紫式部与《源氏物语》具有重要的参考价值，值得翻译。2002 年，
林岚翻译的《紫式部日记》收在《王朝女性日记》（河北教育出版社
"东瀛美文之旅"译丛）一书中出版，译文流畅柔婉，颇为可读。收在
《王朝女性日记》中的还有林岚译《蜻蛉日记》（藤原道纲母著）、《和泉
式部日记》和郑民钦译《更级日记》（菅原孝标女著），都是与紫式部同
时代的王朝贵族妇女的日记文学代表作。

与紫式部同时代的另一位宫廷才女是清少纳言，她的题为《枕草子》
的随笔集和《源氏物语》一道被誉为平安朝文学的双璧。《枕草子》全书
共由 305 段随笔文字组成，把自己在宫中供职时期所见、所闻、所想、所
感随手记录下来，表现了作者敏锐的观察和感受能力。全书大都是印象性
的琐碎的记录与描写，有时不免显得絮叨和无聊，缺乏《源氏物语》那
样的博大精深，但作者善于捕捉并表现自己刹那间的印象和感受，这对后
来的日本文学，特别是散文随笔文学，都有很大的影响。早在"文革"
爆发之前，周作人就完成了《枕草子》的翻译，并写了《关于清少纳言》
一文，对作者的生平和创作情况做了介绍。到了 1988 年，人民文学出版
社将周译列为《日本文学丛书》，收入《日本古代随笔选》一书首次出版
发行。2002 年，河北教育出版社又出版了翻译家于雷先生的《枕草子》
复译本。

收在《日本古代随笔选》中的另一部作品是翻译家王以铸（1925—
2019 年）译《徒然草》。作者吉田兼好（1282—1350 年）出身贵族，后
来出家为僧，被称为兼好法师。《徒然草》是他生前写的随笔，后被人编

排印行。全书由 243 段组成，在语言文字、编排方式上，《徒然草》似乎受到了《枕草子》的某些影响。最早翻译《徒然草》的是周作人。1925 年，周作人在《语丝》杂志上发表了《徒然草》的 14 段译文。周作人在译文的"小引"中说："只就《徒然草》上看来，他是一个文人，他的个性整个地投射在文字上面，很明了地映写出来。他的性格的确有点不统一，因为两卷里禁欲家与快乐派的思想同时并存，照普通说法不免说是矛盾。但我觉得也正是这个地方使人最感兴趣，因为这是最人情的，比倾向任何极端都要更自然而且更好。《徒然草》的最大价值可以说在于它的趣味性，卷中虽有理知的议论，但决不是干燥冷酷的。（中略）我们读过去，时时觉得六百年前老法师的话有如昨日朋友的对谈，是很愉快的事……"1936 年，郁达夫译出了《徒然草》的第一、三、五、六、七、八段，发表在《宇宙风》第 10 期上。在"译后记"中，对《徒然草》做了高度评价。郁达夫写道："《徒然草》在日本，为古文学中最普遍传诵之书，比之四子书在中国，有过之无不及。日本古代文学，除《源氏物语》外，当以随笔日记为正宗，而《徒然草》则又是随笔集中之铮者，凡日本稍受教育的人，总没有一个不读，也没有一个不爱它的。我在日本受中等教育的时候，亦曾以此书为教科书。当时志高气傲，以为它只拾中土思想之糟粕，立意命题，并无创见。近来马齿加长，偶一翻阅，觉得它的文调和谐有致，还是余事，思路的清明，见地的周到，也真不愧为一部足以代表东方固有思想的哲学书。久欲把它翻译出来……"虽然周作人、郁达夫对《徒然草》推崇有加，但都未能全译，人民文学出版社出版《日本古代随笔选》中收入的《徒然草》是全译本，含注释在内，约有 15 万字。王以铸的译文，使用浅近的文言，简洁典雅，而又易读易懂。2002 年，李均洋先生的《徒然草》复译本连同鸭长明的随笔《方丈记》，以《方丈记·徒然草》的书名由河北教育出版社出版。

对于上述的《源氏物语》之外的古代散文文学，中国的日本文学界也有一些评介和研究文章，如林岚的系列论文《〈平家物语·敦盛之死〉

的美学意识》(《日本学论坛》2000 年第 3 期)、《〈日本灵异记〉中骷髅诵经故事的源流及特色》(《日本学论坛》2001 年第 1 期)、《论〈落洼物语〉中的王朝贵族思想》(《外国问题研究》1998 第 4 期)、《〈平家物语〉的唯美情趣》(《日本研究》2005 年第 2 期)等,刘春英的《日本平安朝日记文学的兴盛及其艺术成就》(《现代日本经济》1990 年第 2 期)、孙德高的《论〈枕草子〉中的"谐趣"》(《现代日本经济》1991 年第 5 期)、李树果的《吉田兼好的审美观》(《日语学习与研究》1988 年第 5 期)、陈冬生的《吉田兼好与〈徒然草〉》(《日语学习与研究》1993 年第 4 期),赵小柏的《〈方丈记〉和〈徒然草〉中的无常观》(《东北亚论坛》1997 年第 4 期)、刘树声的《徒然草中的爱情草》(《文艺评论》2000 年第 1 期)、谢立群的《从〈徒然草〉看兼好的隐遁观》(《日语学习与研究》2007 年第 6 期)、赵晓柏的《"徒然"论考》(《外国问题研究》2009 年第 3 期)、杜冰的《中国的〈徒然草〉研究现状》(《名作欣赏》2010 年第 3 期)、杨芳的《〈源氏物语〉与〈蜻蛉日记〉之间关系探微》(《日本问题研究》2010 年第 3 期)等。

## 第二节　中国的"源学"

在日本古代王朝贵族文学中,中国学界最关注的当属《源氏物语》。《源氏物语》汉译本出版后,在我国读者和学术界、文学界中都产生了很好的反响,有关评论与研究的文章逐渐络绎不绝。在日本,研究《源氏物语》的学问被称为"源学",早在平安时代末期,就有藤原伊行的《源氏释》,对作品加以注释,13 世纪初的《无名草子》(作者不详)借书中人物之口,对《源氏物语》及篇中人物做了评论。到了江户时代,《源氏物语》成为日本"国学"研究的重点之一,出现了安藤为章的《紫家七论》、契冲的《源注拾遗》等，到了本居宣长的《紫文要领》，系统提出并阐发其"物哀"论，遂成为源学研究中不刊之论。此后，各种研究成果层出不穷，古今研究著作估计不下于五百种，直到近年，每年都有上百篇文章发表，形成了源远流长的源学传统。同样的，中国在 1980 年代以后也逐渐形成了"源学"，各种《东方文学史》或《外国文学史》著作与教材大都将《源氏物语》列为专章专节，每年平均有两三篇论文出现，相关的专门著作也有出版。

当然，中国的"源学"有着中国的特色。基本上经历了从主观性的评论到力图贴近日本原典文化的解读与研究的过程。

起初，大多数人习惯于使用官方的唯物反映论的文学观和阶级分析的方法，来评论《源氏物语》，如改革开放后最早的一篇评介《源氏物语》的文章是陶德臻（1924—2000 年）的《紫式部和他的〈源氏物语〉》（《外国文学研究》1979 年第 1 期），该文把主人公光源氏看作是贵族阶级的典型人物，认为作品"通过光源氏一生的经历展示了日本平安时代贵族阶级从荣华到没落以至精神崩溃的历史命运"。叶渭渠在为丰译《源氏物语》写的译本序中，认为《源氏物语》"通过主人公源氏的生活经历和爱情故事，描写了当时贵族社会的腐败政治和淫逸生活。作者以典型的艺术形象，真实地反映了这个时代的面貌和特征，揭露贵族统治阶级的黑暗和罪恶，及其不可克服的内部矛盾，揭示了日本贵族社会必然崩溃的历史趋势"；认为这首先表现在"作者敏锐地觉察到王朝贵族社会的种种矛盾，特别是贵族内部尔虞我诈的斗争"，其次表现为作者"虽然主要描写源氏的爱情生活，但却不是单纯地去描写爱情，而是通过源氏的恋爱、婚姻悲剧，揭示一夫多妻下妇女的悲惨命运，从而烘托出一幅贵族社会及其没落的景象"。在创作方法上，"她在书中写了宫廷贵族生活，却又非生活的原本记录，而是经过高度的概括和精心的构思，比较完整的反映了平安王朝贵族阶级各方面的生活，揭示了当时贵族社会某些本质的东西，同时也为现实主义创作方法作出了贡献"，同时认为："《源氏物语》以过多的篇幅渲染了一些贵族阶级的美学观点，超度众生、因果报应的佛教思想，以及空虚感伤的情调，这也给作品的思想内容带来一定的损害。"叶渭渠的这些观点，反映出的是当时文学批评唯一通行的立场观点与话语方式，那就是马克思主义的唯物主义的、社会学的、阶级分析的方法，以及独尊"现实主义创作方法"的思维定式。接下来是刘振瀛在《〈源氏物语〉中的妇女形象》（《国外文学》1981年第1期）中，从"人物形象分析"的角度，认为《源氏物语》"真正价值，正在于塑造这些妇女的形象上"；而"透过《源氏物语》所刻画的贵族妇女形象这面镜子，不难看出平安时期整个贵族阶级腐朽的本质，不难看出这个阶级走向灭亡的必然命运"。此后，一直到20世纪末期，有关学术杂志上每年大概都有两三篇关于《源氏物语》的评论文章，这些文章的论题大都集中两个方面，一是探讨"主题思想"，二是分析"人物形象"，这也是长期以来形成的小说等叙事类作品评论文章的一贯套路。评论者们自觉不自觉地遵循着中国左翼文学批评的基本思路：凡是文学史能够称之为名著的作品，必然会现实主义地反映社会关系的本质方面，而社会关系的本质方面就是阶级关系、阶级压迫及阶级斗争，于是，描写宫廷政治斗争、描写被压迫妇女的命运、预示贵族阶级的必然灭亡的命运，就是对古今中外一部名著的最高肯定和评价。

1994年，陶力出版了《紫式部和她的〈源氏物语〉》一书（北京语言学院出版社1994年），这也是我国出版的第一部评论《源氏物语》的专门著作。这本书写于1980年代后期，由于特殊原因而延迟问世，因而也明显带有1980年代文学批评的研究方法与思路的鲜明印记。该书共分八章：第一章主要叙述作品的时代背景，第二章介绍作者紫式部的相关情况，第三章概述作品的基本情节内容，第四章谈作品的写作动机，即"为谁而作"的问题，认为"《源氏物语》是一部女人为女人而作的、女人为女人鸣不平、呼唤人的地位和尊严的划时代的巨著，以这个角度来透视其社会意义和审美价值，也定会取得其它角度难以得到的收获"。指出："虽然紫式部的批判锋芒，并没有直指贵族社会政治、经济等各个领域，但他却从两性关系的角度，更加彻底地否定了现有制度的合法性。同时，她把妇女的悲剧与贵族王朝的悲剧结合在一起，写出了妇女的悲剧并非孤立，而是与整个贵族王朝衰亡的趋势密切相连的，是王朝悲剧命运的组成部分。"第五章分析了《源氏物语》的"群芳谱"及女性形象，第六章分析了作品中的男性形象系列，并比较了《源氏物语》与《长根歌》，第七章谈紫式部的"美学思想"，认为"紫式部所追求的，是一种在很大程度上被贵族化、女性化了的中和之美"。指出《源氏物语》是一部"现实主义作品"，作者使用的是"现实主义创作方法"，运用的是"现实主义的典型化"的原则。第八章将《源氏物语》与《红楼梦》异同做了比较分析。该书所涉及的问题及看法，也都集中体现了1980年代我国文学批评和文学研究中普遍流行的角度和思路。

　　除了上述的批评思路之外，也有稍微不同的声音发出。其中李芒在《平安朝宫廷贵族的恋情画卷——〈源氏物语〉初探》（《日语学习与研究》1985年第3期）中，援引了日本学者麻生矶次、加藤周一的相关论述，认为平安王朝贵族及作家们都被很好地组织在所属社会集团内，因而文学几乎没有对社会的批判，并具有非常封闭的特征，物语文学只描写男女的情感生活，而决不想走向社会。因而，《源氏物语》中"并无任何关于政治势力之间所谓'权势斗争'的具体描写"，也没有要写出宫廷贵族的没落，"《源氏物语》的主题并非在于描写平安朝的历史与宫廷政治势力的斗争，而是刻画宫廷贵族的恋情"。虽然李芒的这篇文章并没有进一步说明紫式部为什么只是写恋情，并没有从审美文化角度加以进一步分析，但这篇文章与上述那几篇文章的不同，在于不是以既定的左翼文学观，以不变应万变地解读古今中外的文学作品和文学现象，而是要充分考虑不同民族、不同时代特殊的历史文化背景、民族文化心理。《源氏物语》所表现出的超政治、超社会、纯感情的文学表现，恰恰与现代左翼文学评论的主导思路不相匹配。换言之，在1980年代初期，具有鲜明日本古典文化特征的《源氏物语》的译介，连同现代作家川端康成的译介（详后），为一直以来畅通无阻的左翼文学批评思路与法则，出了一道不得不面对的难题。它促使人们思考：文学批评与文学研究，是使一切作品就范于既定的意识形态，不断地论证既定意识形态的放之四海而皆准的绝对性，还是充分尊重、努力理解原作的特性及所反映的审美文化的特性。

王向远的《"物哀"与〈源氏物语〉的审美理想》（《日语学习与研究》1991年第1期）开篇即指出：迄今发表的文章"大多只从作品的认识价值出发，认为《源氏物语》是平安王朝贵族生活的历史画卷，反映了宫廷政治斗争和贵族阶级腐朽没落的历史趋势。由于忽视了作品所产生的特定的历史文化背景，其中不免片面和臆断。有的文章认为《源氏物语》是专写贵族恋情的作品，其立论更加接近作品的实际，但未能进一步上升到美学高度去认识。本文从平安王朝贵族社会的伦理价值观和风俗习惯的历史实际出发，从日本传统美学的角度来理解和阐释《源氏物语》，力图抓住作品的审美理想的实质与核心，得出一些新的结论"。文章以江户时代源学家本居宣长的"物哀"论为立论根据，认为《源氏物语》的创作宗旨是"物哀"，作品所表达的是"物哀"的审美理想，认为："'物哀'实质上是日本式悲剧的一种独特风格，它不像古希腊悲剧那样有重大的社会主题、宏大的气魄、无限的力度和剧烈的矛盾冲突，它也不像中国悲剧那样充满浪漫的激情和慎重的伦理意识，而是弥漫着一种均匀的、淡淡的哀愁、贯穿着缠绵悱恻的抒情基调，从而体现了人生中和日常生活中的悲剧性。"结论是："'物哀'是《源氏物语》审美理想的核心。它不但是正确地理解《源氏物语》的一把钥匙，也是理解日本传统美学的一把钥匙。"此外，还有叶舒宪、李继凯合写的《光·恋母·女性化——〈源氏物语〉的文化原型与艺术风格》（《东方丛刊》1992年第2期），从文化人类学角度解读《源氏物语》，在当时也令人耳目一新。

关于国内《源氏物语》评论情况，张龙妹在《试论〈源氏物语〉的主题》（《日语学习与研究》1993年第2期）一文中做了梳理和概括，其中写道：

> 综观自《日语学习与研究》创刊以来的各家的学说，大致
> 可以分为以下三类。一是以叶渭渠先生的《〈源氏物语〉中译本
> 序》为代表的"历史画卷"论（以下简称"历史"论），认为
> 作品反映了日本摄关政治时期宫廷中的权势之争；二是以李芒先
> 生为代表的"恋情画卷"论（以下简称"恋情"论），主张作
> 品旨在描写光源氏、薰大将的爱情生活，刻画了平安朝"宫廷
> 贵族的恋情"；三是王向远先生提出的"物哀"观，他在肯定李
> 芒先生的"恋情"论的基础上，认为作品通过对贵族男女恋情
> 的描写，表达了一种"使人感喟、使人动情、使人悲凄"的
> "物哀"的审美理想。（以下简称"物哀"观），与本居宣长的
> "物哀"说有联系又有区别……

此外，黎跃进在《〈源氏物语〉主题思想争鸣评述》（《衡阳师专学
报》1995 年第 3 期）一文中，对中国的《源氏物语》主题论争也做出了
概括。

从那时以后，用社会学的、阶级分析的方法评论《源氏物语》，特别
是为《源氏物语》总结主题思想的文章极少见了，但在这个延长线上的
"人物形象分析"类的文章，则时有发表。这种作品主题论、人物形象分
析的评论模式，是典型的现代中国文学评论的一个"特色"。在这种情况
下，从日本传统审美文化角度、以"同情的理解"的态度，设身处地地
理解《源氏物语》的文化与审美内涵，就显得很重要了。事实上，进入
新世纪后，中国源学研究也体现出了这种新的趋势。例如，叶渭渠先生在
他的后来写的《日本文学史·古代卷》中，很大程度地修正了他在丰译
"译本序"中的观点，他写道："《源氏物语》……通过主人公源氏的生活
经历和爱情故事，描写了当时贵族政治联姻、垄断权力的腐败政治与淫逸

生活，并以典型的艺术形象，真实地反映了这个时代的面貌和特征。"
（第445页），这些话与"译本序"虽然有相通的地方，但在表述上已有
相当大的不同，更重要的是，他用更多的篇幅谈了紫式部的美学观，走进
日本文化内部，主要从本居宣长的"物哀"论美学的角度来解释作品，
认为作者是"以'真实'为根底，将'哀'发展为'物哀'，将简单的
感叹发展为复杂的感动，从而深化了主体感情，并由理智支配其文学素
材，使'物哀'的内容更为丰富和充实，含赞美、亲爱、共鸣、同情、
可怜、悲伤的广泛涵义，而且其感动的对象超出人和物，扩大为社会世
相，感动具有观照性"（第457页）。这样的结论显然是贴近作品的。叶
渭渠在这一章的最后一段对本居宣长的"物哀"论本身做了评价，认为：
本居宣长"以'物哀'的美学为中心，建立了'源学'批评的新体系"；
"本居宣长的'知物哀'论将'源学'提高到了一个新水平"。

的确，"物哀"论是理解和研究《源氏物语》的本质视角，但一直以
来，本居宣长"物哀"论的原典没有翻译，一般读者对"物哀"论没有
全面了解，这对中国的《源氏物语》研究乃至日本古典文学美学的了解
和研究，都是一个缺憾，鉴于此，王向远将本居宣长"物哀"论的原典，
包括《紫文要领》《石上私淑言》及《初山踏》等，编译成《日本物哀》
一书，由吉林出版集团2010年出版发行，译者在译本序《"物哀"是理
解日本文学与文化的一把钥匙》（另刊于《文化与诗学》2011年第2期）
中指出：本居宣长对日本文论、对日本源学研究的最大贡献就是"物哀
论"。所谓"物哀"与"知物哀"，就是知人性、重人情、可人心、解人
意、富有风流雅趣，就是要有贵族般的超然与优雅、女性般的柔软细腻之
心，就是从自然人性出发的、不受道德观念束缚的、对万事万物的包容、
理解与同情，尤其是对思恋、哀怨、忧愁、悲伤等刻骨铭心的心理情绪有
充分的共感力。本居宣长认为，以物语与和歌为代表的日本文学的创作宗
旨就是"物哀"，作者只是将自己的观察、感受与感动，如实表现出来并
与读者分享，以寻求审美共鸣及心理满足，此外并没有教诲、教训读者等

其他功利目的，而读者的阅读目的也是为了"知物哀"，"知物哀"既是文学修养，也是一种情感修养。本居宣长以"物哀论"颠覆了日本文学评论史上长期流行的、建立在中国儒家道德学说基础上的"劝善惩恶"论。"物哀论"既是对日本文学民族特色的概括与总结，也是日本文学发展到一定阶段后，试图摆脱对中国文学的依附与依赖，确证其独特性、寻求其独立性的集中体现，标志着日本文学观念的一个重大转折，并强调指出：不了解"物哀"就不能把握日本古典文论的精髓，就难以正确深入地理解《源氏物语》，强调必须在作品文本与理论文本的双向阐释中，才能获得新知。

在中国"源学"中，《源氏物语》的比较文学的研究，尤其是与中国文学特别是唐代文学及白居易的关系，是学者们特别感兴趣的问题。这方面的研究日本学界起步早、成果多。早在 1985 年，翻译家申非先生就翻译出版了日本学者丸山清子的《源氏物语与白氏文集》（国际文化出版公司 1985 年）一书，这是日本研究该课题的有代表性的著作，为中国读者了解《源氏物语》所受白居易的影响，提供了很好的参考材料。2001 年，马新国、孙浩合译的日本学者中西进著《源氏物语与白乐天》由中央编译出版社出版。中国发表的关于这一课题的若干文章，大都受到此二书的影响，少量文章在视野和资料上也有所开拓。中国学者特别感兴趣的是《红楼梦》与《源氏物语》的比较研究，《红楼梦》比《源氏物语》晚出近八百年，但两书在题材、主题、风格、审美意蕴上有许多相似与相通，可以作为平行比较的对象，故 1980 年代后的三十多年间，这方面的文章连绵不绝，已有二十多篇。叶渭渠的《日本文学史》在"《源氏物语》"一章中，也设有《源氏物语》与《红楼梦》比较研究的专节。一般而论，在两书比较中，突显各自的相同与不同之处，指出其民族特点，是有益的。但两书毕竟在更多方面差异甚大，又没有任何事实关系，因而其可比性是有限的、有条件的。一些文章缺乏比较文学方法论意识，只是简单地寻求同异，而不能得出有价值的结论，削弱了文章的学术价值。

中国学者研究《源氏物语》专书，在上述陶力的《紫式部和她的〈源氏物语〉》出版十年后，又出版了两种。一种是《世界语境中的〈源氏物语〉》（人民文学出版社 2004 年），另一种是《〈源氏物语〉与中国传统文化》（中央编译出版社 2004 年）。

《世界语境中的〈源氏物语〉》是北京日本学研究中心文学研究室编辑的会议论文集。该中心在 2001 年举行了一个关于《源氏物语》的国际学术研讨会，次年又召开了以文学翻译，特别是以《源氏物语》翻译为议题的研讨会，该书编辑了两次会议的主要论文，内容分为两部分，其中第一部分专论《源氏物语》的翻译与研究问题的 11 篇文章，涉及《源氏物语》的中文、韩文、英文等语种的译介及其评价。其中，中国学者的论文两篇。何元建的《关于中译本〈源氏物语〉》一文，对《源氏物语》的节述本、改写本、选译本、林文月全译本、丰子恺全译本以及疑似盗译本都做了评论和介绍；张龙妹撰写的《中国的〈源氏物语〉研究》将此前相关论文分为"主题论""比较研究""人物论"三类，并提出了出身于中文专业和日文专业研究者之间的相互沟通与协同问题。

姚继中著《〈源氏物语〉与中国传统文化》也是一部有一定系统的论文集，全书 16 万字，由十篇专论文章构成，包括《关于〈源氏物语〉》《〈源氏物语〉主题思想论》《〈源氏物语〉悲剧意识论》《〈源氏物语〉和歌艺术风格论》《〈源氏物语〉与唐代变文传奇之比较研究》《紫式部对白居易文学思想的受容》《光源氏人物性格之哲学思辨》《古典浪漫主义与现实主义的交融》《〈源氏物语〉人物素描》《〈源氏物语〉研究在中国》。可以看出作者下了很多功夫，每篇文章都力图写出新意来，可贵的是，作者在研究中既注重文献性，也注重理论思考和理论表达，后者在日本文学研究中总体来说是一个短板，因而作者的努力是值得肯定的。例如，第二篇《〈源氏物语〉主题思想论》，运用苏珊·朗格的艺术符号论，把作品分为虚像、幻像、抽象三个层次，来探讨《源氏物语》的表层、中层、深层意义，在构思上是有新意的。不过，由于那种理论本身似乎就有问题（例如"抽象"层应该指称高层，而非深层，等等），因而它对解读《源氏物语》似乎并没有多大必要和价值。姚著的最大价值，是提供了较为丰富的《源氏物语》研究的信息。其中《关于〈源氏物语〉》一文占全书篇幅的四分之一，对日本源学的成果特别是基本共识部分，包括紫式部的生平、《源氏物语》的主题、创作风格、各种版本、传承与研究等五个方面做了概括评述，对中国读者概括了解源学的历史与现状有参考价值。但有的评述也值得商榷。例如，在谈到本居宣长及其"物哀"论的时候，说："'物哀'论表面上似乎是本居宣长对《源氏物语》主题思想的理论，其实并不是为《源氏物语》而阐发的。事实上，'物哀'论早就被他用来作为和歌的评判标准，后来套用于《源氏物语》的欣赏，亦具有令人信服的说服力。也就是说，'物哀'论的出现在先，用它阐释《源氏物语》在后。"（第 61 页）这种说法是不准确的。统观姚著全书，似乎只是把《源氏物语玉小栉》作为本居宣长"物哀论"出处。事实上，本居宣长最早在《排芦小船》（约写于 1756 年）中提出"物哀"论，有两次使用该词，第一次说："歌道应该弃善恶判断而知物哀。"接着指出："《源氏物语》的构思即以此贯串之，别无其它。"到了 1758 年写的《安波礼辩》中正式提出"物哀"说，指出："一切和歌皆出自知物哀，《伊势物语》和《源氏物语》皆写物哀，皆为使人知物哀。"到了 1763 年写的专门以"物哀"来论述《源氏物语》的著作《紫文要领》中，将"物哀"论加以展开。而《源氏物语玉小栉》则是后来写的以注释为主的书，其中头两卷基本挪用了《紫文要领》。姚著的这一章接着又说："物语到底是什么？《源氏物语》想讲述什么？它又讲出了什么？这些问题，都不可能在'物哀'论的框架中得到解决。"（第 62 页），但是，《紫文要领》一书正是为了回答这些问题而写的。实际上，必须承认，在"源学"史上，迄今还没有一种理论能取代"物哀"论来很好地解答《源氏物语》的各种问题。在文献信息的提供方面，姚著书后的四种附录中的《源氏物语研究史略表》，将日本学界 1970 年代之前的研究成果一一列出，对后学者很有用处。还需要提到的是，姚继中此前还将日本学者野岛芳明的《源氏物语交响乐》一书翻译出版（重庆大学出版社 1999 年），该书将《源氏物语》及人物形象视为交响乐，将《源氏物语》的内容结构分为序曲和春、夏、秋、冬（秋冬之间有间奏）四个乐章，并依此对全书做了独特的分析阐释，可为源学研究及读者提供新的视角。

除了上述的立场与角度之外，新世纪以来，关于《源氏物语》研究的论文的选题角度也出现了多元化的趋向，如刘瑞芝的《论〈源氏物语〉与狂言绮语观的关联》（《浙江大学学报》2005 年第 5 期），张龙妹的《论〈源氏物语〉中译本的文化误译》（《日本学研究》2007 年第 17 期），张哲俊的《〈源氏物语〉与中日好色观的价值转换》（北京师范大学学报 2007 年第 6 期），周韬、陈晨的《源氏物语"物哀"中表现"物"的方式》（《湖南科技学院学报》2010 年第 3 期），的《闻香识人——有关〈源氏物语〉熏香的分析研究》（《淮阴工学院学报》2010 年第 2 期），李颖的《〈源氏物语〉中的"御灵信仰"与女性之怨》（《时代文学》2010 年第 6 期），杨芳的《〈源氏物语〉的时间叙事艺术》（《世界文学评论》2010 年第 2 期），等等，都从不同角度提出了新见。

黑格尔在《精神现象学》中说："对那具有坚实内容的东西，最容易的工作是进行判断，比较困难的工作是对它进行理解，而最困难的，则是结合两者，做出对它的陈述。"综观中国的《源氏物语》研究，先是站在自己既定的观念和立场上，做主题思想的判断、伦理价值的判断，然后要尽可能走进去，借助日本的理论原典对作品加以理解，并力图作出自己的阐述。在这个意义上说，中国的《源氏物语》研究者还有更多"最困难"的工作需要做。

# 第三节　周作人等对古代神话与中世民间文学的研究

这一节所要论述的，是非个人作者，或民间集体创作的散文类叙事作品，包括古代神话和中世民间文学，其中，在中国得到译介与研究的是古代神话传说集《古事记》、中世民间故事集（说话）《今昔物语集》、战记物语《平家物语》等。

神话研究或曰神话学，在 20 世纪头三十年中，中国的学术界就有人提倡并取得了一些成绩。在这个过程中，除希腊、古埃及神话外，日本神话的译介起了一定的参照作用。1920 年代中期，周作人译出了日本最早的史书，也是最早的神话传说集《古事记》的上卷，即"神代卷"加以出版，并写下了《汉译〈古事记〉神代卷引言》，这是我国学界最早对《古事记》及日本神话的译介。在"引言"中，周作人说，他翻译《古事记》神代卷，"只想介绍日本古代神话给中国爱好神话的人，研究宗教史或民俗学的人看看罢了"。他指出，日本国内的一些受国家主义教育的人认定《古事记》中的神话传说都是真实神圣的，实际上，"把神话看作信史也是有点可笑的，至少不是正当的看法"，但同时也指出也有像津田左右吉那样的学者敢于从学术的、神话学角度研究《古事记》，并对此"表示欣羡"。周作人还指出："《古事记》神话之学术价值是无可怀疑的，但我们拿来当文艺看，也是颇有趣味的东西。"在此基础上，到了 1963 年，周作人又将《古事记》全书译完，并由人民文学出版社出版。到了 1979 年，周作人译本的出版者人民文学出版社又出版了一个新的《古事记》的译本，译者是邹有恒、吕元明。这个新的译本自然会参考、吸收周作人译本的长处，尤其在语言上，似乎比周作人译本更加"现代汉语"化了。

除了周作人的《古事记》译介外，一直到 1980 年代之前，中国学者对《古事记》还谈不上研究。但在 1980 年代的"神话学热"中，《古事记》成为中国的神话研究，特别是比较神话研究者的一个重要参照。例如，后来成为著名人类文化学研究家的叶舒宪先生，就曾说过他走上神话学及文学人类学研究之路，最早是从研读《古事记》开始的。他早年还发表过《仪式·神话·文学·风俗——读〈古事记〉札记》（《广州师范学院学报》1985 年第 1 期）等文章。叶舒宪与李继凯合著的小册子《太阳女神的沉浮——日本文学中的女性原型》（陕西人民教育出版社 1992年）从神话学及原型批评的角度研究古今日本文学，第一章"太阳女神——日本神话中的女性"就是从《古事记》切入的。一般而论，《古事记》往往被中国的比较神话学、比较故事学、民间文学及日本文化史研究者所参考，但单独对它进行研究的论文极少，迄今只有刘毅先生著《高天原浮世绘——日本神话》（"世界文化史知识"丛书之一，辽宁大学出版社 1994 年）。

刘毅著《高天原浮世绘——日本神话》一书，用了 14 万字的篇幅，把日本的《古事记》和《日本书纪》中的神话传说（"记纪神话"）与《风土记》所记载的日本各地方的神话传说做了综合的、系统性的祖述，并在第十章对日本神话的特点做了概括。其中认为：日本神话不是以善恶标准来规定神的属性，而是描写神的亦善亦恶来突显神格，这一点在世界各民族神话中虽不是绝无仅有，却表现很突出，例如，始祖女神伊冉尊（伊邪那美命）既是高天原众神的创造者，也是主宰"黄泉国"的死亡女神。暴风雷电之神素盏鸣尊既肆意破坏，也除暴安良。其次是太阳神崇拜，虽然其他各民族都有太阳神崇拜，但少有像日本那样的"太阳神—天皇—国家"，并一直在现代国家的国旗、国歌中表现出来。但是另一方面，在"记纪神话"中，在太阳神"天照大神"的旁边，还有一个主管万物生灵的高皇产灵尊（产灵神），在许多情况下几乎可与天照大神平分秋色，这表明了当时日本女性崇拜与男性崇拜混杂难辨的情况。作者所言极是，还应该指出，这恐怕也是反映出日本从母权社会向男权社会过渡时期的状况，女神天照大神在许多情况下也对弟弟素盏鸣尊的恣意胡闹无可奈何，不得不迁就之，就是很形象的说明。刘毅先生指出，在世界各民族创世神话中，创世之神的创世方式多种多样，但基本都是通过"无性"的产生方式，而日本却描写男女始祖神伊奘诺尊与伊奘冉尊通过性交的方式"生产"国土，这种描写是日本创生神话的一大特色。刘毅先生还指出：日本神话明显受到了中国文化的影响，例如，《日本书纪》开头部分的文字表述，《古事记》中关于伊邪那岐命（伊奘诺尊）在从黄泉国逃回后，用水洗左眼睛时生出太阳神（天照大神）、洗右眼时生出月亮神（月读命）等情节，与中国汉代徐整的《三五历纪》的表述如出一辙。但在数字的神秘化的使用（圣数）上，中国神话与日本神话都推崇"三、五、七"，但中国推崇的"九"却因为在日语中的发音与"苦"相同，而不受推崇，日本转而推崇的是"八"。这些分析，有的此前已有学者（如严绍璗）指出过了，但以专著的篇幅做详细评述后得出的这些结论，给读者留下了更深刻的印象。

日本中世（12 世纪末至 16 世纪末的镰仓、室町时代）的民间文学，最有代表性的是"说话"文学，代表作是《今昔物语集》，接着是在民间说唱基础上形成的一系列"战记物语"，代表作品是《平家物语》和《太平记》。

约形成于 12 世纪中叶的《今昔物语集》是中世时代民间物语的集大成。全书共 31 卷，收有 1000 多个故事，译成中文可达近 120 万字以上，共分为天竺（印度）、震旦（中国）、本朝（日本）三部分，实际上囊括了当时日本人视野中的全世界范围的传说故事。它不仅收集和记录了大量的日本民间故事，而且引进、翻译改编了许多中国和印度的故事，是日本与中国、印度进行文化、文学交流，吸取和借鉴外来文化的结晶和见证，在日本文学史和东方文学史上都具有重要的价值和意义，对后来的日本文学也产生了深远影响。由于这部作品卷帙浩繁，翻译难度大，长期以来没有汉文译文。1950年代，人民文学出版社决定翻译《今昔物语集》，但或许考虑到篇幅巨大，当时决定只译出"本朝"（日本）部分，并交给"北京编译社"承担翻译，初稿译完后，交周作人校订。周于1960年2月开始校订，到1962年2月校毕，但后来不知何故迟迟未能出版。

2006年3月，留学日本的金伟、吴彦夫妇合作翻译的《今昔物语集》全译本，分三卷由沈阳的万卷图书出版公司出版发行。这是我国出版的第一个译本，而且是全译本，全书包括注释在内有140多万字，是金伟、吴彦夫妇在翻译出版《万叶集》之后完成的又一项重大翻译工程，填补了中国日本文学翻译研究史上的一个空白。该译本在每个故事最后都附有较为详细的注释，参照日本的相关版本，对该故事的出典、典故、词语等做了注释。

在金伟、吴彦译本出版半年后，2006年9月，北京的新星出版社分上、中、下三卷，出版了北京编译社翻译、周作人校订的《今昔物语集》。新星出版社在冠于卷首的简短的"出版说明"中，称"虽经多方查询，迄未得知当年具体何人参与此项译事"，也就是说，"北京编译社"是哪些译者不得而知，为什么要用"北京编译社"的名义而不是用译者个人的名义署名，也不得而知。但可以肯定，能够承担此项翻译的人，都具有相当的文字与文学功力。到了2008年，人民文学出版社也出版了北京编译社译、张龙妹校订的《今昔物语集》（分上、下两册），并纳入"日本文学丛书"中，但为了不与新星出版社的重复，去掉了周作人校对部分，由张龙妹加以校对。张龙妹在"前言"中对周作人校对的程度做了说明，认为"从总体上说，周只修改了文字表达"，对原稿中的误译也没有改正过来，又指出了新星版中的一些错误。张龙妹的校对工作历时七年，又有两种译本在先，可以参考，在文字方面有条件更胜一筹。

以上三种译本，金伟、吴彦译本是全译本，其余两种译本是"本朝卷"部分，约合全书的三分之二篇幅。在中国日本文学史上，在短短的两年中，一种篇幅巨大的作品连续有三种不同的译本出版，是十分少见的。在某种程度上表明了中国读者的日本文学接受阅读的需求和能力。

由于《今昔物语集》翻译出版较晚，中国学界对《今昔物语集》的研究成果很少，较早的单篇论文有王晓平的《论〈今昔物语集〉中的中国物语》（《中国比较文学》1984 创刊号），并在《佛典·志怪·物语》（详见本书第二章的评述）一书中，从中、印、日三国文学交流的角度，对《今昔物语集》做了比较文学的探讨。后来有刘九令的《〈今昔物语集〉在中国的传播与芥川龙之介》（《广西社会科学》2011 年第 12 期）等少量论文，可以期望，今后的相关研究会逐渐展开。

《平家物语》形成于日本镰仓幕府时代（1192—1333 年），原本是"琵琶法师"（僧装的说唱艺人）的说唱脚本，讲述了平安王朝末期发生的源氏武士集团与平氏武士集团之间为了争夺国家政权所进行的战争。源氏最终取胜，将平氏家族几乎赶尽杀绝，在镰仓建立了幕府政权。和《源氏物语》一样，《平家物语》也以宫廷为小说的主要舞台，但武士阶级却取代了宫廷贵族男女而成为小说中的主角，反映了平安朝后期宫廷贵族阶级衰落、武士阶级兴起的历史趋势。经过艺人们不断的记录、加工润色，形成了阅读文本，性质上与我国宋代的话本小说相类似；又以重大历史事件及历史人物为描写对象，史实与虚构参半，在这一点上又类似于我国的《三国演义》等历史演义小说。《平家物语》在日本影响甚广，对后世文学影响很大，此后的戏曲、物语，乃至近现代小说，以《平家物语》的故事为题材者甚多。因此，《平家物语》的翻译，对于我国读者了解日本当时的历史变迁，了解日本的不同形态的物语文学，了解受《平家物语》影响的后世日本文学，都是非常必要的。

《平家物语》原作版本有上百种。中文译本所依据的是 13 卷本，也是一个流行的权威版本。全书由周作人（署名周启明）和申非合译。前 6 卷由周作人在"文化大革命"前翻译出来，后因"文革"爆发和译者去世而中断。1980 年代后，申非将后 7 卷补译完毕，并参照几种原文版本对周作人的译文做了校订整理。1984 年，人民文学出版社将该译本作为

"日本文学丛书"之一出版发行。2001 年，鉴于人民文学出版社的版本对周译修改过多，中国翻译出版公司根据原稿加以恢复，将《平家物语》前 6 卷列入"苦雨斋译丛"单独加以出版。此外，还有其他的选译本、插图本、新版本等，但大都从上述版本中脱胎而出，且舛误较多而不足道。2011 年，上海译文出版社又出版了王新禧先生的新译本。该译本参考、吸收了周作人、申非译本，而对其中的若干误译、误注加以修正。王译所据版本与周、申译本同，也是 13 卷本，但王译做了更多的工作。王新禧先生在译本序中说："诸版《平家物语》在内容上存在较大差异，某些文字段落此本有而彼本无，某些对白情节又是彼本有而此本无。所以译者在初稿译完后，又集合读本系各版《平家物语》，逐句逐段进行了合校，先比较、考证，再去除讹误、衍脱，最后拾遗补缺，择善而从，以便使拙译成为真正意义上的 13 卷全译足本。"《平家物语》的语言，和《源氏物语》的柔婉的、缠绵的假名文体（和文体）很不相同，《平家物语》作为说唱文学，语体上很有特色。它运用了大量的汉语词汇，包括佛教词汇，与日语的假名词汇、俗语词结合在一起，"五七调"的句式又和散文体结合在一起，形成了成熟状态的"和汉混合作"。句子铿锵有力，又富有变化。周作人和申非作为资深翻译家，其译文较好地传达出了原文的特色；王新禧的译文在借鉴前者的基础上，有条件更为优化，都是可靠的译本。此外，作为古典作品的翻译，译者注释是一个非常重要的环节，上述两个版本都站在中国读者的角度上，参照日本各版本而做了必要的注释，而王译本的注释更细致。这样的翻译与注释，本身也是一种研究。

　　关于《平家物语》的研究，较早的论文有刘振瀛的《试评日本中世纪文学的代表作〈平家物语〉》（《国外文学》1982 年第 2 期），用历史唯物主义观点及阶级分析的方法，对《平家物语》做出了全面评析。将平家武士视为贵族公卿化了的腐朽的阶级，将源氏武士家族视为新兴武士阶级，认为《平家物语》反映了新旧交替的历史趋势，指出《平家物语》所反映的武士精神，与后来的江户时代的已经腐朽了的"武士道"相比，

尚具有进步意义，指出了作者对两派武士集团的复杂的矛盾态度，并由此
见出其"世界观"中的矛盾性，还对有代表性的人物形象，如平钟度、
源义经、源义仲等做了分析。申非先生为人民文学版《平家物语》所写
的译本序除了指出《平家物语》所反映的"早期的武士精神指出一种简
单的忠义的伦理观"，并着重分析了《平家物语》中的佛教思想、儒教思
想。王向远在《东方文学史通论》（1994 年）中的相关章节中，以武士
精神的三个关键词——忠、勇、风雅——为中心做了论述，认为"《平家
物语》所描写的以忠勇、风雅为核心的武士道精神，不仅是那个时代武
士这一特定阶级的精神观念的一种表现，而且也是日本民族传统精神的一
种表现。今天阅读《平家物语》，可以帮助我们形象的了解日本武士道精
神乃至整个日本民族精神的渊源、形成及其特征"。此外，相关的论文还
有：张效之的《试论〈平家物语〉》（《聊城师范学院学报》1987 年第 4
期）、林岚的《〈平家物语·敦盛之死〉的美学意识》（《日本学论坛》
2000 年第 3 期）、焦欣波的《暴力叙事与诗学批评——〈平家物语〉的暴
力美学》（《四川教育学院学报》2007 年第 11 期）等；还有从中日比较
角度撰写的论文，如赵玉霞的《〈平家物语〉与儒家思想》（《日语学习
与研究》1990 年第 2 期）、李芳的《论〈三国演义〉与〈平家物语〉中
武人群像的民族特征》（《湖北民族学院学报》2006 年第 5 期）、窦雪琴
的《〈平家物语〉的中国镜像》（《名作欣赏》2008 年第 14 期），杨夫高
的《前兆事件与〈平家物语〉的主题构思》（《日语学习与研究》2008 年
第 5 期）等。2012 年出版的杨夫高著《平家物语的构想——历史叙述与
前兆事件》（日文版，南开大学出版社 2012 年）一书，以日本式的微观
分析的方法，对《平家物语》中天变地异之类的怪异的前兆事件与主题
及情节构思之间的关系做了分析。

　　除《平家物语》之外的战记物语的另一个代表作是《太平记》，中国
迄今为止一直没有译本。在研究方面，除了有关的日本文学史著作，特别
是叶渭渠、唐月梅先生的《日本文学史》有一定的评述外，还有邱鸣先

生的《太平记的汉文学研究》（日文版，新世界出版社 1999 年），在借鉴
日本学者有关研究的基础上，对《太平记》与中国的典籍及故事典故的
运用、机能等，做了全面的梳理，分析了文体上所受汉籍的影响。

　　除上述的民间文学经典著作外，还有一些日本民间故事，长期在一些
地方口头流传，到了近现代才被一些学者逐渐收集、记录整理出来，这些
民间故事，常常是文学、人类学、比较文学、民俗学及民间文学研究的重
要材料。这方面的作品译成汉文的有：关敬吾《日本民间故事选》（金道
权、朴敬直、耿金声等译，中国民间文艺出版社 1982 年），西本鸡介编
《日本民间故事选萃》（邓三雄等译，湖南人民出版社 1983 年）等。在此
基础上，出现了一些中日民间文学的比较文学的成果。

　　其中，吉林大学教授于长敏（1951 年生）的《比较文学与比较文化
漫笔》（吉林大学出版社 1994 年）中，收集了作者二十多篇有关的文章
和随笔，这些文章分为"中西文化篇""中日文化篇"和"中日文学篇"
三组，其中"中日文学篇"中的《几组中日民间故事的比较》较有新意。
后来，作者将这个课题做了深入研究，写成了《中日民间故事比较研究》
（吉林大学出版社 1996 年）一书。该书分神话和民间故事两编。在第一
编中，作者分析了中国的盘古神话、伏羲兄妹的神话、女娲造人的神话对
日本神话的影响，同时，也分析了为什么愚公移山、精卫填海、夸父逐日
的神话没有对日本神话造成影响。他认为这反映出中日两国民族性格的差
异，与日本人性情急躁、缺乏韧性、讲求功利、顺从自然的民族性格有
关。在第二编中，作者按通常的故事类型划分法将中日民间故事分为天外
赐子型、贪心型、羽衣仙女型、蛇郎型、灰姑娘型、动物报恩型、弃老
型、解释存在型、难题求婚型等类型，进行比较分析。有些结论是有启发
性的，如认为日本民间故事，在对立的矛盾中，不是以武力消灭对方，而
是感化对方，所表现的并不是对立的阶级性，而是人类的共性。关于中日
民间故事的比较研究在此前虽有不少单篇文章，但作为系统的论著，该书
还是第一部，是值得注意的。后来，于长敏教授在与唐晓红、郑潇潇合著

的《管窥日本——从日本民间文学看日本民族文化》（吉林出版集团 2010年）一书中，进一步从民间故事、民谚、笑话、歌谣四种形式的民间文学作品分析鉴赏中，分析这些作品所包含的日本人的社会文化与心理。虽然这些分析还是初步的、简略的，却展示了这个研究领域的广阔性与可能性。

福建师范大学蔡春华（1973 年生）在日本民间文学这个研究领域中继续推进，她的《中日文学中的蛇形象》（上海三联书店出版社 2004年），是在博士学位论文、博士后研究报告的基础上修改而成的。中日两国民俗学、民间文学研究者谈"蛇"者甚多，但在两国"蛇"文学的关联性上进行比较研究的著作还是一个空白，因而这是一个很有意思，也很有价值的论题。该书在世界文学的大背景下，在博士指导教师陈思和教授的"世界性因素"理论方法的指导下，指出了蛇形象、蛇题材以及异类婚恋（蔡称为"异物婚恋"）特别是"人蛇之恋"在世界各民族文学的流布的广泛性，并在此基础上对中日蛇文学及蛇形象进行关联性研究，作者把中日人蛇之恋的故事类型划分为五种，即神婚式、圆满式、悲情式、复仇式、淫欲式，对人蛇之恋中的蛇形象的内涵做了分析阐发，最后一章对 20 世纪由民间文学发展到文人文学及其蛇形象的象征内涵的流变做了比较分析。但令人稍感不足的是，在全书"结语"中的"对中日文学中的蛇形象的一些总结"一节，显得提炼不够、概括不足。实际上，关于中日文学中的蛇形象，在已有的文本资料的基础上，完全有可能从伦理学、民俗社会学、心理学、性学、美学等多层面上进行提炼和抽象，并得出更有学术深度、更有理论价值的结论。此后，蔡春华女士还出版了题为《现世与想象——民间故事与日本人》（宁夏人民出版社，"人文日本新书"2015 年）的小册子，以学术随笔的方式，对日本古今流传的重要的民间故事做了分类整理和评述，是读者系统了解日本民间故事与民族文化的好读物。

## 第四节 周作人、李树果等对江户市井 小说的译介与研究

江户时代（1601—1867 年），又称德川时代，在性质上相当于中国的明清时期，是传统社会的最后一个时代，也是町人文学即市民文学高度繁荣的时代。这个时代，先是出现了少用汉字、多用假名的所谓通俗读物"假名草子"，接着产生了滑稽本、洒落本、读本、人情本、草双纸等名目繁多的小说样式。较早评介和翻译江户市井小说的仍是周作人。他在1936 年致梁实秋的《与友人谈日本文化书》中写道：

> 江户时代的平民文学正与明清的俗文学相当，似乎我们可以不必灭自己的威风了，但是我读日本"滑稽本"，还不能不承认这是中国所没有的东西。滑稽——日本音读作 kokkei，显然是从太史公的《滑稽列传》来的，中国近来却多喜欢读若泥滑滑的滑了。据说这是东方民族所缺乏的东西，日本人自己也常常慨叹，惭愧不及英国人。（中略）且说这"滑稽本"起于文化文政（一八〇四年至二九）年间，全没有受着西洋的影响，中国又并无这种东西，所以那无妨说是日本人创作的玩意儿，我们不能说比英国小说家的幽默何如，但这总可证明日本人有幽默趣味要比中国人为多了。我将十返舍一九的《东海道中膝栗毛》，式亭三马的《浮世风吕》与《浮世床》放在旁边，再一一回忆我所读过的中国小说，去找类似的作品，或者一半因为孤陋寡闻的缘故，一时竟想不起来。

　　周作人在《我的杂学·十六》中又说："滑稽小说，为我国所未有。
（中略）中国在文学与生活上所缺少滑稽分子，不是健康的征候，或者这
是伪道学所种下的病根欤？"看来，对《浮世澡堂》这样的日本滑稽小说
的提倡，不仅表现了周作人个人的审美趣味，也反映了他对中国传统文学
过于一本正经、过于严肃板正的一种检讨的、反思的态度。或许就是在这
个意义上，周作人推崇江户滑稽小说，并在1950年代前期将《浮世澡
堂》翻译出来，并由人民文学出版社1958年加以出版。《浮世澡堂》以
日本的公共澡堂为背景，共分两编。前编写的是男澡堂中的情景，二编写
的是女澡堂中的情景。又分早晨、中午、下午三个时辰，描写来澡堂洗澡
的各色人等的聊天对话，从聊天对话中，或带出市井社会的家长里短，或
表现出对话人的性格气质，大多对话轻松诙谐，滑稽有趣。周作人为这个
译本写了"引言"和"译后记"，虽然分别只有三四千字，但可以说是研
究江户文学的名文。其中，"引言"对江户文学产生的时代文化背景做了
分析概括，指出了何以在政治上最为专制的江户时代，却造就了繁荣的平
民文学，介绍了江户时代各种小说样式的名称、由来和特点，并指出：
"江户文学里的小说一类，不去直接学中国明朝的成绩，直接地搞起演义
来，却是从头另起炉灶，这是特别的一点。同时又似乎和浮世绘的绘师相
呼应，甘心自居于戏作，在名字上面往往加上'江户戏作者'的称号，
也是很有意义的。德川幕府标榜程朱的儒学，一味提倡封建的三纲道德，
文艺方面也就自然注重劝惩主义，这是很顺当的路子。江户文人虽然不曾
明白地表示，但对于政府的文艺方针的不协力是很明显的，自称戏作，可
以说是一种消极的抵抗吧。"这种分析看似轻松，实则入木三分。他指出
了"戏作"在骨子里是对官方政治意识形态的"不协力"，因而才得以脱
出窠臼，造就那个时代独特的平民文艺，形成了不被权力御用的，以超
越、洒脱、真性情为指归的审美风尚，因而江户的市井小说表面看起来很
俗，而从时代与政治的角度上看，本质上却是反俗的，因而现在看来仍有
超时代、超空间的审美价值。

1950 年代后期，周作人还将式亭三马的另一部代表作《浮世理发馆》翻译出来。该小说写的是江户时代的理发馆中的情景。作品借理发店里的人之口，以滑稽谐谑的方式，反映了当时的世态人情。只可惜周作人译的《浮世理发馆》当时乃至作者生前并没有出版。直到 1989 年，才与《浮世澡堂》合为一集，由人民文学出版社出版发行。周作人对两个译本中所涉及的日本风俗人情、文化背景、语言掌故等，都做了详尽的注释。注释的篇幅约占了全部译文的四分之一，据称光《浮世澡堂》的注释就有600 多条，他说："能够把三马的两种滑稽本译了出来，并且加了不少的注释，这是我觉得十分高兴的事。"（《知堂回想录》）由此可以看出周作人对原作关心的侧重点。无论是大加注释，还是为译本写一篇研究论文式的序言，都体现了周作人把翻译与研究结合在一起的学者化翻译的特点。这为后来的文学翻译，特别是古典文学的翻译，提供了一个范例。

周作人在《浮世澡堂·引言》中开头就说："式亭三马的《浮世澡堂》，与十返舍一九的《东海道徒步旅行》（原文《东海道中膝栗毛》），是日本江户时代古典文学中滑稽本的代表作。"这也是日本文学史家们的定论。据周作人书信和回忆录的记载，他在 1960 年代初期曾有意将《东海道徒步旅行》翻译出来，但因出版社方面未许可而作罢。整整五十年后，该作品由香港的老翻译家鲍耀明（1920—2016 年）先生译成中文，并由山东画报出版社出版。译者在"译者序言"中开篇就写道："为什么老朽以九十岁之年"翻译这部作品呢？第一条理由是弥补知堂老人（周作人）当年想译而未能译的遗憾。鲍先生把书名译作《东海道徒步旅行记》。原文虽然是一部通俗的滑稽小说，但翻译难度极大，因为其中大量使用江户方言，令一般译者望而却步。幸而鲍先生出生于横滨，又在东京念过大学，对江户方言很熟悉，故"翻译起来比较得心应手"。的确，鲍先生此前曾译过夏目漱石的《我是猫》等在港台地区出版，他的译文非常老到流畅，同时做了许多文内注，为读者的阅读提供了方便，填补了日本古典文学翻译的一个空白。

在江户市井文学中，以井原西鹤为代表的"浮世草子"的翻译也受重视。几乎和周作人同时，钱稻孙也接受了人民文学出版社之约，开始翻译井原西鹤的小说。但一直到 1987 年，钱稻孙译的井原西鹤的两篇小说——《日本致富宝鉴》（原题《日本永代藏》）和《家计贵在精心》（原题《世间胸算用》），连同他翻译的近松的净琉璃剧本，以《近松门左卫门·井原西鹤选集》的书名，由人民文学出版社公开出版。1985—1986 年，鉴于当时国内没有出版井原西鹤的作品译文，王向远也开始翻译井原西鹤的小说，至 1990 年 9 月，他的《五个痴情女子的故事》由上海译文出版社出版。这个译本选收了井原西鹤的四种作品，短篇集《五个痴情女子的故事》（原题《好色五人女》），中篇《一个荡妇的自述》（原题《好色一代女》）。这两种作品是井原西鹤的艳情小说的代表作；另外两种作品是经济小说，与钱稻孙的上述选题相同，但王向远将作品标题分别译为《日本致富经》和《处世费心机》。王向远的《五个痴情女子的故事》是我国出版的井原西鹤作品集的第一个独立的译本，也是第一个兼收艳情小说和经济小说两类作品的译本。后来，井原西鹤作品译本又出版了数种。1994 年由山东文艺出版社出版了王启元、李正伦的《好色一代男》，收井原西鹤的艳情小说《好色一代男》外，该译本还另收《好色一代女》和《好色五人女》共三种，其中《好色一代男》为首译。同年，刘丕坤译《好色五人女》由译林出版社出版。1996 年，王启元、李正伦的上述译本一分为二，又在桂林的漓江出版社重版，书名分别为《好色一代男》《好色五人女》。2001 年，九州出版社出版了章浩明译《好色一代男》《好色一代女》《好色五人女》。

中国对于井原西鹤的研究，较之紫式部、松尾芭蕉等其他古典文学名家的研究，起步较晚。1988 年，王向远发表题为《井原西鹤市井文学初论》（《北京师范大学学报》1988 年增刊）的长文，或许是国内第一篇相关的研究论文。该文以"市井文学"这一概念对井原西鹤的"浮世草子"加以定性，将"好色物"定性为"艳情小说"，将"町人物"定性为

"经济小说",在细读并翻译原作的基础上,对这两类小说及其代表作做了评述和研究。关于艳情小说,作者认为,"当时的町人阶级没有理智与思想上的解放,而仅仅是依照本能首先实现了情感上的'解放'";像《一代风流汉》这样的作品"未能在积极的意义上产生自觉的反封建意识,但它所体现的反理性与反道德的倾向,却是对封建传统道德的一个冲击";"西鹤肯定人的情欲追求,是在物质的本能的意义上发出的解放个性的先声。当封建理学思想在日本江户时期占统治地位的时候,这种解放情欲是与'存天理、去人欲'的封建观念相对立的"。并从世界文学与比较文学的角度,指出这种现象具有世界意义,因为15—16世纪前后,东西方两端(尤其是中国、日本和英国)都出现了类似的人本主义的、反禁欲主义的文学思潮。但是,"西方的人本主义把反禁欲主义的性解放作为个性解放的第一步,进而提出了全面发展个性的要求。东方的人本主义尤其是西鹤却不求全面打破封建思想禁锢,而只把性解放本身作为目的,作为最终满足",这种情况有助于说明,为什么西方的市民阶级发展为近代资产阶级,而东方和日本的市民阶级却被封建阶级所浸淫和同化,最终未能成为近代革命的先驱。关于井原西鹤的经济小说,作者认为:《日本致富经》等作品"开拓了新的文学领域,像这样全面集中的反映商人、手工业者经济生活的作品,在日本乃至世界文学中,都是罕见的。它对于我们了解町人阶级的产生、发展及其特质,都具有十分重要的认识价值";指出"勤俭节约、精打细算"的"算盘精神"作为日本的民族精神是在西鹤时代表现并完成的,也是町人的基本的出世哲学,进而分析了西鹤笔下那些町人在创业持家方面行为与主张的种种矛盾性和两面性。1994年,王向远又发表《论井原西鹤的艳情小说》(《外国文学评论》1994年第2期),对艳情小说做了专论。总体来说,王向远的论文主要是从社会、经济与历史学的角度切入的,虽也运用了比较文化与比较文学的方法,但现在看来,还缺乏美学视角的观照,对井原西鹤艳情小说中的审美观念缺乏分析阐述。直到2012年,对此问题的研究才有所展开(详见本书第七章）。

王向远的文章之后，相关文章寥寥。到了 2005 年，宁夏人民出版社
"人文日本新书"出版了王若茜、齐秀丽合著的《"浮世草子"的婚恋世
界》一书，这是迄今为止唯一的一部井原西鹤研究的专门著作，以十来
万字的篇幅，对井原西鹤"浮世草子"中的"好色物"中的若干主要作
品做了系统的评析和解读。全书分为四章，第一章，性爱的狂欢，对井原
西鹤"好色物"的总体解读；第二章，婚恋意识的协奏曲，井原西鹤好
色物的美学理念；第三章，想象与阐释，井原西鹤好色物中的哲学文化；
第四章，异质与落差，"三言二拍"与"好色物"的比较研究。作者所运
用的基本上是文本批评的方法，对好色物中的情节、人物及其内涵做了较
为感性的分析阐释，对于读者理解作品是有帮助的。但是，也存在一些缺
憾和不足。就是对"好色物"文本分析，基本上集中在已经有了汉文译
本的那几部作品。实际上，没有汉译的《好色二代男》《男色大鉴》《诸
艳大鉴》等作品也非常重要，但作者似乎对这些作品没有顾及。由于对
井原西鹤的作品没有全面把握，有些结论就容易出问题。例如，在谈到同
性恋作品的时候，作者断言："西鹤没有写过独立成篇的同性恋作品"
（第 37 页），又说，"写到'男色'最多的是《好色一代男》"（第 38
页），但是，殊不知《男色大鉴》就是撰写同性恋的独立作品，也是写男
色最多的作品。第二章从美学方面切入，是很新颖、很值得肯定的。但是
其中对核心概念"粹""通"词源学上的形成演变没有做深入探究，从章
后的引文注释中可以看出，关于江户时代色道美学的基本原典和相关重要
的研究文献连一本也没有。而要研究井原西鹤及"好色"美学，那么日
本美学家九鬼周造的《"意气"的构造》（原文《いきの構造》，有人译
为《"粹"的构造》）、阿部次郎的《江户时代的文艺与社会》两本名著
恐怕是不能不参考的。本书第四章将西鹤的"好色物"与"三言二拍"
的相关作品比较，尽管作者对两者之间的"可比性"做了阐述，但是
"三言二拍"毕竟不是专写情爱的作品，如果要比较的话，大概明代冯梦

龙编述的另一部专以情爱为题材的作品《情史》（全称《情史类略》）或许更有可比性，或者《金瓶梅》与西鹤的《好色一代男》《好色一代女》相比较，似乎更为可行。

在上述的"滑稽本""浮世草子"之外，1990 年代之后，对上田秋成、泷泽马琴等作家的"读本"的译介和研究也有展开。所谓"读本"，是日本江户时代流行的，与其他各种以图画为主的读物相区别的通俗小说。其特点是在故事情节、框架结构、人物设置等方面模仿和改编中国小说，因而对于中日文学关系的研究而言，读本尤为重要。

在江户"读本"小说中，较早翻译出版的是上田秋成（1734—1809年）的《雨月物语》和《春雨物语》，这两个作品由阎小妹翻译，1990年人民文学出版社以《雨月物语》为题名列入"日本文学丛书"出版发行；1996 年，申非翻译的《雨月物语》由农村读物出版社出版发行。《雨月物语》（1768 年）是早期读本小说，是一部短篇读本小说集，共分五卷，收九篇短篇小说，篇幅不长，约合中文六万余字，被认为是最早的读本小说。《雨月物语》写的都是一些鬼怪、恐怖的故事，把对现实的不满与自己的理想，寄托于超现实的虚构中。故事虽然荒诞，但描绘甚为逼真，手法也很洗练。在性质上，与我国的《聊斋志异》有些类似。其中大部分在情节构思、人物形象上，受我国的《剪灯新话》、《古今小说》、"三言"等作品的影响。对此，译者在"译本序"中都一一做了说明。此后，有少量研究和评论文章，大都围绕《雨月物语》与中国明清小说的关系展开，如汪俊文《日本江户读本小说对中国白话小说的"翻案"——以〈雨月物语·蛇之淫〉与〈警世通言·白娘子永镇雷峰塔〉为例》（《上海师范大学学报》2009 年第 1 期）等。

在读本小说的翻译与研究中，南开大学教授李树果（1923—2018 年）贡献卓著。

1991 年，由李树果倾数年之功翻译的泷泽马琴（又名曲亭马琴，1767—1848 年）的《南总里见八犬传》（简称《八犬传》）由南开大学出版社出版，书法家启功先生为之题写书名。原书一百九十回，卷帙浩繁，译成中文有 160 多万字。中文版本分为 4 册，分精装、平装两种版本出版发行。江户时代的日语及其作品，翻译难度相当大，翻译此书，除了功力，还要有恒心和毅力。这个译本的出版，是我国江户文学乃至整个日本文学翻译中的重大成果。《南总里见八犬传》是泷泽马琴几十部读本小说中的代表作，简称《八犬传》。其中"南总"，是日本的一个地名，"里见"是诸侯姓氏，"八犬"是指姓中带"犬"字的八个武士。小说写的是在一场诸侯争战中，里见家的嫡子义实，城池被困，危急关头，义实的爱犬衔来了敌人的首级，使城池化险为夷。义实为报答犬恩，曾戏言将女儿伏姬嫁给爱犬，后来不得不履行早年诺言。伏姬受孕后深以为耻，当剖腹自杀时，颈上戴的刻着"仁义礼智忠信孝悌"八个字的水晶念珠散向八方，这八颗念珠成为后来里见家八个勇士诞生的因缘，并由此而引出了一连串曲折离奇的故事。《八犬传》在构思、情节、手法上，受《水浒传》等中国章回体小说的很大影响，通过"仁义礼智忠信孝悌"八德之象征的八犬士的行动，宣扬了儒家的封建思想和佛教的报应、因果观念。这部小说，是日本"读本"的集大成，在日本文学史上有一定的地位。但日本文学史家对它的评价一般都不高，认为它表现的思想与"浮世草子"、滑稽本等作品中所表现的生气勃勃的新兴市民思想不同，充满官方的道德说教，情节也荒诞不经，人物概念化，不少描写庸俗无聊。但从中日文学、文化交流史的角度来看，它却有特殊的价值。李树果之所以要翻译这部作品，其立足点也在于此。他在"译者序"中说："这次所以把它翻译过来介绍给我国读者，是因为这部巨著是模仿我国的《水浒传》和《三国志演义》所创作的、具有代表性的日本的一部章回式演义小说，不仅从其结构和内容可以看到不少模仿的痕迹，而且大量引用了中国的故事典籍，有浓厚的中国趣味。它是一部别开生面的日本小说，可以说是中日文化交流的结晶。我们读了不仅感到格外亲切，同时对我国古代的文学作品在海外的东流所产生的影响，而感到自豪。另外日本人民之善于移植外国的东西使之化为己有，这种引进消化的学习精神也是我们很好的借鉴。"

从这样的动机出发，在翻译《八犬传》的同时，李树果还对江户时代日本小说与中国明清小说的关系做了深入研究，在《日语学习与研究》等期刊上发表了不少有关的论文，如《从〈英草子〉看江户时代的改编小说》《〈平家物语〉与〈三国演义〉》《〈水浒传〉对江户小说的影响》《〈八犬传〉与〈水浒传〉》（分别载《日语学习与研究》1987年第3期、1990年第1期、1991年第4期、1995年第2期）等。在此基础上，1998年，李树果的专著《日本读本小说与明清小说——中日文化交流史的透视》一书作为"南开日本研究丛书"之一，由天津人民出版社出版。这部32万言的著作以《剪灯新话》、"三言"和《水浒传》这三种对日本读本小说影响最大的作品为中心，探讨了日本读本小说与我国明清小说之间的关系，借鉴了日本学者山口刚、中村幸彦、石崎又造、麻生矶次的相关著作特别是德田武的《日本近世小说与中国小说》等研究成果，加上自己对原作的翻译与体悟和对中国明清小说的熟知，以中国学者洗练的思维与表达，将读本小说与中国文学的关联清晰明了地揭示出来，在资料和结论方面较之日本已有的研究成果更上一层楼，填补了中日文学比较研究中的一个重要的空白。

在《日本读本小说与明清小说——中日文化交流史的透视》中，李树果指出，读本小说的基本特征之一就是对中国明清小说的"翻改"（日语原文为"翻案"），他把"翻案"译为"翻改"，指出"所谓'翻改'，是介于翻译、改编和模仿创作之间的一种文艺手法。它不完全等于我们通常所说的改编"。他认为，尽管读本小说数量繁多，它与中国小说的关系千头万绪，但若抓住下面这条纲便可理出它的来龙去脉，即在众多的与读本小说有关系的中国小说中，对读本小说影响最深的莫过于《剪灯新话》、"三言"（《喻世明言》《警世通言》《醒世恒言》）和《水浒传》。其中，通过"三言"的"翻案"而产生了日本前期读本，通过对《水浒传》的"翻案"而产生了日本后期读本；从作家来看，是从浅井了意，

到都贺庭钟和上田秋成，再到山东京传和曲亭马琴；从作品来看是从
《伽俾子》到《英草纸》《繁野话》，再到《忠臣水浒传》和《八犬传》。
作者就是按这样一条线索，站在中日文学交流史的角度，以《剪灯新
话》、"三言"和《水浒传》三个作品为中心，对日本读本小说的发生、
发展和中国明清小说的关系，做了细致、系统的评述、分析和研究。此外
还有一章（第五章）对《聊斋志异》《三国演义》《西游记》《济颠大师
醉菩提全传》和《金瓶梅》等明清小说与日本读本的关系做了评述。认
为根据泷泽马琴的小说论，可以将读本小说的基本特点总结为三点：虚
构、通俗、劝惩。关于读本小说的历史地位，李树果认为"它是古代王
朝物语向近代文学过渡的桥梁，古代物语是经过读本小说与近代文学接轨
的。小说这个词就是从《小说三言》才开始在日本出现的，在某种意义
上来讲，日本小说是从读本开始的"（第 385—386 页），认为日本古代物
语与近世的草子之类，虽然篇幅很长，但其实是短篇的连缀，只有到了读
本小说，才有真正的长篇小说。当然，这是李树果先生的一家之言，是为
了突出强调读本的历史地位，其实日本小说的主流传统还是其物语文学，
然而读本小说从明清小说学来的纵横交叉、一以贯之的长篇建构，确实对
结构相对松散的物语文学起到了矫正和完善的作用。

在译出《八犬传》和写出《日本读本小说与明清小说——中日文化
交流史的透视》之后，李树果在读本的翻译和研究方面继续推进，又译
出了读本小说的其他几部代表性作品，包括都贺庭钟的《英草纸》和
《繁野话》、上田秋成的《雨月物语》、山东京传的《忠臣水浒传》和
《曙草纸》、曲亭马琴的《三七全传南柯梦》、六树园的《飞弹匠物语》
等，共五位作家的七部作品，并以《日本读本小说名著选》为题名，分
上、下两册出版（天津人民出版社 2005 年）。其中，除了《雨月物语》
外，其余都是首次翻译。与此前的《八犬传》的译文一样，这些作品用
流畅、老到的现代汉语译成，同时也带有明清小说的些许风韵，使读者从
译文本身即可体味读本小说与明清小说之间的内在关联。作者在卷首写了

一篇长达 2 万多字的《作品导读》，对日本读本小说的产生、特点及其译出的七部作品的作者、背景、内容、形式、影响和地位等，做了评述和分析。并做了较之《日本读本小说与明清小说——中日文化交流史的透视》更为精确洗练的结论性概括，例如其中写道："《剪灯新话》的传入，促使以《伽俾子》《狗张子》为代表的许多怪异的翻改小说产生，为读本的出现创造了条件；'三言'及其它白话小说的流行，则导致了以都贺庭钟的《英草纸》《繁野话》和上田秋成的《雨月物语》为代表的前期读本的问世。如果说这些还是短篇小说的话，那么在演义小说《水浒传》的影响下，又出现了以《本朝水浒传》为开端的一系列长篇后期读本。从地域上看初期读本的作者多居住在上方，即京都，而后期读本的作者则转到了江户。这确是江户小说史上的一个特别值得注目的重要事项。"

在中国的日本文学史上，李树果是将翻译与研究结合得最好的、最有成就的学者之一。读本小说翻译难度很大，翻译本身就是一种研究，在中国只有极少数译者能为，而只有李先生一人愿为。他不顾高龄，1989 年66 岁之后，一直不声不响、默默耕耘、孜孜不倦地投身于该领域的翻译与研究中，坚持二十多年不懈怠，着实令人敬佩。

# 第四章  日本戏剧文学研究

日本戏剧是一种综合性的艺术，中国对日本戏剧的翻译介绍，多从"戏剧文学"的立场进行。周作人、钱稻孙、刘振瀛、申非、麻国钧、王冬兰等对日本古典戏剧及戏剧理论的译介，填补了文学翻译与戏剧文学翻译的空白，奠定了中国的日本戏剧研究的基础。王爱民、崔亚南的《日本戏剧概要》、唐月梅的《日本戏剧史》以及能乐、歌舞伎、狂言等剧种的评介专著，填补了相关领域的知识空白。在此基础上的日本戏剧文学研究，一方面注重对日本戏剧文化、审美心理的体察与理解，一方面站在比较戏剧的立场上，研究中日戏剧文学关系与交流，形成了自己的研究特色。

## 第一节  周作人、钱稻孙、刘振瀛、申非等
## 对日本古典戏剧的译介

日本戏剧分为传统戏剧与现代戏剧两个阶段。传统戏剧的主要样式是产生于 14 世纪的古典戏剧能乐、狂言，产生于江户时代的歌舞剧、净琉璃（文乐）等，具有浓郁的民族特色。现代戏剧则是在接受西方戏剧影

响的基础上产生出来的，并且对中国现代戏剧产生了较大影响。

中国对日本传统戏剧的介绍，较早可见于晚清黄遵宪《日本杂事诗》。全书二百首诗中，第153首至161首共九首诗，吟咏的都是日本歌舞、音乐与戏剧。例如，第154首的注云：

> 猿乐名散乐，俗谓之"能"，又变为田乐。始自北条，盛于室町。及丰太阁亲自学之，王公贵人，皆丹朱扮身，上场为巾帼舞，与优人相伍。部中色长曰大夫，副曰噀基师，副末曰狂言师，歌工曰地讴。所奏曲词，多出于浮屠，装饰乃近于娼优。乐器有横笛、三鼓。三鼓，一曰大鼓，广于羯鼓，承以小床，用两杖击之；二曰小鼓，似细腰鼓，捧左右肩，拍以指；三曰横胴，挟左腋下，亦以指拍之。

这里介绍的是日本的传统戏剧"能"，又称"能乐"，对能乐的名称、产生的时代、在社会的盛行的状况，各环节的分工、词曲及伴奏乐器等，都做了详细的说明。第160首曰："玉箫声里锦屏舒，铁板停敲上舞初。多少痴情儿女泪，一齐弹与看芝居。"介绍的是日本的"芝居"——现多称"歌舞伎"。其诗注云：

> 俗喜观优，场屋可容千余人。每一出止，张幕护之，绰板乱鼓，彻幕复出。亦演古事，小大陈列之物，皆惟妙惟肖。场下施转轮，装束于内，轮转则上场矣。别有伶人述其所演事，如宋平话，声哀而怨。乐器止有三弦、笛子、钲鼓。优人有舞无歌，而俫情揣态，声色俱妙，观者每不知啼泣之何从也。其名曰"芝居"。因旧舞于兴福寺生芝之地，故缘以为名。

这里对"芝居"（歌舞伎）的剧场、演出、观众、乐器伴奏等情况做了描述。据此，中国读者可以了解日本有其独特的戏曲样式。

到了1920年代以后，周作人第一个译介了"狂言"。所谓"狂言"，是在室町时代产生的一种民间小喜剧。"狂言"二字，据说来源于汉语的"狂言绮语"，意为夸张修饰之词。用"狂言"称呼这种戏剧，表明这种戏剧的特征是诙谐夸张、热闹逗趣的。"狂言"完全是科白剧，它是和"能"（又称"能乐"，日本的一种悲剧性的歌舞剧）差不多同时产生的姊妹戏剧。一般夹在一出"能"与另一出"能"的中间来演出，以便调节舞台气氛，所以又称"能狂言"。"狂言"均为独幕剧，篇幅较短，多为几千字，一出狂言的演出时间在一刻钟左右，人物一般有二到四人，剧情发展较快，戏剧冲突比较集中，剧本的可读性也比较强。早期狂言为即兴演出，有剧无本，后来在演出过程中逐渐形成了剧本，但剧本皆不署作者。因为狂言的情节故事来源于民间，而剧本又是在无数次的演出中逐渐定型的。

1926年，周作人就译出了狂言十种，结集为《狂言十番》出版。周作人翻译狂言，其动机很简单。正像他在为《狂言十番》所写的序言中所说："我译这狂言的缘故，只是因为他有趣味、好玩，我愿读狂言的人也只得到一点有趣味、好玩的感觉，倘若大家都不怪我这是一个过大的奢望。"追求"趣味""好玩"，是1925年以后周作人写作的基本的出发点，狂言的翻译也体现着他这种趣味。但周作人所说的"趣味""好玩"，只是他对作品所持的审美的态度，而他对于翻译本身，是很严肃认真的。对于狂言，周作人在翻译过程中，显然做了不少的研究工作。他写的《〈狂言十番〉附记》，对所译的每一个作品都作了解题性的分析交代，对狂言中所涉及的背景知识、风俗民情、词语典故、风格语言等，均做了解说，并注意与中国有关的文学现象进行比较。他特别欣赏强调狂言中的"纯朴""淡白"，而非"俗恶"的"趣味"。

到了1955年，周作人又在《狂言十番》的基础上增译14篇，结集为《日本狂言选》，由人民文学出版社出版。《日本狂言选》所收译的篇目为：《两位侯爷》《侯爷赏花》《蚊子摔跤》《花姑娘》《柴六担》《三个残疾人》《人变马》《附子》《狐狸洞》《发迹》《偷孩贼》《伯母酒》《金刚》《船户的女婿》《骨皮》《小雨伞》《沙弥打官司》《柿头陀》《立春》《雷公》《石神》《连歌毗沙门》《养老水》等 24 篇。周作人翻译时依据的版本，是芳贺矢一的《狂言二十番》及增订本《狂言五十番》山崎麓编的《狂言记》。24 篇作品包含了狂言的主要流派"和泉流"和"鹭流"的主要作品。日本狂言中，有许多剧目在内容上大同小异，周作人译出的篇目虽然不多，在流传下的全部 280 篇中，占不到十分之一，但通过周作人的选译，可以说是包括了日本狂言中的有代表性的优秀作品。有的则是剧情精彩、思想健康的名剧，如《两位侯爷》《侯爷赏花》《雷公》等。在《日本狂言选·引言》中，周作人对日本狂言的来龙去脉、狂言与"谣曲"（"能"的剧本）的关系，狂言与民间故事、民间笑话（"落语"）的关系等，都做了深入而简明的论述。关于狂言的来历，他写道：

> 据说猿乐这名字乃是散乐的传讹，原是隋唐时代从中国传过去的杂剧，内容包括音乐歌舞，扮演杂耍各项花样，加上日本固有的音曲，在民间本来流行着。这时候大概又受着中国元曲若干的影响，便结合起来，造出一种特殊的东西。这最初叫做"猿乐之能"，能便是技能，用现代语来说是技术，后来改称为"能乐"，那脚本是谣曲。谣曲既是悲剧，其中又反映着佛教思想，所以它只取了猿乐中比较严肃的一部分，原来还有些轻松诙谐的一部分收容不进去，这便分了出来，独自成功一种东西，就是狂言这种喜剧了。

接着、论述了狂言的功能与特点——

> 狂言与谣曲同出一源，所以这也称作"能狂言"，照例在演

能乐的时候，在两个悲剧中间演出，不但可以让能乐主角来得及改换装饰，也叫观众看得不单调。但是话虽如此，狂言的性质还是独立的，而且与谣曲相对，更显出它的特质来。谣曲用的是文言，它集合中国日本和佛教文学上的辞藻典故，灵活地安排成一种曲词，需要文化有程度的人才能了解，狂言则全是当时的口语，与四百年后的今日当然颇有不同，但根本上还是相通的，这在语言研究上也有它很大的价值。至于内容上，两者的不同更是显著了。谣曲的脚色都是正面的，英雄勇将，名士美人，都各有他们的本色，至于高僧大德那自更不必说了。狂言里的角色正和这些相反……

这就是周作人的文字！他能用很轻松、很日常的语言，用很节省的文字，将复杂的问题讲得清清楚楚。若对研究对象没有达到熟稔于心的程度，是写不出这样的文字的。半个多世纪以来，中国读者对"狂言"的了解，主要依赖于周作人的译介。

周作人之后，对日本古代戏剧加以译介的第二个人是翻译家钱稻孙。

钱稻孙所译介的是日本古典戏剧的另一种重要样式——净瑠璃。这是一种木偶戏，所以又称"人形净瑠璃"。产生于 17 世纪的江户时代，由于出现了一个名叫近松门左卫门（1653—1724 年）的剧作家，为净瑠璃写出了一百多个结构精密、情节复杂诱人、戏剧冲突激烈、人物形象鲜明的极具文学价值的剧本，遂使净瑠璃由较为单调的杂耍说书，成为一种古典文艺样式。1960 年代前期，钱稻孙开始翻译近松门左卫门的剧本。当时在人民文学出版社担任日本文学编辑的翻译家文洁若，在《我所知道的钱稻孙》（《文学姻缘》，湖南人民出版社 1997 年）一文中，回忆了钱稻孙承担日本古典戏剧翻译的一些情况，其中写道："当时的情况是：日文译者虽然很多，但是能胜任古典文学名著的译者，却是凤毛麟角。例如，江户时代杰出的戏剧家近松门左卫门的净瑠璃（一种说唱曲艺）就一直找不到合适的译者。起先纳入试译了一下，并请张梦麟先生鉴定，他连连摇头。我就改请钱稻孙先生译了一段送给他过目，这回张先生读后说：'看来非钱先生莫属了。'于是只好请钱先生先放下已翻译了五卷的《源氏物语》，改译近松的作品和江户时代著名小说家井原西鹤的选集。"近松的净瑠璃剧本，以当时流行的市井语言写成，也有和歌等古代文学的成分，雅俗并用、文白和谐、音韵铿锵，翻译难度很大。以钱稻孙的中国文学与日本文学的深厚功底，特别是翻译《万叶集》所积累打磨的韵文翻译经验，承担近松的戏剧文学翻译是最理想不过的，文洁若在该文中对钱译的文字功力做了高度评价。不过，因为接着爆发了"文革"及其他原因，只翻译出了四个剧本，即《曾根崎鸳鸯殉情》《天网岛心中》《景清》和《俊宽》，共约20万字。直到作者去世十多年后的1987年，才由人民文学出版社把这四个剧本，连同他翻译的井原西鹤的小说，收入《近松门左卫门·井原西鹤选集》正式出版。2012年，上海书店出版社以《近松门左卫门选集》的书名，加以再版。钱稻孙自己生前也未能在翻译的基础上，对净瑠璃及近松做出评论和研究，是令人可惜的。

在钱稻孙翻译净瑠璃的同时，刘振瀛对古典能乐的集大成者、剧作家、能乐理论家世阿弥的《风姿花传》做了节译，原书共七篇，刘振瀛选译的是第六篇和第七篇，刊登于人民文学出版社1965年出版的《古典文艺理论译丛》第十辑（该书还一并刊登了刘振瀛翻译的另一篇日本古典文论，即藤原定家的和歌论《每月抄》），这也是中国翻译日本古典文论的肇始。《风姿花传》是世阿弥早期的能乐论著作，也是其戏剧理论的第一代表作。古典文论著作翻译难度很大，刘振瀛教授的翻译数量虽然不大（《风姿花传》和《每月抄》加在一起不到三万字），但却为此后的日本文论的翻译开了一个好头，在西方古典文论的译介一统天下的大背景下，具有重要意义。刘振瀛在近两千字的译者"后记"中，对世阿弥的生平创作，对《风姿花传》的内容与理论特色做了介绍。指出，世阿弥"在审美观上，他一方面不脱中世纪的审美意识，提出幽玄美，但他的幽玄美，不像和歌中那种朦胧的感伤趣味，而是主张将'有文'和'无文'统一起来，将王朝贵族所欣赏的风雅情趣与武士阶级的刚劲质朴美统一起来。在演技方面，他要求演员不要放弃实写（似应为'写实'——引者注）的技巧，同时又不满足于形似，而归结到演员深入角色，努力表现扮演对象的神态。所有这些，都是他根据长年舞台经验总结出来的……"（第 92 页），这些都是切中肯綮之言。二十年后的 1985 年，《日本文学》杂志该年度第一期发表了刘振瀛译世阿弥代表剧作之一《熊野》，同时发表了《谣曲的素材、结构及其艺术特点——为拙译〈熊野〉的解题而作》的文章，以《熊野》为例，对能乐及其剧本谣曲做了评介，是中国学界评介日本能乐的第一篇最具有学术价值的论文。关于能乐的总体情调，他指出：能乐"在华艳绚丽之中蕴藏着庄重肃穆的气氛，在风流绮语的背后，流露着悲凉虚幻的余韵"；关于人物，"不论是贵族男女也好，武将也好，都必须具备雍容华贵、典雅风流的品位，解风情、擅和歌，有时哀感顽艳故事的主人公，这才是谣曲所致力描写的人物"；关于能乐及谣曲的"幽玄"之美，刘振瀛指出，根本上说，虽然"幽玄"受到武士的刚劲、简素精神、佛教的净土思想的影响，但根本上说，"'幽玄美'来源于前一时期贵族出身的歌人所提倡的美学理论……乃是王朝贵族歌人所追求的典雅、婉丽、冶艳的美"。总之，刘振瀛的这篇文章是我国一般读者了解日本能乐必读的文章。

1980 年代后，对日本古典戏剧翻译做出突出贡献的，还有翻译家申非（1920 年生）。1980 年，人民文学出版社出版了他译的《日本狂言选》。这是继周作人 1950 年代出版的《日本狂言选》之后的第二个狂言汉译本。全书译出狂言剧本 28 部，在选题上与周作人译本多有重合，但在遣词造句方面，与周作人的有点"涩味"的语体相比，似乎更为流畅。1985 年，申非翻译的《日本谣曲狂言选》作为"日本文学丛书"之一种由人民文学出版社出版。该译本分为谣曲和狂言两部分。其中狂言部分是1980 年版《日本狂言选》的重排。这个译本最有价值的部分，是"谣曲"的翻译。在申非的译本出现之前，除了刘振瀛翻译的《熊野》一篇之外，我国没有谣曲的译本，他的译作填补了我国日本文学译介中的一个空白。《日本谣曲狂言选》中译出了 18 篇谣曲，其中包括《高砂》《鹤龟》《屋岛》《赖政》《井筒》《松风》《熊野》《隅田川》《花筐》《班女》《砧》《道成寺》《自然居士》《邯郸》《景清》《曾我》《安宅》《船弁庆》，都是谣曲中的名作。申非的译文在通俗中见蕴藉，灵活运用长短句，很好地表现了一唱三叹的悲凉气息，体现出译笔的深厚功力。《译本序》对谣曲、狂言产生的时代背景、特点以及代表人物世阿弥等，做了精练的介绍和概要，与上述刘振瀛的文章一样，对中国读者而言是很好的导引性文字。

## 第二节　对日本古典戏剧的研究

进入 1990 年代后，中国学界对日本古典戏剧的研究，有了更大的进展。

1991 年 12 月，中国戏剧家学会与国际戏剧协会中国中心，在北京举行了亚洲传统戏剧国际研讨会。会议的论文结集为《亚洲传统戏剧国际研讨会论文集》，由中国戏剧出版社 1993 年出版。该论文集收录的关于日本传统戏剧的三篇论文都是日本学者提交的，从一个侧面反映出当时中国学界对日本传统戏剧研究的缺乏。1996 年，中国艺术研究院召集了"1996 东方戏剧展暨学术研讨会"，此次会议的论文结集为《东方戏剧论文集》，由巴蜀书社 1999 年出版。这次会议显示了中国戏剧界将东方戏剧作为一个整体加以展现和研究，以便与西方戏剧相比，强化其重要性和存在感。这两个论文集中，都有多篇中国学者和日本学者撰写的关于日本传统戏剧及其与中国戏曲比较研究的论文，如在《东方戏剧论文集》中，中国学者的文章就有曲六乙的《中国傩戏与日本能乐的比较》、叶汉鳌的《日本的古典戏剧——"能乐"与中国》、黄殿祺的《中日古典戏剧比较》、涂沛的《古典风格现代诗篇——京剧、歌舞伎"联姻"的启示》等。在学术期刊上，从1980年代到1990年代，关于日本传统戏剧的论文很少，只有张哲俊的《日本能戏与悲剧体验》（《外国文学评论》1996年第4期）、王继磊的《"狂言"的笑》（《东北亚论坛》1996年第3期）、王燕的《不该发生的失误——解读〈国姓爷合战〉》（《铁道师范学院学报》1998年第4期）、姜天的《日本歌舞伎的起源与发展》（《西北大学学报》2000年第3期）等，为数寥寥。此外还有几篇知识性的介绍短文。进入20世纪后，这种状况仍没有改观，2001—2012年，12年间发表的相关研究论文大约有五六篇，主要有刘瑞芝的《论狂言绮语观在日本的引入及其原因》（《外国文学评论》2004年第4期），张哲俊的《日本谣曲〈菊慈童〉的情节构成——郿县的菊水与慈童、彭祖的关联》（《国外文学》2004年第3期），陈君、李文英的《试析日本能乐的历史变迁及其特点》（《日本问题研究》2007年第2期），翁敏华的《中日古典戏剧形态比较——以昆曲与能乐为主要对象》（《文学评论》2010年第6期），张博的《〈国性爷合战〉的创作依据与主题思想》（《外国问题研究》2011年第3期）。这表明，日本传统戏剧在中国的研究者很少，一是传统戏剧本身不像小说、诗歌那样有较多读者；二是因为日本传统戏剧在中国上演的机会很少，一般人难得一见，而戏剧的研究不仅依赖于文字文本，更需要有舞台艺术综合知识和观摩体验，故而学习与理解的难度、研究的难度相对较大。

不过，关于日本戏剧的相关研究成果主要不体现在单篇文章，而是体现在相关的著述上。自1990年代后期，关于歌舞伎、能乐、狂言的专书陆续问世。主要有李颖的《日本歌舞伎艺术》、王冬兰的《镇魂诗剧》、张哲俊的《中国题材的日本谣曲》、麻国钧的《日本民俗异能巡礼》、李玲的《日本狂言》、左汉卿的《日本能乐》等。

　　其中，李颖（1952 年生）的《日本歌舞伎艺术》（大众文艺出版社 1998 年）一书，是中国第一部全面评述歌舞伎的专门书。作者交代了歌舞伎产生的江户时代的时代背景，特别是市民的"恶所"文化与歌舞伎产生的关系，讲述了歌舞伎演员（俳优）的社会地位、各流派奉行的作为"家艺"而"一子相传"的独特的艺术传承方式，梳理了传统歌舞伎发展为现代歌舞伎的大体过程，总结了歌舞伎在艺术表现上的基本特点，如所谓"荒事"（以激烈夸张的动作表演武士生活内容）、"和事"（以写实的手法表现日常生活）、"所作事"（以情歌恋舞为主的浪漫表现）这三种"演剧样式"即表现方式，指出："日本歌舞伎是表现与再现、现实生活与浪漫生活、二者相结合的产物。日本歌舞伎在世界剧坛体系派别的分类中，是属于写实剧与非写实剧的相互综合，是属于再现与表现艺术创作方法的二重并举。"（第 144 页）作者在总结歌舞伎特点的时候，注意与能乐、净琉璃的比较，指出："能乐是水墨淡雅、净化灵魂的'幽玄'的戏剧；狂言是诙谐幽默、陶冶性情的'讽刺'戏剧；歌舞伎是色彩浓郁、情感丰富的'市俗'戏剧。能乐舞台展示的戏剧本质是虚幻，狂言舞台所展示的戏剧本质是高雅，歌舞伎舞台展示的戏剧本质是风流。能乐属于贵族武士文化，狂言虽然属于贵族武士阶层，却又偏重于市民文化，歌舞伎则纯粹属于世俗文化。"（第 191—192 页）这些概括都是得其要领的。作者还论述了传统歌舞伎中长期以来由男性俳优扮演"女性"，及其所具有的文化内涵，最后对演剧博物馆的价值做了论述。在日本，有关歌舞伎的研究著作很多，作者充分参考了相关著作，对日本歌舞伎做了纵向梳理，也做了某些横断面的剖析。作者的文字充满力度和感情，也包含着戏剧工作者所具有的最为可贵的间接体验的表达，为中国读者全面了解歌舞伎提供了很好的读物。但也有令人感到不足之处，在内容上，由于主要着眼于"戏剧艺术"的层面，而相对忽视了"戏剧文学"的层面，在舞台、演员、剧本三个基本要素中，对剧本及剧作家的方方面面还缺乏观照，对歌舞伎所体现的独特的文学趣味与美学观念还缺乏深入的分析。另外，全书篇章结构上逻辑还欠严密。

对于歌舞伎等日本传统戏剧，除了研究者的研究之外，业内人士的赴日考察观摩，也加深了国人对日本传统戏剧的印象和理解。北京京剧院的导演、演员石宏图（1943 年生）曾在 1997 年赴日做了三个月的戏剧考察，回国后写成了《东瀛观剧录》一书，2001 年由中国戏剧出版社出版。石宏图以一个京剧导演和演员的立场，主要对日本的歌舞伎，其次还有能乐、狂言等舞台演出方面的各个环节进行了细致的观察，写出了自己的观后感，并介绍了相关的知识背景，同时，也注意京剧与歌舞伎的异同比较。虽然不是纯粹的学术研究著作，但对于读者加深歌舞伎的舞台艺术的印象和理解，加深对东亚戏剧相关性的认识，都是有帮助的。

值得提到的是，还有两部关于歌舞伎的译著，一部是日本戏剧研究家河竹登志夫的《戏剧舞台上的日本美学观》，由戏剧学者丛林春译出，中国戏剧出版社 1999 年出版。这本书对能乐、歌舞伎的舞台空间、造型、音乐、戏剧情节、人物等的审美价值做了通俗易懂的讲解。对歌舞伎的程式，即所谓“型”，歌舞伎的艺术作用，即所谓“慰”等概念，做了初步论述。另一部是著名歌舞伎研究家郡司正胜的《歌舞伎入门》，由在日本长期学习钻研歌舞伎的中国学人李墨译成中文，2004 年由中国戏剧出版社出版。这部书虽名曰“入门”，但涉及歌舞伎的方方面面，具有较高的学术价值。李墨在译文中，鉴于许多术语、概念不能翻译，只能照日文的汉字原文原样写出，故而特别需要注释，于是译者用随文按语和章后注释两种形式，做了大量注释，篇幅几与正文相当，这些注释中包含着丰富的日本戏剧文化知识，也使该书成为一种研究型的译作。

接着，中国学者对于能乐的研究有了专门著作，那就是王冬兰（1951 年生）的《镇魂诗剧：世界文化遗产——日本古典戏剧“能”概貌》（中国社会科学出版社 2003 年）一书。该书作为描述能乐“概貌”的书，参照了日本出版的相关著作，基本上属于学术普及性读物的范畴。全书分为八章，依次讲述能的历史、能的形态、能作家及其作品特征、能乐秘传书、狂言、能与中国。书后有两个附录，一是两个剧本——《井架》和《砧木》的译文，二是 50 个能乐剧目的剧情介绍。全书叙述平实有序，涉及了能乐艺术的各方面的问题，是中国读者能乐入门的好书。从学术上来衡量，最后一章"能与中国"最有学术价值，作者提供了研究能乐与中国之关系的基本线索与材料。其中第一节"中国题材的能"，分为"上演剧目中的中国题材剧目"和"废置剧目中的中国题材剧目"两部分，作者指出：现在各流派保留上演的能剧目总共有 250 个左右，中国题材的剧目就有 23 个，并附《中国题材能上演剧目一览表》，又从《未刊谣曲集》《谣曲丛书》等书籍中记录的一千多个剧目中，查到七十多个中国题材的剧目，接着对中国题材能的典故出典做了简洁的考证。该章第二节将能乐剧本《猩猩》及《大瓶猩猩》中的瑞兽猩猩的形象与中国古典文献中的怪兽猩猩的形象做了比照，指出日本的猩猩形象受到中国猩猩描述的影响，但中国典籍中的猩猩从来没有登上过舞台，而日本的猩猩却一直活跃在能乐舞台。第三节"能乐传书中关于中国题材的能的论述"，对世阿弥、金春禅竹等的能乐理论著作的相关论述做了概述。第四节"能源于元曲说"，对江户时代一些学者如新井白石、荻生徂徕、太宰春台，明治时代的笹川临风、西村天囚、七里重惠等人主张的能乐来源于元曲的假说做了介绍分析，对于明治时期及此后反对此说的相关学者，如高野辰之的观点和论据也做了介绍，并将源于元曲说的主要论据总结如下：一、能的表现形式与元杂剧或南戏等中国戏曲相似，如由前后场构成，使用假面，具备唱、科、白三要素，由配角开场，"序"一段、"破"三段、"急"一段的五段结构等；二、往来于两国之间禅僧等看过杂剧，将其带回日本，猿乐能或田乐能仿效其形式，形成能或狂言；三、能与元杂剧都带有浓厚的佛教气息；四、能中的中国题材剧目与元杂剧中的同类题材剧目表现内容相近。但作者认为，根据这些还不能断定能与元杂剧有直接的关系。但无论现在的结论如何，作者的这些梳理和考辨都为今后的进一步研究提供了线索，奠定了基础。总之，该书是一本好的学术普及性读物，但是若从纯粹学术上的要求来说，则有明显的不足之处。最显眼的是全书的书名《镇魂诗剧：世界文化遗产——日本古典戏剧"能"概貌》，不仅太冗长（不计标点符号就有 19 个字），其中第一关键词应该是正标题中的"镇魂"，然而统观全书，全书正文对"镇魂"一词没有解释，更没有从审美文化、戏剧美学角度，讲述"镇魂"的文化功能与"能乐"的关系，对能乐作为"诗剧"、作为"世界文化遗产"的世界共性与民族特性，也没有做出分析阐述。因而制约了该书作为学术著作应有的学术个性和理论深度。

日本的能乐和世界其他民族的戏剧一样，其剧本——谣曲——大都从已有的文献中汲取题材，而不是由作者自创。按谣曲的题材来源分类，有日本本土题材和中国题材两个来源。在流传至今的 200 多个曲目中，日本本国题材约占十分之九，中国题材有 20 多个，约占十分之一强，因此具有一定的比较文学的研究价值。早在明代，李言恭与郝杰的《日本考》就明确指出能乐中有中国题材。张哲俊的《中日古典悲剧的形式——三个母题与嬗变的研究》（上海古籍出版社 2002 年），对日本谣曲等古典悲剧中有关杨贵妃、王昭君和《枕中记》的题材的作品做了细致的文本分析，并与中国戏曲中的相关题材的作品做了比较。此后出版的《中国题材的日本谣曲》（宁夏人民出版社，"人文日本新书"，2005 年）在上书的基础上，进一步扩展为对中国题材谣曲的全面评述和研究。全书共分六章："引言——世界戏剧中的日本能乐""能乐的一般形式""中国神佛鬼怪的泛佛教化""谣曲中的长生不老传说""中国历史的再现和想象""中国背景的日本谣曲"。作者指出日本能乐的中国题材集中在三个方面：一是神怪人物，二是历史人物，三是中国背景。其中第一类神怪人物几乎全都来自道教传说。但谣曲所接受的并不是中国的道教信仰本身，而是其长生不老之类的幻想和想象，并且把道教的题材加以佛教的改造，而表现出"泛佛教化"的特征。第二类是中国历史题材的作品，有的基本尊重题材本身，如《咸阳宫》，有的加入了作者的想象，如《项羽》《张良》

等，这种情况在中国历史题材中数量较多，有的仅仅借用中国历史人名，其实与史实没有多大关系，如《白乐天》《皇帝》等。这些谣曲的中国历史人物都是宋代之前的作品，这是选材上的一个重要特点。第三类是中国背景的作品，这不属于严格的中国题材，只是把中国作为故事的舞台背景和想象空间，如《天鼓》《龙虎》等。对于谣曲的人物情节与题材，日本学者都有大量的著述，但此前尚没有日本学者将中国题材的谣曲做集中的专门研究。《中国题材的日本谣曲》在借鉴日本的学者相关研究成果基础上，对有关中国题材及中国背景的谣曲，从题材和出典的角度做了详细的评述，从一个侧面揭示了中国历史文化对日本戏剧文化的影响。

2009 年起，北京外国语大学郭连友、薛豹教授联袂主编的"日本文化艺术丛书"开始由外研社陆续出版。编者有感于我国的日本文化艺术类研究成果及出版物"大多零敲碎打，不成体系，很难为我国读者勾勒出一个全面系统的日本艺术图景"的现状，而把民俗艺能、能乐、狂言、歌舞伎、漫才与落语等戏剧文化门类，以专书的形式加以系统的评介，而且配色彩插图，图文并茂。到 2012 年，关于戏剧艺术的三本书——麻国钧的《日本民俗艺能巡礼》（2009 年）、李玲的《日本狂言》（2010 年）、左汉卿的《日本能乐》（2011 年）陆续出版。该套丛书的编者郭连友曾与以上三位作者联合翻译过日本戏剧史研究家河竹繁俊的《日本演剧史概论》（文化艺术出版社 1999 年），为此次合作奠定了基础。

其中，该套丛书中最先出版的是中央戏剧学院麻国钧的《日本民俗艺能巡礼》。作者"所谓'民俗艺能'，是指节日和民间风俗活动中的祭神、敬神及驱鬼时表演的歌舞，又称'民间艺能'、'乡土艺能'"。日本人一般称为"祭"（まつり）或"祭礼"。此前，中国学界从民俗学的角度对日本的"祭"有所介绍，但从民俗学与艺术学的角度，即从"民俗艺能"的角度所做的系统研究，还是一个空白。既然是"艺能"，就包含着戏剧艺术、戏剧文学的因素，从这个角度说，对民俗艺能的研究也包含着对日本的民间戏剧及戏剧文学的研究。《日本民俗艺能巡礼》一书指出了日本民族艺能的两个基本特点：一是季节性，春夏秋冬四季各有其演出的曲目、内容和形式；二是其民间宗教性，各种民俗艺能大都依附于寺庙和神社而存在，演出的原始目的是供神。作者从古代的神乐、田乐、风流，及从中国传入的伎乐、舞乐散乐谈起，重点介绍了至今在日本各地仍在流传和表演的十多种祭礼艺能，对它们的来龙去脉、表演场合、表演形式、具体曲目、剧情及其文化内涵，以及它们与中国文化之间的渊源关系等，做了介绍和分析。由于这些艺能主要作为鲜活的艺术品和民俗活动而存在，文本并不很重要，因而对它们的研究首先不是一般文学研究那样的文本阅读，而是亲临活动现场加以观察。麻国钧教授专门赴日考察，亲临现场，将田野作业所得与文字资料结合起来，文字配以图片，写出了临场感，呈现了日本民族艺能的基本面貌。最后一章（第三章）是"日本祭礼行事与民俗艺能总览"，按演出月份编排，将演出地点、名称、内容用图表的形式编排出来，具有一定的文献价值。也为中国的日本民俗艺能的进一步研究，开了一个好头。

"日本文化艺术丛书"中关于日本戏剧的第二本著作是中国艺术研究院的李玲著《日本狂言》。这是迄今为止用中文评介狂言的第一部专门著作。在日本，关于狂言的普及性、研究性的书种类繁多。但要把这些知识转换为中文加以表述，并不是轻而易举之事。包括对狂言文本加以翻译，还要让没有舞台观赏经验的一般中国读者了解狂言的演出情景，除了语言文学功底之外，还需要对狂言演出有较多的现场观摩、实地调查即对有关从业人员的接触访问。在这些方面，作者李玲做得非常出色。《日本狂言》分五章，梳理了狂言发展演变的历史，分析了狂言的题材内容上的种类、角色塑造以及和日本社会历史的关系，并设专节评析了少量的中国题材的狂言，还介绍了狂言的舞台表演艺术，包括表演程式、歌谣与舞蹈、舞台设计、服装与道具，对狂言的"家元"（いえもと，师承）制度及流派也做了分析，最后介绍了日本的狂言传承与保护问题。作者以跨学科研究的方法，采用社会历史学、艺术学、民俗学、文学的不同视角，将狂言置于日本的社会文化的多维视野中加以考察，使《日本狂言》成为一部以狂言为中心的日本社会文化史，从而使狂言的专题研究有了立体感和厚重感。从戏剧文学的角度看，作者在第二章"狂言的内涵"、第三章"狂言的舞台艺术"中，参照重要流派的不同版本，对狂言大多重要剧目的剧情都做了片段翻译，有的曲目参考了已有的周作人、申非的译文（作者有注明），并对周、申译文中的有些重要词语翻译的不妥之处做了更正，例如关于"山伏"一词的翻译，周作人译为"头陀"，申非译为"山僧"，周作人还做了相应的注解，李玲认为这些注解与翻译都不确切，"山伏"并非指日本神道教的修道者，"山伏信仰是一种融合多种宗教信仰的混沌的自然崇拜"，而且也不可译为佛教意义上的"山僧"，故而应按原文称作"山伏"（第68页）。李玲的狂言片段译文生动活泼，译出了狂言特有的诙谐滑稽味，并且在翻译基础上，对相关重要剧目的主题、人物形象、时代背景、故事原型、出典、剧情结构，等等，做了细致的文本分析，全书结构严谨、行文流畅、分析透彻、思路开阔，显示了作者对狂言及日本艺术文化的细致的体察和深入的理解。为中国读者理解作为剧种的狂言、作为艺术文化的狂言，提供了可靠的参考。

"日本文化艺术丛书"中的《日本能乐》一书，由北京邮电大学日语学科的左汉卿执笔。该书作为学术普及性的著作，基本材料来自日本，而日本出版的关于能乐的普及性的书也有很多，《日本能乐》在资料和观点上不会，也不必有多大的创新。但是，要把能乐的方方面面用中文说得清楚明白，也并不是一件容易的事。不仅需要文献的解读和翻译，还需要对日本能乐的历史由来、剧本、演员、道具、装束、面具、音乐舞蹈等，有现场的感性的观摩和观察，才能将能乐艺术立体地呈现给中国读者。在这方面，左汉卿女士付出了很大的努力，她历时三年时间，两次专程去日本调查研究，收集文字材料和图片资料，访问相关的业内人士，使《日本能乐》一书成为迄今为止最为全面系统的、图文并茂的著作。该书共分七章：第一章"能乐的产生和发展"，梳理了能乐从"百戏"到"散乐"，从"散乐"到"猿乐"的发展历程，特别是观阿弥、世阿弥父子及家族对能乐的巨大贡献，指出了历代武士幕府的喜爱和扶持对能乐兴衰的巨大影响；第二章"能乐的海外交流"谈了西方人对日本能乐的介绍和研究，能乐在海外的演出，能乐在中国演出及其与中国戏剧的交流；第三章"能乐的艺术演绎主体"、第四章"能乐的舞台和乐队"、第五章"能面、能装束、道具"、第六章"能乐的'谣'和'舞'"，对演员、扮装、音乐舞蹈等做了介绍；第七章"经典曲目介绍"对二十种能乐经典曲目做了介绍，包括《翁》《高砂》《松风》《熊野》《杜若》《井筒》《羽衣》《小町洗书》《隅田川》《八岛》《葵姬》《野宫》《田村》《铁轮》《黑冢》《安宅关》《船弁庆》《景清》《邯郸》《道成寺》，对这些剧目形成、流变、类别、演出情况及其特点也做了说明，然后是剧情简介和赏析，并附舞台剧照。当然，这些介绍只是从知识修养的角度着眼，从学术角度看，特别是"戏剧文学"的角度来要求，还显得过于简单，流于外部描述与介绍，对能乐剧本的文学的价值缺乏分析，对世阿弥等人的古典能乐理论及其理论价值没有触及，对能乐的"幽玄"之美没有做美学层面的阐发，在谈到"能乐与中国的交流"时，完全忽视了此前中国翻译家和学者对能乐的译介、评论与研究的历史。这些都限制了本书的学术深度和历史纵深感，但尽管如此，《日本能乐》一书作为能乐的小百科，可以满足读者的求知的需要，对戏剧研究者，也不失为良好的参考读物。

## 第三节　对日本戏剧文学史及中日戏剧关系的研究

对日本戏剧文学史的研究，作为中国的日本戏剧研究中的纵向研究模式，是十分重要的研究模式。1982 年，中央戏剧学院的王爱民、崔亚南合著的《日本戏剧概要》，由中国戏剧出版社出版。虽名为"概要"，但也可以说是日本戏剧从古代到现代的发展史概论。全书不足 14 万字，篇幅不大，但作者充分吸收、消化了日本学界、戏剧界的研究成果，加上自己的理解和体验，写得言简意赅、重点突出，颇得要领。作为中国第一本日本戏剧史概论的著作，具有填补空白的作用和意义。

《日本戏剧概要》全书分为"古代戏剧"和"近代戏剧"两部分，在"第一部分 古代戏剧"中，分为"日本戏剧的起源""能乐""狂言""世阿弥论戏剧""木偶净琉璃""歌舞伎""日本古典戏剧的艺术特点"共七节，对古典戏剧的各种样式以及舞台表演、戏剧文学上的特点做了评述。例如，在总结日本古代戏剧结构特点的时候，着重指出日本古典戏剧特别是能乐中的"序、破、急"（序一段、破三段、急一段）的三部分、五段式的结构，还指出能乐在连环演出时，也按"序、破、急"三部分、五段结构，依次来搭配神、男、女、狂、鬼五类不同题材的剧目，并指出在这一点上与中国戏剧的、古希腊戏剧的相似性。当然，对日本古代戏剧的特点的总结还没有上升到美学层面。在 1980 年代初期，这也是不能苛求作者的。在"第二部分 近代戏剧"中，依次评述了明治时代的戏剧、新剧的诞生、20 世纪初期的戏剧创作、白桦派的戏剧创作、新现实主义戏剧，共五节内容，指出了日本近代戏剧的产生与西方戏剧的关联，对不同历史时期的重要的代表人物，如坪内逍遥、佐藤红绿、冈本绮堂、秋田雨雀、长田秀雄、武者小路实笃、菊池宽、久米正雄、山本有三及他们的创作做了重点评介。作者立足中国的立场，对日本古代戏剧所受中国的影响，对日本现代戏剧文学对中国戏剧及戏剧文学的影响，都有所论及。而且，作者的基本立足点是"戏剧文学"，侧重于文学剧本的内容、风格的介绍和分析。在 1980 年代初期，中国学界关于日本戏剧的资料非常贫乏、研究尚未展开之时，《日本戏剧概要》为读者提供了系统的关于日本戏剧的历史知识，其学术价值与阅读价值无可取代，可以说，在很长一段时间里，中国读者关于日本戏剧的知识和了解，主要来自这本小书。直到今天，也被相关研究者不断加以参考和引用。当然，由于时代和条件的局

限，本书对 1950 年代后的当代戏剧，没能论及，也有个别表述不准确的
地方，如第 46 页提到的近松门左卫门的《难波礼物》一文，应为《〈难
波土产〉发端》（这是近松为《难波土产》所写的发端词）。然而瑕不掩
瑜，《日本戏剧概要》足以证明，写得好的填补空白之作，是有长久价
值的。

2008 年，唐月梅先生的《日本戏剧史》作为"东方文化集成"丛书
之一种，由昆仑出版社出版，这是近百年来中国学者自己撰写的唯一的一
部古今日本戏剧通史。作者长期从事中日文化交流工作，与日本戏剧界人
士有密切的交流和接触。在此之前，唐月梅在与叶渭渠合著的四卷本
《日本文学史》中负责戏剧文学部分，后来还撰写出版了《东瀛艺术图
库·日本戏剧》（上海三联书店 2006 年）一书，以图文并茂的形式，对
日本戏剧的各种形态与发展历史做了梳理，这些都为本书的写作准备了
条件。

《日本戏剧史》全书 40 万字，共分 13 章。第一章是"日本戏剧起
源"；第二章是"古代艺能的形成"；第三章是"从艺能向戏曲过渡"；第
四章是"古典戏曲的完成"；第五章是"世阿弥的创作与理论构建"；第
六章是"狂言的艺术形态"；第七章是"木偶净瑠璃的发展历程"；第八
章是"近松门左卫门的艺术世界"；第九章"歌舞伎的形成和发展"；第
十章是"歌舞伎的兴盛"；第十一章是"近代戏剧改良与话剧兴起"；第
十二章是"新歌舞伎时代及其后"；第十三章是"现当代话剧运动"。全
书在参考和吸收了日本学者、美国学者唐纳德·金等相关著述的基础上，
博采各家之长，以"戏剧文学"为中心，将戏剧文学创作、戏剧理论及
戏剧思潮的评述结合起来，兼及舞台艺术的各个方面，以中国学者擅长的
洗练清晰的思路和架构，对日本戏剧史的发展进程做出了动态的叙述，同
时对重要的戏剧家，如古代的世阿弥、近松门左卫门、鹤屋南北、河竹默
阿弥、现代的三岛由纪夫等人的重要作品，做了细致的剧情介绍和文本分
析。为中国读者提供了日本戏剧史的系统知识，也为今后中国学者的日本

戏剧研究打下了基础、提供了参考。这是一部有着中国学者独到体会与研究的日本戏剧史著作，填补了这个领域研究的一项空白。

《日本戏剧史》作为第一部戏剧通史，有筚路蓝缕之功，也免不了会留下一些问题。其中第一个问题是全书缺乏一个绪论、序言或前言，来对日本戏剧发展演化的基本规律、戏剧文学的文化特征和美学特征等重要问题加以画龙点睛式的归纳和概括。其二是对近代现代戏剧史的论述相对薄弱，在篇幅上不及全书篇幅的三分之一。日本近现代戏剧对中国现代话剧，尤其是早期话剧的产生和发展影响很大，作为中国学者写的日本戏剧史，应该给予特别的关注。一些戏剧家如菊池宽、武者小路实笃等的作品，1920 年代至 1930 年代在中国曾有大量译介，颇有影响，但《日本戏剧史》对此的介绍却很简略。此外对坪内逍遥的戏剧理论与戏剧创作的评述也失之简略，难以反映出他的实际贡献和地位。第三就是重要概念的使用问题。这主要体现在全书的第三章"从艺能向戏曲过渡"，这个章名涉及了"艺能"和"戏曲"这两个概念。"从艺能向戏曲过渡"这样的表述，显然是把"戏曲"看作是"艺能"的发展形态，这是值得商榷的。在日本古语中，"艺能"（げいのう）一词指通过学习训练而获得的各种才艺技能，到后来用以泛指戏剧、音乐、歌舞、电影等各种文艺样式。换言之，"艺能"也包括"戏曲"在内；而"戏曲"（ぎぎょく）一词，在日本古语中几乎不用，查《新明解古语辞典》《角川新版古语辞典》等数种日本古语辞典，均不收这个词。作者所说的"艺能""戏曲"究竟是指什么呢？并没有做出明确定义或界定。从下面的第四章"古典戏曲的完成"中，可以看出作者是把"能乐"的诞生看作是"古典戏曲的完成"，而把第三章中论述的延年、幸若舞曲、田乐、猿乐看作是"艺能"的范畴。换言之，"从艺能到戏曲"这样的表述，是把"艺能"看作是"戏曲"的初级阶段了。而实际上，"艺能"这个词在众所公认的界定中，是包含了能乐、净瑠璃、歌舞伎等传统戏剧样式的。而"戏曲"这样的提法，在中国和日本的语境中含义是不同的，正如《广辞苑》所解释的，

"戏曲"在日语中指的是演出用的脚本，而在中国指的是以歌舞为主要手段的传统戏剧形式。"戏曲"一词究竟是在什么意义上使用的，"艺能"与"戏曲"究竟是什么关系，应该加以明确的说明才是。

在中日戏剧文学的关系史、交流史及比较研究方面，也取得一些成果，但成果相对很少。其中，中日传统戏剧的关系研究与比较研究，成果更少，与 20 世纪初就已兴起的中印戏剧比较研究，特别是中西戏剧比较研究，形成了鲜明的对比。一百年来，只有近年问世的张静的《能乐中的中国古代"傩"元素》（《广东工业大学学报》2009 年第 5 期）、《中国古代戏剧和日本艺能中扇子之比较》（《吉林省教育学院学报》2009 年第 10 期》、翁敏华的《中日古典戏剧形态比较——以昆曲与能乐为主要对象》（《文学评论》2010 年第 6 期）等区区几篇论文。

在专著方面，翁敏华的《中日韩戏剧文化因缘研究》（学林出版社 2004 年）更是这个领域中仅有的专门著作。该书将东亚三国作为一个戏剧文化的整体区域，进行三国之间的关系探寻和比较研究，开辟了一个新的研究领域。全书分为"发生编""源流编""比较编"三编共 15 章。其中"发生编"的四章，对日月崇拜、战争与纳贡、性崇拜、傩祭与三国古代戏剧起源的连带关系做了探究和分析。"源流编"中的五章，对大陆艺能向周边的辐射、中世时代中日韩三国戏剧形态的分道扬镳、日本能乐对中日古文艺的授受与背离、韩国唱剧与中国古代戏曲的交流与影响、中日韩三国傀儡戏的渊源流变等问题做了细致的考辨，并得出了有益的结论。例如，作者认为中古时代中日韩三国戏剧十分相像、十分近似，但同时又呈现分道扬镳的现象，以至相互之间越走越远、面目全非，"中国戏剧很快由文人染指，急速地文人化精英化，元代前期的面貌还是'本色'的，元代后期即已雅致雕琢起来，到明代，更是渐渐走向典雅之登峰造极，比之唐诗宋词有过之而无不及，成为中国'雅文化'的一个重要组成部分；日本猿乐，却因为日本社会渐渐进入武士社会，遂与武士阶级和武家文化接近，把武家对于生死的思考、对于牺牲精神的崇尚、对于

'杀身成仁'的歌颂糅入其中，终于洗却猿乐原有的市民气息，成为'幽玄美'、悲剧美风格的武家'式乐'能乐……而韩国，却是于中世戏剧程度上突然停止脚步，不再往前发展变化，只是与傩戏携起手来，或'躲'进傩的外壳里寻求延续，以至于我们现在看到的民间假面具，还大致是当年中世戏剧的模样。……中日韩戏剧分道扬镳，一个走上了'文'道，一个走上的'武'道，还有一个则停滞不前"（第 139—140 页）。尽管其中的个别用词与表述值得商榷（如"猿乐原有的市民气息"，准确地应该是"猿乐原有的民间气息"），但这样的比较和分析是颇有启发性的。该书的"比较编"对三国戏剧中的农耕祭仪、地域保护神、狮子舞演艺、乐舞节目主持人"竹竿子"以及中国"沿门逐疫"和日本"门付艺"的民间傩事等，做了比较分析，同中见异，异中见同，都有不少新鲜的看法。作者在日本和韩国对相关艺能戏曲都做了观摩和考察，将文献上考究分析与现场体验结合在一起，使该书在东亚戏剧文化关系史中引人瞩目。

在中日现代戏剧及戏剧文学之间，也存在着密切的关系。特别是中国早期话剧的产生，与日本新派剧有着直接的关系。

清末民初的中国留日学生李叔同、曾孝谷等曾在日本学习日本新派剧并从事实验性的演出活动。中国早期话剧的开拓者欧阳予倩、田汉等人，都曾受到日本文学及日本新派剧的浸润与影响。对此，徐半梅《话剧创始期回忆录》（中国戏剧出版社 1957 年）和欧阳予倩的《回忆春柳》（1957 年）一文，都有回忆和记述。《中国话剧运动五十年史料集》（中国戏剧出版社 1958 年）等也有反映。在日本戏剧文学的译介方面，清末民初根据翻译过来的日本小说《经国美谈》《不如归》等改编为剧本，同时也直接将日本的一些剧本翻译过来，如陆镜若根据佐藤红绿的《云之响》译出的《社会钟》，在当时产生了较大影响。1920 年代至 1930 年代，武者小路实笃、藤森成吉、菊池宽等人的剧本曾被译成中文出版，其中菊池宽的独幕剧《父归》还被搬上中国的舞台巡回演出，产生了相当的影响。1987 年，人民文学出版社出版了文洁若等译《他的妹妹——日本现代戏剧选》一书，译出了武者小路实笃、菊池宽、有岛武郎、山本有三、仓田百三、秋田雨雀、小山内熏等十一位剧作家的十四个剧本，是迄今为止翻译出版的最大规模的日本戏剧剧本选集。但是，由于种种原因，关于中日近现代戏剧文学之关系的学术层面的论述与研究，在1990年代之前极为罕见。1990年代后，这方面的研究才陆续出现，较早的论文有刘平的《田汉与日本戏剧》（《中国现代文学研究丛刊》1990年第2期）、黄爱华的《近代日本戏剧对中国早期话剧演剧风格的影响》（《戏剧艺术》1994年第3期）和《进化团与日本新派剧》（《南京大学学报》1994年第3期）、靳明全的《郭沫若戏剧与日本歌舞伎》（《甘肃社会科学》1994年第4期）、王向远的《中国传统戏剧的现代转型与日本新派剧》（《四川外语学院学报》1997年第2期）等。

同时，中日现代戏剧文学的比较研究的专门著作也出现了。其中，袁国兴（1953年生）的博士论文《中国话剧的孕育和生成》先后分别于1993年和2000年由台湾文津出版社和北京中国戏剧出版社出版繁体字和简体字版本。该博士论文共分七章，对早期话剧的逐步孕育到脱胎而出，对它与西方戏剧、日本戏剧的复杂关系，都做了缜密翔实的论述和研究，既有历史的、纵向的描述，也有断面的、横向的剖析。论文分析了西方戏剧信息对中国近代剧坛的初步冲击，论述了日本剧坛在中西戏剧中的重要的桥梁和纽带作用，指出了根据日本作家德富芦花的小说改编的戏剧《不如归》作为"家庭戏"何以在中国引起巨大反响，指出了在日本和西方戏剧的启发下，中国早期话剧在编剧、表演艺术、舞台艺术诸方面发生的观念变化和艺术转型。在此之前，关于中国早期话剧的系统研究还是一个空白，袁国兴的研究筚路蓝缕，具有拓荒的性质。

稍后，黄爱华（1962年生）对这个课题的研究进一步推进、深化了。她的博士论文《中国早期话剧与日本》于1993年通过答辩。在此之前，她曾将博士论文的有关章节，作为单篇论文予以发表。到2001年，博士论文全文《中国早期话剧与日本》由长沙岳麓书社出版。作者自述全书

158

的宗旨是"从中国早期话剧与日本,特别是与日本新派剧、新剧的关系入手,追寻中国早期话剧接受日本特别是新派剧、新剧影响的历史足迹,明确它们之间的'事实联系',努力解答中国早期话剧人在日本国土上做了什么,接受过哪些影响,怎样接受,以及接受的效果如何等等,也对中国戏剧现代化初期借鉴西方戏剧的曲折历程做了明晰的剖析探讨,并从中总结出历史的经验和教训,为当代戏剧发展提供借鉴作用"。全书以中国早期话剧的四个重要的社团——春柳社、春阳社、进化团、光黄新剧社——为重心,对它们与日本新派剧、新剧的关系做了梳理,特别是对春柳社、开明社与光黄新剧同志社以"中华木铎新剧"的名义在日本的几次公演活动及其当时中日两国的相关报道,做了细致的资料梳理、考证辨析和索隐钩沉。作者确证了这样一个结论:中国早期话剧最初不是由西方输入,而是与日本新派剧之间有着深刻的渊源关系;中国的"文明新戏"来源于日本的新派剧,同时也接受了日本新剧的影响,日本新派剧和新剧同时综合性地影响了中国早期的话剧。作者还指出,一方面日本近代戏剧在中西戏剧之间发挥了中介作用,但另一方面,无论是日本新派剧,还是日本新剧,都不等于西方式的话剧,从而在中国早期话剧的日本影响中,留下了鲜明的日本戏剧文化的烙印。全书最后一章"中国早期话剧学习日本戏剧的历史经验",对外国剧本的翻译改编中的照搬与改编问题、外来形式的吸纳与扬弃问题、话剧的民族化问题等,提出了自己的总结、归纳和思考。作者将资料实证与理论思辨很好地结合起来,体现出了作者扎实、细密的研究风格。在《中国早期话剧与日本》一书的基础上,黄爱华教授又继续推进,出版了《20世纪中外戏剧比较论稿》(浙江大学出版社2006年)一书。这本书将比较研究的范围从中日扩大到中西,形成了"中外戏剧"比较研究的格局,书中共16章,其中第一至第六章是中日戏剧的比较,也是在《中国早期话剧与日本》基础上的进一步深化,理论概括性更强。有些论题则进一步得以展开,如对于春柳社所受日本戏剧的影响,列专章加以考证分析,深入分析了春柳社演出剧目的审美特征与外来影响特别是日本影响的关系。全书的最后一章（第十六章）"市川猿之助与中国京剧"将论题延伸至当代中日戏剧文化交流，揭示了日本歌舞伎市川猿之助第二、三代传人与中国戏剧界的交流交往，以及与中国京剧院合作研究的情况，从一个角度呈现了当代中日戏剧关系的深化和发展。

　　进入 21 世纪后的最初十年间，中日现代戏剧的交流的研究虽不多但未断绝。在论文方面，有靳明全的《论日本戏剧对田汉的影响》（《西南师范大学学报》2004 年第 2 期）、《日本歌舞伎与郭沫若早期戏剧》（《西南师范大学学报》2003 年第 3 期）、《日本歌舞伎与欧阳予倩戏剧》（《华中师范大学学报》2003 年第 3 期）。值得注意的成果是中国社会科学院文学所的刘平研究员的《中日现代演剧交流图史》（生活·读书·新知三联书店 2012 年），该书是一部以资料性的史述为主的图文并茂的书，此前，作者曾有《戏剧魂——田汉评传》、合编《田汉在日本》《中国话剧百年图文志》等书，为《中日现代演剧交流图史》打下了基础。全书分为"春柳社与日本新派剧的影响""田汉创办'南国社'与日本新剧的影响""日本左翼戏剧对中国左翼戏剧的影响""战争时期的中日戏剧交流"四章，除在文字资料上较以前的著述有所增益外，最大的特点是插图多，相当一部分是从日本收集来的图片资料，包括重要的人物照片、剧目剧照、相关书报杂志的书影等。鉴于演剧特有的观赏性，写演剧交流史而用大量插图，不仅增加了形象性和直观性，而且这些图片本身也是中日戏剧交流史的一个组成部分，理应入史。该书在资料性使用上有一些差错，如仅在书后的参考文献中，就可以发现有作者的名字写错了，如《近代中日文学交流史稿》的作者应该是"王晓平"而不是"王晓秋"；有的译者的名字张冠李戴了，如河竹繁俊著、文化艺术出版社出版的《日本演剧史概论》一书的译者不是"丛林春"，而是郭连友等四人。作为以史料为主的书，应该尽量避免出现这样的资料性错误才好。

# 第五章　对日本汉学及汉文学的研究

　　日本汉学中包含了日本的汉文学研究，换言之，日本学者的汉文学研究是日本汉学研究的重要组成部分。而中国学者对日本汉学的研究，则是对日本的汉学及汉文学研究的研究。在这方面，严绍璗的"日本中国学"的研究成果首开风气、奠定了基础，李庆的五卷本《日本汉学史》集其大成。1980年代以来，中国学界对日本以汉诗为主，包括汉文及汉语小说在内的汉文学展开了研究，陆续出现了王晓平、马歌东、宋再新、肖瑞锋、高文汉、严明、张石、孙虎堂、马骏、陈福康等有成就的研究者，取得了不少成绩。从作品分类整理、注释赏析，到对相关作品进行个案研究；从中日的比较研究及关系研究，到综合性的专题研究，也有文体学、语言学等不同层面上的研究成果，更有大规模的日本汉文学史著作问世，解决了文献学、比较文学层面上的许多问题。同时，汉文学史在关键概念的界定和使用、理论概括与学术观点的科学性、文献信息使用的周密性等方面，也存在一些值得商榷的问题。

# 第一节　对日本汉学及汉文学研究的研究

　　日本汉学（包括研究中国当代问题的"中国学"）有上千年的传统，取得了丰硕的成果。由于日本汉学的研究包括了相当数量的汉文学的研究，在这个层面上对日本汉学所做的研究，也属于日本文学研究的范畴。

　　1978 年改革开放之前，对日本汉学及汉文学基本上谈不上什么研究。1970 年代中后期，中国社会科学院成立情报研究所，对国外研究中国的信息情报加以收集整理，并编辑"国外研究中国丛书"，1979 年，严绍璗教授编写的《日本的中国学家》列入此套丛书，由中国社会科学出版社出版。该书共收入日本现当代 1105 位中国学家的相关信息，编录了一万多种相关书目。接着，严绍璗编写了《汉籍在日本的流布研究》（江苏古籍出版社 1992 年）、《日本藏宋人文集善本钩沉》（杭州大学出版社 1995 年）、《日本藏汉籍珍本追踪纪实》（上海古籍出版社 2005 年），最后编纂了集大成的目录学工具书《日藏汉籍善本书录》（全三卷，中华书局 2007 年）。这些文献目录学的基本调查与收集整理，奠定了中国的日本汉学与汉文学研究的基础。此外，王勇（1956 年生）教授主编的论文集《中国典籍在日本的流传与影响》（杭州大学出版社 1990 年）、《中日汉籍交流史论》（杭州大学出版社 1992 年）、《中日"书籍之路"研究》（北京图书馆出版社 2003 年）及独著《中日关系史考》（中央编译出版社 1995 年）中，也收录了一些关于日本汉学研究的研究论文。

　　在文献目录的整理编纂的同时，严绍璗教授展开了对日本中国学的系统评述和纵向研究，出版了《日本中国学史》（第一卷，江西人民出版社 1991 年）。这是严绍璗日本汉学、日本中国学研究的代表作品，填补了学术研究的一个空白。该书 45 万字，分为十章，评述了日本侵华战争结束

之前日本的中国学史的发展流变。第一章是"中国文献典籍东传日本的
轨迹",从飞鸟、奈良时代汉籍传入开始写起,一直写到江户时代,对汉
籍的传入、传播与吸收影响。第二章"日本传统汉学的发生与形成",对
中国宋学的传入及日本汉学的形成的轨迹做了探究。第三章"日本传统
汉学的流派",对江户时代汉学的诸家流派,包括以林罗山为中心的朱子
学派、以中江藤树为中心的阳明学派、以伊藤仁斋和荻生徂徕为中心的古
学派的学术渊源、学风及特点做了分析评述。第四章"日本近代文化运
动与传统汉学的终结",分析了日本学术文化的近代转型和传统汉学的终
结。第五章"欧洲的 Sinology 及其传入日本——近代日本中国学形成的条
件(上)",分析了欧洲汉学及欧洲人的中国观及其对日本近代中国学的
影响。第六章"二十世纪初期中国文化遗留物的重大发现——近代日本
中国学形成的条件(下)",对甲骨文、敦煌文物的发现、日本汉学家的
中国之行及其与中国观形成之间的关系做了分析。第七章"近代日本中
国学的形成",梳理了从"经学"向"中国哲学"、从"道学的史学"向
"东洋史学"的转变以及中国学研究近代性的形成。第八章"近代日本中
国学早期古典研究的学术流派",对狩野直喜、内藤湖南与"支那学社"
为代表的实证学派,山路爱山、津田左右吉为代表的"批判主义"学派,
以服部宇之吉、宇野哲人及"斯文会"为代表的"新儒家学派"以及非
主流学派的秋泽修二的中国哲学研究、河上肇的中国古诗研究做了评述。
第九章"近代日本中国学对现代中国文化研究的宝贵业绩——战前日本
的鲁迅研究",揭示了日本的鲁迅评论与鲁迅研究的盛况。第十章"近代
日本中国学的挫折",分析了日本近代军国主义侵略扩张对中国学的负面
影响,以及战争期间对中国文物的破坏掠夺。总之,《日本中国学史》
(第一卷)作为第一部同类著作,不仅提供了丰富的文献资料信息,奠定
了这一学术领域的基本的框架结构,而且史论结合,表现了出色的历史分
析能力,为中国的日本汉学及中国学的研究做出了示范、奠定了基础。

2009 年,《日本中国学史》列入学苑出版社"列国汉学史书系"再

版，改题为《日本中国学史稿》，去掉了初版本"第一卷"的标识，结构上有所调整，篇幅增加到60万字，特别是增写了第五编《日本中国学战后状态综述研讨》，使内容贯通古今，又在书后增加了七条资料性附录。

进入21世纪后，中国学界对日本的汉学史的研究，由旅日学者李庆（1965年生）先生的《日本汉学史》而推上了一个新的高峰。《日本汉学史》全五卷的前三卷，在2002至2004年间由上海外语教育出版社陆续出版，2010—2012年由上海人民出版社陆续出版五卷本。该书规模宏大，共200多万字。其中第一卷《起源和确立（1868—1918）》、第二卷《成熟与迷途（1919—1945）》，研究的时段是明治维新（1868年）后至1945年日本战败，与上述严绍璗的《日本中国学史》的近代部分在时段上重合，而第三卷《转折和发展（1945—1971）》、第四卷《（新的繁盛1972—1988）》、第五卷《变迁和展望（1989— ）》，研究的是日本战后的汉学。作者十几年如一日，在没有经费资助的情况下，在日本孜孜不倦，甘于寂寞，埋头苦干，广搜博览，凭一人之力，终于成就这部皇皇巨著，其气魄和勇气为常人所不及。此前这样的书日本没有，中国也缺乏，堪为日本汉学史研究的集大成，在今后相当长时间中，恐怕也难以被超越。

李庆先生在第一卷前言中，对"汉学""中国学""东洋学"或"东方学"等几个基本概念做了辨析，认为"中国学"这一概念的范围太宽泛，故取"汉学"的概念，并将"汉学"明确界定为日本明治维新以后对中国古代（有时也延伸到近代）文化的研究。"汉学"这一界定，有效地将严格意义上的对中国传统文化的"学术研究"，与"当代中国问题的观察评论"这两种不同的言论形态区分开来。前者因为研究对象有了积淀性和固态性，与研究者在时间上有了必要的距离，因而可以成为学问探究的对象；后者因为对象不固定、时间距离不够，加上不免受政治局势、实利需要的左右，而只能是"评论"的形态，却很难称之为"学"或"研究"。从这个意义上说，"日本汉学"显然比所谓"日本中国学"这一概念更具学理性。作者对日本汉学各个阶段的时代氛围、教育及学术体制、学术背景、学派嬗变、代表人物及其著述，都做了翔实的分析评述。作者在第一卷"前言"中，指出了日本汉学在学术研究上的一些基本特点，如非常注重基本材料和工具书的积累与建设，具体问题的研究非常细致，但同时也有欣然套用西方理论，对具体问题的研究很出色，却也有缺乏系统的理论建构的"见木不见林"的倾向，都是十分剀切的见解。《日本汉学史》表明，日本的汉学研究尽管经历了时代的跌宕起伏，但研究的阵容之强、成果之丰、水平之高、影响之大，使其一直在世界各国汉学中遥遥领先，充分表明了日本与中国在学术文化上的特殊的、深刻的关联。这一点，会对中日关系的思考和研究提供有益的启示。从中国的日本文学学术史角度看，《日本汉学史》有相当一部分内容属于日本的中国文学研究的范畴，这对中国的日本文学研究者而言，也有着重要的参阅价值。《日本汉学史》在内容上以史料梳理为主，对各时期日本汉学的著述，几近搜罗殆尽，并概括叙述了相关重要汉学著述的基本内容，具有书目文献学上的意义。不过与此相联的是有不少章节段落叙述有余，而分析评论有所不足，对如此规模的史书而言，这是瑕不掩瑜的。

在日本汉学（中国学）史的研究之外，对重要汉学家的个案研究也在展开。这方面的成果主要体现在严绍璗主编、中华书局出版的"北京大学20世纪国际中国学研究文库"中已出版的几部著作上，其中包括刘萍著《津田左右吉研究》（2004年）、钱婉约著《内藤湖南研究》（2004年）、张哲俊著《吉川幸次郎研究》（2004年），这三本书都以学术评传的方式，对三位重要的汉学家作出了系统评述，使日本汉学史的重要的"点"的研究得以深化。钱婉约著《从汉学到中国学》（中华书局2007年），分"日本中国学家例话""近代日本的中国观"等五个部分，是一部关于日本汉学与中国学的有特色的专题文集。刘正的《京都学派汉学史稿》（学苑出版社2011年）对日本最有代表性的汉学流派京都学派的学术流变、代表人物做了系统的评述。王晓平的《日本中国学述闻》（中华书局 2008 年）一书，收录了作者在报刊（大部分是《中华读书报》）上发表的 50 多篇文章，涉及日本的"文艺中国"问题、日本中国学问题、中国经典在日本的传播等问题。文章将学术性与散文艺术性结合起来，雅俗共赏、言之有物、清新可读。复旦大学教授邵毅平（1957 年生）的《中日文学关系论集》（上海古籍出版社 2011 年）一书上、下两编中的下编"日本汉学述评"所收八篇文章，在该论文集中占比重最大，也较有新意，分别评述了铃木虎雄的《支那文学研究》，吉川幸次郎的《中国的古典与日本人》《中国诗史》《宋诗概说》《元明诗概说》，斯波六郎的《中国文学中的孤独感》，小尾郊一的《中国文学中所表现的自然与自然观》《李白》等，具有一定的参考价值。

以中国的古典名著在日本的译介与研究为研究对象，也是日本汉学研究很切实的选题角度，在这方面，中国艺术研究院孙玉明（1961 年生）的《日本红学史稿》是一个成功的尝试。相比于《三国演义》《水浒传》等明代小说，清代小说《红楼梦》传入日本较晚（1793 年），在这两百多年的历史上，日本学界对《红楼梦》的翻译、注解、评论和研究，已经有了相当的积累和积淀，形成了"日本的红学史"。基于这样的判断，作者以日本的"红学"作为北京师范大学中文系博士学位论文选题，克服了在国内收集日文材料的诸多困难，终于写出了这部十七八万字的论著，论文答辩后被纳入《"红学书系"学术系列》，由北京图书馆出版社 2006 年出版。该书将日本红学从 1939 年至 2000 年间的历史，划分为三个时期，对各个时期日本红学的背景、日本红学对中国"红学"的反应、有代表性的红学家，如松枝茂夫、大高岩、太田辰夫、伊藤漱平、饭冢朗等人的研究成果，都做了分析评论。书后附《日本〈红楼梦〉研究论著目录》和《〈红楼梦〉日文译本一览表》，对读者都颇有用处。尽管该书也有缺憾和不足，就是未能从翻译文学研究的角度，对日本主要几种《红楼梦》译本，做语言学、翻译美学层面上的文本分析。但全书总体而言资料翔实、分析透彻，特别是以某一种中国古典名著的在日本的译介与研究为选题，是颇有开创性和启发性的。

《日本红学史稿》出版的次年（2007 年），倪永明从语言学的角度写成的《中日〈三国志〉今译与中古汉语词汇研究》由江苏凤凰出版社出版。该书研究的对象虽然不是作为文学作品的《三国演义》而是作为史书的《三国志》，但从比较语言学的角度出发，对译本做细致的语言学、词汇学分析研究，特别是指出了各种日译本的误译及值得商榷之处，在研究实践和方法论上是富有启发性的。实际上，对日本的《三国演义》《水浒传》《金瓶梅》等多种译本，都应该做这类语言学层面的细致研究，或至少在此类研究中使用翻译文学和语言学的方法。

## 第二节　对日本汉诗的专题研究

汉文学是日本传统文学的重要组成部分，有上千年的历史传统。中国学界对日本汉诗文，特别是汉诗的关注较早，早在唐代，李白、王维等就与渡唐日本诗人晁衡等有相互唱和之作。宋元时期中日诗僧也有往来，日本诗僧流布于中国的作品，也班班可考。但总体而言，流入中国的日本汉诗极少，中国人对日本汉诗长期缺乏关注。到了清末，俞樾（1821—1907年）曾应日本人岸田吟香的请求，编选日本汉诗集《东瀛诗选》四十卷并补遗四卷，凡五千余首。在《东瀛诗选》的序言及《东瀛诗记》中，俞樾对日本汉诗有所评论，并将日本的汉诗与中国诗做了一些比较，也可以把俞樾的这些文字作为中国的日本汉诗评论与研究的滥觞。

直到 1980 年代后，中国开始对日本汉诗加以编选刊行和研究。首先对日本汉诗按主题题材加以编辑整理。其中，从中日两国交谊、往来的角度编选的日本汉诗就有数种。有张步云的《唐代中日往来诗辑注》（陕西人民出版社 1984 年），杨知秋编注《历代中日友谊诗选》（书目文献出版社 1986 年），孙东临、李中华选注《中日交往汉诗选注》（春风文艺出版社 1988 年），黄铁城等编注《中日诗谊》（陕西人民出版社 1995 年），孙东临编注《日人禹域旅游诗注》（武汉出版社 1996 年）等。这些选集一则可为中日交流史提供诗证，二则可为读者的鉴赏提供材料。从纯文学欣赏的角度编选注释的日本汉诗集也有几种，其中包括黄铭新选注《日本历代名家七绝百首注》（书目文献出版社 1984 年），程千帆、孙望选评《日本汉诗选评》（江苏古籍出版社 1988 年），马歌东编选《日本汉诗三百首》（世界图书出版公司 1994 年），刘砚、马沁编《日本汉诗新编》（安徽文艺出版社 1985 年），王福祥、汪玉林、吴汉樱编《日本汉诗撷英》（外语教学与研究出版社 1995 年）。2008 年后，广西师范大学出版社、华东师范大学出版社出版"日本汉文著作丛书"，列出的书目有从古代到现代的日本汉文作品 18 种，已出版的有《一休和尚诗集》（2008年）、《夏目漱石汉诗文集》（2009 年）、《内藤湖南汉诗文集》（2009 年）等。此外，对于日本的填词，中国学界也做了一些介绍，其中，词学家夏承焘先生的《域外词选》选录了一些日本词，张珍怀为之笺注。在此基础上，张珍怀出版了《日本三家词笺注》（黄山书社 2009 年），收录日本明治时代前期三位词人森槐南、高野竹隐、森川竹溪的填词作品，并加以笺注。张珍怀为该书写的"前言"，评价了三位日本词人的创作，并在此前发表的《日本的词学》（《词学》第 2 辑）中对日本的填词史做了总体评述。

在此基础上，近三十年来，特别是 1990 年代以来，许多学者们展开了对日本汉诗的研究。其中，有的研究从考释的角度展开，如北京外国语大学的王福祥（1934—2017 年）编著的《日本汉诗与中国历史人物典故》（外语教学与研究出版社 1997 年），以 178 位中国历史人物为切入点，选出含有这些历史人物典故的汉诗 476 首，并对诗人生平略作简介，既是一部独特的日本汉诗选集，也是一部有特色的中日比较文学的专著。由此可以看出以中国历史人物（既有真实人物，也有神话传说中的人物）为题材的日本汉诗已经形成了一个重要的部类。冠于卷首的长文《日本汉诗与中国文化》描述了日本历代汉诗的发展演化的轨迹，对日本汉诗人的思想情操、创作中所受的不同时代中国诗风的影响，日本汉诗与中国的时令节气、节日习俗，日本汉诗的主要的修辞手法等，都结合具体作品做了分析。

对一部作品进行专门的研究的，是四川大学外国语学院教授宋再新（1952年生）的题为《和汉朗咏集文化论》（山东文艺出版社1996年）的小册子。《和汉朗咏集》是平安时代编纂成书的汉诗、和歌佳句集锦，编者据认为是著名歌人藤原公任。全书分为两卷，共收中国诗文佳句234句，日本汉诗文佳句354句，和歌216首。宋再新教授认为，该书将中国文学、日本汉文学、日本传统文学的佳句汇于一集，通过该书的阅读研究，可以很好地理解三者之间的关系，看出中国文学对日本的影响，认识日本文学固有的文学观和文学的特殊性，因此《和汉朗咏集》值得研究。《和汉朗咏集文化论》除前后的"引言"和"结语"外，分为"歌谣·和歌·汉诗""日本汉诗文的兴盛与和歌的复兴"和"《和汉朗咏集》的文学价值"三章，论述了《和汉朗咏集》成书的背景、汉诗与和歌之间的彼此消长、相反相成、相辅相成的关系，以及《和汉朗咏集》文学价值与文化意义，并将《和汉朗咏集》的全书附录于书后，用两句汉诗题译出了其中的二百多首和歌。作者指出：《和汉朗咏集》对汉诗的选择标准带有明显的日本平安朝宫廷贵族文化的取向和趣味，平安贵族崇尚唐文化，提倡华贵、风雅，《和汉朗咏集》中编选的佳句，都是闲适、绮丽一类。其中入选最多的白居易的佳句（共135首）也都是此类风格的诗，而对于白居易自己最得意的乐府讽喻诗中的忧国忧民、社会批判的诗，则几乎不选。又指出："《和汉朗咏集》所提倡的并不是中国古代文人热衷的'诗言志'、'文以载道'，他们仿效的是侍宴应制、酬酢唱和，钟情的是中国文学中描写自然风景、卿卿我我的作品。"（第9页）这些话，在当时对于中国读者而言，都是新颖的和富有启发性的结论。

十年后，宋再新教授又出版了《千年唐诗缘——唐诗在日本》（宁夏人民出版社"人文日本新书"，2005年），在研究思路上与上述相似。《千年唐诗缘》以《千载佳句》为主要研究对象，展开了唐诗在日本的接受研究。该书重点不是全面地分析唐诗在日本的影响（那需要更大的篇幅），而是通过考察日本人对唐诗的理解和鉴赏经过，了解各时代的日本人接受唐诗影响的文化背景和鉴赏。作者指出，日本人对唐诗的选择欣赏与中国人是有差异的，他们喜爱的诗句诗篇与中国人最推崇的诗句诗篇并不相同。这一点集中体现在公元950年前后平安时代学者大江维时所编纂，并被历代读者所酷爱的唐诗佳句选集《千载佳句》一书中。该书收集153个唐代诗人的1083联七言诗佳句，其中白居易的诗就占了一半，就可以发现日本人对唐诗是有分拣选择和过滤的。他们以和歌的审美标准来选唐诗，而将表现社会政治、忧国忧民的唐诗摒弃在外了，他们唯尊白居易，而且独尊白居易描写风花雪月的作品。到了江户时代，随着汉学水平的普遍提高，传为中国明代李攀龙编选的《唐诗选》以及明清两代尊崇李杜的风气传到日本，日本人开始比较全面地了解唐诗，对李白、杜甫也重视起来。直到当代，日本人对唐诗仍很重视，中学课本中有唐诗，出版社不断推出各种唐诗选本。《千年唐诗缘》按照这样的思路，描述了上千年间唐诗在日本的接受轨迹，分析了唐诗对日本民族诗歌乃至民族文学的影响。书中对日本独特的审美趣味的强调及相关结论，与上述的《和汉朗咏集文化论》是一致的。此外，《千年唐诗缘》书后所附录的《千载佳句》全书，对中国读者而言也有文献价值。

同样收入宁夏人民出版社"人文日本新书"的日本汉诗研究专书，还有苏州大学教授严明（1956年生）的《花鸟风情的绝唱：日本汉诗的四季歌咏》（宁夏人民出版社"人文日本新书"，2006年）。该书是一部赏析性的书，把日本汉诗按春夏秋冬四季加以编排，列出描写四季风物的原作，并加以鉴赏，也时有中日诗作的比较分析，该书可作为了解日本汉诗基本面貌的入门读物。此外，严明的《日本狂诗艺术特征论》（《东亚

文学与文化研究》第2辑，2012年）一文，对日本"狂诗"的由来及其
艺术特色做了透彻的概括分析，是这方面的不可多得的好文章。

　　从1990年代起，到新世纪头十年的二十多年间，陕西师范大学的马
歌东（1944年生）在中国和日本的相关书刊中，陆续发表了十几篇论文，
其中有《物理·事理·情理·禅理——试论中国古诗与日本汉诗中的造
理表现》（1990年）、《日本汉诗的运命》（1991年）、《试论日本汉诗对
王维五言绝句幽玄风格之受容》（1995年）、《试论日本汉诗对于杜诗的
受容》（1995年）、《试论日本汉诗对于李白诗歌之受容》（1998年）、
《日本的诗话的文本结集与分类》（2001年）、《训读法——日本受容汉诗
文之津桥》（2002年）、《俞樾〈东瀛诗选〉的编选宗旨及其日本汉诗观》
（2002年）、《唐宋涉脍诗词考论——兼及日本汉诗脍意象》（2002年）、
《日本五山僧汉诗研究》（2003年）、《中日秀句文化渊源论》（2003年）
等。后来，这些论文结集为《日本汉诗溯源比较研究》，由中国社会科学
出版社2004年初版发行。后来又增补了两篇文章，以相同的书名由商务
印书馆2011年再版发行。

　　《日本汉诗溯源比较研究》的大部分论文，在选题、材料或结论上具
有一定的创新性。例如，在《日本汉诗的运命》一文中，作者从日本的
历代诗话的分析中，认为日本人对日本汉诗的评价向来是以中国为标准
的，日本汉诗中的所谓"和臭"（又作"和习""倭臭""倭习"，指汉诗
中的日本式字句与表达习惯）是极力避免的，作者指出，到了江户时
代——

　　　　日本汉诗已相当成熟，能够创作性地显示出日本汉诗的民族
　　特色，达到了"日本的汉诗"这一至境。如果广义地把这也视
　　为一种"和臭"的话，这已与道真时代的"和臭"有了质的变
　　化。从产生"和臭"到"和臭"减少，再发展到无"和臭"却
　　显示出民族特色，这是日本汉诗走过的合乎逻辑的进程。

这样的分析和结论是十分准确的。也就是说，"和臭"或"和习"是日本人汉语水平和汉诗水平不高所产生的迫不得已的现象，并非是日本人故意显示"和习"来标新立异，"和习"更不是显示日本民族特色的有效途径。这与当下有些"和习"研究所得出的相反的结论，形成了对比（详后）。在《训读法——日本受容汉诗文之津桥》一文中，作者介绍了日本汉诗文训读法的形成和完善的过程，认为："训读法不仅是日本人接受汉籍并进而创作汉诗文的语言工具，更重要的是，向使日本人一味用音读法处理汉诗文，则汉诗文就始终只能是极少数文化贵族的文学，汉诗文在日本就永远只能是'外国文学'，就不可能有持久的生命力，不可能出现江户时期的鼎盛，更谈不上融入日本文学。成为构成日本文学的和汉两大体系之一。"（第45—46页），这样的分析也是颇得要领的。还有几篇论文选题具有探索性和创新性，如《物理·事理·情理·禅理——试论中国古诗与日本汉诗中的造理表现》，从"理"和"造理"的角度对中日诗做比较研究，是一个十分重要的论题，但可惜作者只谈了中国古诗中的"造理"的分类，从中日有关诗歌中分析两国诗歌在造理上的相通性，却没有联系日本古代文论，分析日本人对"理"的独特理解，特别是和歌、物语为代表的日本传统文学对说理、讲道理，即落入所谓"理窟"的反感和排斥，来揭示中日文学在"理"上的根本不同。在《试论日本汉诗对王维五言绝句幽玄风格之受容》一文中，作者从中国诗话史料中，看出许多论者用"幽玄"或"穷幽入玄"一词，来概括王维的诗风，特点是"伤暮悲秋、境入静寂"，并指出日本汉诗也有王维式的"幽玄"之句。这是一个很好的、创新性的选题，但可惜作者只是从具体作品的风格分析中来论"幽玄"，未能联系日本古典文论特别是源远流长的"幽玄"论从理论上进一步深入探讨，对"幽玄"的诗学内涵、中日"幽玄"的美学差异等，也没有理论分析。在《中日秀句文化渊源考论》一文中，作者从语义学的角度，对中国诗学中的"秀句"一词做了考辨，并对"秀句"的基本审美特征做了分析概括，并在此基础上论述了日本对中国

"秀句"文化的受容。虽然该文未能联系日本古典和歌论、连歌论、俳谐论，对"秀句"作为文论概念的概念做出深入阐释，却为今后的进一步研究，开了一个好头。

总体看来，马歌东的《日本汉诗溯源比较研究》中的相关论文，开启了一系列创新型的选题，代表着 1990 年代后二十年间中国的日本汉诗研究中的高水平，为今后的研究铺垫了很好的基础。

《日本汉诗溯源比较研究》之后的另一部日本汉诗的论文集，是旅日学者蔡毅（1953 年生）的《日本汉诗论稿》（中华书局 2007 年）。该书收录作者的 18 篇论文，其中主要是考据、考证性的文章，包括《空海在唐作诗考》《韩志其人其事》《祇园南海与李白》《市河宽斋简论》《从日本汉籍看〈全宋诗〉补遗——以〈参天台五台山记〉为例》《市河宽斋与〈全唐诗逸〉》《市河宽斋所作诗话考》《长崎清客与江户汉诗——新发现的江芸阁、沈萍香书简初探》《陈曼寿与〈日本同仁诗选〉——第一部中国人编辑的日本汉诗集》《俞樾与〈东瀛诗选〉》《黄遵宪与日本汉诗》《明治填词与中国词学》等，多有探幽发微的寻觅与发现。还有对日本汉诗的赏析与批评的文章，如《试论赖山阳对中国古典诗歌传统的继承与创新》《超越大海的想象力——日本汉诗中的中国诗歌意象》。特别值得注意的是，在日本汉诗的研究思路与研究方法方面，作者也提出了一些高见，如《日本汉籍与唐诗研究》一文认为，纵观日本对唐诗的接受史，有两个现象尤其引人注目：一是平安时代白居易的文坛独步，一是江户时代李攀龙编《唐诗选》的天下风行，由此看到日本汉籍对唐诗研究所具有的独特意义。那就是中国的白居易研究应该借助日本所收藏的、中国国内不见的各种白居易文集抄本、刊本。而对唐诗字句的注释，也应该参照日本人对《唐诗选》的翻译注解。在《日本汉诗研究断想》一文中，作者认为中国学者研究日本汉诗，重要的是发现日本汉诗与中国古诗的不同，"求异是难点，也应是日本汉诗研究的重点，正是在这里，日本汉诗才展示出它独特的魅力"。例如，由于日本"民风自古开放，'男女之大防'较中国远为松弛，日本汉诗，特别是江户时代的汉诗，爱情之作时可寓目。赖山阳和江马细香的'生死恋'，就具有现代性爱的平等精神，其互诉肺腑之作，足可谱写一曲新的'长恨歌'。其它如对自然景物的描写，中国文学中一直作为恐怖形象的大海，在日本汉诗中却是明朗亲切的存在，大陆国家和海洋国家的差异，于此得到鲜明的体现"（第168—169页）。基于日本汉诗特殊性的强调，作者认为，"日本汉诗最有价值的，并不是五山僧侣们与中国诗惟妙惟肖、难分二致的诗作，而是江户中期以后逐渐兴起的'汉诗日本化'的作品"。这些看法都可为中国的日本汉诗研究的着眼点和方法，提供有益的参考。

试图从"文体学"这个特定的角度，对日本汉诗做出研究的是吴雨平（1962年生）女士的《橘与枳：日本汉诗的文体学研究》（中国社会科学出版社2008年）。该书是在博士学位论文的基础上修订而成的。对汉诗作"文体学"的研究，研究日本汉诗的体裁样式，即语言、结构、体裁、体制等，是一个很好的思路和角度。作者在该书"绪论"中，表示要"将日本汉诗作为特殊的'文体'，对其'生命史'进行文体演化的研究，考察日本的汉诗诗体、诗风的形成、发展和变迁，并且同时关注这种过程与作为文体环境的日本社会历史进程中各种政治文化思潮的关系，以及日本各个历史阶段政治、军事、文化和经济势力的消长对日本汉诗的作用，即通过对日本汉诗这种特殊文体的内部与外部研究，来探讨它尚未被完全挖掘的历史文化及文学价值"（第2页）。但是作者没有将文体作为"体裁样式"来把握，而是对"文体"做了极其宽泛的理解，"认为'文体'既是语言的编码方式、体裁文类，更是文体风格、体裁内容、表现方法乃至作家的主体精神，甚至是时代精神和民族感情的凝聚。这可以看作是本书对日本汉诗进行文体和文体意识研究的理论预设"（第6页）。这样一来，"文体"就从内容到形式、从作者到社会、从社会到历史文化，无所不包了。在这样宽泛的理解中，"日本汉诗的文体学研究"就变成了"对日本汉诗这种文体的研究"；换言之，在这种语义中，"文体"

这个概念就完全被虚化了，实际表述的是"对日本汉诗的研究"。统观全书，对日本汉诗的严格意义上的"文体学研究"的内容极其微少，全书共有七章——第一章"日本汉诗的起源及其历史分期"，第二章"日本汉诗与古代东亚汉文化圈"，第三章"日本汉诗与执政者的意识形态"，第四章"日本汉诗与其创作主体"，第五章"日本汉诗与中国文学选本、诗文别集"，第六章"日本汉诗与中国古典诗歌传统"，第七章"汉诗文与《万叶集》"——大都是对日本汉诗与周边历史文化各个方面之关联的评述，而不是真正的"文体学研究"本身，因而作者并没有集中阐述出"橘与枳——日本汉诗的文体学研究"这一标题所表示的主题，没有集中论述中国诗（"橘"）在文体上如何变为日本汉诗之"枳"。这样一来，从书名上看论题很鲜明集中的"文体学研究"，便弥漫为关于汉诗的历史演变、文化背景、诗人创作及其与中国文学之关系的一般化的评述了。在这种情况下，尽管书中也有一些作者自己的心得，但要写出更多的创意和新意，就相当困难了。

旅日学者张石的《寒山与日本文化》（上海交通大学出版社2011年），是以寒山及寒山诗在日本的传播与影响为切入口的日本汉诗与中国文学之关系研究。众所周知，中国唐代诗人寒山在近百年的各种中国文学史书上长期没有记载，但其诗作传到韩国、日本和欧美世界后，却产生了很大的影响，这是一种颇为值得研究的现象。近年来，研究寒山对日本文学、文化影响的文章陆续出现，但一直没有出现专门的成规模的研究专著，张石先生的《寒山与日本文化》填补了这方面的空白。全书分两编：第一编"寒山与中国文化概论"，详细分析寒山及寒山诗的内容与艺术特色，分析了寒山诗对中国文化与中国文学的影响；第二编"寒山与日本文化"是全书的重心，对寒山诗传入日本的途径、保存、流传和出版刊行情况做了描述，对寒山诗与日本佛教，特别是禅宗及著名僧侣的关系做了评述，对日本古代文学、近现代文学接受寒山诗的影响做了全面分析，对日本绘画等美术中的寒山题材及寒山形象做了梳理呈现，还进一步论述了寒山对日本人现代社会生活的影响。其中，作者对寒山与日本文学的关系论述尤其详细，包括日本五山汉文学、谣曲中的寒山题材，寒山诗与松尾芭蕉、良宽等人创作的关系，近现代作家坪内逍遥、森鸥外、夏目漱石、芥川龙之介、冈本可能子、安西冬卫、井伏鳟二等作家对寒山形象的描绘及受寒山诗作的影响等，都做了详细的论述。作者指出，寒山诗中的禅宗思想、乐观放达的"笑"的魅力、修炼孤独与享受孤独的精神，都是寒山及寒山诗能够影响日本近现代文学的原因。而寒山诗中的无常观、简朴清贫的生活观和与大自然融为一体的自然观，则是寒山诗能够影响日本文化的深层原因。在研究方法上，该书将比较文学的传播研究、影响研究与文学研究的文本分析、文献考据等结合起来，既有扎实的文献功底，又有透彻的理论分析，使《寒山与日本文化》成为一部了解该领域的不得不读的书，也是中国古诗对外传播与影响研究的一部力作。

## 第三节　对日本汉诗文及汉文小说的综合研究

除上述对汉诗个案问题研究的成果外，对日本汉诗文、汉文小说的综合研究的成果也陆续问世。所谓综合研究，就是将日本的汉文学作为一个整体来把握，既有历史演变的寻绎，也有空间关联的梳理，乃至将日本汉文学置于整个东亚汉文学的系统中加以观照。

在综合研究方面，王晓平教授的《亚洲汉文学》（天津人民出版社2001年初版，2009年修订版。修订本只校正舛误，内容结构未变）是我国第一部系统评述"亚洲汉文学"的专著，填补了中国文学对外传播研究和国外汉学研究中的一个空白。在这部书中，王晓平提出了"亚洲汉文学"的概念，强调将"亚洲汉文学"作为一个整体加以总体研究的必要，认为迄今为止东亚各国进行汉文学研究都是国别范围的研究，应该将亚洲有关国家的汉文学研究作为一个整体，纳入相互关系及比较研究之中。作者在初版序言《亚洲汉文学的文化蕴含》中，高屋建瓴地综论了亚洲汉文学发展规律、特性和特色。作者指出："各国汉文学大抵经过中国移民作家群与留学生留学僧作家群活跃的准备阶段，便由成句拼接到独立谋篇，从步步模拟到自如创作，从摹写汉唐风物到描绘民族今昔，迈进本土汉文学阶段，并与中国的文学思潮形成彼伏此起、交相辉映的格局。"作者认为历史上亚洲汉文学出现过四次高潮：第一次高潮出现在8—10 世纪的日本，是汉唐文学的咀嚼期；第二次高潮在 12—15 世纪的高丽，是宋元文学的咀嚼期；第三次高潮在 15—17 世纪，是程朱理学文艺思想的光大期，各国汉文学的发展水平逐渐接近；第四次高潮出现在18—20 世纪初，是亚洲汉文学的全盛期，也是明清文学的咀嚼期。作者认为亚洲汉文学是模拟性与创造性的矛盾统一，其创造性主要体现在汉文的阅读方法的多样性、民族语言的汉化、变体汉文及文体的创造、翻译注释与改编形式的配合；尤其重要的是亚洲各国汉文作者并不把汉文看成是外国文学或官方文学，而是个人抒情叙事的必不可少的方式。王晓平认为"区域的国际性"是亚洲汉文学的重要特性，在历史上亚洲各国交往中起了重要作用。将汉文学区域化、国际化是由若干不同类型的作家群体来实现的，他们包括帝王群、臣僚群与文人群、释门群、道门群、闺秀群。在修订本序言《汉文学是亚洲文化互读的文本》中，王晓平进一步提出了"汉文学是亚洲学人同读共赏的文学遗产"，"汉文学是东亚文化交流的宝贵结晶"，"汉文学是亚洲学人共同的学术资源"这三个命题，从文学鉴赏、文化交流、学术研究三个角度论述了亚洲汉文学的意义。《亚洲汉文学》全书以专题论的形式设计全书的构架，分"书缘与学缘""歌诗之桥""迎接儒风西来""梵钟远响""神鬼艺术世界""传四海之奇""走向宋明文学的踏歌""辞赋述略""送别夕阳"共九部分。也许是为了追求行文的活泼可读，全书按普及读物的风格样式谋篇布局，这样的结构布局似不利于在时序和空间关联上揭示亚洲汉文学的内在联系，不利于体现作者在序言中提出的对亚洲汉文学的演变规律及特征的基本把握，这似乎是此书美中不足之处。

在亚洲汉文学的整体研究方面，续王晓平之后，高文汉、韩梅合著的《东亚汉文学关系研究》（中国社会科学出版社 2010 年）一书，则将日本与韩国的汉文学作为一个整体加以研究，作者在"前言"中提出本书的研究目标是"以梳理日、韩汉文学的发展、变化为基础，运用比较文学的研究方法，从韩、日汉文学的重点作家、主要文学流派的体裁、文学价值观、审美取向、表现手法、思想倾向等问题入手，以期探明中国文学对日韩汉文学的影响，日、韩汉文学在接受过程中的变异以及它们之间的内在联系，进而总结、归纳东亚汉文学发展的共同规律"。应该说该书部分地实现了这一目标。但该书作为国家社科基金项目"东亚汉文学关系研究"的最终成果，理应在原创性、体系性上要求更高。从全书架构上看，全书没有将日、韩汉文学纳入"东亚汉文学关系"的整体框架中加以论述，而是以上、下两编，花开两朵各表一枝的方式，将日本汉文学、韩国汉文学分别论述。这样当然有利于两个执笔者分头撰写，却不利于全书的完整立意的表现。在"上篇"即日本汉文学部分中，一共五节（实际上，若按约定俗成的写作规范，"编"之下应该是"章"，"章"之下才是"节"，但作者在"编"之下直接表记为"节"），包括第一节"日本汉文学史略"、第二节"中国典籍与日本汉文学"、第三节"中日文化交流与日本汉文学"、第四节"中国文化对日本汉文学的影响"、第五节"中国古典文学与日本汉文学"。从各节的名称中可以看出，在概念表述、内容思路上有互相重叠、纠缠不清的问题，例如"中国典籍""中国文化""中国古典文学"是相互包含、相互交叉的概念，而"中国典籍"的流传与"中日文学交流"也是相互包含和交叉的，因此在论述上就不免也有叠床架屋之感。该书的上编（日本部分）约有 14—15 万字，篇幅不大，所使用的材料较为常见，也难以容纳更多的材料，并且在内容材料方面与作者早先出版的《日本古代文学比较研究》等有不少的重复。

　　在汉文学研究方面，高文汉还有一本《日本近代汉文学》（宁夏人民出版社"人文日本新书"，2005 年）是日本汉文学的断代史，对明治时代及大正时代的汉文学做出了较为全面的评述和研究。此前，在日本有《明治汉文学史》（三浦叶著，1998 年）等相关著作，但在中国，此前还没有综合评述明治时代日本汉文学的专书，因而该书在选题上填补了一处空白。作者指出，明治七、八年以后，随着过度西化的反思，汉学重新得到评价，汉文学再次复兴，并于明治二、三十年代迎来了"日本汉文学史上的第四次繁荣"。据日本学者统计，明治年间日本出版的汉诗文集多达 2700 种，数量惊人。因而，这段汉文学史极有研究的必要和价值。全书分为五章：第一章"明治汉文学复兴的背景"，谈了学制及汉学学塾、诗社与文会、出版业的发展、中日文人的交流等对汉文学复兴的影响；第二章"明治前期的主要诗人"，评述了小野湖山、冈本黄石等十几位诗人的创作；第三章"明治中、后期的诗坛"评述了"森门四杰"及其他几个作家；第四章"明治时期的文坛重镇"，评述了中村敬宇等六位汉文作家的汉文创作；第五章"大正、昭和前期的汉文学"分两节谈了汉诗与汉文的创作。作者主要使用了作家介绍与作品分析的方法，这在日本近代汉文学的研究的前期阶段是合适的、可行的。另外，全书第一章、第三章前面，都有一段引言性的文字，但其他各章却没有，造成了结构上的不对称，算是白璧微瑕。

　　长期以来，对日本汉文学的研究，主要是研究汉诗与汉文，而"汉文"主要是指散文，而常常忽略小说。实际上，日本的汉文小说也是日本汉文学的重要组成部分。对此，日本学界在 1920 年代以后，就有学者陆续加以整理和研究。中国台湾地区的学者王三庆等，从 1990 年代后期，也陆续发表和刊行从日本收集到的汉文小说。2003 年，王三庆等四位学者主编的《日本汉文小说丛刊》（第 1 辑）由台湾学生书局出版发行。在大陆，1988 年，上海师范大学孙逊教授的论文《日本汉文小说〈谭海〉论略》（《学术月刊》2001 年第 3 期）开中国大陆日本汉文研究风气之先，又发表《东亚汉文小说：一个有待开掘的学术领域》(《学习与探索》2006 年第 2 期) 一文，呼吁对日本等东亚各国的汉文小说展开研究。孙逊教授还主持了国家社科基金项目"域外汉文小说整理与研究"的研究课题，他主编的"海外汉文小说研究丛书"，也由上海古籍出版社出版发行，该丛书首先推出《越南汉文小说研究》《韩国汉文小说研究》和《日本汉文小说研究》等专著，都是中国的海外汉文小说研究标志性成果。

其中，《日本汉文小说研究》(2010 年) 由孙逊教授指导的博士研究生孙虎堂 (1977 年生) 承担，该书也是在他的博士论文基础上修改而成。该书"绪论"部分对日本汉文小说的研究理路做了清晰的阐释。

作者认为，"日本的汉文小说"这一概念，广义上是指日本境内现存所有小说类汉籍，狭义上则指古代日本人用汉字书写的小说著作，而"日本汉文小说"的研究对象就是后者。他还进一步对"日本汉文小说"的概念的名与实做了辨析，认为从文字体式的层面上说，"日本汉文小说"应该指纯汉文或夹杂极少量变体汉文的小说作品，而不应包括和汉混合体或含有较多变体汉文的小说作品；在文体层面上说，不能仅仅拿现代小说的标准或欧洲文学理论中的"小说"标准来衡量日本汉文小说，而应该参照中国传统的小说及日本本土的叙事文学的标准来衡量，否则就会把数量众多的"笔记体小说"排除在外；从作者的创作方式上说，日本的汉文小说分为"原创型"和根据既有的日文作品加以翻译改编的"翻译型"两大类，由于绝大多数的"翻译型"小说并非是对日语小说的忠实翻译，而是在章节选择、情节取舍、人物形象等方面有着较多改变的再创作。因此，研究日本汉文小说，也应该将这类"翻译型"的汉文小说也包括在内。

在确定了"日本汉文小说"的内涵和外延之后，作者又对日本汉文小说加以分类，认为应该综合考察作品的篇章体制、话语方式、流传方式等各种因素，参照学界一般通行的中国古代小说分类标准，将日本汉文小说分为笔记体、传奇体、话本体、章回体四类。然后根据这四种分类，确立了正文的四章。第一章"笔记体日本汉文小说",又分为"轶事类小说""谐谈类小说""艳情小说""异闻类小说"共四节;第二章"传奇体日本汉文小说",分为"民间传说类小说""世情类小说""民间故事类小说""艳情类小说""'虞初体'汉文小说""志怪类小说"共六节;第三章"话本体日本汉文小说",分为"世情类小说""艳情类小说"两节;第四章"章回体日本汉文小说",分为"历史演义类小说""才子佳人小说""神魔类小说""英雄侠义类含义小说集"共四节。分类是研究的基础,科学的分类是科学研究的基础,对于日本汉文小说这样的此前并没有以"小说史"这样的形式加以系统研究的文学现象,正确的分类是十分重要的。可以看出,作者每章的分类(一级分类)基本上是以文体为依据,而各节的分类(二级分类)基本是以题材为依据,这样的层级分类能够涵盖不同时期日本汉文小说的各种类型,并由此成功地搭建了全书的框架,使日本各时代的汉文小说在混沌中显出了秩序。作者充分吸收了日本学者和中国学者的现行研究成果,对文本做了尽可能的搜罗,并在此基础上对四十多种重要作品做了细致的文本分析,作为小说史著作,点线面结合,眉目清秀,以史代论,作者是初入学术之门的博士和年轻学者,所显示出的良好学术功底是令人欣慰的,也足见一个好的选题往往是困难的选题,困难的选题不容易做,但只要下功夫就可以做好,同时也可见出博士生导师的好的选题策划与指导,对博士生做出好的学位论文,是何等重要。

从语言学角度研究汉文学,也是一个颇有价值的研究领域。众所周知,日本汉文学是用汉语书写创作的,在假名没有发明之前,日本古代的第一批日语文献,如《古事记》、《万叶集》也是用汉字(万叶假名)来标记的。那么,如何看待日本古代文献在汉语的使用中的不可避免的不规范现象?如何看待和评价那些日本化的汉字、日本风格的汉字词语与汉语句式?其形成受到了哪些因素的影响?如何利用这些汉字汉语的日本化现象来研究中日古代文学关系?这是日本汉文学研究及汉字影响研究的一个

重要问题。对外经贸大学日语教授马骏（1960 年生）的《日本上代文学
"和习"问题研究》（北京大学出版社 2012 年），在这方面做了深入的探
索，选题新颖，论题重要。在该书出版之前，马骏教授还出版了《〈万叶
集〉"和习"问题研究》（知识产权出版社 2004 年），并在《日语学习与
研究》等杂志上发表了二十几篇相关论文。这些成果最终都纳入了《日
本上代文学"和习"问题研究》一书中。

所谓"和习"，也写作"和臭"，指日本人受自身语言的影响，在使
用汉字、汉语时夹杂着的日语习惯及不合汉语规范的表达。从"和习"
角度评论与研究日本的汉文学，始于江户时代的儒学家荻生徂徕。但从荻
生徂徕起，到后世的日本的大部分研究者，都是以规范的汉语为标准，对
"和习"采取批评和否定的态度。《日本上代文学"和习"问题研究》在
参考和吸收日本人的相关研究的基础上，用语言学及比较语言学的方法，
对日本的"上代"（奈良、平安时代）用汉字标记的史书《古事记》、和
歌集《万叶集》、用汉文书写的史书《日本书纪》、地方志《常陆国风土
记》和汉诗集《怀风藻》等五部文献中的"和习"现象，进行了比较语
言学层面上的细致入微的分析研究，资料丰富细密、引述不厌其烦，使全
书篇幅较大，达 70 万字，在方法、套路与著述方式上与日本学界擅长的
微观研究很是接近。书中绝大部分内容是列出原文，从字、词汇、词组、
句法的角度，做微观的语料分析，从而见出"和习"日语与规范汉语之
间的关系，解释有关日本原典与中国典籍之间的接受与变异的复杂关系，
指出了哪些中国文献对日本的某部典籍发生了哪些影响，对来自不同文献
的不同影响，即"出典"问题，也做了细致的考辨和分析，并由此对日
本学者的相关看法与结论做了一些质疑、指弊和矫正。作者特别强调：与
中国的传世经典相比，汉文佛经的语言文体对日本上代文学语言的影响，
远远超出了人们的想象，一些被视为"和习"的语言现象，实际上并不
是"和习"，而是传入日本的汉译佛经中的语言影响所致，认为应该在中
国传统文学典籍与汉译佛经的交互作用中，来展开"和习"的研究。在

对"和习"现象的评价方面，作者指出：长期以来，日本学者以规范的汉语来看待和评价"和习"现象，并做出负面评价，是偏颇的；认为"和习"现象是中日古代语言文学交流中的一种自然现象，反映了日本人在使用汉语过程中的一种"主体意识与创新精神"，是日本作家根据本国传统文化、审美趋向、风俗习惯乃至生活环境等所创造出的新的文学表达内容与形式，因而应该对"和习"现象做出积极的、正面的估价。诚然，从比较文学的"变异研究"及"创造性叛逆"的角度看，作者的这一看法是很有道理和很有价值的。但是另一方面，任何一个时代的日本人，既然要使用汉语来写作，主观上恐怕都希望能够使用地道的汉语，而不可能是故意破坏汉语并由此来体现"主体意识与创新精神"。对"和习"的评价，恐怕不能从荻生徂徕等日本学者的负面评价，一下子掉转方向做出完全正面的评价。要对"和习"问题做出正反两方面的分析，就不能不承认有一些"和习"的确是日本人汉语水平有限所造成的，它影响了汉语的有效、正确的表达功能，日本人主观上也极力规避，但规避不掉；而另有一些"和习"，特别是一些新的日本汉字的创造，一些新的汉字词的创制，是对汉语的正面贡献。此外，本书的书名《日本上代文学"和习"问题研究》，似乎也带有很强的"和习"色彩。首先是"上代"这个词，在日语是"上古"的意思，而作为中文词汇一般用于"上一代"的缩略语。对"上代"这一"和习"式的表达，一般中国读者可能会莫名其妙；其次是"文学'和习'"这个词组，所指涉的当然是"文学中的和习"，但是，严格而论，文学中的"和习"不同于语言中的"和习"，文学中的"和习"应该指日本文学不同于中国文学的独特的"和风"，包括题材主题、人物形象、情节结构、审美取向、艺术风格等方面的民族气派。这种"和习"不是"问题"，而是天经地义的事情。该书所研究与其说是"文学"的"和习"问题，不如说是语言中的"和习"问题，而且作者所研究的五部文献中，除了《万叶集》和《怀风藻》是文学作品外，《古事记》《日本书记》《常陆国风土记》虽有一定的文学价值，却主要属于历史、地理风土方面的文献，而不是一个意义上的"文学"作品。总之，《日本上代文学"和习"问题研究》虽因大量资料的胪列而某种程度地掩蔽了学术思想的表现与提升，但作为立意新颖的著作，细密、厚重，具有丰富的文献信息和很大的劳动含量，为从"和习"角度研究日本汉文学的发展演变，探索以汉字、汉语为媒介的中日文学关系开了先路，在研究角度与方法上具有重要的启发意义和学术价值。

## 第四节　日本汉诗史和日本汉文学史的撰写

最早为汉文学写史的，是肖瑞峰的《日本汉诗发展史》（第一卷，吉林大学出版社 1992 年），虽然只出版了第一卷后便没了下文，但作为迄今为止唯一的一部汉诗发展史，填补了日本汉文学史的一个空白。该书上卷有两编，第一编"绪论：日本汉诗概观"对日本汉诗的历史地位、日本汉诗形成和发展的原因做了概括的评述和分析。关于汉诗在日本文学上的地位，作者援引了古今日本学者诗人的材料和论点，认为在奈良时代及平安时代，只有《怀风藻》那样的汉诗、《日本书纪》那样的汉文才是正式的文学，而像《万叶集》《古事记》则是地方文学；平安王朝时代被普遍推崇的作家诗人是空海和道真，而不是紫式部等闺房作家。当时的文人高官，大多是以能写汉诗，而不是能写和歌为荣耀的。而当时的日本人也明确地意识到了汉诗与和歌的不同，认为汉诗是庄重的，而把和歌视为"艳词"。作者把日本汉诗的发展历史分为四个时期，即平安王朝时代的发轫、演进期；五山时代的嬗变蜕变期；江户时代的成熟繁荣期；明治维新以后的转捩、衰替期。作者还对日本的日本汉诗研究的历史与现状做了综述，认为日本对汉诗的研究与汉诗集的编纂是同时发生的，诗集的序文，以及入选者的小传，都为后人了解、研究汉诗提供了资料。而对诗人诗作加以评论的文字，流传下来的也较为丰富，在批评方法上受到了中国诗话的影响。到了江户时代，各种"诗话"集、诗选集纷纷刊行，并出现了江村北海的《日本诗史》那样的系统性的研究专著，明治时代以后则出现了多种关于日本汉诗史、汉文学史的著作以及大规模的汉诗选本。该书的第二编"王朝时代：日本汉诗的发轫与演进"对平安王朝时代汉诗的基本状况，第一部汉诗集《怀风藻》，三部敕撰汉诗集《凌云集》《文华秀丽集》《经国集》，以及敕撰集之后的汉诗总集《本朝丽藻》《本朝无题诗》等，都做了评述。对王朝汉诗的最高代表菅原道真及空海等其他十几位重要诗人做了专章专节的介绍。

总之，肖瑞峰的《日本汉诗发展史》（第一卷）借鉴吸收了日本学者的研究成果，开了中国的日本汉诗史系统研究的先河。遗憾的是该书只写出了第一卷，二十年后的今天，仍然未见第二卷出版。

到了 2011 年，出现了从史的角度系统描述日本汉文学发展史的专门著作，那就是上海外语大学陈福康教授的《日本汉文学史》（上、中、下卷，上海外语教育出版社 2011 年）。

近百年来，日本的汉文学史类的相关著作已经出版了十几种，其中包括芳贺矢一的《日本汉文学史》（1909 年）、冈田正之的《日本汉文学史》（1929 年）、绪方惟精的《日本汉文学史讲义》（1961 年）、市川本太郎的《日本汉文学史概说》（1969 年）、猪口笃志的《日本汉文学史》（1984 年）等，此外还有一些断代的汉文学史，如川口久雄的《平安朝文学史》（1981 年）、山岸德平的《近世汉文学史》等，对此，陈福康教授在《日本汉文学史》的"绪论"中都做了评述和评价。认为上述著作中体现日本汉文学研究最高水平的是猪口笃志的《日本汉文学史》，但也存在着论述上的缺项（例如没有谈到日本的词），写了一些不该写的非文学的内容，以及一些见解有问题等。陈福康教授认为："这么多年来我们偌大的中国竟然还没有一部《日本汉文学史》，真正是说不过去的。"（但不知为什么，他对近年来中国学者在汉文学方面的研究成果，如上述的肖瑞峰、高文汉的研究，没有评述。）怀着这种责任感，陈福康倾数年之功，写成了上、中、下三卷，篇幅达 100 多万字的《日本汉文学史》，作为日本汉文学的大规模通史，填补了一项空白。

《日本汉文学史》在绪论中，援引钱钟书关于文学史研究工作具有"发掘文墓"和"揭开文幕"的功能这一说法，认为"前者殆指文史考证带有考古发掘的性质；后者则说叙述文学史就像演历史剧，还有让观众（读者）欣赏的目的"（第 21 页）。并据此建立了自己的文学史写作价值观，认为日本汉文学史的研究具有"发掘文墓"和"揭开文幕"双重的意义。在谈到本书的追求时又写道：

> 本书最力求做的，是以科学的理论指导，放出中国人的眼光，来对日本汉文学进行审视、鉴赏、品评、研究。既充分参考日本学者的论著，又坚持独立思考。既反对狭隘的民族主义，注意揭露日本汉文学中一度游荡的军国主义幽魂；也注意反对大汉族主义，反对带着过分的文化优越感来对待日本汉文学。在论述中，力求做到史学与美学的结合，宏观与微观的统一。坚持论从史出，尽可能广博地占有史料，包括少量保存于中国古籍中的史料。采铜于山，不炒冷饭。

综观全书，作者基本上达到了这一总体目标。尤其是在史料收集方面，作者发挥了自己的长处。众所周知，对于文学史乃至所有的历史著作而言，"史料"和"史识"是两个要件。史料是基础，史识是灵魂。陈福康教授首先是文献学家，《日本汉文学史》的最大特点和优点之一，就是篇幅规模大大超出了以前同类著作，因而能够容纳更多的文献资料。同时，在史料使用中，也有一些文献考证式的发现，如对日本人的一些汉文学作品的抄袭或雷同现象做了指陈，还发现了一些汉文学史著作在资料使用上的一些错误。陈著的史料丰富主要体现在作家作品的发现和论列方面，如作者在绪论中所说，"本书精心挑选引录的作品，比猪口一书多得多，仅从涉及的作家人数来说，猪口写到 240 余人，本书则达 640 来人"。涉及的作家多，选录的作品更多。几乎每个汉诗人，都选录了一首乃至数首完整的作品。在作品之后，便是对作品的鉴赏分析。这样，整部《日本汉文学史》的主要篇幅是作品选录和评析。这样做的好处就是能够将日本汉文学史上的优秀作品在书中加以呈现，不把文学史纯粹写成史家的论述，而是一种作品资料汇编，或者像是作品赏析辞典。作者认为："在目前中国读者对日本汉文学几乎一无所知的情况下，如果仅仅强调理论阐述，徒作空谈，更是没有意义的。"因而"一些我认为精彩的作品也就爱不忍释地抄录下来，并想贡献给我的读者。因此，我也把这一点作为本书的一个可以'自豪'的特点"（第 35 页）。这确实是陈著《日本汉文学史》的特点，因而读者把该书作为一部日本汉诗文（主要是汉诗）的选本及赏析书来读，也是很有价值的。

但是另一方面，"目前中国读者"对日本汉文学似乎并非"一无所知"。即便是普通读者，也可以从 1980 年代以来公开出版的十几种汉诗选本中读到上千首日本汉诗。倘若是为了让读者欣赏到更多的好作品，那么完全可以在书后附录一个"作品选"，而不必一定要录在《日本汉文学史》的正文中，否则就不免让众多的作品史料冲淡了作为学术理论著作应有的洗练性和结构的紧密度。从"史料学"的角度看，陈著《日本汉文学史》所收集到的材料是丰富的，有些是稀见的、珍贵的，写进书中加以强调也是应该的。但如果有些作品别的选本也选过，似乎可以简略。另一方面，从著作的定位来说，如果把《日本汉文学史》这样的书，定位为普及性的非学术读物，则多多选录和评析作品是绝对必须的。但如果定位为学术著作，则读者对象就不应假定为普通的"一无所知"的读者，而应定位为学界专业人士。当然，学术著作的雅俗共赏是可能的，但是雅俗共赏应该是以"雅"来提升"俗"，而不是让"雅"附就"俗"。应该把学术著作定位为高端，就高不就低，宁愿曲高和寡，不去迎合普通读者，这样才能保证应有的学术水准。实际上，有了学术水准，反而会有较多的读者。因为在我国，仅仅是文科的教授、博士等高端读者，估计得有十几万以上。这些读者的阅读标准不是通俗，而是学术。由此联想到一些学术著作，常常自觉不自觉地将读者假想为外行人，假定这方面的知识只有从我的书中才能读到，因此便写了许多一般化的、从别的书上也可以看到的知识或材料，或者故意使用通俗读物的架构和表述方式，影响学术表达的严谨与科学，这恐怕是不足取的。

写史要有"史识"。陈著《日本汉文学史》在宏观理论的提升方面也有若干亮点，例如，他指出："日本汉文学作品的水平虽然参差不齐，但总的说流传下来的大部分还应属于合格之作。尤其是一些著名作家的优秀作品，确实达到了很高的水平。可以让中国作家也佩服的。我认为，虽然在总体上，日本汉文学不可能胜过中国文学，但是在局部，有一些汉文学作品，如果置诸中国大作家集中也可能难以辨别，甚至有时有'青胜于蓝'的现象。"（第25页）这是在中日比较中做出的可靠的有启发意义的总体结论。但是，"史识"一方面体现在对具体历史现象的概括、提炼与总结，另一方面也更直接地体现为文学史的理论体系的构架上。但这方面，作者似乎显得有些消极保守。全书按日本的朝代更替——王朝时代、五山时代、江户时代、明治时代——来分章，这也是日本学术史上许多人常用的分期法，每章之下分若干节，第一节是"引言"，以下各节是按人名排列。对这种沿袭已久的典型的"教科书"式的构架，作者在"绪论"中认为："有人称这是教科书写法的固定模式。事实上，日本学者的《日本汉文学史》就都是这样写的，而且它们也确实原先都是教科书……想到对于绝大多数中国人来说，对日本汉文学史还处于几乎无知的状态，因此，'教科书的写法'倒是非常合适的。"（第34页）使用流行的教科书的构架模式固然有充分的理由，但也就放弃了作者的日本汉文学史理论体系的独特构建，也在一定程度上限制了作者对日本汉文学发展进程的纵向性的独特阐释与把握。例如，日本汉文学史不同于日文（和文）文学史的消长规律，汉文学与"和文学"之间的相生相克、相反相成、相辅相成的关系等，都需要在史的构架中得以揭示。

另外，《日本汉文学史》以文献使用和史料收集见长，但也有一些疏漏。例如，书后缺乏一个参考文献。对于严肃的史书而言，参考文献是不能不列的。对近年来中国学者关于汉诗、汉文学的研究成果，特别是几种早于该书出版的汉文学史类的著作，本来就很稀少，即便作者认为没有参考价值，也应该提到才是，而不能不加反应；对于日本学者较晚近的时候出版的类似的书，如1998年出版的三浦叶的《明治汉文学史》等也没有提到。特别是松下忠的《江户时代的诗风诗论》，是一部在日本学术界享誉甚高的巨著，凡80万字，2008年已经译成中文出版，而且在写法上，也是将单个诗人分专节论述，与陈著《日本汉文学史》的结构布局颇为相似，陈著若没有参照此书将是一个缺憾，如果参照了此书而没有提及，更是一个疏漏。在汉诗选辑方面，作者在谈到中国学者对汉诗的收集整理出版时，提到了1882年陈鸿诰编选的《日本同仁诗选》，1883年俞樾编选的《东瀛诗选》，1980年代后刘砚、马沁的《日本汉诗新编》，1988年程千帆、孙望的《日本汉诗选评》，1995年王福祥等编选的《日本汉诗撷英》，2004年马歌东的《日本汉诗溯源比较研究》所附《日本汉诗精选五百首》，然后写道："这些，就是我写书时所知中国出版的日本汉诗的全部了。"而实际上这并不是"全部"，另外还有张步云辑注《唐代中日往来诗辑注》（1984年），黄铭新选注《日本历代名家七绝百首注》（1984年），杨知秋编注《历代中日友谊诗选》（1986年），孙东临、李中华选注《中日交往汉诗选注》（1988年），黄铁城等编注《中日诗谊》（1995年），孙东临编注《日人禹域旅游诗注》（1996年）等，都不能无视。在对日本汉诗的论述方面，作者也有若干重要的遗漏，如明治时期的两个文坛领袖森鸥外和夏目漱石，都有专门的汉诗集，而且写作水平很高，后来的研究者较多，但不知为何陈著不予论述。还有，最重要的，是日本的汉文学，除汉诗、汉文之外，汉文小说也是重要的组成部分，全书对汉文小说却基本上没有触及，这就使得《日本汉文学史》成为汉文小说缺席的历史，这在汉文学的文体样式上说，无论如何是不全面的。但是，作为第一部大规模的日本汉文学通史，出现这些缺憾是可以理解的，"第一本"常常是难以完善的，如作者今后加以补充修订，相信会更好。

# 第六章 日本现代文学研究

　　本章所说的"日本现代文学"，在时段上，包括了从 1868 年开始的明治时代，到当下 2010 年代的 140 多年间的文学，其中包括了中国读者习惯上使用的由远而近的所谓"近代文学""现代文学""当代文学"。从历史上看，这一段文学史的时间虽不太长，但处在从传统文学到现代文学转型、更新，到逐步融入世界文学这一重要的历史时期，与中国近现代文学的关系也十分密切。

　　从 20 世纪初期开始，中国文坛就对日本现代文学加以关注，并加以翻译、介绍、评论。相对于日本古代文学，对中国人而言，日本现代文学在语言上的阻隔度、阅读翻译的难度相对要小一些，加之没有太长的时间距离和历史沉淀，故而中国关于日本现代文学的译介更多地着眼于创作或理论上的借鉴与阅读鉴赏，大多属于"文学评论""作家作品论"的范畴。到了 1980 年代，特别是 1990 年代后，才逐渐由"评论"发展到"研究"。而且在一些研究领域（如对日本侵华战争时期文学现象的研究等）超越了日本学者的研究，而具有自己的立场和特色。出现了吕元明的《被遗忘的在华日本反战文学》、王向远的《"笔部队"和侵华战争——对日本侵华文学的研究与批判》、董炳月的《"国民作家"的立场——中日现代文学关系研究》、唐月梅的《怪异鬼才——三岛由纪夫传》、周阅的《川端康成文学的文化学研究——以东方文化为中心》、林少华的《村上春树和他的作品》等重要的成果。

## 第一节　现代文学评论与研究的百年轨迹

中国文坛对日本现代文学的关注，是与 20 世纪初以后中国"五四"新文化运动及新文学的发生发展密切相关的。到 21 世纪头十年，已形成了一百年的历史。这一百年又可以划分为五个阶段。

第一个阶段，即 20 世纪初至 1920 年代后期。

这是中国的新文学运动时期，中国文坛对日本现代文学的关注和评论，主要出于新文学建设的需要。周作人在 1918 年发表的《日本近三十年小说之发达》，是中国第一篇系统论述日本近代文学发展过程的文章，可以说是中国的日本现代文学评论与研究的滥觞，具有开创意义。此后有关日本现代文学的评论介绍文章陆续出现。被评论的作家有文坛领袖夏目漱石、森鸥外，白桦派作家武者小路实笃、有岛武郎、志贺直哉、仓田百三，自然主义作家田山花袋、岛崎藤村，唯美派作家谷崎润一郎、永井荷风、佐藤春夫，新理智派作家芥川龙之介、菊池宽，左翼作家小林多喜二、叶山嘉树等。这一时期译介、评论日本文学的核心人物是鲁迅、周作人兄弟。

首先，出于新文学理论的需要，对日本现代文论加以译介和评论，最有代表性的是鲁迅、丰子恺对厨川白村《苦闷的象征》的译介，张我军对夏目漱石《文学论》的翻译及周作人在该书译本序中对漱石《文学论》的推赏，对小泉八云《文学讲义》等多种普及性文论著作的译介以及朱光潜在《小泉八云》对小泉八云的肯定。其次是鲁迅、周作人等对夏目漱石、森鸥外两位文坛领袖的译介评论，关注他们的个性主义，特别是游戏的、有"余裕"的审美化人生态度。与"五四"新文化运动时期的人道主义主旋律相联系，鲁迅、周作人对日本白桦派的人道主义文学也大力推崇，对武者小路实笃、有岛武郎、志贺直哉、仓田百三的有关作品，做了翻译和评论。同时，从全面接受外来新思潮的角度，此时期对日本的自然主义文学及其代表人物田山花袋、唯美派文学及其代表人物谷崎润一郎、永井荷风等，都热心地加以译介，开阔了读者眼界。特别是1927年芥川龙之介自杀事件，引起了中国文坛的高度关注和讨论，《小说月报》等报刊发表了若干评论芥川龙之介的文章，此后中国文坛对日本文坛的关注度进一步提高。

第二个阶段，是1920年代末至1930年代上半期的左翼文学主潮时期。

随着世界性的"红色三十年代"现象的形成，中国左翼文坛崛起并与日本左翼文坛有着非常密切的呼应和联系，因而这十来年日本现代文学译介评论的重点是左翼（无产阶级）文学。在左翼作家中最受重视的是小林多喜二，还有叶山嘉树、秋田雨雀、金子洋文、平林泰子、藤森成吉、中野重治、林房雄等人。在评论方面，钱杏邨对平林泰子、藤森成吉的评论，楼适夷对林房雄的评论，都以人物的无产阶级的阶级意识为中心，这种文学价值观和评论角度，在当时是很流行且有代表性。此阶段对日本文坛基本上是即时追踪，对有着时间落差的明治时代的日本文学思潮流派，如启蒙主义、写实主义、自然主义、浪漫主义等介绍极少，例如，对于日本现代文学之主潮的自然主义，只有1932年傅仲涛的《日本明治文学中的自然主义》（《文学季刊》第1卷第3号）、1935年谢六逸的《〈小说神髓〉》（《文学》第4卷第5期）等极少量的文章。

除了对左翼文学的推崇及对日本文坛的一般性的介绍评论外，此时期也有少量富有敏锐观察、见解犀利的文章，其中最值得注意的是韩侍桁的长文《杂谈现代日本文学》（《文学评论集》，现代书局1934年），是20世纪上半期最富有观察力和深度的日本文学评论文章。韩侍桁站在中国人的独特视角上看问题，发表了值得注意的看法。韩侍桁认为：日本现代文学数量极大，但质量不好，质与量不成比例，原因在于在日本当作家比较容易，一旦当了作家，特别是成了名的作家，他们"便能享受着荣誉的生活，在安乐尊贵的生活中，他们唯一的计算不是为着艺术的制作，而只是想如何能产生大的量，以维持他们既成的经济生活与社会上原有的地位"；日本现代作家大都以写身边琐事为能事，所以"我们也不能不惋惜地说它确实是没有什么伟大的作品"，有些东西甚至是"非常幼稚的"；他还认为，"现代日本文坛太缺少批评家了，严格的批评家几乎是未曾有过的"，搞评论的人"大半只是互相称颂"。韩侍桁还具体地批评了志贺直哉、武者小路实笃、芥川龙之介、有岛武郎等大作家，除了有岛武郎外，他对这些作家都作了否定性的批评。韩侍桁的日本文学评论代表了中国的日本文学研究评论者的一种声音，对作家作品虽有一些误读，但体现了中国文学界的文学价值观和阅读趣味。

第三个阶段，是 1936 年后到抗战结束的十年间。

这一阶段，对日本的战争文学（侵华文学）的警惕、关注和批判，是重心和焦点。在这方面做了较多工作的，有夏衍、吴哲非、郁达夫、郭沫若、卢任均、、林焕平、林林、沙雁、张十方等人。在对日本侵华文学的揭露与批判方面，除了 1936 年张若英发表的《中日战争在文学上的反映》（《光明》第 1 卷第 4 期），1937 年林林发表的《试看林房雄的面孔》（《光明》第 3 卷第 5 期）等报刊上发表的文章外，还有两本小书很有代表性。一本是张十方著《战时日本文坛》，1942 年由湖南前进新闻社出版，这部书三万多字，分为十一章，从日本的从军文士，到石川达三、火野苇平、上田广，及"大政翼赞会"等，评述了侵华战争中日本文坛上的种种劣行败迹；第二本书是欧阳梓川编的《日本文场考察》，1941 年由重庆文化书店出版，全书也有三万多字，编辑了抗战以来国内报刊发表的十篇评述日本侵华文学的文章。其中有林焕平的《论日本文学界》《日本文坛的侧影》，沙雁的《告火野苇平》《随军文士与随军娼妇》，张十方的《火野苇平与日本文坛的倾颓》《林芙美子在战火中》《敌国文士从军归来后》等等，可以说是中国文坛对日本侵华文学研究与批判的一个总结。在具体作家作品翻译评论方面，影响最大的是石川达三的《活着的士兵》与火野苇平的《麦与士兵》的翻译。石川达三的《活着的士兵》一定程度地真实表现了侵华日军的暴行，翻译出版后引起了强烈反响，冯雪峰等评论家写了一些评论文章，借此戳穿日军"圣战"的谎言，揭露和认识其野蛮的侵略暴行；火野苇平的《麦与士兵》翻译出版后，许多读者、评论家（如），从《麦与士兵》中的那些似乎是"人道主义"的描写中，看出了侵略的实质和侵略者的真面目。另一方面，也有一些附逆文人对日本的宣扬大东亚共荣圈的作品加以翻译和鼓吹，如张仁蠡译多田裕计的中篇小说《长江三角地带》。译者在译序中指出，《长江三角地带》"是以大亚细亚主义的理念为题材的"，并认为这是"今日的文坛所最需要的"，并希望"读者如果能够在这部小说里获得若干印象，因而坚定对于建设大东亚的信念，并且增加在这个困难的大时代艰苦奋斗的勇气"云云。此外，对在华流亡反战作家鹿地亘的反战文学也有一些译介和评论。

第四个阶段，是新中国成立后的 1950 年代至 1980 年代。

到 1966 年"文革"爆发之前，由于中国左翼意识形态实现了权力化和正统化，日本无产阶级文学、战后左翼文学（民主主义文学）一直是关注的核心。刘振瀛、等研究者都发表过评介日本无产阶级文学，特别是关于小林多喜二的文章。"文革"十年对日本文学译介评论几乎完全停止，直到改革开放后的 1980 年代末期，无产阶级文学继续受到特殊重视，一些在 1950 年代起就开始日本文学翻译与评论工作的专职人员，如李芒、文洁若、吕元明等，都发表过若干日本无产阶级文学及小林多喜二、黑岛传治等作家的评论文章，以至于小林多喜二长期以来被认为是日本第一流的作家，有的中学教科书还把他的《为党生活的人》的片段列入课文。关于无产阶级文学的文章直到 1990 年代中期之后才逐渐减少。同时，自1930 年代后就已形成的独尊"现实主义"特别是"批判现实主义"的倾向，在 1950 年代至 1960 年代得到进一步强化，也成为衡量日本文学之价值的标尺，到了 1980 年代，对日本现代具有社会批评性、揭露社会黑暗、反映人民疾苦的作家作品尤其看重，以此来证明资本主义制度的反动腐朽性，这方面的作家被评介最多的当数山崎丰子、石川达三、井上靖、有吉佐和子、曾野绫子、水上勉等，相关的评论文章均以译本序言和单篇文章这两种形式发表。另一方面，也出现了新动向，就是 1980 年代后，对日本的大众通俗文学，特别是对松本清张、森村诚一的推理小说、星新一等的科幻小说和微型小说，做了大规模的翻译，有关译本发行量少则上万册，多则几十万册，读者众多，影响很大，一定程度地反映了一些读者阅读的娱乐化的阅读取向，与此相适应，有不少文章介绍了日本推理小说、科幻小说的相关作家作品，以及在思想艺术上的特色。

进入 1980 年代后，一些有关日本现代文学的文章，由于跟那一时期的文学有了较长历史距离，与当下的大众阅读关系也并不密切，因而有关文章能够突破"评论"的属性，而具备一定的"研究"属性。从文章的学术含量上看，也开始具有了"研究论文"的性质。例如，在现实主义文学方面，有许虎一的《明治社会近代化与二叶亭四迷的〈浮云〉》（《延边大学学报》1985 年第 4 期）、雷石榆的《试评石川啄木的创作思想及其艺术成就》（《河北师范学院学报》1987 年第 1 期）等文；在浪漫主义文学及森鸥外研究方面，有丘培的《论森鸥外的思想矛盾及其艺术特色》（《国外文学》1982 年第 1 期）、李均洋的《论森鸥外早期小说中的浪漫主义》（《西北大学学报》1986 年第 2 期）；在自然主义文学及私小说方面，有郭来舜的《日本自然主义文学运动的几个问题》（《日本文学》1983 年第 2 期）、《试论日本的自然主义文学运动》（《深圳大学学报》1989 年第 1 期）、莽永彬的《正宗白鸟文艺思想研究》（《外国问题研究》1982 年第 4 期）等文；在白桦派及理想主义或人道主义文学方面，有柴明俊的《试论白桦派的人道主义》（《日本文学》1986 年第 4 期）；在新思潮派及芥川龙之介研究方面，有吴兆汉的《论芥川龙之介的创作思想》（《暨南学报》1988 年第 1 期）；在唯美主义及谷崎润一郎研究方

面，有李均洋的《谷崎润一郎明治时期作品的特质》（《西北大学学报》
1989 年第 3 期）等文；在夏目漱石研究方面，有严安生的《夏目漱石对
日本近代文明的批评》（《外国文学》1986 年第 8 期）、许金林的《漱石
文学中的"低徊趣味"》（《外语与外语教学》1986 年第 2 期）；在宫资
贤治研究方面，有王敏的《宫泽贤治研究五十年》（《日本文学》1986 年
第 2 期）等。

　　由于研究的积淀不足，这一阶段除了何乃英的现代作家评传小册子
《夏目漱石和他的小说》（北京出版社 1985 年）、《川端康成》（河南人民
出版社 1989 年）、李德纯的小册子《战后日本文学》（辽宁人民出版社
1988 年）、李芒的论文集《投石集》（海峡文艺出版社 1987 年）之外，日
本现代文学评论与研究的绝大多数成果是单篇文章，真正具有学术见地的
文章不多，受制于时代思维的主流定式，大多数文章在选题上倾向于思想
与艺术二分法，热衷于分析"思想内容"与"艺术特色"，更多的文章流
于作品评论与赏析的模式，不免简单浅陋。

　　第五个阶段，是 1990 年代后，特别是进入 21 世纪的十多年间，中国
的日本现代文学由评论形态发展为研究形态。

　　这一时期，一些资深的日本文学研究者陆续出版了总结性的文集，其
中内容大多涉及日本现代文学评论与研究。其中有刘振瀛的《日本文学
论集》（北京大学出版社 1991 年），该书收录作者生前的相关论文及译本
序言 18 篇；翻译家文洁若的《文学姻缘》（湖南人民出版社 1997 年）收
录以日本现代文学评论为主要内容的文章 34 篇；的《卞立强文集——一
个翻译家的轨迹》（中国文联出版社 2002 年），收录了作者 1950 年代后
的关于日本现代作家作品的评论文章，还有若干篇译本序言共计三十余
篇。这些文集都相当程度地反映了新中国成立后几十年间老一辈研究者的
研究轨迹。

　　由于有了以上八十多年的积累，这一阶段中国的日本现代文学研究逐
渐走向成熟，学术性论文发表较多，二十年间平均每年约有五十篇左右。

以文学思潮及作家作品的研究为例，在近代启蒙主义文学方面，有柴明俊的《试论日本明治维新的启蒙时期文学》（《现代日本经济》1990 年第 5 期）等文；在写实主义文学方面，有平献明的《日本近代现实主义文学》（《日本研究》1990 年第 4 期），高宁的《试论〈浮云〉在日本文学史上的地位》（《南开学报》1999 年第 3 期），关冰冰的《坪内逍遥的"人情说"初探》（《日本学论坛》2002 年第 1 期）和《试论日本近代文学的"近代性"——坪内逍遥艺术论的个案分析》（《东北师范大学学报》2003 年第 6 期），甘丽娟的《论坪内逍遥的写实主义小说观——以〈小说神髓〉为中心》（《齐鲁学刊》2006 年第 5 期）等；在自然主义及私小说方面，有魏大海的《日本现代小说的自我形态：基于"私小说"样式的一点考察》（《外国文学评论》1999 年第 1 期），陈延的《自然主义在日本产生与发展的必然性》（《华侨大学学报》2003 年第 1 期），胡连成的《自然主义文学在日本的产生及其本土化》（《汕头大学学报》2003 年第 6 期），李先瑞的《论日本私小说的文学土壤》（《解放军外国语学院学报》2005 年第 2 期），孟庆枢的《日本自然主义文学、私小说再探讨》（《南京师范大学文学院学报》2009 年第 1 期）等；在浪漫主义文学研究方面，有肖霞的《日本浪漫主义文学的发展及特征》（《外国文学》2003 年第 4 期），姚继中的《日本浪漫主义文学论评》（《四川外语学院学报》2003 年第 1 期），张剑的《纯粹自我的浪漫主义追求——北村透谷文学观初探》（《湖南大学学报》2010 年第 3 期），张晓宁的《论泉镜花的独特浪漫主义风格》（《日本研究》2006 年第 1 期）和《论泉镜花在日本近代文学史上的地位》（《日本学论坛》2006 年第 1 期）等；在白桦派的人道主义文学研究方面，有刘立善的《托尔斯泰影响下的日本白桦派》（《日本研究》1992 年第 3 期），《爱是夺取，还是奉献：论有岛武郎〈爱是恣意夺取〉》（《外国文学评论》1997 年第 2 期），秦弓（张中良）的《复归伊甸园的困境：论有岛武郎〈一个女人〉里的叶子》（《外国文学评论》1996 年第 2 期）、《论日本近代文学中的人性深层探索》（《日本研究》

1996 年第 3 期）等；在新思潮派及芥川龙之介研究方面，有施小炜在
《日本文学散论》（上海交通大学出版社 2011 年）中收录的关于芥川龙之
介的四篇文章，张抗抗的《可能：芥川龙之介及其小说》（《读书》1995
年第 4 期），关立丹的《日本新戏运动与菊池宽的戏剧创作》（《东北亚研
究》2000 年第 2 期）；在唯美主义及现代主义文学研究方面，有唐月梅的
《美的创造与幻灭——论日本唯美主义文学思潮》（《外国文学评论》1991
年第 1 期），皮俊珺的《谷崎文学的"美意识"萌芽之初探》（《天津外
国语学院学报》2002 年第 3 期），李雁南的《大正日本文学中的"支那趣
味"》（《国外文学》2005 年第 3 期），权宇的《试析日本象征主义抒情
诗的诗美范畴和审美特征》（《延边大学学报》2008 年第 6 期）等；在大
众文学研究方面，有刘研的《走向"近代"与"文学"——日本大众文
学源流的再思考》（《外国问题研究》2009 年第 3 期）等，都不乏新意。
但是，大部分文章仍然没有摆脱作家论与作品评析的流行模式，看完一篇
作品即可下笔，选题与研究路径缺乏应有的难度深度，能称得上是"论
文"的、有价值的文章是少数。

　　1990 年代后的日本现代文学研究的主要成果，更为集中地体现在研
究专著方面。这二十年关于日本现代文学的研究专著，占了一百年中国日
本现代文学研究著作的八成以上。其中选题主要集中在三个方面：一是对
夏目漱石及近现代文学思潮流派的研究；二是对战后文学及三岛由纪夫的
研究；三是对当代三大名家川端康成、大江健三郎、村上春树的评论与研
究。以下分节论述之。

## 第二节　对夏目漱石及近现代文学思潮流派的研究

　　夏目漱石是众所公认的日本现代文学的代表，其文学创作具有超越各

流派、融合东西方、贯通传统与现代的意义与价值。在日本，夏目漱石研究已经成为现代学术文化的重要组成部分，迄今为止共出版研究专著一百种以上，发表的评论文章和研究论文数以万计。我国对漱石的译介和评论较早始于周作人，此后相关的文章一直连绵不断，1980 年后，几乎每年都有几篇相关文章问世。1985 年，何乃英的《夏目漱石和他的小说》（北京出版社 1985 年）出版，是我国第一本系统评价夏目漱石生平创作的书，可以说是漱石的一个创作评传，虽然篇幅不大（近十万字），却言简意赅，将夏目漱石生活创作历程、主要作品做了综述和分析，长期以来成为中国读者了解漱石创作的入门书。

进入 1990 年代后，除了麦永雄的《试论漱石文学的特质》（《暨南学报》1993 年第 1 期）、何少贤的《夏目漱石的"F+f"文学公式》（《外国文学评论》1998 年第 2 期）、高宁的《虚像与反差——夏目漱石精神世界探微》（《外国文学评论》2001 年第 2 期）等重要论文之外，还有两部研究专著问世，一部是李国栋的《夏目漱石文学主脉研究》（北京大学出版社 1990 年），对夏目漱石小说创作做了系统的梳理和评述，另一部是中国社会科学院外文所何少贤的《日本现代文学巨匠——夏目漱石》（中国文学出版社 1998 年）一书，这是专门研究夏目漱石《文学论》等文学理论与创作主张的专著，并非如书名所示是一部全面的评传性著作（书名疑为出版社为销路计做了修改，这种情况在那个年代较为常见。）

对《文学论》及漱石的文学理论进行系统评述和研究，相对作品解析而言，是漱石研究中的一个难点。在日本，虽然对漱石的文学理论谈得很多，但专著方面也只有栗原信一的《漱石的文学理论》（1955 年）等极少数著作。何少贤的这本著作，以 28 万字的篇幅，对漱石的文学理论做了全面的梳理和评析。全书分为十四章，头两章介绍了漱石的生平与思想，以下各章进入分论。其中，第三章"文学公式'F+f'——漱石的创新"，论述了《文学论》的成书经过和方法论意义、《文学论》内容的独特性，特别是对其"F+f"（认识性要素 F+情绪性要素 f）做了细致的介绍和评价。不过，遗憾的是，漱石原书的公式是（F+f），而不是"F+f"。漱石之所以把 F+f 放在括号里，是强调作为认识性要素的 F 和作为情绪性要素的 f，两者不是二分的，而只有两者的交互作用而成为一个整体，才能成为"文学的材料"。不知什么原因（或许是印刷上的错误也未可知），作者把括号去掉了，也就无法体现这个公式的完整性。不过这只是一个技术性的差错，总体上并没有妨碍作者对（F+f）这个公式的理解。第四章"文学：'社会性现象之一'"对《文学论》及《文艺的哲学基础》中关于文学与社会之关系，特别是文学与道德、文学与科学之关系的论述做了分析评述。第五章"创作方法：联想"对《文学论》中关于创作方法的论述，包括各种联想法、调和法、对置法、间隔法、写实法等，做了评析。第六章"读者欣赏论：'非人情'"论述了以排斥自我、排除道德为中心的"非人情"的主张。第七章"意识推移：文学演变一解"论述了漱石的"意识"论及其对文学发展演变的看法。第八章《交口赞誉：空前巨著》指出了《文学论》的独创性和影响，认为《文学论》是日本现代文学史上罕见的文学概论，在一些重要理论问题上，比西方人更早或几乎同时进行了阐述。第九章至第十三章，以《文学评论》为中心，论述了漱石在文学评论方面的理论主张和贡献。第十四章，对漱石晚年提出的"则天去私"的信条，从文艺理论角度加以解读。认为漱石文论最基本的术语是"自然"，自然是其"审美核"，漱石在 1914 年曾写过"我师自然"的条幅，可以说"则天去私"是他审美核的最后升华，与中国文论的"自然天成"的美学观是一脉相承的。总体看来，何少贤的这本著作是中国夏目漱石研究中的最重要的成果之一。作者对漱石的《文学论》等原典做了仔细深入的研读，故而能够对漱石的文论做系统梳理、评析，并提出了自己的见解。全书风格朴素扎实、言之有物。在该书出版二十年后我国出版的论述同一内容著作的相关章节，虽然大量引用时髦理论，貌似高深，但在实质内容观点方面，远不及何少贤的这本书。该书不仅填补了中国的日本文学及夏目漱石研究的空白，与日本的同类著作相比，也是富有创意的。

十年后出版的李光贞著《夏目漱石小说研究》（外语教学与研究出版社 2007 年）分为"文学观探源""小说的思想内涵""小说的人物形象""小说的叙事特色"四章，以大约 15 万字的篇幅，从理论到创作，对夏目漱石的文学观和小说做了较为全面的评析。该书是在山东大学通过的博士论文的基础上修改而成的，作者较为尊重中国学者已有的研究成果，在绪论部分对先行研究做了综述，在书后的参考文献部分，列出了相关文献，体现了博士论文、同时也是严肃的学术著作应有的写作规范。接着出版的吴少华著《语言的背后——夏目漱石〈明暗〉分析》（日文版，中国社会科学出版社，2008 年）是在日本通过的博士学位论文的基础上修改而成的。作者认为该书是将近年来国际语言学界流行的"谈话分析"的方法应用于漱石小说《明暗》的人物对话的分析，是漱石作品的文本分析研究的一个更为细致的语言分析，这样的极为琐细的微观分析固然具有语言学上的价值，也可以运用于日语专业的课堂教学，但是作为学术研究的理论价值何在，还是一个有待进一步评估的问题。

接下来出版的还有张小玲著《夏目漱石与近代日本的文化身份建构》（北京大学出版社 2009 年），也是在博士论文的基础上修改而成的专著。作者自述受林少阳《"文"与日本的现代性》从"文"的角度理解夏目漱石这一思路的启发，将夏目漱石的"文"分为三个层次，首先文体学层面上的"文"，第二是"叙事学层面上的'文'"，第三是漱石晚年"则天去私"观念中体现的"生存论（Ontology）意义上的'文'"（第 31 页），并据此确立全书架构和章节。从各章标题可以看出，"文"是全书的关键词。但是这也带来了相关的问题，第一，一般而言，全书的关键词是一定要在书名中出现的，但是，该书的书名并没有"文"。书名"夏目漱石与近代日本的文化身份建构"与"文"之间的逻辑关系何在，并没有得以清晰地体现。第二，综观夏目漱石的《文学论》及其他文论方面的文章论著，"文"这个词极少使用。细读《文学论》全书，除了有一处引述"汉学者"所谓"山川河岳，地之文；日月星辰，天之文"，把"文"作为一个概念加以使用的，殆无所见，如在第五章"调和法"中有"よく文を知るもの同一轍に出づ"（《漱石全集》第九卷，岩波书店，第319页）一句话，这里的"文"显然指的是"文字""文句"之意，并非用作概念。因此，将"文"作为漱石文学、文论中的核心概念，显然是缺乏依据的。夏目漱石对文学的根本理解包含在"文学"这一概念中，而不是"文"的概念中，他的《文学论》和《文学评论》两本著作，论述的都是"文学"而不是"文"，换言之是"文学论""文学评论"而不是"文论"或"文评论"，所列举的例子大都是欧洲，特别是英国文学，辅之以日本文学和汉文学，并以此来构建他的文学观。只要尊重漱石的原典，这一点是显而易见的。漱石既没有在概念的意义上使用"文"，也没有对"文"作出任何理论阐述。因而以"文"为核心，来理解和阐释夏目漱石的理论与创作，固然是一种值得探索的理论假设和逻辑构拟，但与漱石这一研究对象的实际情况并不对位。此外，从博士论文的规范要求上看，要尊重、吸收和超越已有的研究成果，就必须有文献综述的内容和环节，但该书却没有文献综述的内容和环节，对相关的先行研究，特别是我国学者的先行研究的著作（如上述的何少贤先生的相关著作）都没有提到，在参考文献中也没有列出。

此外，车莉著《我是〈猫〉诠释与解读》（中国少年儿童出版社2003年）从少年读者作品的角度对《我是猫》做了诠释分析；安勇花著《夏目漱石的汉诗世界》（延边大学出版社2010年）一书，对夏目漱石的汉诗创作做了专门的综述和研究，也有一定的价值。魏育邻从语言学角度切入对漱石作品的研究，发表了《用语言研究的方法分析文学作品的尝试及理论思考——以分析夏目漱石的小说〈心〉等作品为例》（《解放军外国语学院学报》2001年第5期）、《结构主义语言学理论与文学研究——以分析夏目漱石的文本等为例》（《日语学习与研究》2004年第3期）等文章，都有特色。

在日本现代作家论方面，除夏目漱石之外，被关注较多的还有两位作家，一个是中岛敦，一个是宫泽贤治。

短篇小说家中岛敦（1909—1942 年），只活了 33 岁，创作数量较少（筑摩书房版《中岛敦全集》共三卷），在日本文学中也不是一流作家。中国研究者对他的关注似乎主要在于他的几篇主要作品属于中国题材。较早研究这个问题的文章有孟庆枢的《中岛敦与中国文学》（《中国比较文学》1995 年第 1 期）、王新新的《浅论中岛敦对中国题材的撷取和演绎》（《社会科学战线》1999 年第 1 期）等文章，特别是李俄宪（1961 年生）在日文版博士学位《中岛敦文艺的研究》（希望社 2001 年）一书基础上生发改写的《李陵与李征的变形：关于中岛敦文学的特质问题》（《国外文学》2004 年第 3 期）、《中岛敦小说的创作流变与〈左传〉》（《外国文学研究》2005 年第 2 期）、《日本文学中子路形象的变异与〈史记〉》（《外国文学研究》2006 年第 5 期）等论文，对中岛敦的中国题材创作及与中国文化典籍的关系做了细致深入的考辨，为中日比较文学层面上的微观分析提供了很有参考价值的示例。之后，郭勇（1967 年生）发表了《自我解体的悲歌——论中岛敦的〈山月记〉》（《外国文学研究》2004 年第 5 期）等数篇论述中岛敦中国题材小说《山月记》《李陵》《名人传》《弟子》的论文，又根据博士论文修改成《中岛敦文学的比较研究》（北京大学出版社 2011 年）一书，以"怀疑主义"为中心，对中岛敦的思想与创作做了系统评述。

随着儿童文学研究的繁荣，对儿童文学作家宫泽贤治译介与研究也较为重视。吉林人民出版社的《日本文学》杂志曾在 1986 年第 2 期设立了《宫泽贤治特辑》，译出了小说七篇和诗歌七首，并发表了于长敏的《宫泽贤治及其作品浅析》、王敏的《宫泽贤治研究五十年》两篇论文。彭懿《宫泽贤治童话论》（少年儿童出版社 2003 年）一书，对宫泽贤治的生平、创作及其主要作品做了评述，特别是书后附录的《日本已出版的宫泽贤治全集》《日本出版的宫泽贤治主要研究书及杂志》《宫泽贤治童话中译本一览表》等，都有重要的文献参考价值。

对日本中短篇小说文体艺术的奠基者、著名女作家樋口一叶的研究，包括硕士论文及公开发表的文章在内约一百篇。其中重要的文章有林岚的《樋口一叶与〈大年夜〉》（《东北师范大学学报》1993 年第 4 期）、肖霞的《论樋口一叶浪漫主义文学创作》（《山东大学学报》2005 年第 1 期）、刘燕的《樋口一叶在中国的接受、译介及译本研究》（《湖北第二师范学院学报》2010 年第 5 期）等，绝大多数文章都是介绍性、赏析性的文字。徐琼的专著《樋口一叶及其作品研究》（知识产权出版社 2012 年）作为研究该作家的第一部中文专著，以二十万字的篇幅，对樋口一叶的生平创作，特别是代表作《青梅竹马》《浊流》《十三夜》三部作品，做了细致的文本赏析。可以看作是面对一般文学爱好者的知识性读物。

除了对夏目漱石等代表性人物的研究专论外，对日本现代文学研究还表现在对文学思潮流派、文学现象的专题研究。涉及启蒙主义、浪漫主义、写实主义、自然主义、左翼文学等各个方面。

其中，在启蒙主义文学研究方面，大都是中日启蒙主义文学与中国的梁启超等关系的研究，有王晓平、陈应年、夏晓虹、王向远等人相关文章（详见本书第八章）。日本启蒙主义文学研究的专门著作是旅美学者郑国和（1952 年生）的《柴四郎〈佳人奇遇〉研究》（武汉大学出版社 2000 年），该书是作者在美国通过的博士学位论文的基础上修改而成的，对日本启蒙主义政治小说的代表作《佳人奇遇》做了深入研究，对作者的生平思想、作品的影响、中国梁启超的《佳人奇遇》翻译等，都做了细致的评述分析，并由此提出自己的见解。郑国和表示不同意"日本文学特殊论"的论点，认为日本文学并不只是超政治的、唯美的文学，也有像《佳人奇遇》这样的表达爱国主义，乃至帝国主义意识的文学。该书以小见大，试图通过《佳人奇遇》的剖析，揭示日本明治维新后是如何在短短几十年时间里，完成了由东方小国到现代帝国主义的过程，以及在这个过程中，日本知识分子的心路历程。

被关注较多的是浪漫主义文学思潮。在这方面，山东大学教授肖霞（1963 年生）的研究成果有代表性。她的系列论文《论日本明治时期浪漫主义的文学评论及文艺思想》（《文史哲》2003 年第 1 期）、《论日本新浪漫主义文学的特性及代表人物》（《武汉大学学报》2003 年第 2 期）、《基督教文化对诞生期的日本浪漫主义文学的影响》（《烟台大学学报》2004 年第 3 期）、《论岛崎藤村早期浪漫主义文学思想》（《山东社会科学》2003 年第 5 期）、《日本浪漫主义文学的发展及特征》（《外国文学》2003 年第 4 期），以及专著《浪漫主义：日本之桥与"五四"文学》，对浪漫主义文学的思想创作、代表人物及对中国文学的影响等，做了较为全面的研究。在此基础上，作者从宗教与文学的关系入手，写出了《日本近代浪漫主义文学与基督教》（山东大学出版社 2007 年）一书，全面地论述了基督教与日本近代浪漫主义文学之关系。全书分为六章，凡 47 万字，第一章"日本近代文学与基督教"，第二章"日本浪漫主义文学与基督教"，第三章"诞生期日本浪漫主义文学与基督教"，第四章"《文学界》浪漫主义文学与基督教"，第五章"《明星》派浪漫主义文学与基督教"，第六章"新浪漫主义文学与基督教"。各章又分若干小节，对不同阶段、不同团体的代表性的作家，如德富苏峰、矢崎嵯峨屋、幸田露伴、北村透谷、岛崎藤村、国木田独步、与谢野晶子、石川啄木、木下尚江、萩原朔太郎、三木露风、木下杢太郎等人创作与基督教的关系，做了细致的分析评述。六章及章内各节，层层推进、结构清晰有序。全书涉及的作家作品繁多、相关文献数量大，把握起来实非易事。作者充分参照吸收日本研究者的相关研究成果，又加上自己的阅读体验和理解，把相关作家诗人的作品文本与理论文本的分析密切结合起来，全面细致地揭示了基督教思想观念对日本浪漫主义文学的深刻影响，也揭示了东西方文学思潮之关联的一个重要方面。这本书与此前出版的研究中日浪漫主义文学之关系的著作《浪漫主义：日本之桥与"五四"文学》一起，成为日本浪漫主义文学思潮研究及中日文学比较研究的重要创获。

如果说肖霞的上述著作是以基督教为关键词，建构日本近代浪漫主义文学思潮研究的视阈，那么刘立善的《日本文学的伦理意识——论近代作家的爱的觉醒》（春风文艺出版社 2003 年），则以"爱"为关键词，形成了自己的研究架构。这部长达 45 万字的著作，是继《日本白桦派与中国作家》（详见本书第二章评述）之后，研究日本现代文学的又一部大作。作者将《日本白桦派与中国作家》中对有岛武郎的"爱学"（这是刘立善创制的一个词）的探讨进一步深化和延伸，以日本文学的"伦理意识"为切入点，以"爱"为伦理意识的核心，以六位重要作家——森鸥外、二叶亭四迷、夏目漱石、武者小路实笃、志贺直哉、有岛武郎——的恋爱婚姻、以恋爱婚姻为题材的作品为材料，对这些作家的思想与创作做了细致的分析评论，从而揭示这些作家的"爱的觉醒"。而贯穿全书的主导思想，是有岛武郎在《爱是恣意夺取》中提出的"爱是夺取"的主张。刘立善认为：伦理意识的核心是爱，而迄今为止，中日两国的大多数学者只是蹈袭成说，一味在"爱是奉献""爱是给予""爱是无私"的思维框架内思考问题，无论是在理论还是实践上，都带来了一系列问题和危害。在这种背景下，作者对有岛武郎的"爱是恣意夺取"的主张深深共鸣，指出：

> 所谓"爱是恣意夺取"，即通过"让别人有幸福感"这一行动来"夺取"（获取）自己的幸福感。有岛认为，幸福感纯属个人审美感觉，别人怎么看，那是微不足道的。在有益于他人和社会的前提下，须尽力追求自己的精神欣慰，即所谓"为善为乐"。所以，实质上爱并非"无私奉献"。这就是有岛特色的"爱学"感性的浓度，知性的密度，思想的深度，哲学的亮度。

基于这种认识，刘立善将《爱是恣意夺取》等相关文章译成中文出版，并在《日本文学的伦理意识——论近代作家的爱的觉醒》中加以进一步阐发。他从日本近现代文学的几位重要作家的生平思想、婚姻恋爱的体验与描写中，探讨了日本作家如何思索爱、描写爱，如何建构其不同于传统意识的崭新的伦理意识，如何追求实践以个人为中心的自主自由的爱，并使日本文学获得了崭新的现代品格。通过对作家作品的细致分析，作者指出：“无数事实证明：不以‘相互夺取’（相互需求）为特质的恋爱，没有恋恋不舍的相互吸引力，爱力失衡，仅依靠理智来努力维持，必构成心理负担，根本无法持久。”（第 538 页）作者以鲜明的思想主题结构全书，把不同作家作品纳入颇为聚焦的同一视阈加以论述，像这样既有文学评论的灵敏感性，又有文学研究的科学客观，还具有思想建构的深刻精辟的著作，无论在日本还是日本的文学研究中都是不多见的。它的成功表明，不去“旁征博引”那些形形色色、半生不熟的西方理论，只要有自己的深切体验与独到见地，只要踏踏实实研读作品资料，才可能有真正的学术创见。《日本文学的伦理意识——论近代作家的爱的觉醒》是在日本广岛大学通过的博士学位论文的中文版，导师赤羽学教授在前言中认为：该书“是一部难得的学术论著，它以具有自我完善意识的日本近代个人主义者的自由精神之流露——广义的爱，作为一条纵线，浑然贯穿森鸥外、二叶亭四迷、夏目漱石，白桦派三主将武者小路实笃、志贺直哉、有岛武郎以及其他诸多有代表性的日本近代作家，自成体系、视野宽广、分析深透，多有独到见解。这部著作可贵的学术价值，不仅在于它对日本近代文学的特质进行了系统的严肃的探究，而且还在于它对人类的精神发展进行了科学性的考察”。这一评价堪当其实。

对白桦派的重要作家有岛武郎，也有了专门的评传式著作，那就是李先瑞的《本能主义者的精神幻灭——白桦派作家有岛武郎研究》（南开大学出版社 2008 年），该书将有岛武郎定性为“本能主义”者，是有见地的；对有岛武郎的女性主义思想的形成过程及其内在与外在因素，做了分析评述，对相关主要作品《一个女人》《爱是恣意夺取》等也做了细致的文本批评，对于中国读者认识和理解有岛武郎是有益的。

　　自然主义文学是日本现代文学的主潮，但在自然主义文学研究方面，除了若干单篇文章外，长期未见更为深入系统的专门著作。2012年，刘晓芳的博士学位论文《岛崎藤村小说研究》（北京大学出版社2012年）出版，以"告白"为关键词，自然主义的代表作家岛崎藤村的四部小说《破戒》《春》《家》《新生》为中心，对藤村文学的"告白"做了具体细致的分析评述，从这一特定角度揭示了日本自然主义文学的基本特征。作者充分吸收了日本的岛崎藤村研究的成果，在某些细部也有自己的理解与见地。就"作家作品论"这一传统的研究模式而言，能做到这一点已经不容易了。

　　从自然主义文学中派生出来的"私小说"，也是日本现代文学中的特殊现象，值得深入研究。在这方面，中国社会科学院外文所魏大海著《私小说》（山东文艺出版社2002年）一书，填补了中文著述中的一个空白。作者强调：要想真正了解日本近现代文学的本质特征，就必须了解日本"私小说"的基本历史、相关评价和样式特征。为此，作者对日本私小说论、私小说研究的成果加以研读，予以分析综合并转换为中文叙述，对日本私小说的产生背景、发生演变的过程做了梳理，对私小说家及评论家的私小说论，如久米正雄的《私小说与心境小说》、小林秀雄的《私小说论》等做了介绍分析，对富有代表性的私小说家，如德田秋声、广津和郎、宇野浩二、葛西善藏、嘉村矶多、志贺直哉、林芙美子、太宰治、三浦哲郎等的相关作品做了评析，对战后日本的私小说研究、私小说定义做了分析。其中还涉及私小说与中国文学的关系。正如作者所言，这本书虽然基本上属于综述性的，但对中国的日本文学研究而言，这样的基础上的研究工作是很必要的。可以说，对中国读者而言，该书是系统了解日本私小说的必读入门书。此外，这方面的重要的单篇论文还有潘世圣的《日本近代文学中的"私小说"简论》（《日本学刊》2001年第3期）和《关于日本近代文学中的"私小说"》（《外国文学研究》2001年第2期）等。

　　日本唯美主义文学是日本浪漫主义的一种变异，所以曾长期被称为"新浪漫主义"，同时也是自然主义文学的一种反动，在日本文学史上极有特色。1980 年代以来，出现了文洁若的《唯美主义作家谷崎润一郎》（《日语学习与研究》1990 年第 1 期）等评论文章。2005 年，叶渭渠出版了《谷崎润一郎传》（新世界出版社 2005 年），对唯美派的代表人物谷崎润一郎生平、创作做了系统的评述。2009 年，齐佩（1978 年生）女士的《日本唯美派文学研究》由中国社会科学出版社出版。这是作者在吉林大学通过的博士学位论文的基础上修改而成的，也是我国第一部相关专著。该书系统地论述了日本唯美派的诞生的时代、社会背景、文化思想条件，以及唯美派的兴衰、分化和蜕变的过程，并对唯美派的三个代表人物谷崎润一郎、永井荷风、佐藤春夫的思想与创作，分专章做了具体细致的分析研究。全书文风扎实、资料翔实、文本分析透彻，向中国读者呈现了日本唯美主义文学的基本面貌，并能提出自己的鲜明的见解，如认为"在日本唯美派文学中，佐藤春夫是最为纯粹的'唯美'的人，其文学也是最纯粹的'唯美主义'的文学"（第 243 页），这与通常的结论有所不同；对佐藤春夫的重要美学论文《"风流"论》一文的解读和分析也相当细致到位，认为其"'风流论'在本质上就是感觉论、感性论……'风流'之人是生的享乐者，他们擅长将颓废、倦怠的性情唯美化、艺术化，以供愉悦自己，聊以自慰"（第 232 页），认为在佐藤那里，"'物哀'、'幽玄'和'风流'在本质上是统一的"（第 242 页）。但另一方面，作者对日本唯美主义的价值判断的标准似乎仍然是理性主义的、社会学的、伦理道德的，因而断言日本唯美主义"不可能具有严肃的艺术追求，他们的创作活动也不可能呈现出健康的艺术风貌……并不能代表日本近代文学发展的正途，而是将日本近代文学导入歧途"（第 247 页）等等，都带有浓重的泛道德化批评的色彩，从而影响了对日本唯美主义的同情理解和更为准确的估价。

　　在日本，"现实主义"作为一个文学思潮概念，具有十分复杂的含义。近代初期有坪内逍遥为代表的"写实主义"，后来有芥川龙之介、菊池宽等人的"新现实主义"，还有自然主义理论家长谷川天溪所说的与"理想主义"相对的"现实主义"，更有左翼理论家提出的为无产阶级政治服务的"现实主义"等等。长期以来一些中国学者按自己的理解把日本的描写和批判社会现实的作品，都理解为现实主义，例如，把日本自然主义的代表作、岛崎藤村的《破戒》认定为现实主义作品。或许是由于日本现代文学史上并没有真正存在过 19 世纪欧洲现实主义那样的现实主义，或许是因为日本"现实主义"因素虽然存在着，但弥漫而难以把握，在独尊现实主义的中国，把日本的现实主义文学作为一种思潮加以研究的，却很少见，不仅论文少，专著更是付之阙如。近年来，出现了两部对具有现实主义特点的现代作家加以研究的专著：一本是刘振生（1962 年生）著《石川达三文学评述》（吉林大学出版社 2001 年），该书以 27 篇文章，对石川达三的有关作品做了分析评述，可以说是石川达三作品的评论集；另一部是戴松林（1968 年生）著《体验与文学创作——梶井基次郎与日本近代现实主义文学》（日文版，湖南大学出版社 2010 年），是在日本通过的博士论文。作者从日本的自然主义和理想主义两种文学思潮中，分析出"现实主义"，并从"现实主义"角度，对梶井基次郎这个在日本并非很知名、在中国几乎没有译介的罕为人知的作家做了系统评析。

日本左翼文学研究在中国有较早的传统，但此前的研究多在意识形态的语境中进行，近年来，相关研究更多地从纯文学史的、学术文化的层面上展开。其中，李俄宪发表的《木下尚江：从〈火柱〉到〈忏悔〉——日本早期左翼文学价值研究》（《外国文学研究》2005 年第 5 期）、《社会文学：日本左翼文学的滥觞》（《外国文学研究》2010 年第 6 期）、《二战时期日本左翼作家转向问题研究》（《外国文学研究》2012 年第 6 期）等系列论文，是国家社科基金项目的前期成果，系统地将明治中后期到现代的左翼进步文学放在"左翼文学"这一大的视野框架内梳理研究，从民族性和民族文学价值取向方面对左翼作家的转向及转向文学加以探索与解读，是这些论文的特色和价值所在。潘世圣的《近年日本"小林多喜二现象"考察》（《外国文学评论》2009 年第 4 期）对日本小林多喜二及其《蟹工船》再次热销的现象做了分析，很有参考价值。

从日本文化的某个特殊角度入手，对日本近现代文学加以研究，也是一个很好的思路。在这方面，北京语言大学关立丹（1967 年生）的《武士道与日本近现代文学——以乃木希典与宫本武藏为中心》（中国社会科学出版社 2009 年）做了一个很好的例子。该书有很强的问题意识，就是研究武士道与近现代日本文学的关系，这是一个重大的问题，对于探讨和认识日本文学的民族特性具有重要意义。作者把日本人耳熟能详、中国人也不陌生的森鸥外、夏目漱石、芥川龙之介、吉川英治、司马辽太郎等著名作家，置入"武士道"这一视阈内，对作家思想意识与武士道传统思想的关系，作品的人物、题材、主题与"武士道"，特别是体现武士道的两个代表人物宫本武藏与乃木希典的关联，以 20 万字的篇幅，做了细致的作家分析与文本解读，填补了这方面研究的一个空白。日本近现代文学中，特别是大众历史小说中，涉及武士道问题的作家作品很多，作者这一研究只是示例性的，也为相关研究进一步深入展开奠定了基础。

此外，复旦大学的李征的著作《都市空间的叙事形态——日本近代小说文体研究》（复旦大学出版社 2012 年），把近代日本小说文体的嬗变置于"都市化进程"这一大背景下，认为日本文体嬗变是近代都市化的产物。全书分为五章，第一章"近代都市的诞生与小说文体的初创"、第二章"文化网络中的都市叙述与抒情"、第三章"都市的狂欢、都市的变奏"、第四章"日常沉思与自我的表述"、第五章"映像都市，媒介时代的话语"，每章各节均以两三个作家的名字为节名（标题），共涉及 33 位作家及其都市背景的作品，基本内容是作家生平介绍、作品梗概，作品的译文片段和简短的赏析，并非严格的学术著作，在结构上看上去像是一部专题作品的赏析辞典。但作为一般读者的日本入门书，还是有益的。

在上述的专门著作之外，还有若干日本现代文学评论专集，如南京大学叶琳主编《近现代日本文学：作家作品研究》（江苏文艺出版社 2001年），是多人合著的思潮流派、作家作品论。宁波大学郭勇著《他者的表象：日本现代文学研究》（上海交通大学出版社 2009年）是一本关于中岛敦、夏目漱石、芥川龙之介、三岛由纪夫、村上春树有关作品的评论集。黑龙江大学曹志明编著《日本近现代文学评论》（黑龙江大学出版社2010年），选取了一些作家、评论家的作品原文，并加以简评，似可主要用作日语专业学生的教材。大连民族学院刘振生著《鲜活与枯寂——日本近现代文学新论》（吉林大学出版社 2010年）是日本文学史论、流派论、作家作品论以及中日文学关系论的一个合集，共 38 篇短文，凡 26 万字，内容较为丰富。

## 第三节　对战中、战后文学及三岛由纪夫的研究

　　日本学术界不少学者以 1930 年代日本的对外侵略战争为基准，对文学史时期加以划分，划出"战前""战中""战后"三个阶段，这三个阶段的划分对日本文学史也是必要的，对中国的日本文学研究史也很有用。因为从 1930 年代初日本侵略中国东北地区，特别是 1937 年，日本发动长达八年的全面侵华战争以后，日本文学与战争有着密切关系，直到 1945年 8 月，战后的十几年间，所谓"战后派"成为主要文学流派，战争题材、战争背景最广泛地被使用。就中国的日本文学研究史而言，对战中文学、战后文学的研究，也构成了日本文学史研究的重要方面。

　　这方面的研究起步较晚，直到 1990 年代才逐渐展开。最早着手研究的是东北师范大学的吕元明教授。1992 年，吕元明与日本学者山田敬三合作主编了《中日战争与文学》（东北师范大学出版社 1992 年）一书，这是中日两国学者的专题文集，全书分六部。第一是"总论编——战争时

期的文坛";第二是"概论编——战争文学与沦陷区文学";第三是"作家编——日本中国";第四是"中日文学交流编";第五是"学术研讨会编",以上共收论文 15 篇;第六是"资料编",收四篇资料性文章,内容以东北沦陷区中国文学为主,单独涉及日本文学的只有日本学者谷口岩的《战争时期的永井荷风》一文。

接着,吕元明教授出版了《被遗忘的在华日本反战文学》(吉林教育出版 1993 年)一书,是中国学者撰写的第一部关于日本战争时期文学专门著作,研究的是"在华"的日本的反战文学。这个方面长期不被人所知,故而作者加上了一个"被遗忘的"这一限定语。所谓"在华日本反战文学",指的是日本侵华期间流亡到中国的日本作家,如鹿地亘及其夫人池田幸子、长谷川照子(绿川幸子)、田村俊子等。另一种是在中国当了俘虏的日本士兵,他们在中国方面的感化教育下逐渐醒悟,写下了以反战为主题的有一定文学价值的作品。这些作品都是在中国写的,用中文发表的,带有明显的中国味道,表现了战争时期在中国这一特殊环境条件下的极少数日本人的反战倾向,并与日本本土几乎清一色的服务于战争的文学形成了一定对比。吕元明先生独具慧眼,收集和挖掘了那些几乎"被遗忘"的日本在华反战文学的材料,并对这些材料和有关作品,进行了认真的研读和分析,指出它们在思想与艺术上的价值。不仅揭示了特殊历史时期中日文学关系的特殊现象,而且使文学研究跨越了历史学、战争学等学科领域,也丰富了日本文学史本身的研究,具有开拓之功。

如果说吕元明先生研究的是在华反战文学,王向远的《"笔部队"和侵华战争——对日本侵华文学的研究与批判》(北京师范大学出版社 1999年)研究的则是在日本本土甚嚣尘上的"战争文学"。该书有两个关键概念,一个是"笔部队",这是战争时期日本人炮制的一个词。当时日本宣传媒体把派往中国前线采访的、为战争鼓吹呐喊的作家、记者等,称为"笔部队"。另一个词是"侵华文学",这是作者自创的概念,作者指出:"我在本书中对'笔部队'的揭露和批判,是以'侵华战争'为中心来进行的。我所说的'侵华文学'，指的是以侵华战争为背景、为题材，为侵华战争服务的日本文学。诚然，'侵华文学'这个概念并不能统括二战期间为侵略战争服务的全部的日本文学，它只是其中的一部分，但却是其中最主要的部分。"（第2页）该书由十四章（亦即十四篇相对独立的论文）构成。第一章"日本文坛与日本军国主义侵华国策的形成"，第二章"七七事变前日本的对华侵略与日本文学"，第三章"日本对中国东北地区的移民侵略及其'大陆开拓文学'，第四章"日本殖民作家的所谓满洲文学"，第五章"'笔部队'及其侵华文学"，第六章"'军队作家'及其侵华文学"，第七章"日本的侵华诗歌"，第八章"日军在中国沦陷区文学的'宣抚'活动及'宣抚文学'"，第九章"石川达三的真话与谎言"，第十章"炮制侵华文学的'国民英雄'火野苇平"，第十一章"'大东亚文学者大会'与日本对沦陷区文坛的干预渗透"，第十二章"'亚细亚主义'、'大东亚主义'及其御用文学"，第十三章"日本有'反战文学'吗?"，第十四章"日本战后文坛对侵华战争及战争责任的认识"。这十四章曾作为单篇论文公开发表过，作为系统的专门著作，该书在写法上既体现历史线索，又选取"笔部队"及侵华文学中的突出问题与代表人物，加以横断面的剖析研究，并且将学术上的"研究"与反法西斯主义价值观上的"批判"结合起来，将中国人的立场与学术研究所要求的科学精神统一起来，将文学研究与侵华战争史研究结合起来，全面而又重点地揭示了"笔部队"及侵华文学的面目，为读者提供了鲜为人知的史实，从文学的角度丰富了日本侵华史的研究，从历史学的角度丰富了日本文学史的研究，并根据史实和作品分析，提出了一系列新的见解，例如：在第十三章中，对"反战文学"做了严密的界定，即战争中写作或发表的反战文学作品才是真正的反战文学，据此认为日本本土在战争期间并没有真正的反战文学，不能对日本"反战文学"做过高估价；在第十四章中，认为日本战后文学的总体倾向不能简单地认定为"反战"，实际不是反对战争本身，而是"反对战败"等等。此前，日本学者对"笔部队"及战争文学问题做出了一定的研究，但没有出现像《"笔部队"和侵华战争——对日本侵华文学的研究与批判》这样全面系统的研究专著，而且由于历史观等种种原因，日本学者也有难以避免的局限性。《"笔部队"和侵华战争——对日本侵华文学的研究与批判》出版后，引起了较大的反响，有关方面召开了专门的出版座谈会，媒体也做了较多报道评论，此后中国学界关于这方面的研究逐渐增多。

2005 年，在纪念世界反法西斯战争及抗日战争胜利 60 周年之际，昆仑出版社出版了"日本对中国的文化侵略研究丛书"，《"笔部队"和侵华战争——对日本侵华文学的研究与批判》列入该丛书再版。同时，该丛书还收有王向远的两部新作，一部是《日本对中国的文化侵略——学者、文化人的侵华战争》，该书在《"笔部队"和侵华战争——对日本侵华文学的研究与批判》的文学研究的基础上，进一步扩大到学术文化领域，以大量丰富的第一手资料，揭示了日本学者、文化人在侵华战争中的所作所为、所起的特殊作用，矫正了日本侵华史研究中长期忽视文化侵略的选题偏向，填补了日本对中国的文化侵略研究的空白。该书在大量史料的分析中，得出了一个基本结论：自 18 世纪以后，日本对华侵略的思想、方策的设计者，基本上都不是在朝的政府官员，而是在野的民间学者、文化人，这些人的侵华主张媒体化以后，逐渐被民众理解，也为政府所接受。在侵华战争中，这些民间的学者、文化人作为对华文化侵略的主体，也起到了极为重要的作用。该丛书中另一部著作是《日本右翼言论批判研究——"皇国史观"与免罪情结的病理剖析》，在时间上紧接上书，对战后，特别是 1980 年代后十几位有代表性的民间右翼学者的相关言论与著作做了细致的分析研究，对他们美化和否定侵略历史、推托侵略罪责、敌视中国的言论与历史观，做了剖析、反驳与批判，为中国读者全面了解日本右翼历史观提供了参考。

接下来出现的相关研究著作，是曲阜师范大学刘炳范（1963 年生）的《战后日本文化与战争认知研究》（中国社会科学出版社 2003 年），是作者承担的国家社科基金项目的最终成果。该书将研究的重点放在战后日本人的战争认知问题上，在选题上是很有意义的。虽然书名没有"文学"字样，但主要的分析对象是战后日本文学作品，其中涉及了战后派、无赖派、第三新人派等流派，也重点剖析了野间宏、石川达三、大冈升平的作品，从这些作家作品的分析中，进一步论证了日本战后文学在总体倾向上不是"反战"，而是"反对战败"，即反抗战后的现实。这对于从"战争认知"的角度进一步理解战后文学，具有很好的参考价值。但鉴于该书的题目是"战后日本文化与战争认知研究"，并非只是对右翼或偏右的历史观、战争观的研究，其中也应该包括对战争表示深刻反省的一些作家和学者，实际上这样的良心作家和学者在日本不乏其人，应该给予充分肯定，但可惜该书对这一方面关注不够。例如，该书一些章节段落偏离主题、流于对日本文学史的一般化介绍。瑕不掩瑜，作者的努力是值得肯定的。

华侨大学胡连成（1962 年生）著《昭和史的证言：战时体制下的日本文学（1931—1945）》（吉林大学出版社 2009 年）是在上述研究的基础上，进一步把研究的重心放在"战时体制下的日本文学"上，从"战时体制"与日本文学的关系入手，关注战争这一极限状态下文学家的言行、文学家的所作所为。全书分为五章凡二十余万字，前后两章是总论与结论部分，第二、三、四章分别从 1931—1937 年、1937—1941 年、1941—1945 年三个时间段，展开论述，从而突显了不同阶段的战时体制对日本文坛的支配与左右。全书对日文、中文相关材料做了系统的收集、整理，对中日两国学者的相关的先行研究做了梳理和评述，在史料的利用及相关作品的评析上，都体现出了严格的学术规范和治学态度，成为中国学者研究日本"战中文学"的重要收获。

中国社会科学院董炳月（1960 年生）著《"国民作家"的立场——中日现代文学关系研究》（三联书店 2006 年）一书，从"国民作家"的角度对中日现代文学关系，主要是战争时期的中日文学关系做了深入研究。该书选择了中日文学史中的五个个案，分为五章加以谋篇布局。第一章"留学的风景——《留东外史》发微"，第二章"'梦'与'肉弹'的文学史——中日现代作家创作中的互文问题"，第三章"婚姻·生育·亚洲共同体——佐藤春夫〈亚细亚之子〉的周边"，第四章"文化与帝国主义——中日战争状态下的'儒家'文化中心论"，第五章"自画像中的他者——太宰治《惜别》研究"。所选的作家作品和问题点大多集中在中日战争时期。正如王中忱在封底评语中所说："本书关注中国和日本在民族国家的创建过程中，两国的作家怎样被'国民'化，以及他们的立场怎样制约、规定了作品的内容和形态。"作者的"国民作家"这一特定视角，有助于突显特殊历史背景下作家个人主体性与"国民"意识、"国民"身份规定之间复杂的纠葛与联系。例如，第三章中，作者指出："《亚细亚之子》的创作表明，日本侵华战争初期佐藤春夫作为日本文士与军国政府之间的关系是双重的并且是双向的。佐藤春夫对日本军国政府侵华、扩张政策的配合仅仅是问题的一个方面；另一方面，日本军国政府的扩张也成为他重构文化理念、实践'想象亚洲'的机会。他扮演的是'军国政府共谋者'的角色，但在这种扮演中作为近代知识分子并没有完全失去主动性和独立性，政治与文化、政治家与文士实现了两厢情愿的结合。"（第 134 页）这种分析是有参考价值的。又如第五章在评价太宰治《惜别》的时候写道："太宰治确实是作为日本军国政府的'御用作家'进入创作过程的，但是，在《惜别》中，太宰治从不同角度颠覆了这种'御用作家'身份与官方给定的'亲和'主题。"（第 211 页）；认为太宰治笔下的鲁迅（"太宰"）呈现了"/太宰"的二重结构，在文体上则呈现"传记/小说"的二重性，在表现方法上体现了"纪实/虚构"的二重性，并强调应更多地从"小说"的角度看待《惜别》（第 235 页）。这样的分析结论也同样得自作家个人的主体性与"国民作家"相交叉的视角，与王向远在《"笔部队"和侵华战争——对日本侵华文学的研究与批判》一书中分析《惜别》时使用的"对日本侵华文学的研究与批判"的视角，显然有所不同。当然，在当年日本军国政府严厉的言论统制下，作家的个人主体性究竟能表现到何种程度，对此应该做出何种程度的估价，主观意图与作品客观效果之间的关系如何，还是需要继续思索的问题。

以中国的都市空间为单元，对中日战争时期的日本文学与中国都市——特别是上海的体验加以研究，是日本学者早就着手进行的一个研究领域和研究类型，而且相关论著很多。2000 年，刘建辉在日本出版《魔都上海——日本知识人的"现代"体验》，赵梦云在日本出版《上海文学残像：日本人的光与影》。其中，《魔都上海》的中文版由上海古籍出版社 2003 年出版，分六章对明治以来到昭和年间日本人与上海的关系，包括在上海对现代享乐生活的体验，在上海的情报网络，以及谷崎润一郎、芥川龙之介、井上红梅、松村梢风、横光利一等作家的上海体验与上海题材的创作等，做了大体描述。由于该书篇幅很小（约十万字），只是粗陈大概，且大多数篇幅涉及的不是文学内容，留下了继续研究的空间。十年后，陈多友的《日本游沪派文学研究》（上海外语教育出版社 2012 年）在这个领域继续推进，把研究范围限定于文学，而且借鉴赵梦云创制的"游沪派"文学这个概念，以 20 余万字的篇幅，对 1920 年代中期至 1980 年代前期的游沪派文学展开了较为全面深入的评述研究。其中，1920 年代到 1945 年日本战败这一时期"游沪派"文学是作者探讨的重点。作者以文本分析的方法，将不同历史时期的文本做了历时性的梳理，呈现了游沪派文学形成流变及其总体特征，揭示了游沪派文学中隐含的中国观、中国人观及偏狭的日本民族主义心理和帝国主义意识，在论述的范围及深度上，较此前相关研究有了明显的推进。

最近几年来，一些中青年学者，如柴红梅、王升远、祝然、李炜等，用"日本文学与中国都市空间"这一新的视角，将某一特定的中国都市作为地理空间、言语空间、想象空间，来研究日本的侵华文学、殖民文学乃至中国题材文学。例如，关于日本文学与大连，柴红梅陆续发表了《日本现代主义诗歌之中国大连源起观》（《重庆大学学报》2008 年第 4

期)、《日本北川冬彦的诗歌与中国大连之关联》(《东疆学刊》2010 年第2 期)、《日本现代主义诗歌的发生与大连》(《沈阳师范大学学报》2010年第 6 期)、《大庭武年侦探小说与大连之关联》(《学术交流》2010 年第6 期)、《大连的日本"返迁体验文学"论》(《山东社会科学》2011 年第3 期)、《大连都市文化与日本现代主义诗歌》(《求索》2011 年第4 期)、《故乡与异乡的悖论:日本作家清冈卓行的"大连小说"论》(《东疆学刊》2011 年第7 期)等。王升远发表《日本文学研究视域中"北京"的问题化》(《山东社会科学》2011 年第3 期)、《东方内部的"东方主义"——以村上知行的"北京文人论"为释例》(《上海师范大学学报》2011 年第4 期)、《战争期间日本作家笔下周作人的实像与虚像——小田岳夫的〈北京飘飘〉中"田有年"之原型初探》(《鲁迅研究月刊》2011年第1 期)等文,祝然发表《从〈哈尔滨诗集〉看室生犀星眼中的中国东北城市》(《江淮论坛》2012 年第5 期)等文,李炜发表《论殖民视角下的近代天津形象》(《天津师范大学学报》增刊,2012 年)等文,在大连、北京、哈尔滨、天津等都市空间的层面上,揭示了日本在中国的殖民侵略在日本文学中留下的印痕。

此外,在单篇论文方面,魏育邻的《"现代的超克"的民族主义基调——对其产生背景及有关主要言论的考察》(《日本学刊》2010 年第2期)认为,所谓"现代的超克"的思潮主要来源于京都学派和日本浪漫派,前者通过"知性饶舌"、煞有介事的哲理搬弄,后者则以"诗性辞藻"、蛊惑人心的情绪渲染,合理化和美化日本的对外侵略战争和殖民统治,为日本极端民族主义的孳生和蔓延提供理论依据和情感依托。

"战中文学"之后是"战后文学"。最早系统研究日本战后文学的,是中国社会科学院的李德纯(1926 年生)。从 1980 年代初期开始,李德纯就在《世界文学》等国内相关刊物上发表文章,对日本战后文学思潮流派、作家作品加以介绍和评论,从战后初期,一直到当下,不断对日本文学最新动向加以追踪。他先是在日本出版了日文版《战后文学管窥》

（明治书院 1986 年）一书，不久又出版了该书的中文版，题名《战后日本文学》（辽宁人民出版社 1988 年）。该书将相关文章加以系统编排，除了井上靖、长谷川泉写的短序之外，共有十二篇文章，依次为：一、战后日本小说；二、战后派；三、三岛由纪夫；四、广津和郎《到泉水去的路》；五、井上靖；六、松本清张；七、司马辽太郎；八、社会派；九、有吉佐和子及其《非色》；十、石原慎太郎；十一、现代派；十二、战后日本诗歌。数年后，在这本小册子的基础上，作者又加以充实，分"流派论""作家作品论"两部分，编成《爱·美·死——日本文学论》（中国社会出版社 1994 年）一书，篇幅由原来的 15 万字增加为 24 万字。新增加的内容包括无赖派、现代派、城市文学等流派，还有石川达三、原田康子等作家。到了 2010 年，在上述两书的基础上，写成了《战后日本文学史论》（译林出版社 2010 年）一书，按文学史的体例安排章节，以思潮流派或作家为单元，划分为 25 章，内容较前两书有所细化，论题有所增加（特别是增加了"大江健三郎"一章），字数也增加到 28 万字。这也是迄今为止中国学者撰写的翔实的战后日本文学史性质的著作。众所周知，写文学史有"灯下暗"现象，越是晚近越是难以把握，李德纯先生用长达三十多年的努力，对日本当代文学中的重要文学现象、重要作家作品做了追踪评论，体现了我国日本文学界对日本文学动向的把握力，为我国读者了解日本当代文坛提供了参照。例如，是他最早对日本的村上春树等新派作家的创作加以注意，并从"都市文学"的角度加以评论。更为可贵的是，李德纯先生作为老一辈评论家，他评论的日本战后文学史，不是以滞定的、僵化的意识形态原则，"以不变应万变"地应对复杂的文学现象，而是以其活跃的思维、开阔的视野、与评论对象相适应的角度与方法来把握对象和论题。在介绍日本文学的时候，也引进了并且示范了新的思想观念、新的批评方法，这在 1980 年代乃至 1990 年代，都是非常可贵的。当然，日本战后文学很复杂，作家作品很多，《战后日本文学史论》不可能面面俱到都加以评述，很大程度地受作者的兴趣和关注点的制约。

例如，对日本读者众多、影响颇大的历史小说（时代小说），除了司马辽太郎外，其他作家作品都没有介绍；推理小说除了松本清张、森村诚一外，其他作家也没有涉及。对"日本战后文学"实际上只关注了作家作品，而没有关注另一个重要方面，即文学批评和文学理论。当然，这些都不能苛求作者。

1990 年代对战后文学研究作出系统评述的，还有何乃英的《日本当代文学研究》（北京师范大学出版社 1997 年）一书，该书 20 万字，分为两部分：第一部分是"文学流派论"，评述了战后派文学、民主主义文学、无赖派文学、第三批新人文学、作为人派文学、内向的一代文学、推理小说、社会批判文学；第二部分"作家作品论"，评述了川端康成、井上靖、太宰治、松本清张、野间宏、水上勉、安部公房、大江健三郎等作家，呈现了日本战后文学的大体面貌。

近年来，以战后文学的流派为单元加以专门研究的专著也问世了，那就是北京大学翁家慧在博士学位论文基础上修改而成的《通向现实之路：日本"内向的一代"研究》（中国社会科学出版社 2010 年）一书。这是我国第一部内向派研究的专著，在日本，研究内向派专著也仅有古屋健三的《"内向的一代"研究》（1998 年）一部书而已，显示了我国日本文学研究在选题上的投射力。全书以 17 万字的篇幅，对"内向的一代"作为流派的形成、创作的艺术特征、主要作家（古井由吉、后藤明生、黑井千次、小川国夫、阿部昭、大庭美奈子）的生活经历、体验与思想创作的关系做了分析，从自我与社会的关系入手，对他们的主要作品文本做了文本分析，并与私小说等相关创作现象做了比较，为读者全面、立体地了解"内向的一代"提供了可靠的参考。

以断代文学史的形式，对日本战后文学进行系统评述的，是曹志明著《战后日本文学史》（人民出版社 2010 年），这是教育部规划的第十一个五年计划中的高校教材。作者把 1945—1995 年五十年间称为日本文学史上的"战后"时期，并分为三个阶段：第一个阶段是 1945—1954 年，是战后文学的初期；第二个阶段是 1955—1975 年，是战后文学的中期，第三个阶段是 1976—1995 年，是战后文学的后期。以此为线索，以 27 万字的篇幅，对不同历史阶段的文学思潮、文学流派、作家各种体裁的文学创作、评论家的评论等，做了全面系统、简明扼要的梳理评述。与此前的李德纯、何乃英的著述相比，该书最大的特点是按照教科书的写法，以祖述文学史知识为主，涉及的问题点与知识点多，文学创作与文学评论并重。书名《战后日本文学史》中的关键词之一是"战后"，说到"战后"，一般都与"战争"有着或明或暗的联系，并与"战前""战中"相对而言。但实际上，到了本书所说的第三个阶段，日本文学总体上与战争的关联已经很疏淡了。究竟"战后""战后文学"或"战后文学史"所指涉的时间范围在哪里，对中国的研究者而言还是值得探讨的问题。

在战后派作家中，三岛由纪夫是一个特异的存在，他的自杀与战争、与战败后的日本社会有着极为密切的关系，他的特异的思想与丰富复杂的创作产生了较大的世界性影响，而中国日本文学研究界，在三岛由纪夫的译介与评价上，也产生了分歧、交锋与争论。

1970 年，三岛自杀的事件以及带来的日本右翼势力和军国主义思潮抬头，引起了中国的警惕。人民文学出版社决定将三岛由纪夫的军国主义倾向最突出的《丰饶之海》四部曲翻译出来，作为"内部参考"，"供批判用"。1971—1973 年，《丰饶之海》四部曲（《春雪》《奔马》《晓寺》《天人五衰》）陆续出版，内部发行。此后一直到 1985 年间的十几年时间里，三岛由纪夫的作品翻译在我国完全停止。一直到 1985 年，中国文联出版公司出版了唐月梅翻译的《丰饶之海》四部曲之一《春雪》，为三岛由纪夫在当代中国的公开翻译出版开了一个头。唐月梅在译本前言中，指出三岛在战后初期的创作"在唯美主义的背后，还是隐藏着那根深蒂固的以天皇制为中心的日本主义的意识"，而 1960 年代以后的创作，"无论在政治上还是在文学上都表明他已经不仅追求情欲的满足，而且表示对天皇制传统观念的憧憬，对其精神支柱——武士道精神的求索"。谈到作品翻译的动机，唐月梅写道："翻译他的某些作品，并不等于赞同他的政治观点和文艺观点；同样，批判他的政治观点和文艺观点，也并不意味着否定他的全部创作。我们对于一个作家及其作品需要的是采取实事求是的态度，具体作品具体分析。"1994 年，叶渭渠在《外国文学》月刊《三岛由纪夫专辑》发表《"三岛由纪夫现象"辨析》一文，反对从政治的角度看待三岛，他开门见山地指出："三岛由纪夫 1970 年自戕后，他的一些文学作品作为政治载体很快地介绍到我国来，以'供批判用'。在那个特定的历史时期，正在批判日本'复活'军国主义，人们自然怀着政治的激情，将其人其行为固定在军国主义的政治位置上，并批判他的《忧国》《奔马》等。三岛事件已经过去二十多年，时至 90 年代的今日，有的论者仍然按照特定时期的既定观点批评三岛由纪夫要'复活军国主义'，并且'借助艺术形式来宣扬他的这一观点'；有的论者甚至进一步开放，将批判范围扩大到《金阁寺》和《春雪》，认为前者'反映了他的军国主义情绪'，后者'鼓吹军国主义复活'，这是值得商榷的。"他主张不从政治角度，而应从文学、美学角度看待三岛。关于三岛的精神结构与天皇制的关系，叶渭渠通过对三岛的相关作品与言论的分析，认为三岛由纪夫要复活的，是"文化概念的天皇制"而不是"政治概念的天皇制"，三岛所理想的天皇，不是政治权利的象征，而是日本悠久的传统文化的象征；认为三岛以其"文化概念的天皇制"这种两重价值取向作为同一圆心，纵轴建立起行动学，横轴建立起美学。就其"行动学"而言，核心是"文武两道"，"武"的方面强调"肉体训练"，"文"的方面及精神方面，把中世纪武士道的"死"作为人的自由意志的极致，并将其美学化，推崇自杀、剖腹的所谓"残酷美"，并形成了"血+死＝美"的方程式。叶渭渠的这篇文章对三岛的精神结构、文学与美学内涵做了深入的分析概括，颇得要领，是他关于三岛观的总纲和三岛评论的代表作。该文又作为《三岛由纪夫文学系列》（作家出版社 1994 年）的"代总序"冠于各卷卷首，产生了相当的影响。

三岛由纪夫的评论与研究文章，有一部分收在了叶渭渠等主编《三岛由纪夫研究》（开明出版社 1996 年）一书中，收录了美国、日本、中国学者的二十多篇文章。中国学者的文章有叶渭渠的《三岛由纪夫的精神结构与美学》、隋玉林的《三岛由纪夫与天皇制——〈文化防卫论〉批判》、唐月梅的《三岛由纪夫美学的重层性》和《全乐章的交响——〈丰饶之海〉四部曲》、莫言的《三岛由纪夫猜想》、余华的《三岛由纪夫的写作与生活》、王向远的《三岛由纪夫小说中的变态心理及其根源》、竺家荣的《怪作〈假面自白〉剖析》、于荣胜的《试评〈金阁寺〉——兼谈三岛由纪夫的美》、陈春香的《毁灭与拯救的双重变奏——〈金阁寺〉的生命观与美学观》、肖四新的《试论〈金阁寺〉的审美观》等，分别从政治学、文艺学、美学、心理学的视角，对三岛及其创作做了解读和评论。如作家余华在《三岛由纪夫的写作与生活》一文中指出："三岛由纪夫混淆了全部的价值体系，他混淆了美与丑，混淆了善与恶，混淆了生与死，最后他混淆了写作与生活的界线，他将写作与生活重叠到了一起，连自己也无法分清。"针对有人所说的三岛由纪夫只是鼓吹"文化概念"上的天皇制，而不是"政治概念"上天皇制的问题，翻译家隋玉林在《三岛由纪夫与天皇制》中指出，如果不是"政治概念"上的天皇制导致日本的战败投降，"他（三岛由纪夫）还会反对所谓政治概念上的天皇制吗？他不满足于天皇的象征性，他要把军权交给天皇，他还要来一次造神运动把天皇重新抬上神位"。"他对昭和天皇有点恨，那是恨他不争气，恨他自己宣布《人的宣言》。"关于有人所说的三岛由纪夫剖腹不是搞"政变"，隋玉林指出："三岛煽动自卫队目的在于率领他们冲进国会，强迫国会通过他所设计的修改宪法草案，这显然就是政变。（中略）如果只是宣传自己的思想，又何必非找自卫队不可呢？如果不是煽动政变而只是宣传武士道精神，难道他要自卫队都学他来个集体剖腹吗？历史车轮滚滚向前，螳臂挡车自取灭亡。总而言之，我只能说三岛由纪夫是个妄图阻止历史和文化发展的、反动的民族主义者和复古主义者。他的文学的社会价值等于是个负数。"王向远在《三岛小说中的变态心理及其根源》一文中认为:"三岛文学中的变态心理既不是一般的颓废主义,也不是他人所说的'唯美主义'。他被人划为'战后派',但又与反对和揭露战争、期望和平与民主的战后派作家截然相反。三岛由纪夫的小说在道德的堕落中有着清醒的理智,在唯美的颓废中有着强烈然而又是反动的政治信念和追求。他小说中人物的倒错心理,是他与战后日本社会畸形对抗关系的一种艺术的透射和隐喻。虐待(施虐与自虐)心理是他面对丧失了神圣性的日本武士道传统时的一种无可奈何的愤恨情绪的发泄,嗜血心理基于他残暴的武士阴魂的复活与冲动,趋亡心理则基于三岛由纪夫以毁灭、死亡求得永存的'殉教'倾向。一句话,三岛文学的倒错、虐待、嗜血与趋亡等变态心理是日本传统武士道精神在当代社会中的畸变。"

以评传的方式,对三岛由纪做出系统评析和深入研究的,是唐月梅《怪异鬼才——三岛由纪夫传》(作家出版社 1994 年)一书。这是我国第一部三岛由纪夫的传记,也是唐月梅的三岛由纪夫研究的集大成的著作。作为一部学术性的传记,广泛吸收了日本人的研究成果,利用了大量材料,全面系统地研究评述了三岛由纪夫的生平和创作生涯,观点基本上是科学、中肯的,分析是细致深入的,在总体水平上超过了日本及日本国外的同类著作,堪称了解三岛由纪夫的必读书。

## 第四节　对当代作家川端康成、大江健三郎、村上春树的评论研究

这里所谓的"当代作家",指的是战后近半个世纪以来活跃于日本文坛,或被日本文坛不断论说的作家。我们日本文学界对相关重要作家,或多或少大都有所介绍。以专著方式加以评述研究的,除了上述的三岛由纪

夫外，还有石川达三（见刘振生著《石川达三文学评述》）、井上靖（见卢茂君著《井上靖中国题材历史小说研究》）、陈舜臣（见曹志伟著《陈舜臣的文学世界》）、远藤周作（见路邈著《远藤周作：日本基督教文学的先驱》）、吉本芭娜娜（见周阅著《吉本芭娜娜的文学世界》）、川端康成、大江健三郎、村上春树等，其中评论研究最多的是后三个人。

川端康成（1899—1972 年）早在 1930 年代就已经成名，但在中国几乎无人提到。1968 年，川端康成获得诺贝尔文学奖，但当时正是我国的所谓"无产阶级文化大革命"时期，不可能对川端康成的获奖做出应有的反应。1980 年代初，川端康成的翻译一下子成为中国的日本文学翻译中的热点。老翻译家韩侍桁和叶渭渠、唐月梅最早翻译川端康成的作品。1981 年韩侍桁译《雪国》和叶渭渠、唐月梅译《雪国·古都》出版。此后译本络绎不绝，仅 1985 年一年中就出版了七八个川端康成作品的译本。到了 1990 年代，中国的"日本文学热"总体上已经降温了，但川端康成作品的翻译出版依然热火朝天。叶渭渠主编了四套川端康成的作品丛书，其中最重要的是中国社会科学出版社 1996 年出版的《川端康成文集》十卷。到了 2000 年底，高慧勤主编的《川端康成十卷集》由河北教育出版社以豪华精装的形式出版。

川端作品的这些丛书、译本规模化、大密度、持续不断的翻译出版，在 20 世纪我国的日本文学翻译史上是空前的，川端一生中大部分作品都已经有了中文译本。川端康成在中国的持续不衰的"高热"，是值得研究的一种文化现象。其原因很复杂。但最主要的原因大致有三：

第一，对诺贝尔文学奖及其获得者的崇敬乃至崇拜心理，在读者和文学界相当流行。1980 年代后出版的大量的和诺贝尔文学奖金及其获得者有关的丛书、类书、专著等，就是明证。"诺贝尔文学奖金获得者"等于"世界级大作家"这样一种看法，虽然在逻辑上和事实上都不能被充分证实，但在感觉和印象上普遍存在。而川端康成作为亚洲第二位诺贝尔文学奖金获得者，比起欧美国家的众多的获奖者，更显得稀罕而可贵，更能引起中国读者在"东方文学"层面上的认同、重视与共鸣。第二，川端康成在当代日本，是文学研究的最大热点之一，虽然不同的评论家和研究家互有争议，但总体上看是评价甚高。研究川端康成的文章、著作和资料，汗牛充栋，这种情况，不能不影响到中国对川端康成的译介。第三，川端康成的作品，具有浓郁的日本民族风格，在文学类型、写法、意蕴等各方面具有特异性，是文学写作、文学研究和文学评论的一个绝好的、不可多得的文本。

很大程度上，中国的"川端康成热"是由翻译家和研究家、评论家们促成的。本来，川端康成的作品大部分是属于所谓的"纯文学"的范围。一般来说，日本的"纯文学"和社会小说、推理小说等"大众文学"不同，由于缺乏通俗性和大众性，其阅读圈子相对狭小。而对我国读者来说，川端康成的作品在"纯文学"中恐怕又是最难懂的。但这种"难懂"，更多的不是由作品的情节、人物本身造成的。从情节上看，川端的作品情节淡化，故事大都非常简单；从人物描写来看，常常是单纯的、封闭的，缺乏复杂的社会背景和性格的描写。由于川端的作品从人情的细微处着笔，没有西方文学、古典文学那样博大精深，因而读者读起来不会产生高山仰止的崇高感；又由于他的作品只写感觉与感受，没有西方现代主义文学的荒诞构思和哲学思辨，因而读起来并不感觉深奥难解。读完之后，留下的也只是一点点"感觉"和情调。但是，倘若要用逻辑的、理论的语言把"感觉"和情调加以总结和提升，就会觉得非常困难。在这种时候，才知道原来自己并没有读懂川端康成，原来川端康成并不那么简单。川端康成的作品和日本的传统文学、传统的审美文化，有着深刻的渊源关系。他的作品大都通过男女恋情和性爱的描写，来表现他的日本式的"人情"、日本式的"感觉"，和日本式的所谓"美意识"。而中国一般读者，要从日本传统文化和美学的角度看待川端康成，理解其中的日本之"美"，那就非由学者和评论家加以研究阐释不可。而且川端康成的作品大多涉及嫖妓（如《雪国》）、乱伦及乱伦意识（如《千鹤》、《山

音》）、性变态与性妄想（如《睡美人》《一只胳膊》）等悖德、颓废的
内容。在性道德比较严格的中国，要理解这些东西，是有着文化隔膜的。
如何看待这些作品，也非要评论家和研究家对读者加以引导不可。

　　事实上，在我国，对川端康成作品的翻译，与对川端康成的研究和评
论是相辅相成的。在我国学者撰写的日本作家的研究评论文章中，有关川
端康成的研究成果是最多的。大量翻译和大量研究评论共同构成了川端康
成译介的热闹景观。1980 年代初之后的三十多年间，我国的各种学术期
刊、报纸发表的有关川端康成的论文与文章，近 200 篇；出版的有关川端
康成的研究、评介著作和论文集等也有多部。除了翻译过来的川端康成研
究著作（如孟庆枢译长谷川泉《川端康成论》，何乃英译进藤纯孝《川端
康成》）之外，由我国学者撰写的有关研究性评传著作有叶渭渠的《东
方美的现代探索者——川端康成评传》及修订版《冷艳文士川端康成传》
（中国社会科学出版社 1989 年，1996 年）等，何乃英的《川端康成》（河
南人民出版社 1989 年）、《川端康成和〈雪国〉》（辽宁大学出版社 2001
年），孟庆枢的《川端康成——东方美的痴情歌者》（吉林人民出版社
1996 年），谭晶华的《川端康成评传》（上海外语教育出版社 1996 年）
等；其中，叶渭渠的《东方美的现代探索者——川端康成评传》及其修
订版《冷艳文士川端康成传》是川端康成评传式研究的集大成和最高水
平的作品。该书充分吸收了日本人的研究成果，融会了自己多年翻译和研
究川端作品的体会，资料很丰富，对作品的分析深入细致，观点剀切详
明，堪称我国读者全面了解川端康成的必读书。

　　1980 年代，围绕着川端康成的作品，特别是他的代表作《雪国》的
理解和评论，我国文学界、学术界长期进行了热烈的、有时是激烈的讨论
和争鸣。总起来看，对川端康成的评论和理解，大体可以分成立场、角度
各有不同的三派：一派从现实主义观念及"典型人物""典型环境"论的
角度解读川端康成，认为川端康成的作品是现实主义的，权且称为"现
实主义观念"派；一派站在社会现实的角度，从作品与社会现实的直接

的关系上冷静分析作品，认为川端康成的作品没有正确地反映时代和现实，因而不是现实主义的，姑且称为"社会现实派"；另一派从日本传统文化、从日本与西洋文化融合的角度，特别是审美文化的角度研究和评论川端，姑且称为"审美文化派"。

　　长期以来，由于政治的、历史的原因，我国文学评论界独尊现实主义，习惯用现实主义的创作方法来看待文学现象。1980 年代初，研究和评论川端的一些文章，就把川端康成的作品看成是现实主义作品。用现实主义的"典型人物"论及"人物形象分析"的方法来分析川端康成作品中的人物，用所谓"主题思想"的概括来把握作品，用"反映社会本质"论来衡量作品的价值。如署名黎梦的《从生活原型到文学形象》（《东北师大学报》1983 年第 3 期）的文章认为："《雪国》尽管在创作方法和艺术构思中，有一些非现实主义的成分，但它不仅是现实生活的反映，并且在很大程度上是忠实于生活的本来面目，打着实际生活的鲜明印记的。因此，这是一部现实主义因素占主导地位的作品。"李明非、尚侠在《试论〈雪国〉的人物与主题》（《日本文学》1983 年第 2 期）一文中反问道："《雪国》所描绘的到底是怎样的生活图景？作品所展示的一幅幅生活画面，难道没有客观性可言，而只能是岛村眼里的虚无世界的幻影吗？"并得出结论说：《雪国》中的驹子是"一个在追求中忍受，在忍受中追求的日本现代社会中的被损害的女性形象"；"《雪国》的主题"是"作品通过驹子为代表的社会底层人物的不幸，表现了人与社会现实的矛盾对立。这一主题揭示了 1930—1940 年代日本社会生活的某些本质方面"。这类文章的出发点是试图用马克思主义的观点来研究川端，但在运用马克思主义及现实主义文学观念时，却显出了不将具体问题做具体分析的僵硬和机械。

　　和"现实主义"派不同，"社会现实派"论者反对将《雪国》说成是"现实主义"作品。李芒在《川端康成、〈雪国〉及其他》（《日语学习与研究》1994 年第 1 期）一文中指出：川端康成的作品"依然是现实社会中存在的事物，但不一定就是现实主义文学，有模特儿也未必成为塑造典型人物的根据"；川端康成"无意着力塑造艺术的典型形象"，《雪国》中的驹子也不是什么"典型人物"；驹子与岛村的关系"只是游客和艺妓比较热乎的肉体关系，驹子的追求并不是什么真正的爱情，她的存在也并不充实"。《雪国》写于日本对外侵略期间，"如果是现实主义作品，也总该叫人闻到一些'时代'气息，或者看到一些这类事件对于日常生活哪怕是极其轻微的影响，或者对自己所写的应予否定的社会生活有所批判。然而，事实并非如此。川端笔下的《雪国》仿佛是世外水晶宫，生活着一些'从社会性走向生理性的人'"。莫邦富在《也谈川端康成的〈雪国〉》（《外国文学研究》1983年第4期）一文中指出："岛村对驹子只有性欲上的要求，根本没有感情上的爱恋……而驹子对岛村的'爱情'也是计时收费的。"他认为："川端康成在驹子身上灌输了落后的、封建的恋爱观，而这种恋爱观是同日本的封建历史分不开的。"这些评论是从《雪国》与社会、与时代的关系出发，而不是从僵化的概念出发，对川端康成及其《雪国》的评价力求冷静、客观，反对对川端康成作品的哄抬和拔高。莫邦富还用可靠的材料说明，《雪国》的情节人物均有错乱之处，"很难设想一部连主人公的岁数与出生地都多次搞错的作品会是构思精巧之作"。

"审美文化派"改变了川端康成的研究视角和研究方法，特点是站在文化的、美学的角度，这是审视川端康成的最本质的角度。在我国，较早尝试使用这种角度来研究川端的，是丘培的《浅谈〈雪国〉》（《日本文学》1983年第1期）一文，作者认为："如果把《雪国》比作一支凄婉、感受的乐曲，悲观和虚无就是它的主旋律，它主宰着全篇的象征、暗示和余韵，奏出了'生存本身就是一种徒劳'的心声。"川端康成"在这里显然是要说明，美是虚无的，对美的追求是徒劳的，人生不过是一场徒劳的梦"；"在川端康成的意识里，建立在真善美基础上的传统的美学观念已经失去了意义，而'悲'、'虚无'、'美'三者是结合在一起的"。许虎一在《试谈川端康成的"美的世界"》（《日本文学》1984 年第 1 期）一文中认为："川端康成的美的世界是建立在非现实基础之上的。他反对反映现实生活的现实主义创作方法，主张文学超越现实，描写瞬息间的感觉、印象和感情，他注重下意识的活动和变态心理。……作家好像要说明，美就是在无数偶然的假象所造成的瞬息间的幻觉之中。"高慧勤在为自己的译本《雪国·千鹤·古都》所写的题为《标举先感觉，写出传统美》（1985 年）的长篇序言中，在分析了三篇作品之后说："他（川端康成）在《雪国》《千鹤》《古都》中，刻意追求的，就是美，就是传统的自然美，非现实的虚幻美，和颓废的官能美。川端作品的写法，既是'新感觉派'的，西方式的，同时也是传统所能接受的，日本式的，从而形成了自己独特的美学风格。如果说，川端康成给日本文学带来了什么新东西，作出什么新贡献，能用一句话加以概括的话，那就是：作家本着现代日本人的感受，以优美叹惋的笔调，谱写出日本传统美的新篇章。"

审美文化派研究的成果，较为集中地体现在叶渭渠等在 20 世纪末主编出版的专题论文集《不灭之美——川端康成研究》（中国文联出版社 1999 年）一书中。该书收中外学者的文章近 30 篇，其中三分之二是中国学者、翻译家或评论家的文章，包括叶渭渠的《川端对传统美的现代探索》，佟君的《日本纤细哀愁的象征》，止庵的《川端文学之美》，余华的《川端康成与卡夫卡》，刘白羽的《川端康成的不灭之美》，魏大海的《川端康成的虚空与实在》，张石的《川端康成与易学》，汪正球的《美的佛界与魔界》，邱雅芬的《传统与永恒之美——〈伊豆的舞女〉论》，李强的《〈雪国〉与川端康成的"回归传统的情结"》，唐月梅的《人·自然·传统之美——〈古都〉论》，孟庆枢的《〈千只鹤〉的主题与日本传统美》，李均洋的《茶心、禅心的美学——〈千只鹤〉》，陈春香的《川端康成的无奈——〈睡美人〉之我见》，于荣胜的《谈〈河边小镇的故事〉》、杨伟的《川端康成与少男少女小说》等，大都是从公开发表的文章中选编的，很大程度地体现了 1980—1990 年十年间中国川端康成研究的水平，反映了我国学者在审美文化的视阈中对川端文学的认识。

上述川端康成的研究和评论，清楚地表明了改革开放后我国文学，特别是文学评论方法，由单一走向多样，由先定的观念走向实事求是的科学研究的变化轨迹。由于川端康成的作品具有特异性，原有的用来批评古典现实主义作品的批评方法与川端康成的作品之间已形成了背谬，使得评论家们不得不尝试使用其他的方法和其他的角度，为此而又不得不借鉴和参考日本文学研究和评论家的方法与视角。这对 1985 年前后我国文学批评方法由传统现实主义向多样、多元方法的转型，是起了一定作用的。在经过多年的讨论和争鸣后，我国的评论者研究者对川端康成的作品的认识，在审美文化的层面上取得了基本的一致。

进入 21 世纪后的十几年间，我国的川端康成研究的基本走势是转向文化研究的视角，川端康成的评论研究文章每年都有四五篇左右，基本上是审美文化视角的延伸。这一点也体现在此时期出版的几种专著——包括张石《川端康成与东方古典》（上海古籍出版社 2003 年）、周阅《川端康成文学的文化学研究——以东方文化为中心》（北京大学出版社 2008 年）、吴舜立《川端康成文学的自然审美》（中国社会科学出版社 2011 年）等著述中。

其中，张石的《川端康成与东方古典》一书共分四章：第一章"川端康成的生活"是作家生平的评述；第二章"川端康成的美学"论述了川端康成与日本的感性文化之美的关系；第三章"川端康成与东方古典"论述川端康成与中国易学的关系；第四章"作品专论"。作者在第三章中，通过原始资料和作品的细致分析，认为川端康成的创作早年便受到祖父的关于风水学的未刊稿《构宅安危论》的影响，这个问题此前日本学者濑沼茂树在《川端康成论》中虽也提到，但并没有展开分析。张石通过对川端康成的早期作品《十六岁的日记》相关记载的分析，又证之以《南方的火》《山之音》等小说，认为川端康成受到了中国《易经》的"易"与"不易"思想的熏陶影响。这在川端康成研究中可谓新鲜的见解，从一个侧面深究了川端康成与东方古典文化之间的密切关联，也有助于为川端美学寻找文化根据。

北京语言大学教授周阅（1967 年生）的《人与自然的交融——〈雪国〉》（云南人民出版社 2002 年）对川端康成的代表作《雪国》，从成书过程、人物分析、结构内容与思想价值，到艺术特色等，都做了细致的文本剖析，对作品影响特别是在中国的翻译传播研究情况等，也做了综述。之后，周阅又出版了《川端康成文学的文化学研究——以东方文化为中心》（北京大学出版社 2008 年）一书，这是在北京大学通过的博士学位论文的基础上修改而成的。该书以跨文化、跨学科研究的视角，以文本细读与文本分析方法，对川端康成与佛教禅宗的关系，与东方美术特别是中国宋元美术的关系，与中国围棋中的"中和思想"的关系，与老庄思想、儒家思想的关系，与中国古典文学特别是与唐人小说的关系，做了细致深入的分析研究，全面呈现了川端康成与东方文化特别是与中国文化的关系。资料丰赡，论述细腻，虽然书中的问题与结论，此前为许多研究者或多或少论述过，但像该书这样以五十多万字的规模篇幅，对现有的研究成果加以吸收借鉴和超越，做出如此全面周密的综合研究的著作，无论是中国还是在日本研究成果中都是罕见的，可以说是中国川端康成文学的审美文化研究的最有分量的著作。该书与叶渭渠的《冷艳文士川端康成传》一道，是中国学界川端康成研究著作的代表作。

对日本的另一位诺贝尔文学奖获得者大江健三郎（1935 年生）的译介与研究，是 1990 年代后至今中国的日本文学界关注的重点之一。1994 年在大江获诺贝尔奖之前，我国对他的作品翻译仅仅有零星的几个短篇，不足以引起人们的注意。1988 年，王琢发表《人·存在·历史·文学：大江健三郎的小说》（《社会科学战线》1988 年第 2 期），是关于大江的最早的评介文章。几年后孙树林发表《大江健三郎及其早期作品》（《日语学习与研究》1993 年第 2 期）的文章，对大江健三郎极力加以推介，认为："大江健三郎是日本当代著名小说家，被誉为'川端康成第二'和

'新文学的旗手'。自从作为大学生作家登上文坛以来，大江发表了大量的小说、戏剧、评论及随笔等，成为日本文坛的宠儿和战后成长起来的年轻一代的代言人。他的作品有广泛的读者，尤其受到青年读者的青睐。大江健三郎常常走在日本文学的最前列，用具有现代意识和风格的作品去反映忧郁、烦恼、无所依托的青年一代，深深地挖掘社会所面临的种种问题以及人生的本质，批判当今资本主义的流弊。他的作品被介绍到欧美，成为当今享有国际声誉的为数不多的日本作家之一。然而，在我国，大江健三郎的作品翻译及研究近乎一片空白。故此，笔者想通过这篇拙文放一把火……"实际上，由于大江作品在"政治与性"两方面的大胆表现，日本文坛也存在着很大争议，特别是对中期以后那些泛滥、出格的性爱描写，中国的翻译者也不免存在一些顾虑。但诺贝尔奖金为他的作品在中国的译介，消除了所有的障碍和顾虑，这把火一放即火光冲天。还有，大江健三郎在政治上的左翼立场与中国官方意识形态一致，他与中国官方自"文革"时期就有的良好关系，他对中国文学特别是对莫言等作家的关注和关照，他多次来华访问，这些都使得他在中国得到了热情的接待、很高的关注与评价。

1995 年一年间，我国所有的文学报刊，日本研究类学术刊物，如《外国文学月刊》《日本学刊》《日本研究》《国外文学》《文学报》《文艺报》等，都争先恐后地报道大江健三郎，翻译和发表大江健三郎的作品，发表关于大江健三郎的评论文章和研究论文，可以说，1990 年代后半期的五六年间，持续出现了一股"大江健三郎热"。1995 年，光明日报出版社推出了叶渭渠主编五卷本《大江健三郎作品集》，各卷冠有叶渭渠和王中忱分别写的两篇序文。叶渭渠的题为《偶然与必然》的序文，谈了大江获奖的偶然性与必然性，认为大江获奖的必然性主要在于大江将存在主义文学"加以日本化"了；王中忱的题为《边缘意识和小说方法》，从大江所说的"边缘意识"出发，阐发了大江文学的特性。1996 年，叶渭渠又主编了《大江健三郎最新作品集》五卷，由作家出版社出版。2001 年，叶渭渠主编《大江健三郎自选集》全三卷由河北教育出版社出版，此外还有多种单行本译本陆续出版。在此基础上，相关的评论文章也陆续发表，其中有宏观层面上的研究，如刘士龙的《大江健三郎的文学观及其文学特征》（《外国文学评论》1995 年第 1 期），王中忱的《倾听小说的声音——试说大江方法意识与创作特征》，于进江的《大江和"大江文学"的特色》（《聊城师范学院学报》1995 年第 2 期），王琢的《"被监禁状态"下的苦闷和不安》（《海南大学学报》1995 年第 4 期），麦永雄的《燃烧的绿树：大江健三郎思想特质论》（《东方论丛》1997 年第 1 期）、《日本的艳情文学传统与大江的性》（《广西社会科学》1997 年第 4 期），何乃英的《大江健三郎创作意识论》（《外国文学评论》1997 年第 2 期），曹巍的《寻找失落的家园：大江健三郎的乌托邦》（《北京师范大学学报》2000 年第 3 期）等，还有王新新、王琢、许金龙、关立丹、霍士富等撰写的评论分析具体作品的文章。进入 21 世纪后，学术期刊上关于大江的论文有所减少，每年平均三五篇，重要的有：王新新的《中国之于大江健三郎》（《文艺争鸣》2001 年第 5 期）、《从大江文学看日本战后文学的天皇制禁忌》（《吉林大学学报》2003 年第 1 期）、《从战后启蒙到文化批评》（《东北师范大学学报》2003 年第 5 期），胡志明的《暧昧的选择——大江健三郎中期创作中对萨特存在主义的消化》（《外国文学评论》2001 年第 1 期）、《大江健三郎小说创作的互文性特征》（《国外文学》2011 年第 3 期），许金龙的《"始自于绝望的希望"——大江健三郎文学中鲁迅影响之初探》（《鲁迅研究月刊》2009 年第 11 期）、《〈水死〉的"穴居人"母题及其文化内涵》（《外国文学评论》2012 年第 4 期）等，都有新意。由于与研究对象距离近，不少文章属于"评论"文章而难说是研究论文，大多数文章只是将大江自述的文学观与其作品加以相互分析印证。王新新在其专著《大江健三郎的文学世界》（人民文学出版社 2004 年）一书的序章中分析日本国内的大江研究状况时认为："大江及其文学的研究依旧存在着一个致命的弱点，就是无法摆脱大江自己在自己的小说后记或文学随笔中对自己作品进行的解说，就是说，迄今为止的绝大多数研究和评论，并未能超越大江自身对自己文本的阐释"（第4页），这一评价对中国的大江评论而言，多少也适用。

　　王新新（1966年生）的专著《大江健三郎的文学世界》一书，认为大江的早期创作带有鲜明的"战后启蒙"的特征，大江作为作家与实际的政治运动保持一种距离，在战后日本社会的转型期，主要用文学的方式对天皇制进行批评，对侵略战争加以反省，对民主思想加以普及，重新确立战后的自我意识。大江所进行的战后启蒙，是继明治时代启蒙运动后的"再启蒙"。因而，王新新认为"启蒙者意识"和"文化批评意识"是大江早期创作的最为重要的特征之一，她认为这两点被中日两国的研究者忽视了，并试图从两个角度来把握大江的早期创作。围绕"再启蒙"这一视点，她对大江的《火山》《奇妙的工作》《死者的奢华》《饲育》《人羊》《我们的时代》《十七岁》《性的人》《个人的体验》等作品做了分析，围绕"文化批评意识"，对《万延元年的足球队》做了分析。这样的分析研究，对读者理解大江健三郎的早期创作，是有益有用的参考。

　　与上述王新新的专著同时出版的另一部专著，是海南大学王琢（1958年生）《想象力论——大江健三郎的小说方法》（上海文艺出版社2004年）一书，以"想象力"为关键词，从文艺学及"小说方法"的角度，对大江健三郎的创作做了深入的解读与评析。作者认为，大江是典型的理论与创作两栖的人，迄今为止的大江研究多偏重于作家作品论，而忽略了作为理论家的大江；认为大江文学理论的核心概念是"想象力"，他在创作的不同阶段所接受的萨特存在主义、俄国形式主义、结构主义、文化人类学及魔幻现实主义的影响，都可以归结到"想象力"这一根本问题上。特别是大江对法国哲学家巴什拉提出的"想象力是改变形象的能力"、布莱克提出的"想象力就是人的生存本身"的命题的接受与延伸，是大江在文学理论上成熟的标志。大江自觉地把西方的"想象力"论运用于自己的创作，提出了"核时代的想象力""政治的想象力"的概念，又接过民俗学家柳田国男的"民众共同的想象力"的概念、山口昌男的"中心——边缘"的概念,运用于创作、运用于对日本文学与文化的批评中。以想象力理论对日本传统的私小说关于"想象＝虚构＝不真实＝谎言"的思维模式,对私小说的"脱政治性""日常性"和"个人性"加以批判。又站在"边缘"立场上,对"中心"进行抵抗,并在这一过程中训练想象力、激活想象力,这使得大江文学带有一种对于读者来说是完全陌生化的乃至怪诞的想象力的发挥,从而展开了文学实验的冒险。王琢的著作就是这样以"想象力"解读大江其人其作品,从而对大江文学的文化构成,对大江文学与西方文化文学、与日本文化文学、与传统文学现代文学的复杂关联,找到了深入理解的入口和契机。这样的研究,也超越了对大江作品的评论层面,而具有了更高的理论价值。

将大江健三郎与中国的莫言进行比较,也是一个有价值的研究课题。在这方面,北京第二外国语学院张文颖(1972年生)的《来自边缘的声音——莫言与大江健三郎的文学》(中国传媒大学出版社 2007 年)一书,认为大江与莫言都是边缘意识很强的作家,因而他们的文学特质非常接近,都给我们提供了认识文化上的"中心"与"边缘"问题的最好的范本。他们站在与中心文化相对的家乡(边远乡村)边缘文化的立场上,以其倔强、粗野、坚韧的原始生命力,以孤独痛苦的体验和传奇性、怪诞性,构建了充满想象力的文学王国。全书以"边缘"为关键词,对莫言与大江的文学展开了系统的比较分析。联系到五年后(2012年)莫言也获得了诺贝尔文学奖,这样的比较研究便更加增添了一层意义。

日本作家村上春树(1949年生)自 1970 年代后期登上文坛以后,很快便形成世界性的影响。1980 年代,他的《挪威的森林》等小说在中国陆续翻译出版,成为畅销书。但在村上进入中国的头十年中,中国日本文学研究和评论界并没有予以普遍关注,除了 1989 年李德纯发表的《物欲世界的异化——日本的"都市文学"剖析》(《世界博览》1989 年第 4 期),按照日本评论家川本三郎的观点,将村上春树、中上健次等作家界定为"都市文学"派，许多人只把他的作品作为流行文学看待。据杨炳菁女士在《后现代语境中的村上春树》一书绪论部分的调查研究，村上文学进入中国的头十年，相关评论文章不足十篇。她认为："在这不足十篇的论文中，却有着对中国村上研究产生重要影响的两篇文章。"一篇是王向远的《日本后现代主义与村上春树》（《北京师范大学学报》1994年第5期），她认为王向远较为准确地概括出了村上文学的主要内容，特别是对村上文学的"后现代文学"的定性，受到"普遍认同"；另一篇则是林少华的《村上春树作品的艺术魅力》（《解放军外国语学院学报》1999年第3期），这篇文章对村上的创作主题、语言特色等诸多问题发表了见解，后稍作修改，改题《村上春树小说世界及其艺术魅力》，用作上海译文出版社《村上春树文集》的总序，产生了很大影响，并使后来的文章多少带有"林氏解读"的痕迹。

王向远在上述的文章中，援引当时的后现代主义理论家、美国的弗·杰姆逊、日本的柄谷行人等人的观点，认为日本自1960年代末以后已经属于"后现代"社会，这是后现代主义文学产生的条件，指出从那时到1990年代，日本的内向派文学、都市文学、儿童派文学三个流派，在创作上具有"内向性"的特点，本质上属于后现代主义文学的范畴。还有未被归为某一流派的某些作家，如丸山健二、高桥源一郎等，也具有后现代主义文学的特征，并进而认为所谓"都市文学"的代表人物村上春树"鲜明地、集中地体现了后现代主义文学的一系列特点"，是"后现代主义文学的典型文本"。首先是其作品充分体现了后现代主义文化的总体氛围：消费性，亦即商品的消费，乃至性的消费；另一个特点就是其"消解"——自我的消解、意义的消解，追求偶然性、随机性和过程性，表现了"后现代作品中的人物的生存常态：不再为沉重的压迫而喘息，却因轻飘飘的失重而茫然，这就是所谓'生命中不能承受之轻'！处于这种失重状态的人物，没有痛切的感觉，没有深沉的痛苦，没有执著的信念。有的只是一点点哀愁，一点点忧伤，一点点无奈，一点点调侃，一点点惆怅。这就是村上笔下的后现代人的综合感觉"。最早明确地以"后现代主义文学"为村上春树的文学的基本性质、属性和特征做出了判断和概括。

上述林少华的那篇文章，把村上小说的艺术魅力所在归纳为四个方面：第一是"作品的现实性，包括非显示的现实性"，认为"作者笔下的非现实性世界、非现实性人物在本质上无不带有奇妙的现实性，从而象征性地、寓言式地传达出了当今时代和社会的本质上的真实"。第二是"独具匠心的语言、语言风格或者说文体"，特别是其幽默、调侃和潇洒。第三是"敏感、准确而又含蓄地传递出了时代氛围，扫描出 20 世纪 80 年代日本青年尤其是城市单身青年倾斜失重的精神世界，凸现出了特定社会环境中生态的真实和'感性'的真实"。第四是唤醒了人们"深层意识中那部分沉睡未醒的憧憬，那便是男儿揉和着田园情结的永恒的青春之梦"。另外在结构上大多是板块式结构，一章章明快地切分开来，喜欢两条平行线推进故事情节，男主人公颇有女人缘，爱写哭泣、数字运用多而且具体，商品名、唱片名、乐队名层出不穷等。

进入 21 世纪后，关于村上的评论和研究多了起来，可以说，十年来，谈论村上文学、评论村上文学、研究村上文学，已经成为中国的一种文化和文学现象。中国各报纸杂志每年都有约十篇左右的评论文章，内容主要是对《挪威的森林》《海边的卡夫卡》及《1Q84》等作品文本分析评论，也有的文章将村上春树与其他外国作家做比较研究。重要的文章有：许金龙的《从大江健三郎眼中的村上春树说开去》（《外国文学评论》2001 年第 4 期），曹志明的《村上春树与日本"内向代"文学的异同》（《解放军外国语学院学报》2006 年第 4 期），林少华的《村上春树在中国——全球化和本土化进程中的村上春树》（《外国文学评论》2006 年第 3 期），周勇的《从村上作品看日本文学的西学东渐》（《世界文化》2006 年第 12 期），刘研的系列论文《国内村上春树研究概况及走向》（《日本学论坛》2008 年第 2 期）、《"中间地带"论——村上春树的多元文化身份初探》

（《外国文学评论》2008 年第 2 期）、《身体的出场、规则与突围——论村上春树的"身体写作"》（《东方丛刊》2010 年第 2 期）、《"小资"村上与中国大众文化语境》（《中国文学研究》2012 年第 1 期），尚一鸥与尚侠的《村上春树〈且听风吟〉的文本价值》（《社会科学战线》2009 年第 6 期），吴思佳的《论村上春树的中国观》（《襄樊职业技术学院学报》2009 年第 3 期），杨炳菁的《文学翻译与翻译文学——林译村上文本在中国大陆》（《日语学习与研究》2009 年第 5 期）和《论村上春树的翻译》（《日语学习与研究》2010 年第 2 期），等等。有关村上春树的书籍也出版了十几种，其中许多属于趣味性高雅读物。如《村上春树 RECIPE：味之旅》（南海出版公司 2002 年）、王昕的《村上春树音乐之旅》（南海出版公司 2004 年）、雷世文主编《相约挪威的森林》（华夏出版社 2005 年）等。香港评论家岑朗天的《村上春树和后虚无年代》（新星出版社 2006 年）结合村上春树的创作论述了当代的"后虚无主义"，稻草人编《遇见100％的村上春树》（当代世界出版社 2001 年），苏静与江江编《嗨，村上春树》（朝华出版社 2005 年）汇集了日本和中国香港、台湾地区的相关评论文章，具有一定的参考价值。中国台湾学者张明敏的《村上春树文学在台湾的翻译与文化》（台湾联合文学 2009 年）系统评述了台湾的村上文学译介与传播情况。此外还有从日文翻译过来的小森阳一的《村上春树论：精读〈海边的卡夫卡〉（秦刚译，新星出版社 2007 年）、黑古一夫的《村上春树：转换中的迷失》（秦刚、王海蓝译，中国广播电视出版社 2008 年）等相关著作。

　　但是，从作品的体验性评论和作品特色的概括方面来说，真正搔到痒处的还是"村上专业户"译者林少华的文章。他主持翻译了二十多卷本的《村上春树文集》，中国大陆的绝大多数村上的译本都是经他之手翻译出版的，以其鲜明的译文风格被评论家称为"林译村上"。在翻译的基础上，林少华对村上文学也做了不少的品评解读和研究。2005 年，林少华的专题文集《村上春树和他的作品》由宁夏人民出版社出版，其中收录了 2005 年之前林少华关于村上的各类文章，有研究评论类论文，有作品赏析文章，有答记者问，有翻译经验谈和翻译主张。从这本书的文章可以看出，随着村上翻译的日益累积、林少华对村上文学的体验感受也越来越细致深刻。例如，他认为村上小说所描写的是一种生活方式，"村上作品中最能让我动心或引起自己共鸣的，乃是其提供的一种生活模式，一种生活态度：把玩孤独，把玩无奈"（第 50 页）。又说："村上的小说为我们在繁杂多变的世界上提供了一种富有智性和诗意的活法，为小人物的灵魂提供了一方安然栖息的草坪。"（第 52 页）这些话比此前仅仅把村上的作品视为现实社会的真实表现，要深刻得多了。林少华又指出：村上小说的美感来源之一就在于"优雅的距离感"，认为村上讨厌日本传统私小说描写的那种"乱糟糟黏糊糊的家庭关系、亲属关系和人事关系，因此，他的作品中明显有一种距离感"，人与人之间保持了一种优雅的距离。这种距离感"还表现为对社会制度，对官僚组织，对权力、权术、权威的无视和揶揄，表现出小人物随遇而安却又拒绝同流合污的自尊与傲骨"（第 65—66 页）。他还似乎从土居健郎的研究日本民族文化心理的《"娇宠"的构造》（原文『あまえの構造』）一书得到启发，指出："村上笔下的男主人公还有一个性格特点——几乎普遍带有孩童化的倾向，就是说，男主人公尽管性格内向、主体内缩、孤独寂寞、特立独行、与人寡和，但在女性面前——哪怕年纪小得多——往往格外兴奋，表现出孩童般的娇宠或撒娇心理。说话也十分顽皮、俏皮甚至癫皮，充满孩子气。"他援引陈映芳在《从青年文化的孩童化倾向说起》（《读书》2002 年第 3 期）一文所说的"想撒娇、扮天真，希望你温柔点——'哈日族'们所心仪的，并不是东瀛风情，而是他们体验中的孩童世界"，认为："村上春树的作品恰恰提供了这样的世界。"（第 85—87 页）将复杂的现代生活加以简洁化，删繁就简、返璞归真，便是对孩童化世界的诗意的憧憬。2009 年，林少华又出版了《为了灵魂的自由——村上春树的文学世界》（中国友谊出版社 2009 年），此书是前书的进一步扩充，涉及 38 部作品的赏析与评论，是作者关于村上的译本序、随笔、演讲、访谈的结集，作者在序中称这是"自己长达二十年的村上作品译介和研究活动一个总括"，当然也是满含着作者人生与艺术的体验；强调之所以取"为了灵魂的自由"这一书名，是因为"为了灵魂的自由乃是村上文学世界的灵魂所在"。

在学术论著方面，杨炳菁（1972 年）的《后现代语境中的村上春树》（中央编译出版社 2009 年），也是我国出版的研究村上春树的第一部博士论文。该书以近 20 万字的篇幅，主要特点是将村上春树的创作置于日本的后现代文化语境中、置于日本现当代文学的大背景下加以考察，通过对村上的生活轨迹与创作活动的分析、通过细致的文本分析，揭示了他所受欧美文学的影响、他与日本现当代文学的联系与不同、他所体现出的后现代主义文学的特征，并将其特征概括为三个方面：一是"对现代性的反思"，认为村上的小说正是在这一点上体现了后现代主义的本质性特征，例如，对于"语言"本身的意义的质疑；二是"书写历史的欲望"，认为历史指涉是村上小说的重要主题，但历史只是以虚构的形式参与文本，只是一种表现手段；三是"自我主题的承继"，认为村上继承了夏目漱石等近代文学的自我表现传统，但在"话语"与"故事"两方面都实现了变革，突破了传统的叙事模式。虽然书中的理论概括还有进一步明晰与进一步深化的余地，但从"后现代语境"对村上春树创作的本质属性与创作特征所做出的分析阐释，是颇具理论价值的。

2012 年，内蒙古师范大学王艳凤教授与于清赫、刘影合著的《交响与交融——日本现当代作家作品研究》（中央民族大学出版社 2012 年）一书，是川端康成、大江健三郎、村上春树三个作家的研究合集，以系列单篇论文的合成的方式，从不同角度对作家作品做了评述、解读与研究，特别是对村上春树的新作《1Q84》及其与音乐之关系的研究很有新意。

# 第七章　日本文论的译介与研究

　　日本文论是日本文学的重要组成部分，中国的日本文论译介与研究，也是中国的日本文学研究的重要组成部分，也是研究深化的重要标志。中国对日本文论的译介最早集中在 1920 年代后期至 1930 年代中期对日本现代左翼文论、通俗文论的译介，主要目的是为新兴文学的理论建设提供参照。对日本古典文论的翻译开始于 1990 年代，王晓平译《东方文论选》的日本文论部分、王向远译《日本古典文论选译》（古代卷、近代卷）和《审美日本系列》（四卷）等及相关系列论文，围绕"物哀""幽玄""寂""意气"等的日本传统的审美范畴展开研究。古代文论方面蒋春红《近世日本国学思想——以本居宣长研究为中心》、祁晓明《江户时期的日本诗话》，现代文论方面李强《厨川白村文艺思想研究》、王志松《20世纪日本马克思主义文艺理论研究》等，都是创新之作。但由于文论研究的自身的复杂与困难性，这一领域的研究特别是日本文论史的撰写，也存在不少问题和缺憾。

# 第一节　日本古典文论的译介与研究

日本文论自《文镜秘府论》始，迄今已经有了 1300 多年的历史，按时代及性质可以划分为传统文论（古代文论）和现代文论两部分。在古代文论中包括和歌论、连歌论、俳谐论、能乐论、物语论、诗论等形态，文献资料相当丰富。但由于日本古代文论用古奥的日本文语（文言文）写成，专业性又强，翻译难度大，且与当代的文学思潮与创作较为隔膜，因而中国对日本古代文论的翻译介绍，则比日本文学中虚构性作品的译介晚了约半个世纪。比日本现代文论的译介，也晚了四十多年。

最早的日本古代文论翻译，是收入人民文学出版社 1965 年出版的《古典文艺理论译丛》第十辑中刘振瀛先生的两篇译文——藤原定家《每月抄》全文和世阿弥《风姿花传》的选译，共约 3 万字。《每月抄》是镰仓时代前期著名作家、歌人、和歌理论家、文坛宗师藤原定家（1162—1241 年）的和歌论代表作，论述了 "心" "词" "姿" 的关系，阐述了 "有心体" "幽玄体" 等 "和歌十体" 的理论，对后世文论产生了很大影响。刘振瀛的译文除最后一段（第 64 页倒数第 3 行以下）出现错译外，总体上是忠实的，文字也典雅流畅，而且有较为详细的注释，并在译文后对藤原定家及其理论主张做了简要的评述，但在当时的社会学的、阶级分析的主流话语语境中，也做了带有时代印记的评论和判断，如认为藤原定家及其父藤原俊成的 "幽玄余情" 的和歌理论是 "濒于没落的贵族阶级的虚无感的一种反映"，批评藤原定家 "吟咏的主题，永远离不开风花雪月、一年四季的变化，再有就是抒写个人的哀感和恋爱，但决不涉及社会主题"；认为藤原定家的理论 "归根结底，不过是形式主义的立论，其目的不外是追求和歌的艺术性的高度完成，而绝口不谈和歌要表现什么内容"等。刘振瀛的另一篇译文《风姿花传》，是日本能乐大师和能乐理论的奠基人世阿弥（1363—1442年）的和歌论中的主要代表作。全文共有七篇，全部译成中文约有五万余字。刘振瀛选译的是第六和第七篇。译者对涉及的关于能乐及能乐理论的基本知识与概念，都做了详细的注释。

日本古典诗论乃至文论的源头是空海（774—835年）的《文镜秘府论》六卷，以声韵论为中心，将中国六朝至唐代的诗论加以分类汇编，并在序论及各卷卷首加以总括。该书保存了大量诗学文献，包括在中国已经散佚的文献，具有重要的文献价值。但可惜并没有表明资料来源和出处。日本传有不少抄本藏本，互有歧异，现代学人又有一些校注本。中国则有任学良等人的校注本。在此基础上，1983年，王利器先生的校注《文镜秘府论》出版（中国社会科学出版社1983年），对原书的文字做了校点，对文献出处做了溯源考辨，较为翔实，足资参考。后来，南开大学的卢盛江教授又在此基础上做了进一步翔实的汇校汇考，出版了《文镜秘府论汇校汇考》（中华书局2006年），集《文镜秘府论》校对考据之大成，也为今后的相关研究打下了基础。卢盛江教授还写了题为《空海与〈文镜秘府论〉》的小册子，2005年，列入宁夏人民出版社"人文日本新书"出版，该书对《文镜秘府论》的形成、各卷的基本内容构成及其对日本文话与日本文论的影响，做了简要的祖述和说明，是读者了解《文镜秘府论》可靠的入门书。

继刘振瀛之后，日本文论翻译有所推进。曹顺庆先生有感于当时"国内乃至全世界尚无一部全面反映东方文论概貌的文论选"，而决定编纂《东方文论选》，约请相关领域的专家学者翻译东方各国的文论原典，并于1996年由四川人民出版社出版发行。其中，《东方文论选》中的第四编是"日本文论"，由王晓平先生编译四十八名作者的五十多篇文章，总字数共约十五万字。

在日本古代的和歌论、连歌论、俳谐论、物语（小说）论、能乐论、诗（汉诗）论中，《东方文论选》中选译最多的是汉诗、汉文论，这方面的篇目有太安万侣《古事记序》，景戒《日本灵异记上卷序》，佚名《怀风藻序》，小野岑守《凌云集序》，滋野贞主《经国集序》，仲雄王《文华秀丽集序》，菅原文时三篇，藤原敦光《白居易祭文》，虎关师炼《济北诗话》，林梅洞《史馆茗话》，祇园南海《诗学逢源》，太宰春台《文论》《诗论》，江村北海《日本诗史》，山本北山《作诗志毂》，原田东岳《诗学新论》，皆川淇园《淇园诗话》，田能村竹田《山中人饶舌》，广濑淡窗《淡窗诗话》，斋藤拙堂《拙堂文话》，津阪东阳《夜航余话》，菊池五山《五山堂诗话》，西岛兰溪《孜孜斋诗话》，海保渔村《渔村文话》《渔村文话续》等，约占全书总量的一多半。其中有些篇目是直接用汉语写成。一般而言，日本的这些汉诗论及汉文论有自己的特色，但本质上是中国诗话文论的一种延伸，日本的文论的创造性主要还是体现在民族体裁的文论中，但将这些日本诗话、文话加以翻译和校点，对于中日比较诗学的研究是很有必要的。

《东方文论选》的日本文论部分还有和歌论的若干名篇，如菅原道真《新撰万叶集序》，纪淑望《古今和歌集真名序》，藤原滨成《歌经标式》，纪贯之《新撰和歌序》，壬生忠岑《和歌体十种》，藤原清辅《奥义抄》，藤原亲经、契冲《〈万叶代匠记〉（精撰本）总释》，本居宣长《石上私淑言》（选译），内山真弓《歌学提要》等；在俳谐论方面，有松尾芭蕉、与谢芜村的几篇短文；在能乐论方面，收入了刘振瀛选译的世阿弥《风姿花传》；在小说物语方面，有上田秋成、泷泽马琴、山东京传的五篇。王晓平先生大都以文言文译出，意欲在文体上与原文贴近，但文言文本身在表达上有不精确乃至含混之处，使得有些段落读起来滞涩难懂，有的篇目及段落似乎出现了较多的错译，尤其是《歌学提要》《诗学逢源》《读〈本朝水浒传〉并批评》等篇出现了大面积的错译和多处漏译。但毕竟做了筚路蓝缕、开启山林的工作，虽然选文数量还很有限，但也毕竟首次将日本古代文论加以较有规模的翻译。

在日本古典文论中，戏剧理论占有重要地位，在世界古代戏剧理论史上也相当突出并有鲜明特色。上述刘振瀛先生在 1965 年发表《风姿花传》的节译之后，到 1983 年戏剧研究者崔亚南先生又译出了世阿弥的另一篇重要的能乐论文《花镜》，刊登在《戏剧学习》杂志 1983 年第 4 期。到了 1999 年，能乐研究者王冬兰女士全文翻译了《风姿花传》，由中国社会科学出版社出版。戏剧研究者麻国钧先生为该译本写的题为《风姿花传——东方古典戏剧的里程碑》一文冠于书前，他认为，在东方古典戏剧理论史上，有几部具有里程碑意义的著作，一是印度的《舞论》，二是日本的《风姿花传》，三是明代王骥德的《曲律》，四是李渔的《闲情偶寄》。认为《风姿花传》在某些方面有如中国明代的《闲情偶寄》，但比《闲情偶寄》早 200 多年。同时代中国其他戏剧理论著作，如朱权的《太和正音谱》等，"无论在理论的系统性上，还是在理论的深度上，都不能望《风姿花传》之肩项"。他最后写道："该书的出版，无疑是雪中送炭。中国戏剧界的同仁，应该焚香净手，接下这份宝贵的礼物，既表示对世阿弥的憧憬之情，也表达对译述者的感激之意。"这里强调了《风姿花传》的重要性，也显示了接纳异域文化理论的宽广的学术胸怀。王冬兰的这个译本翻译得很认真，所做的注释也比较全面。但是，除了麻国钧在序言中提到的译本语言还需要"在雅上再加斟酌"外，个别字句的翻译仍有不准确乃至错误之处，例如，第 36 页最后两行文字、第 48 页第 15行、第 53 页的两首古歌的翻译，第 54 页倒数第 4 行，第 74 页最后两行等，但总体而言瑕不掩瑜。

由于日本古代文论研究较为专业，研究难度大，长期以来一直没人涉足，一直到 1980 年代中期，陶力《紫式部美学思想初探》（《外国文学研究》1984 年第 3 期）、孙久富《芭蕉俳谐美学琐谈》（《日本研究》1986年第 5 期）、李树果《吉田兼好的审美观》（《日语学习与研究》1988 年第 5 期）等少量几篇文章，虽然论题与文论及美学有关，但研究对象还不是文论本身。同时，也出现了黄轶球的《漫谈日本汉文学名著〈拙堂文话〉》（《暨南学报》1985 年第 1 期）、彭黎明的《日本的词学研究》

（《河北大学学报》1985 年第 2 期）等研究诗词论、文话的文章。到了
1980 年代后期才陆续有严格意义上的日本古代文论研究论文，如胡志昂
的《〈古今集〉两序与中国诗文论》（载于林秀清编论文集《现代意识与
民族文化》，复旦大学出版社 1987 年），王若茜的《论藤原定家〈每月
抄〉中的'有心'理论》（《现代日本经济》1989 年第 5 期）、《从〈每月
抄〉的"有心"理论看日本传统文化的审美特征》（《吉林大学社会科学
学报》1992 年第 6 期），王向远的《'物哀'与〈源氏物语〉的审美理
想》（《日语学习与研究》1991 年第 1 期），宿久高的《浅析"幽玄"》
（《日语学习与研究》1998 年第 4 期），佟君的《日本古典文艺理论中的
"物之哀"浅论》（《中山大学学报》1999 年第 6 期）等。进入新世纪后
的 12 年间，关于日本古代文论研究论文又出现了十几篇，主要有：张天
飞、何雪林的《从〈古今和歌集序〉与〈毛诗大序〉、〈诗品序〉看中日
诗学差异》（《福州大学学报》2000 年第 4 期），叶琳的《论松尾芭蕉及
其风雅说的确立》（《解放军外国语学院学报》2004 年第 9 期），佟君的
《试论日本神话中的文艺思想》（《兰州大学学报》2000 年第 2 期）和
《不易流行论》（《中山大学学报》2004 年第 6 期），邱紫华的《日本和歌
的美学特征》（《华中师范大学学报》2004 年第 2 期），米洋的《贯穿日
本和歌中的"心"》（《日语学习与研究》2006 年第 1 期），权宇的《蕉
门俳谐的"景气"句与"轻淡"说的阐释意向》（《延边大学学报》2006
年第 1 期），周萍萍的《追寻"物哀"——对日本文学传统理念的解读》
（《理论界》2007 年第 1 期），姜群星的《〈万叶集〉审美理念"誠"的解
读》（《浙江工商大学学报》2009 年第 6 期），杨伟的《日本人与"间"
的文化》（《日本文化论》，重庆出版社 2008 年，第 188—219 页），沈德
玮的《复古国学中的"万叶空间"——贺茂真渊〈国意考〉对建构日本
文化之绝对主体的奠基作用》（《温州大学学报》2010 年第 9 期），周韬、
陈晨的《〈源氏物语〉"物哀"中表现"物"的方式》（《湖南科技学院学
报》2010 年第 3 期），周韬的《论佛教思想对平安朝"物哀"精神的影

响》（《名作欣赏》2010 年第 10 期），钟晓光的《生之趣味"をかし"——试论《枕草子》与《徒然草》独特的文学理念与审美意识》（《文学教育》2011 年第 9 期），蔡春华的《优美、幽玄美、闲寂美与古寂美——日本古代的四种审美意识》（《福建师范大学学报》2011 年第 9 期），等等。这些文章有一个共通点，就是大都以文论基本概念、术语为中心，展开论述，其中研究最多的关键概念是"物哀"，其他还有"幽玄""风雅""诚""有心""心"等。

在上述单篇文章之外，也出现了研究日本人审美意识的专著，那就是叶渭渠、唐月梅合著的《日本人的美意识》，该书 1993 年由开明出版社出版，2002 年改题为《物哀与幽玄——日本的美意识》，由广西师范大学出版社出版，是一本关于古今日本文学艺术之审美意识的普及性的小册子，作为第一本同类著作，填补了一个空白。全书共 11 章，各自相对独立，分别论述了日本人的性格与审美意识之关系，自然美的相位，色彩美的创造，艺术美的形态"物哀""闲寂与空寂"，空间美，精神调和美，美意识中的爱与性。最后三章分别论述了川端康成、东山魁夷、三岛由纪夫作品中的美意识。该书的论述主要不是从美学与文学理论原典文本出发，而是基于文学艺术、具体的作家作品分析，来论述日本的美意识表现。

日本文论与美学的个案研究的好例，是蒋春红（1973 年生）的《近世日本国学思想——以本居宣长研究为中心》（学苑出版社 2008 年）。该书是在中国社会科学院文学研究所博士论文基础上修改而成的，研究的是江户时代以本居宣长为中心的"国学"思想，全书分八章，头两章论述了江户国学产生的时代背景和思想渊源，以下集中六章论述本居宣长的国学思想，可以说是本居宣长的思想评传。其中包括其"物哀"论、语言论中的语音中心论、古道论、治道论以及日本文化中心论，附录"本居宣长年谱"和"本居宣长主要著作解题"。其中，第四章《物哀论：文学研究体现的思想》，对本居宣长"物哀论"的萌芽、确立、扩展、形成根源四个方面，做了较为细致的分析，指出本居宣长在早期的论文《排芦小船》提出了"物哀论"，到《紫文要领》《石上私淑言》和《源氏物语玉小栉》中正式确立并扩展，指出宣长的"物哀论"的形成确立，基于他对王朝文学的推崇和复古，对儒教劝善惩恶思想的批判，对人性的深刻洞察和对自然的尊重。在学术研究中，根据原典对人物进行全面把握和深入评述，是以人物为中心个案研究的正确途径。蒋春红的这本书基于对日文版《本居宣长全集》的细读，因而言之有物、内容充实、学风扎实。虽然全书总体上祖述较多，在吸收日本学者观点的基础上对本居宣长所做的独到分析还有所不足，对"物哀"的文学理论、美学理论价值的阐释还不够，但作者知难而上，毕竟啃动了日本文学及文论研究中的一根硬骨头，是值得赞赏的，也一定程度地标志着我国的日本文学研究已经开始从虚构性作家作品的分析，涉入到思想型、理论型非虚构作家作品的研究，由易而难，势在必然。

从上述文章、著述的选题上可以看出，学者们已经意识到了，"物哀""幽玄"等日本古代文论的几个关键词确实是理解日本古代文论、古典美学的最佳切入点。但长期以来，由于翻译难度大等原因，有关日本文论基本概念的原典一直没有译文。这种翻译滞后的情况，严重制约了我国学界对日本古代文论的深入了解。早先已发表的文章，显然不是从原典阅读所得，而是根据二手甚至三手资料写成，因而较为浅陋。鉴于此，王向远从日本古代文论、美学概念中，筛选了四大关键词——物哀、幽玄、寂（さび）、意气（いき），将与这四大概念相关的原典陆续译出，又将现代日本学者研究这些关键词的代表性的学术著作译出，编译出了《日本物哀》《日本幽玄》《日本风雅》《日本意气》四本书，共计100万字，形成了一个相对完整的《审美日本系列》，由吉林出版集团于2010—2012年间陆续出版发行。

在上述《审美日本系列》四部译作的基础上，2012年8月，王向远翻译的《日本古典文论选译》由中央编译出版社列入"国家社科基金后期资助文库"出版，该书共分古代卷（上、下册）、近代卷（上、下册），精选 89 位文论家的文论著述 170 篇，凡 160 余万字。（其中，古代卷中约有 20 多万字与《审美日本系列》重叠。）《古代卷》将古代文论分为"和歌论""连歌论""俳谐论""能乐论""物语论"五个部分，除了将空海的《文笔心眼抄》（《文镜秘府论》的精简本）作为和歌论乃至文论的源头而部分地加以选入外，日本文论中较多见的汉诗论（诗话）、汉文论没有选译。

　　在上述的日本古代文论翻译的基础上，王向远在为《审美日本系列》四册和《日本古典文论选译·古代卷》写了五篇"译本序"（后来略加修改后作为单篇论文陆续发表），将翻译体验与理论思考结合起来，对日本古代文论做了初步的研究。例如，在《日本古典文论选·古代卷》译序《日本古代文论的传统与构造》中，译者对日本古代文论的发展演变、基本范畴和概念、理论特色等一系列重要问题做了阐述。关于"文论"这一概念的适用性上，王向远指出：在日本古代文学史上，只有具体的"歌论""连歌论""俳谐论""能乐论""诗话"与"诗学"（"诗"指汉诗）、"文话"之类的针对具体文体形式的概念，而缺乏"文论"这样统括性的概念。到了近代，日本人用汉语词翻译西语，才有了"文学理论""文艺理论""文学论""文学评论"之类的概念，并被普遍使用起来。然而这些来自西方的概念，与属于东亚汉字文化圈的日本古代关于文学的相关思考与言说，在文化内涵、表达方式等方面都有相当的差异，实际并不适用。因此，用一个什么样的概念来统括日本古代关于文学的种种思考与言说，就成为一个不得不先行解决的问题。认为使用汉语的"文论"一词，表述为"日本文论""日本古典文论"或"日本古文论"是很恰当的。其理由主要有三。第一，在日本传统文学中，"文"既然是统括一切文学现象及各类文体的最高范畴，因此日本传统文学中的一切关于"文"的评论，顺理成章地应称为"文论"。第二，日本的文论属于汉文化圈的"东方文论"系统，使用"日本文论"或"日本古典文论"的提法，可以标注日本文论不同于西方诗学的文化特性。第三，"文论"这一概念不仅所指很明确，而且包容性、弹性更强，既可以涵盖"文学理论""文学批评"两种形态，也可以超出"文学"范围，延伸至"文艺理论"与"文艺评论"的范围。当我们将"文论"这一概念运用于日本传统文学的时候，它既可以包括"和歌论"等日本各体文学论，也可以包括汉诗汉文论，还可以包括像世阿弥的《风姿花传》那样的文学论兼艺术（含戏曲表演等）论。进而，日本近现代的文学理论与文学评论，也可以"文论"一词来统而括之。关于日本古代文论的特点与贡献，王向远指出：在从公元7世纪的奈良时代到公元18世纪江户时代的一千多年间，日本文论形成了从引进中国的诗论，到形成自己的和歌论、连歌论、俳谐论，再发展到能乐论和物语论，形成了悠久的历史传统，在借鉴、改造中国哲学、美学及文论概念范畴的基础上，形成了一系列具有民族特色的审美概念与范畴，形成了"心""歌心""心词""有心""余情""妖艳""体""风体""姿""风姿""秀逸""物哀""幽玄""枝折""细"等文论范畴，这些范畴涉及了创作主体论、审美理想论、创作风格论、语言表现论等各个方面。而其中最核心的、最具有民族特色的三大概念范畴是"物哀""幽玄"和"寂"。从美学形态上说，"物哀论"属于创作主体论、艺术情感论，"幽玄论"是艺术本体论和艺术内容论，"寂"论则是审美境界论、审美心胸论或审美态度论。日本古代文论所关注的中心，是创作主体的态度、审美心胸、艺术立场及作品的创作技巧与审美效果，大多从心理学、语言学角度着眼，具有浓厚的文艺心理学、文学语言学的色彩，属于文学本体论、作家作品本体论。而中国文论、西方文论中所大量涉及的功用价值论、文学本质论等，在日本古代文论中很少见，对文学的社会价值与功能问题、文学抽象本质问题、文学本源问题等，缺乏关心、缺乏探讨。在著述方式上，日本古代文论具有私人性、非社会性、家传化的特点，在文体上表现为散文化和随笔化。除了对日本文论的特质加以概括论述外，王向远还在《译后记》和《理论文本与诗性文本之间——日

本古典文论的翻译及其方法》(《中国社会科学报》2012 年 12 月 14 日)
一文中，从翻译学和翻译文学的角度，对自己所实践的日本文论的翻译策
略和方法做出了概括论述。

　　围绕日本文论的几个基本概念，王向远发表了一系列论文，关于
"物哀"问题，有《感物而哀——从比较诗学的视角看本居宣长的"物哀
论"》(《文化与诗学》2011 年第 2 期)、《日本的"哀·物哀·知物
哀"——审美概念的形成流变及语义分析》(《江淮论丛》2012 年第 5
期)、《日本美学基础概念的提炼与阐发——大西克礼的美学三部作及其
前后》(《东疆学刊》2012 年第 3 期)；关于"幽玄"，发表了《入"幽
玄"之境——对日本古典美学一个关键概念的解析》(《广东社会科学》
2011 年第 5 期)；关于"寂"，有《论"寂"之美——日本古典文艺美学
关键词"寂"的内涵与构造》(《清华大学学报》2012 年第 2 期) 等。这
些关键词的阐释与研究，日本人的文章很多，论著也有若干，但由于日本
学界的思维方法与表达定式，多在资料的排比和解释，而理论提升相对不
足，许多问题浅尝辄止，语焉不详。王向远的论文在参考和吸收日本材料
的基础上，运用比较诗学与比较文学的方法，从哲学、美学、心理学等的
不同角度，提出了自己的观点和看法。例如，从比较诗学角度看日本的
"物哀论"，突显了"物哀论"的日本民族特色，又从美学的角度对"物
哀"之"物"、"知物哀"之"知"，做了更为严密清晰的界定，认为
"知物哀"在句法结构和内涵上，等于现代美学中的"审美"这一概念；
认为"幽玄"不同于欧洲的"崇高"，崇高是高度模式，幽玄是深度模
式，日本现代作家所说的"阴翳"之美和"幻晕嗜好"指的都是"幽
玄"；用"寂声、寂色、寂心、寂姿"这四个词来概括"寂"的内涵，
为"寂"建立了一个完整有序的理论构造；认为应该把日本的"いき"
译为"意气"而不应译为"粹"，"意气"是一级概念，与此相关的
"粹""通"是从属的二级概念，并从"身体美学"的角度对"意气"
做了新的阐释。

## 第二节　日本近现代文论的译介与研究

　　明治维新之后的文学理论，属于日本近现代文论的范畴。中国对日本近现代文论的大规模的译介，多集中在 1920 年代后期至 1930 年代中期。译介的特点是以大正时代的日本文论为中心，以日本左翼文论为重点，各流派、各种观点主张的文章兼收并蓄，既有所说的"依照着较旧的论据"的属于"资产阶级文学理论"的文章，更有所谓"新兴文学"（无产阶级文学）的理论。与此同时，也大量翻译介绍日本的概论性和普及性、入门性的文论著作，如"文学概论""文学讲义""文学入门"之类。

　　1928 年，任白涛辑译了《给志在文艺者》一书，收录了有岛武郎、松浦一、厨川白村、小泉八云等日本理论家的多篇论文。同年，画室（冯雪峰）编译了《积花集》，收入了藏原惟人、升曙梦等解说俄罗斯文学的文章。1929 年，编译《壁下译丛》，收入了片山孤村、厨川白村、有岛武郎、武者小路实笃、金子筑水、片上伸、青野季吉、升曙梦等人的二十几篇论文。同年，韩侍桁编译了《近代日本文艺论集》，收入了小泉八云、北村透谷、高山樗牛、片上伸、林癸未夫、平林初之辅等人的十几篇论文。1930 年，冯宪章编译了《新兴艺术概论》，收入了藏原惟人、青野季吉、小林多喜二等 12 位日本无产阶级作家的论文。同年，吴之本翻译了日本无产阶级文学理论家藏原惟人的《新写实主义文学论文集》，收入了作者的有代表性的 8 篇文章；毛含戈翻译了日本左翼理论家大宅壮一的论文集《文学的战术论》，收入了作者 11 篇论文。除了论文集之外，日本的许多文艺理论专著，也被大量地翻译过来。如左翼理论家平林初之辅的《文学之社会学的研究方法及其适用》《文学之社会学的研究》《文学与艺术之技术的革命》，厨川白村的《苦闷的象征》《走向十字街头》

255

《欧美文学评论》，左翼作家藤森成吉的《文艺新论》，片上伸的《现代新兴文学诸问题》，有岛武郎的《生活与文学》，宫岛新三郎的《文艺批评史》《现代日本文学评论》，木村毅的《世界文学大纲》《小说研究十六讲》《小说的创作和鉴赏》，伊达源一郎的《近代文学》，田中湖月的《文艺鉴赏论》，升曙梦的《现代文学十二讲》，夏目漱石的《文学论》等等。仅在 1920 年代至 1930 年代之交的四年时间中，中国文坛就译介了几十部日本文学理论的论文集和专门著作。日本文论成为同时期中国译介最多的外国文论。据王向远在《中日现代文学比较论》（1998 年）、《二十世纪中国的日本翻译文学史》（2001 年）等相关著作中做过统计，从 20 世纪初直到 1949 年，中国共翻译出版外国文学理论的有关论文集、专著等约有 110 种图书，其中，日本部分约有 41 种。

值得注意的是，在上述的新兴文学、左翼文学的理论的主流翻译之外，明治时代的文豪、文艺理论家夏目漱石的早期理论著作《文学评论》和《文学论》也受到重视。其中，哲人翻译的《文学评论》1928 年由厦门国际学术书社出版；《文学论》由作家、翻译家张我军译成中文，1932 年由开明书店出版。周作人为《文学论》译本写了序言，其中有云："我平常觉得读文学书好像喝茶，讲文学的原理则是茶的研究。茶味究竟如何只得从茶碗里去求，但是关于茶的种种研究，如植物学地讲茶树，化学地讲茶精或其作用，都是不可少的事，很有益于茶的理解的。夏目的《文学论》或者可以说是茶的化学之类吧。中国近来对于文学的理论方面似乎很注重，张君将这部名著译成汉文，这劳力是很值得感谢的……"《文学论》作为大学的讲义，文字表述十分学术，翻译难度很大，张我军的译文更多地采用逐句直译的方法，加上当时的现代汉语还不够成熟，特别是不少的错译和不准确的翻译，造成大部分文字段落晦涩难懂，令人不知所云，还有一些内容段落，因为涉及日本古文的引文，似因翻译难度大而跳过不译，但又未作任何说明。但尽管如此，张我军的译本还是有意义的，它让 1930 年代以"大众化"、实用性为尚的理论界，也得以窥见像

《文学论》这样的纯粹"学院派"文学理论的大体面貌。

1937 年后，由于抗日战争的爆发，人们对文论这种纯粹的学术理论的东西已经无暇顾及了，直到 1970 年代，在将近半个世纪时间里，日本现代文论的翻译几近停滞，日本文论的综合性的选译本再也没有翻译出版过，单个文论家的著作翻译也付之阙如。

1980 年至 2012 年的三十余年间，日本近现代文论的翻译也进入了一个新的历史时期，出现了若干成果。在近现代文论原典翻译方面，1980 年 1 月，北京师范大学中文系内部铅印了陈秋帆在二十几年前私下翻译的《日本无产阶级文学运动·鲁迅与日本文学》的小册子。选译了有岛武郎、青野季吉、中野重治、藏原惟人的八九篇文论，从选题上看，可以说是此前日本左翼文论译介的一个延伸。在近代文论原典中，坪内逍遥的写实主义文学理论奠基之作《小说神髓》，1930 年代就有夏丏尊等撰文加以介绍，但一直未有译文。1991 年，刘振瀛先生翻译的《小说神髓》由人民文学出版社出版，2010 年，上海译文出版社再版发行，是此时期日本近代文论译介的重要成果。刘先生在译本序中，较为全面地评述了坪内逍遥的生平与思想，对《小说神髓》在日本近代文学改良和写实主义文学中的重要作用和价值给予了强调，同时也用当时主流的"现实主义"文学理论，指出了坪内逍遥理论的局限性，认为《小说神髓》只是告诫作者掌握"写实"的技巧，而"对文学作品与时代精神的关系、真实与典型的关系、作者主体与现实的关系等都置之不问"；"缺乏反封建的战斗性和彻底性"。

1998 年，辽宁大学刘立善翻译的《爱是恣意夺取——有岛武郎文艺思想选辑》由辽宁大学出版社出版，将近代白桦派作家有岛武郎的《爱是恣意夺取》、《生活与文学》等三十多篇富有理论个性和思想锋芒的文章系统译出，译者序言《有岛武郎的文艺思想的轨迹》以 3 万字的篇幅，对有岛武郎的文艺思想的发展轨迹、对其理想主义、个人主义文论、恋爱美学论、"习性生活""理智生活""本能生活"的人生三阶段论等理论主张，及其在日本现代文论中的地位和作用，都做了分析评述，是关于有岛武郎文艺思想的不可替代的长文。此外，对其他近现代著名作家的文学理论与文学批评文章，如幸田露伴、芥川龙之介、谷崎润一郎、川端康成、三岛由纪夫等，在 1990 年代后陆续编译出版的"作品集""选集""作品系列""散文选"中，都有所选译。

更多的译介，着眼于当代日本较为活跃的学者、文论家，侧重文艺理论、美学、比较文学等学科的建设需要，选译了一批有代表性的成果加以翻译出版，如陈秋峰、杨国华译浜田正秀《文艺学概论》（中国戏剧出版社 1985 年）、大冢幸男《比较文学原理》（陕西人民出版社 1985 年），孙歌译桑原武夫《文学序说》（三联书店 1991 年），张青编译渡边洋《比较文学研究导论》（中国社会科学出版社 2007 年），牛枝慧译山本正男的日本美学与文论史论集《东西方艺术精神的传统与交流》（中国人民大学出版社 1992 年），孟庆枢、谷学谦译长谷川泉的《近代文学研究法》、谷学谦译《长谷川泉日本文学论著选·川端康成论》、孟庆枢译《长谷川泉日本文学论著选·森鸥外论》（时代文艺出版社 1991、1993、1995 年）等。在日本美学翻译较多的是日本现代美学家今道友信，陆续出版的有《关于美》（鲍显阳、王永丽译，黑龙江人民出版社 1983 年）、《东方的美学》（蒋寅等译，三联书店 1991 年）、《关于爱和美的哲学思考》（王永丽、周浙平译，三联书店 1998 年）、今道友信编美学论文集《美学的将来》（樊锦鑫等译，广西教育出版社 1997 年）等。此后，中国一些有关日本美学与文论方面的文章与著作，大量援引今道友信的上述著作特别是《东方的美学》，但实际上，今道友信的著作主要是普及性的，在原创性与专业性方面不具有代表性。对此，日本学者神林恒道在《"美学"事始——近代日本美学的诞生》一书自序中认为：像大塚保治、大西克礼的著作，才是真正的"'日本'的美学……但令人费解的是国外对日本文化及艺术的关注却不在专业的美学研究者的著作上，也就是他们关注的都是一些'非美学'的美学"。这种只注重可读性而忽视专业性的偏颇，在中国的日本美学译介中也很突出。

进入 21 世纪后，当代日本评论家竹内好、小森阳一、柄谷行人、竹内实、川本浩嗣等的文集、讲演录及相关的学术理论著作，被陆续译成中文出版，其中有一部分属于文论内容。赵京华译柄谷行人《日本现代文学的起源》（三联书店 2003 年）是一本有思想含量的文学批评文集，王琢译日本美学家岩城见一著美学论著《感性论》（商务印书馆 2008 年）是一部有自己独特理论建构的美学论著，赵怡等译川本浩嗣《川本浩嗣中国讲演录》（北京大学出版社 2010 年）收录了关于俳句及比较诗学等方面的演讲文，具有参考价值。此外，现代美学家九鬼周造首次对日本古典美学重要概念"意气"进行阐释的《"意气"的构造》一书，由杨光翻译，2011 年上海人民出版社收入《茶之书·粹的构造》出版。该书作为名著，是极有翻译价值的，但该译本把日文的"いき"译为"粹"，书名译为《"粹"的构造》，沿用了此前许多人在引用该书时的译法，似乎并不恰当。主要问题是译文中对关键概念术语的翻译出现了混乱，并出现了大量错译，如第 108 页，110—112 页，118 页，120—121 页，130—131 页，133—134 页等，还有一些漏译，如 111 页、189 页。译本出现问题，后果之一就是造成了一些研究者也跟着出现相关错误。例如，2012 年出版的《九鬼周造的哲学思想研究》（社会科学文献出版社 2012 年）一书中的第二章《关于"粹"的审美意识》，对九鬼周造的"粹"论（实则"意气"论）做了祖述，作者沿用了将"意气"译为"粹"的做法，虽然在脚注中标明所引用的是九鬼周造的日文原文，但引文错误却与上述译本中的错误有众多相同之处，不知是否为巧合，还需要做译本的比较分析方可判断。

对日本近代文论原典进行较大规模系统翻译的，是王向远的《日本古典文论选择·近代卷》（中央编译出版社 2012 年），这是第一个日本近代文论的综合性选译本，上、下册共 80 万字。译者在译本序中表示"试图重续任白涛、韩侍桁等先辈开创的日本近现代文论翻译的传统，并将选题锁定在明治时代到大正时代前期的近代文论，使其成为迄今为止规模最大、选材最为全面系统的日本近代文论选译本"。译者确定的"近代文论"指的主要是日本明治时代（1868—1912 年）的文论，有些理论现象也延伸到 1920 年代的大正时代前期。译者的选材标准是"在日本文学史与文论史上具有相当影响的、有代表性的名篇，而且在今天我们中国读者看起来，文章写得仍不失新意，仍有美感，对今天我们中国的读者深入了解日本文学仍是必读篇目，对我们的文艺理论的学科建设与学术建设仍具有一定的借鉴作用"。按照这样的标准，精选出 50 人的文论文章，共计105 篇，大体囊括了日本近代文论的主要精华。

《日本古典文论选译·近代卷》将日本近代文论分为六个部分。第一部分"诗歌戏剧革新改良论"，选译了外山正一、国木田独步、末松谦澄、前田林外、正冈子规、与谢野宽、长塚节、尾上柴舟、大须贺乙字、河东碧梧桐的文章；第二部分"政治小说与启蒙主义文论"，选译了小室信介、坂崎紫澜、尾崎行雄、末广铁肠、矢野龙溪、德富苏峰、内田鲁庵、森田思轩、严本善治、矢崎嵯峨屋、金子筑水、德富芦花、山路爱山等人的文章；第三部分"写实主义文论"，选择了坪内逍遥、二叶亭四迷、石川啄木、纲岛梁川、大西操山的文章；第四部分"浪漫主义文论"，选译了森鸥外、石桥忍月、北村透谷、田冈岭云、内村鉴三、高山樗牛、厨川白村的文章；第五部分"自然主义文论"，选译了田山花袋、长谷川天溪、岛村抱月、片上天弦、相马御风、鱼住折庐、阿部次郎的文章；第六部分"余裕派·私小说·心境小说论"，选译了夏目漱石、久米正雄、中村武罗夫、宇野浩二、德田秋声、芥川龙之介、佐藤春夫的文章。

王向远在译本序《日本近代文论的系谱与构造》（作为单篇论文发表于《山东社会科学》2012 年第 6 期）中，对日本近代文论的系谱、构造与特色做了全面分析论述，指出：日本近代文论，以文学思潮、文学运动为依托和动力，以"主义"为标榜，以启蒙功利主义为开端，经历了写实主义、浪漫主义的相生相克，发展到总括性的自然主义文学主潮，又由反抗自然主义而衍生了余裕派文论，由顺应自然主义而衍生出私小说论与心境小说论，显示了较为清晰的理论系谱和内在构造。他们将西方的文学理论的一系列、一整套术语概念，逐一翻译成了形神兼备的汉语词组，如哲学、科学、审美、美学、主义、主观、客观、理想、现实、社会、时代精神、国民性、文坛、创作、杂志、文学界、文学家、文学史、文学改良、文学革命、翻译文学、写实、写实主义（写实派）、浪漫（罗曼）、浪漫主义（浪漫派）、自然主义（自然派）、演剧、历史剧、文明批评、社会批评、政治小说、社会小说、倾向小说等等。这些概念术语都是日本近代文论中的关键词，并且也陆续传到了中国、朝鲜半岛，并对东亚近代文论话语的转换、形成与展开产生了深刻影响。日本近代文论在文本、文体上的显著特点，是文论与具体的文学创作实践紧密相联。最好的文论文章绝大多数也是作家写出来的，而且主要不是体现在大部头的著作中，而是体现在大量的篇幅相对短小的感悟性的评论文章中，这与西方文论的面貌有所不同。而到了 1920 年代以后的大正、昭和时代，"近代文论"进入"现代文论"时期之后，较大篇幅的著作逐渐多了起来。但那些著作很少是原创性的博大精深之作，多是将此前西方与日本文论的成果加以条理化，从而形成了教科书类的较为通俗性、普及性的著作。从文论作者的身份上看，日本近代文论的"文坛"化倾向很突出，文论家则很少为政论家，他们在政治上基本认同政治家的国体设计。这就造成了一种现象，即不同的文论思潮与流派，在文学问题上虽相互论争，但在国家政治问题上的总体的、最终的立场却保持着惊人的一致。例如，浪漫主义文论的最终的政治立场是日本主义与国家主义（以高山樗牛为代表），而自然主义文论家也是一样（以长谷川天溪为代表），因此，与西方文论特别是 18 世纪前后的文论比较起来，日本近代文论作为一种纯文坛现象，尽管也有较大的社会影响，但其政治作用与政治功能是微弱的。

　　进入 21 世纪以来的十几年间，关于日本近现代文论的专门研究著作也出版了四五种。大体可以分为三个方面：第一，关于厨川白村的个案研究；第二，以"文"为名头的日本文学与文论问题研究；第三，是日本马克思主义文艺理论文论专题研究。

先说第一个方面，关于厨川白村的个案研究。

在日本，厨川白村作为一个文论家并不那么有名，但在现代中国，厨川白村的文论影响是其他任何一个日本文论家所不能比拟的，这是一个很有意味的现象。尤其是1920年代至1930年代，由于、丰子恺等人的翻译介绍，厨川的《苦闷的象征》《出了象牙之塔》《近代恋爱观》《走向十字街头》等十几种文学论、文化论著作，陆续在中国出版发行，引起了强烈反响。同时，他对创作"生命力"冲动的强调和对精神分析的推崇，也受到唯物主义文论家的批评和质疑。到了1980年代，由于研究的再度升温，与厨川白村的关系，尤其是文艺思想所受厨川白村的影响问题，受到一些研究者的重视。同时，由于新时期文艺理论学科建设的需要，厨川白村的《苦闷的象征》被作为现代文论中的文艺心理学，乃至文学象征问题的论著，受到了一些研究者的高度评价，认为《苦闷的象征》是文艺心理学和象征理论在中国最早的译介和普及。许多中国现代文学、现代文论方面的著作，对厨川白村都有所论及，1980年代后的三十多年间，关于厨川白村研究以及厨川白村与中国文学之关系研究的论文有一百多篇，如许怀中的《鲁迅与厨川白村的〈苦闷的象征〉及其它》（《鲁迅研究》1984年第4期），王向远的《厨川白村与中国现代文艺理论》（《文艺理论研究》1998年第2期）、《胡风与厨川白村》（《文艺理论研究》1999年第2期），任现品的《内在契合与外在机运——中国现代文坛接受〈苦闷的象征〉探因》（《烟台大学学报》2002年第1期），王成的《苦闷的话语空间——〈苦闷的象征〉在中国的翻译及传播》（《日本文学翻译论文集》，人民文学出版社2004年），王铁钧的《从审美取向看厨川白村文艺观的价值认同》（《山西大学学报》2005年第5期）等。

进入21世纪后，还出现了关于厨川白村文艺思想的两部专著。一部是王文宏著《厨川白村文艺思想研究》，一部是李强著《厨川白村文艺思想研究》。

王文宏（1956 年生）的《厨川白村文艺思想研究》（吉林人民出版社 2003 年）是作者在北京师范大学博士论文基础上修改而成。全书除引言和附录外，分为六章，包括第一章"思想渊源"，第二章"'情绪主观是文艺的始终'"，第三章"'人间苦'与'生命力'的升华"，第四章"社会文明批评家"，第五章"厨川白村在中国"，第六章"厨川白村与中国现代文艺心理学"。正文共十来万字，从整体上看，是一个以"主观情绪""人间苦"及"生命力""社会文明批评家"这些关键词为中心的厨川白村文艺思想的评述，但祖述的成分多，而"论"的成分少，理论分析的深度不够，有关章节不免给人以浅尝辄止之感。关于厨川白村，在此之前的研究文章实在不少，但作者似乎对先行研究的文献缺乏调查研究，在书中甚至没有博士论文必须有的"文献综述"的内容，书后附录的"主要资料与参考书目"也有许多不应有的遗漏。对先行研究没有很好吸收，也就不可能有超越，学术创新也很难做到。不过，假如不是从"博士论文"的规格要求，而是以一般学术性读物来看待，此书对读者是有益的。

同样是研究厨川白村，同样是博士论文，北京大学李强（1953 年生）的《厨川白村文艺思想研究》（昆仑出版社，"东方文化集成"丛书 2008 年）最大的优点之一，就是充分尊重国内外先行研究的成果，不仅在绪论中对日本、中国的厨川白村研究的历史、现状做了完备的文献学层面上的调查，并作出了中肯的评述和评价，而且在书后的十项附录中，列出了厨川白村著作出版、汉译本出版、中国研究厨川白村论文与专著的翔实的目录，显示了作者扎实的文献功底和认真求实的学风。这样的先行文献调查不仅确保了作者的研究建立在充分的文献学基础上，也为后来的厨川白村研究铺垫了一个新的起点，具有重要的价值。该书的另一个重要价值，就是从纵横两个方面，对厨川白村文艺思想和批评实践做了系统的梳理和阐释，运用比较文学的方法，分析了厨川思想与西方思想文化、日本本土文化之间的复杂关系，揭示了厨川白村文艺思想的形成、发展、演变和成熟的轨迹和内在机理，从而全面细致地呈现了厨川白村的学术理论风貌。这样的整体呈现和把握厨川白村文艺思想的著作，此前无论在日本还是在中国都没有，从而填补了一项空白。

第二个方面，是以"文"为名头的日本文学与文论问题研究。

在中日文论的比较研究中，以关键词或重要概念为聚焦点或切入点，是颇为可行的途径和方法。这方面，林少阳（1963 年生）的《"文"与日本的现代性》（中央编译出版社 2004 年）是较早出现的成果。该书以"文"为关键词展开论述，从书名上看是有新意的，也较能引起理论研究者和爱好者的注意。全书有三个部分，共分七章，研究了从江户时代到当代的七位日本知识分子的相关思想。

书名既然是《"文"与日本的现代性》，那么"文"与"现代性"两个词，理应是该书的关键词，然而作者始终没有对两个关键词做出明确界定。关于"文"，作者开门见山明确指出："'文'的概念是东亚知识分子，尤其是中国知识分子思想史的一个最核心概念……本书将从'文'的角度，重新审视日本知识分子史。"（第 1 页）"文"既然是如此重要的"一个最核心的概念"，那么，"文"究竟什么呢？然而除"绪论"之外，全书只有论述荻生徂徕的第一章、论述夏目漱石《文学论》的第二章，直接涉及"文与现代性"。其他大部分章节，从章节标题到具体行文，竟然很难找到"文"这一概念的影子，不免给人以"文不对题"之感。在"绪论"部分和关于"文"的界定，作者一会儿说"文"指的是一种"语言"（绪论第 8 页、正文第 51 页）或"特殊语言"（绪论第 2 页），一会儿说"文"是"作为话语历史的日本知识分子的'文'"（绪论第 5 页），一会儿说"文"是"思想史概念"（绪论第 9 页），一会儿说"文"是"知识分子思想本身"，一会儿在"言文一致"的意义上暗示"文"是与"言"（口头语言）相对的书写语言（正文第 72 页）；在谈到夏目漱石的时候，又说"'文'的形式是多样的，包括诗、俳句、书画、小说等"（正文第 99 页），甚至于说"文"是"中国革命"的"一种具有普遍意义的'文'的表现形式"（正文第 11 页）。总括起来，"文"似乎具有语言学、思想史、革命史、文学艺术各种体裁样式等多方面的指涉，其内涵没法确定，外延就更加漫无边际了。至于"现代性"是一个时间观念，还是一个文明形态的价值判断，它与"文"的联结点何在，全没有透彻论述。由于缺乏关键概念的明确界定，论述过程过于虚泛，枝蔓丛生、迂回漫延，看似滔滔不绝，说东道西、纵横南北，但整体上缺乏聚焦点，思路不清，零乱不得要领。所谓"围绕着'文'之概念"将六七个思想家、文学家的论述"加以谱系化"（见小森阳一序）这一点，并没有很好地加以实现。

《"文"与日本的现代性》问题很多，为篇幅所限，这里只以林著第二章"'文'与现代性——夏目漱石的《文学论》"为例。因为从章节名称到具体内容，看上去这一章是最为切题的一部分，也是全书最有代表性的章节。

作者声称这一章中要"在语言的层面上分析夏目漱石与现代性之间的关系是如何在'文'这一概念上展示的"（第 61 页）。然而凡是读过夏目漱石《文学论》的人，都会知道《文学论》除了在个别地方引述"汉学者"所谓"山川河岳、地之文；日月星辰、天之文"之类的表述外，并没有把"文"作为一个概念范畴来使用，更没有对"文"做出界定。《文学论》所使用的是"文学"（有时候是"文章"）这一概念。原来，用"文"这一概念来解读《文学论》，只是作者的一种主观性的概念预设而已。日本当代左翼批评家柄谷行人在《日本近代文学的起源》一书中，认为夏目漱石的《我是猫》不是"小说"，而只能称其为"文"，他所谓的"文"指的是西方影响下的近代小说形成之前的混合的文体类型。林著以"文"来看夏目漱石，很显然是承接了柄谷行人。

作者认为，应从三个方面考察夏目漱石的"文"。"首先是文体意义上的，如'美文'、'写生文'……其次是偏于语言的书写体（écriture）意义上的'文'……三是存在论（Ontology）意义上，作为精神寄托对象的'文'……本文试图按照对漱石的'文'的细分，揭示漱石之'文'的特质。"（第 62—63 页）然而作者用了三四万字，从日本江户时代的获生徂徕，说到当代的子安宣邦、小森阳一；从西方的海登·怀克、福柯，说到尼采、德里达、梅洛·庞蒂，再到中国的钱钟书；从格式塔的"场"，再到现象学，迂回曲折兜了一圈又一圈，要说明的道理却很简单：夏目漱石在《文学论》中通过（F+f）这一公式，要打破汉文学与英国文学之间、"形式对内容"、"主观对客观"之间的"二元对立的设定"，要以多义性的"文"，反抗主流秩序的"一义性"，并断言"漱石似乎难以用近代意义上的'小说'这一新的'文'的形式尽抒其复杂的内心世界。无论如何，正是'文'，才是他的精神支柱"（第 99 页）。

而实际上，这些结论是被作者极其主观地"分析"出来的，也是经不住推敲的。细读《文学论》就不难看出，漱石的（F+f）这一公式，表示的文学作品的理性因素与情绪因素两者的相加相融，本身就建立在"二元对立"的基础上。而且，联系漱石关于文明论与文学论的相关著述，就可以知道他作为一个近代知识分子，其基本思维方法与言论方式本身就是"二元论"的。例如"余裕论"与"没有余裕"、"人情"与"非人情"、"文学"与"科学"的二元文学论；"西洋的开化"与"日本的开化"、"个人主义"与"国家主义"等的文明论的二元论等等。实际上，前提是必须先承认"二元对立"，然后才有"打破"对立的问题。漱石在《文学论》中，用了大量篇幅分析作品中的这两种因素，以及两种因素的融合，与其说是要"打破二元对立"，不如说是首先正视二元对立，然后寻求"对立中的融合统一"。而作者断言"文"与"近代的小说"两者在漱石身上形成对立与矛盾，这一断言本身恰恰落入了"二元对立"思维的牛角。实际上，漱石的"文"与"文学"之间，在传统与近代之间是同一的、浑融的，而非对立的。漱石的全部创作，正是传统与现代、东方与西方矛盾统一的范例。就《文学论》而言，这是一部在西方文学影响下写出来的崭新的"文学原理"类著作，书中所举出的作品例子大都是 18 世纪的英国文学作品，都是很"近代"的。漱石就是要用这些英国"近代"作品为例，来阐发他的"文学论"，并在《我是猫》《草枕》《心》等一系列作品中加以实践。如此，怎么可以得出"漱石似乎难以用近代意义上的'小说'这一新的'文'的形式尽抒其复杂的内心世界，无论如何，正是'文'，才是他的精神支柱"这样的结论呢？难道作为众所公认的日本近代文学之代表的夏目漱石，是一个反"近代"的复古主义者吗？如果是这样，漱石的《文学论》如何实现所谓的"现代性"？作者的主题论旨——"文与日本的现代性"又如何来说明呢？这种结论岂不是自相矛盾的吗？诚然，漱石也喜欢传统意义上的"文"——汉诗、俳句、东洋书画，但这一切只是他的修养的组成部分，而他的主要成就恰恰正在于那些"近代意义上的'小说'"，他的"精神的支柱"也主要在此。

统观"'文'与现代性——夏目漱石的《文学论》"一章，并没有充分尊重《文学论》文本，没有从文本细读中得出可靠结论，而是从自己预设的"文"观念出发，大量援引各色理论，在《文学论》的外围东拉西扯，云山雾罩，却没有对《文学论》本身做出切实的解读与阐发，得出了似是而非、貌似复杂而实则浅显的结论，既缺乏新意，也无助于读者对漱石《文学论》的理解。中国古代文论中有"为情而造文"之说，《"文"与日本的现代性》一书似也带有"为'文'而造文"的强烈色彩。使用这种套路写书的，在当今的西方、日本乃至中国都不乏其人，然而这似乎并不是真正的学术研究与学术著述的正确有效的途径。

此外，在文字表述等技术层面上，该书也有大量错误。许多引文，由于不像引自第一手的原典，或者由于其他原因，而出现过多的错别字、引文不准及出典错误，这些几乎达到俯拾皆是的程度。仅以"'文'与现代性——夏目漱石的《文学论》"一章为例，仅就该章的中文脚注和引文内容进行核对，至少可以发现 20 多处疏漏和错误。只是本章一开头引用《藤野先生》中的一段文字，在 70 来字的引文中，竟有 4 处错误。至于古文的引用，差错就更多了。有的地方出现了常识性可笑的错误，如第 60 页弄错了漱石辞退政府授予的名誉博士学位的时间；第 61 页弄错了《文学论》产生的时间；第 104 页的脚注弄错了夏目漱石进入东京帝国大学文学部英文学科的时间；第 106 页弄错了漱石在东京帝国大学讲授《文学论》的时间……此外的大量的硬伤错误，不遑一一列举。据说本书作者师从日本东京大学著名教授，《"文"与日本的现代性》一书实际上是向该校正式提交的博士论文的"准备篇"。但是，《"文"与日本的现代性》一书似乎没有很好地体现日本学术界传统的科学实证精神和严谨的治学态度，却更多地沾染了当今一些新派时髦学者貌似博学、貌似很"理论"，实则于理不通、浮躁花哨的文风。

后来，作者或许感到了书中的问题，又出版了一个修订版《"文"与日本的学术思想——汉字圈（1700—1990）》（中央编译出版社 2012年）。作者在前言中称本书"除了纠正原书文字方面的错误，并删掉两章附录及部分内容外，由原书的七章，扩充为十二章，补充了近 16 万字的新内容"。修订本自然减少了作者意识到的一些错误，但对"文"仍然没有清晰界定，书名改为《"文"与日本的学术思想》，与初版本的《"文"与日本的现代性》看上去论题发生了很大转变。但是在整体内容没有太多变化的情况下，"日本的现代性"这一论题，是如何一下子转换为"日本的学术思想"乃至整个"汉字圈"近三百年历史问题的？这是一个令人困惑的问题。

以"文"为题的另一部著作，是广东外语外贸大学教授陈多友（1963 年生）著论文集《研文肆言——文与中日文学研究》（汕头大学出版社 2009 年）。作为论文集的题名，"研文肆言"中的"文"是对日本文学、中日文学、文学理论的一种概括性表述，而不是一个全书要论述研究的核心概念，这在学理或学术通例及规范上是没有问题的。全书分为三个部分，第一部分是"文学理论研究"，收录了关于日本现代文论家铃木贞美、小森阳一文学理论的评述文章等共八篇，作者曾翻译过小森阳一的《日本近代国语批判》（吉林人民出版社 2003 年）、《天皇的玉音放送》（三联书店 2004 年）等书，对小森阳一的理论观点相当熟悉，因而相关的三篇论文写得尤为言之有物、富有理解力和概括力；第二部分是"中国文学与日本文学研究"相关论文六篇；第三部分是"日本经典作家作品研究举要"。这一部分对 14 位作家——安部公房、芥川龙之介、井上靖、川端康成、三岛由纪夫、森鸥外、中岛敦、夏目漱石、大江健三郎、大冈升平、志贺直哉、横光利一、上田秋成、井原西鹤——的生平简介、年谱编纂、作品及全集选集的出版情况，做了介绍，特别是对日本学界的关于该作家的研究现状做了较为详细的评述，并附有关于该作家研究的相关文献，包括图书杂志、单行本及相关重要论文等。这些材料的收集整理，是日本文学及日本文论研究的基础工作，不仅对于一般读者，而且对于研究者也是相当有参考价值的。

第三个方面，是日本马克思主义文艺理论文论专题研究。

北京师范大学教授王志松（1962 年生）的《20 世纪日本马克思主义文艺理论研究》（北京大学出版社 2012 年）是程正民、童庆炳教授主持的国家社科基金项目和教育部重点项目《20 世纪马克思主义文艺理论国别研究》的日本部分的最终成果。

众所周知，日本是东亚最早传播马克思主义的国家，早期的中国的马克思主义思潮主要是从日本传入的，因此研究这个问题具有重要的学术价值。由于日本战后左翼逐渐被边缘化，研究马克思主义及马列文论的人不多，成果很少。在这个意义上，王志松的这本书，可以说是迄今为止中日两国对日本马克思主义文论最为全面系统的研究成果。全书的"绪论"部分梳理了日本马克思主义文艺理论的发展史。第一编"日本文化语境中的马克思主义文艺理论"的第一章从日本的政治体制、大众化社会和传统文化三个方面，考察日本近现代的社会语境与日本马克思主义文论的关系，第二章至第六章分别就"福本主义的形成""政治与文学""转向与本土化""文学大众化与大众化时代的文学"及"语言与形式"问题，从不同角度探讨日本马克思主义文论的形成。第二编"批评实践与理论建构"中的四章，对具有代表性的马克思主义文艺理论家藏原惟人、三木清、户坂润、吉本隆明、柄谷行人的理论进行专题解析。第三编"中日间的交流与影响"三章考察了中日两国之间马克思主义文艺理论的相互交流与影响。其中的"毛泽东的文艺理论在日本的接受"一节，第一次系统评述了 1940 年代至 1950 年代日本左翼文学界接受毛泽东《在延安文艺座谈会上的讲话》中的文艺思想在日本的译介、接受和影响，指出其中既有极"左"的理解，也有辩证的把握，还有创造性的解读，到了 1960 年代至 1970 年代的"文革"时期，则是质疑和反思。全书思路清晰，论述周密，体现了很好的宏观把握与微观分析能力。更为可贵的是，作者从纯学术的立场出发，把这样的原以为是"应景的课题"（作者"后记"语）、容易落入政治宣传与意识形态窠臼的课题，做得相当学术，这是值得称道的。当然，似乎还应该指出：无论是日本战前还是战后的马克思主义文论，都是"革命"性的、反体制的、属于非主流、非权力话语，这与 1949 年后中国成为官方意识形态的马克思主义文艺理论，在性质上具有根本的不同。

赵京华（1957 年生）的《日本后现代与知识左翼》（三联书店 2007年）所研究的所谓"知识左翼"，是指 1970 年代后期以来出现的具有反思现代性、反体制、反中心、解构既成知识体制之倾向的、新马克思主义的文学批评、文化批评家，包括柄谷行人、子安宣邦、小森阳一、高桥哲哉等。该书采用个案分析的方法，对他们的著作、思想与言论进行了细致评述，填补了这方面著述的空白，具有重要的学术价值与理论意义。由于前田爱、柄谷行人、小森阳一等主要是文学批评家，所以本书也可以归为日本现代文学批评、文学理论研究的范畴。作者指出，1960 年代反对日美安保条约的社会斗争与左翼学生造反运动，是日本后现代主义思潮产生的直接背景和社会根源。新马克思主义的宇野经济学和广松理论，以及山口昌男、中村雄二郎的"中心╱边缘"及"边缘文化"理论，前田爱所发现的日本当代文学叙述"从时间、历史、精神"到"空间、神话、身体"（即"从存在到结构"）之转变的理论，成为后现代主义文学批评的理论基础。1990年代中期以后，日本知识左翼则从非政治化的"主体解构""文本批评"向政治化的"左翼批判"转向。《日本后现代与知识左翼》第一次向国内读者评述了日本后现代主义与"知识左翼"之间的密切关系，描述了在资本主义民主体制下，以马克思主义为思想基础的"左翼"作为"边缘"文化如何坚强地反抗、抵制、批判着中心文化和主流文化，文学批评在日本这样的哲学思考力并不发达的民族如何发挥思想特有的思想理论功能，对我们了解当代日本文学批评与文学理论的基本面貌和走向，具有重要的参考价值。同时，当代日本社会中处于非正统的"边缘地位"的左翼马克思主义思潮，与中国社会中具有绝对统治和指导地位的体制化的马克思主义，两者在文学批评、政治社会中的作用与功能的根本不同，也值得读者在比较中加以思索。

## 第三节　中日文论的比较研究

中日文论的比较研究，兴起于1980年代之后，包括古典文论比较研究与近现代文论比较研究两部分。在近现代文论比较研究方面，王晓平《近代中日文学交流史稿》第十一、十二章，对梁启超"小说界革命"理论与日本政治小说的关系、对坪内逍遥《小说神髓》在中国之影响等问题做了论述；在现代文论方面，王向远《中日现代文学比较论》第三章"文论比较论"中的七节（七篇文章）中，对中国现代文论与日本现代文论的总体关联、两国的小说题材类型理论、与夏目漱石的"余裕"论、的杂文理论与日本杂文、厨川白村的文论与中国文论等问题，做了论述。以上，本书第二章已有所涉及。本章上一节所评述的厨川白村的研究、日本马克思主义文论研究等内容，也包含着中日比较研究。

较早的一批中日古代文论的比较研究的文章，是赵乐牲教授在 1980 年代后期发表的系列论文《和歌理论的形成与我国诗学》《日本中世和歌理论与我国儒道佛》《浅谈世阿弥和李渔的戏剧理论》等，1990 年又收录于专题论文集《中日文学比较研究》（吉林大学出版社 1990 年）一书。这些论文言之有物，引领中日古典文论比较研究风气之先。到 2000 年之前，主要论文还有孙德高的《〈古今和歌集〉两序与魏晋南北朝文论》（《现代日本经济》1990 年第 5 期）、蔡镇楚的《中国诗话与日本诗话》（《文学评论》1992 年第 5 期）、王晓平的《关于〈文心雕龙〉在日本的传播与影响》（《中国文化研究》1994 秋之卷）、乔丽媛的《"物哀"与"物之感"探源》（《锦州师范学院学报》1994 年第 2 期）、姜文清的《"物哀"与"物感"：中日文艺审美观念比较》（《日本研究》1997 年第 2 期）、卢盛江的《〈文镜秘府论〉对属论与日本汉诗学》（《江西师范大学学报》1997 年第 4 期）、张天飞的《从〈古今和歌集序〉与〈毛诗大序〉看中日诗学的差异》（《福州大学学报》2000 年第 4 期）、李东军的《风雅考：中日古代诗学比较》（《解放军外国语学院学报》2000 年第 4 期）等。有限的十篇左右的论文，论题集中在两个方面：一是中国诗论对日本文论、特别是和歌论的影响；二是对日本文论关键词"物哀"与中国诗学概念的关联研究。

进入 21 世纪后的十多年间，中日古典文论比较有二十来篇相关论文，除祁晓明、刘欢萍等发表的关于日本诗话与中国诗话比较研究的论文外，大部分文章从文论基本范畴，如"物哀""幽玄""姿"入手展开比较论述，如周建萍的《"物哀"与"物感"——中日审美范畴之比较》（《徐州师范大学学报》2004 年第 4 期），李光贞的《物哀：日本文学的审美追求》（《山东社会科学》2005 年第 5 期），张晓丽的《"诗可以怨"与"物

哀"——中日诗学理论浅析》(《思想战线》2008 年第 3 期),张全辉的
《中国诗歌"意境"与日本诗歌"姿"的比较》(《保山师专学报》2008
年第 1 期),王向远的系列论文《道通为一:日本古典文论中"道""艺
道"与中国之"道"》(《吉林大学社会科学学报》2009 年第 6 期)、《气
有清浊:中日古代语言文学中"气"概念的关联与差异》(《东疆学刊》
2010 年第 1 期)、《中日"文"辨——中日"文""文论"范畴的构造与
成立》(《文化与诗学》2010 年第 2 期)、《心照神交:日本古典文论中的
"心"范畴与中国之"心"》(《东疆学刊》2011 年第 3 期)等,从中日
文论共用的几个基本范畴入手,展开论述。有少量文章,如谢梅的《中
国文论的日本化历程》(《西南民族大学学报》2004 年第 6 期)等,对中
日文论关系作出了宏观概括。还有一些中国文论的研究论文,对中日文论
关系有所涉及。

　　除单篇论文之外,进入 21 世纪的十年间,有四部相关专著出版。

　　其中,姜文清先生著《东方古典美:中日传统审美意识比较》(中国
社会科学出版社 2002 年),是我国第一部中日传统审美意识比较研究的专
著,此前只有日本的太田青丘的《日本歌学与中国诗学》(1989 年)等
极少数专门相关著作及少量单篇论文,因而该书在选题上具有开拓性。作
者找出了中日两国具有相通性的类概念或类范畴,如日本的"物哀"与
中国的"物感",日本的"幽玄"与中国的"神韵",日本的"寂"与中
国的"兴趣"等,并做了初步的比较分析,为今后进一步的比较研究打
下了基础。但由于该书的先行性,原典资料的收集、研读和利用不足,故
而在基本范畴的界定、中日比较研究的对位问题上,留下了一些值得再探
讨的问题。以全书较有特色的第五至第九章关于"物哀"论的部分为例,
作者在"从哲学角度探寻'物哀'的哲理依据"的标题下,只评述了和
辻哲郎一个人的论点。而且,和辻哲郎的那篇《关于物哀》文章并非
"从哲学角度",而是社会文化史的角度。真正"从哲学角度"研究"物
哀"的现代学者,似乎只有著名美学家大西克礼的《物哀论》(原文《あ

はれについて》，1941 年）一书，作者对此却只字未提。同样的，在"用历史的方法探寻'物哀'的社会思想内涵"的标题下，作者只谈了渡部正一的《日本古代中世的思想文化》一书中的观点，实际上这方面的书较多。重要的是，别的可以忽略不谈，谈"物哀"就必须对"物哀"论的确立与阐释者本居宣长加以深究，但作者只在"从本居宣长的汉学修养，看中国典籍对其'物哀'论的影响"的标题下，用了一千来字，转述了吉川幸次郎对这个问题的看法，未能对本居宣长的"物哀"论的原典著作加以研读和利用。

由于对"物哀"论的本质内涵没有深究，在中日美学相关范畴的比较中，也出现了相互之间的"不对位"或"错位"问题。在第七章中，作者把"物哀"与中国的"物感"联系在一起加以比较，固然是很可行的，但作者所说的"物哀"实际上是《源氏物语》中作为一般词汇使用的、非概念的"哀"（あはれ）。据日本学者统计，这样的"哀"字在《源氏物语》中使用了一千多次，而"物哀"只使用了十几次。虽然"哀"、"物哀"跟"物感"在字义上有可比性，但"物感"或"感物"是中国古典文论的一个概念，而作者用以与"物感"做比较的，却主要是《源氏物语》中用于描写和叙述的、作为一般形容词或名词的"哀"。作为概念的"物哀"，是经江户时代思想家本居宣长的阐释才确立起来的。要对"物哀"与"物感"两个概念之间做比较，主要应该是中国的"物感"论与本居宣长的"物哀"论之间的比较。第九章"'寂'与'兴趣'"谈到日本的俳谐审美概念"寂"的时候，涉及蕉门俳谐中的一个重要概念"しほり"（一作"しをり"，近代以后作"しおり"），作者把"しほり"的汉字标记为"怜"，并以汉字的"怜"来解读该词的词义，还说明"怜"字多见于向井去来的《去来抄》。实际上，《去来抄》等其他各种版本的俳论原典都没有把"しほり"标记为"怜"，而是通常写作"しをり"，汉字训作"枝折""萎""挠"，而不是"怜"，表示的是一种柔婉、曲折、萎靡、可哀的"蔫"之美。不知这个"怜"字引自何处。而且这一章对"寂"概念的分析论显得蜻蜓点水、浅尝辄止，显然也是因为对日本古今"寂"论原典缺乏研读所致。不直接研读原典，就只能使用二手材料，如第 61 页在谈到"幽玄"问题的时候，引用了藤原俊成的一段话，并有"藤原俊成在其《古来风体抄》中说"这样的说明。然而查《古来风体抄》却不见那段话。那段话实际出自《慈镇和尚自歌合》中。这样的错误，显然也是在第二手资料转引过程中出现的。

2008 年，中国社会科学出版社出版了苏州大学副教授李东军著《幽玄研究——中国古代诗学视域下的日本中世文学》，这是我国研究"幽玄"概念的第一部著作，在吸纳日本学者相关研究的基础上，在中国古代诗学的视阈下，对"幽玄"的内涵外延做了阐述。对"幽玄"与中国古代诗学的相关概念做了比较。作者受陈良运《中国诗学体系论》一书的影响，以该书提出中国诗学的五大概念"志""情""象""境""神"为参照，并以此来构架全书的章节结构，又接受日本学者谷山茂《幽玄》一书中广义的"幽玄"界定，展开了"幽玄"与中国相关范畴的比较研究，这是一个有益的尝试，也得出了一些有启发性的见解，如作者认为："在很大程度上中世和歌的'幽玄'类似于'神'的范畴。"（第 275 页）；"如果说中国诗学的最高范畴是'诗而入神'，或称其为'道'，那么我个人认为日本诗学的最高范畴应该是'幽玄'。虽然有学者将'幽玄'、'有心'、'物哀'等范畴并列，但'幽玄'经过中世社会数百年间众多歌道家之手，完全有可能形成一个类似'神'的高位诗学范畴。"（第 274 页）这种判断是言之有据，具有启发性的。

但是由于《幽玄研究——中国古代诗学视域下的日本中世文学》所涉及的是很复杂、很有难度的课题，自然也留下了一些问题需要进一步思考。首先，既然说"幽玄"是中世文学的"最上位概念"，当把"幽玄"与中国的诗学范畴加以比较时，就应该把中国诗学范畴的"最高范畴"——"神"拿来做比较。但本书并没有专章或专节的内容将"幽玄"与"神"加以比较研究，而只有第六章第一节"'有心'论中的'入神'

思想",是拿"有心"这个"幽玄"的次级概念与'神'的次级概念"入神"加以比较,在比较的层级上出现了错位,而且比较研究也未能充分展开。同样地,第三章"幽玄"与"言志"的比较、第四章"幽玄"与"缘情"、第五章"幽玄"与"意境"理论的比较,都出现了"幽玄"与相关的中国诗学范畴的不对位、不对等的问题。换言之,"幽玄"与中国文论中的这些概念虽然有关联,但所指涉的并不是相同层次的问题,故而缺乏充分的可比性。作者虽用了不少篇幅做比较,却因为双方概念的不对位,而造成了比较的不贴切、不得要领。"幽玄"除了与中国的"神"相对应外,它的次级范畴"余情""余情妖艳""面影""景气""行云回雪"等,讲的都是文学作品的包蕴性的审美特征,它们应该与中国文论中概括作品审美特征并可以作为"神"之次级范畴的"隐""含蓄""蕴藉""神韵"等概念,以及"复意为工""意在言外""羚羊挂角、无迹可求"之类的命题加以比较,才有较为充分的可比性。

其次,由于把"幽玄"看作中世时代日本文论的最高范畴,作者便把日本文论的其他范畴,如"物哀"等,都统驭到"幽玄"之下,这是很值得商榷的。"物哀"作为中世时代和歌之一体——"物哀体",与经过本居宣长阐发的概念化的"物哀",是两回事。前者可以统驭到"幽玄"之下,而后者则不能。对此,作者没有明确加以区分和阐明。应该说,"物哀"与"幽玄"都是日本文学的一级概念。"物哀"所指涉的是作家的审美情感,"幽玄"所指涉的是作品的审美特征,即内容的含蕴性、意义的不确定性,是虚与实、有与无、心与词的对立统一。将"幽玄"看作中世时代日本文学的最高美学范畴是没有问题的。但日本文学中的不同时代,乃至不同文体,都有不同的美学范畴,例如"物哀"是平安王朝时代以物语文学为依托的最高审美范畴,"寂"是近世俳谐文学的最高审美范畴,"意气"(いき)是江户时代町人市井文学的审美范畴,这些都无法统摄在"幽玄"之下。

在中日文论的比较研究方面,日本"诗话"与中国诗话及中国文论的关系研究，近年来也受到一些学者的重视。日本"诗话"是在中国诗话的影响下产生的一种汉诗批评形式，盛行于江户时代和明治时代前期，用汉文或日文写成，可称为"汉文诗话""日文诗话"。1919 年，日本学者池田次郎四郎编纂《日本诗话丛书》（东京文会堂书店 1919 年），收录诗话 61 种，其中汉文诗话 32 种，日文诗话 29 种，对日本诗话的研究极有参考价值，但此后由于种种原因，日本诗话在日本学界无人问津。1977年出版的日本学者船津富彦著《中国诗话的研究》仅在附编中论及日本诗话。中国学者对日本诗话的研究，是从中日诗话的关系开始的。湖南师大蔡镇楚教授在《诗话学》中，专设一章"比较诗话学"，并有《中国诗话与日本诗话》一文（1992 年作为单篇论文发表于《文学评论》），较早关注中日诗话的比较。他认为相比于中国诗话和朝鲜诗话，日本诗话具有三个特点：一是"诗格化"，即注重诗歌格律、法式；二是"钟化"，属于钟嵘《诗品》一派；三是"诗论化"，指的是明治时代以后具有"诗论"的特点。三个特点的概括是有新意的，但可惜在举例的时候，误将江户时代的荷田在满等人的相关著作作为明治时代的著作加以列举，遂削弱了第三条概括的价值。后来，蔡镇楚与龙宿莽合著的《比较诗话学》（北京图书馆出版社 2006 年）一书第十二章"中国诗话与日本诗话"，基本看法未变，论述稍有展开。2002 年，南京大学张伯伟教授在《中国诗学研究》（辽海出版社 2002 年）的"域外汉诗学"一章中有"日本古代诗学总说"一节。稍后又在《论日本诗话的特色——兼谈中日韩诗话的关系》（《文学评论》2002 年第 1 期），认为日本诗话有"诗歌化"和"小学化"两大特色。

谭雯《日本诗话的中国情结》（中国社会科学出版社 2007 年）一书是中日诗话关系研究的第一部专门著作，是在复旦大学博士论文的基础上修改而成。全 22 万字，书分为八章。第一章"日本诗话概况"、第二章"诗史论"、第三章"格法论"、第四章"本质论"、第五章"批评论"、第六章"作家作品论"、第七章"儒家文化与日本诗话"、第八章"日本诗话对中国诗话的继承和发展"。全书内容基本上是对日本诗话内容的概括评述，但在理论概括方面，显得较为贫弱，如在第一章中概括"日本诗话的总体特色"，认为日本诗话第一个特点是"诗格化"（这也是此前蔡镇楚、张伯伟的概括），第二个特点是"理论性"，第三个特点是"论争性"。这样的"特点"很难称其为特点。"理论性"是诗话之所以是诗话（而不是诗）的一般特点，况且与中国诗话、韩国诗话比较起来，日本诗话的"理论性"相对较弱，这似乎与日本人不擅长理论思辨有关；所谓"论争性"也算不上什么"特点"，因为中日韩诗话中都有流派，都有论争，是共通现象。因而作者未能对日本诗话的文化的、美学的特点做出实质性的概括。此外，在原典材料的使用方面，汉文诗话部分，作者主要依靠 1919 年日本学者池田次郎四郎编纂《日本诗话丛书》，涉及少量日文诗话部分，一部分是作者自译文，一部分引自曹顺庆主编《东方文论选》。在自行翻译的若干段引文中，出现了大量的错译（如 83—84 页、305 页），以致完全不能传达原文本；引用的《东方文论选》的译文，也未经与日文原文核对，同样是错译错用。对此，祁晓明在《近年来中日比较诗学中存在的问题》（载《轩翥集》，对外经贸大学出版社 2011 年）中做了详细的指陈和批评。

2009 年，对外经贸大学教授祁晓明的《江户时期的日本诗话》（中国社会科学出版社 2009 年）一书，研究的是日本江户时期的诗话，但由于江户时代之前日本诗话极少，因而该书在很大程度上是对日本诗话的整体研究。全书在书名和章名上虽然没有突显中日比较，实则具有时时处处与中国诗话加以比较论述，因而视为中日诗话关系研究的著作也未尝不可。

《江户时期的日本诗话》全书 36 万字，分为上、下两篇，共九章。上篇是第一章"日本诗话的成立"，对日本诗话的产生发展做了纵向梳理；第二章"日本诗话产生的文学背景"回顾了日本汉文学的历史，以及中日诗歌论对诗话的影响；第三章"日本诗话的内容及其特征"，按内容将日本诗话分为五大类，第一类是面向初学者的汉诗入门书，第二类是阐明诗歌理论、主张的著作，第三类是有关汉语词汇、典故、名物等的解说，第四类是日本汉诗史、汉诗人的介绍，第五类是有关中日汉诗的零星注解与随想。关于日本诗话的特征，作者联系了日本古代文论，乃至日本学术文化的一般特点，认为日本诗话区别于中国、朝鲜诗话的第一个特征是其"启蒙性"，即作为汉诗入门书的教材性质，第二是其"集团性"，即捍卫各自诗派的诗歌主张及作为诗社刊物发表其成员的作品。这一部分的分析概括非常到位，显示了作者对日本文学总体情况的熟知；第四章"'二百年'说与中日诗话的影响关系"，对江村北海在其《日本诗史》中提出的日本汉诗创造思潮大概落后于中国"二百年"的看法，作了独到的分析，认为"二百年"说只不过反映了日本诗话摄取中国诗话时间上的滞后性而已，除此之外，没有任何实际意义，而不是一个普遍性的"文学史的预见"或规律总结。下篇是第五章"日本诗话的诗歌本质论"；第六章"日本诗话的诗歌韵律论"；第七章《日本诗话的诗歌创作论》；第八章"日本诗话的诗歌批评论"；第九章"日本诗话的诗歌鉴赏论"，对日本诗话的内容做了分类评述。日本学者深泽一幸在本书序言中的最后一段话写道："对于日本诗话的研究，虽然以前也有，不过大部分仅仅停留在概说的层面，很少有真正意义上的研究。本书以中国古典文学为背景，深入这个很少有人涉足的领域，第一次展开了真正意义上的学术研究，而且见解独特，议论精辟。"纵观全书，可知这不是溢美之词，虽然个别地方有微瑕（如第 473 页最后两行参考文献中把一本书的编者搞错了），但总体上在史与论两个方面都显示了扎实的功力，确实是日本诗话研究、中日诗学比较研究的一部力作，具有很大学术价值。

　　中山大学教授孙立（1957 年生）的《日本诗话中的中国古代诗学研究》（北京大学出版社 2012 年）一书也有自己的特点。作者站在中国文学的角度研究日本诗话，把日本诗话视为域外中国文学的一个延伸和中国文学研究的重要参考材料，在这个语境下，对日本诗话与中国文学的关系、日本诗话中的中国历代作家作品论、日本诗话中的唐宋诗之争、日本诗话对明代文学、对中国的文学批评、对中国诗体的看法与评论等问题，做了系统的评述、概括与总结，读者可以从作者的分析论述中，了解日本诗话的内容概貌特别是日本人的中国文学观，发现中国文学对日本汉文学乃至整个日本文学所产生的影响，全书文献资料丰富、论述周密，体现了扎实稳健的学风，对中日文学关系及比较文学研究，都有重要的参考价值，不足之处是数量相若的日本汉文诗话和日文诗话两部分诗话文献中，对汉文诗话的引证很细致，对日文诗话的分析利用尚显薄弱。

## 第四节　日本文论史及美学史的研究

从史的角度对日本文论与美学进行纵向的梳理和研究，是研究的一个重要范式。它可以为日本文论与美学提供系统的知识框架，有助于读者从总体或整体上加以把握，并为进一步深入的研究打下基础。由于日本的传统上的纯思辨、纯理论的美学发育不充分，日本美学研究与日本文论研究往往密不可分，古典文学作品及古典文论中含有丰富的美学思想，因此日本文论史与日本美学史研究往往具有重合交叉性。这一特殊性在我国学者的相关研究中也有明显的体现。又由于这方面的研究需要在大量的研究成果积累的基础上才能进行，因而日本文论史与美学史的研究成果，直到21世纪后才陆续出现。此外，史的研究一般都需要较大的篇幅、较多的信息含量，因而成果形式多体现为专著。

华中师范大学教授邱紫华（1945 年生）的《东方美学史》（上、下卷，商务印书馆 2003 年）作为我国第一部系统评述东方美学的著作，在选题上填补了空白，是值得充分肯定的。该书第五编是《日本的美学思想》，约十万字，对日本文学艺术中所表现出的审美意识及审美思想等做了评述，具有一定的系统性。但该书在写作过程中似乎未能参阅日文文献，而作者执笔写作时国内出版的关于日本文论、美学的翻译出版极少，因而作者只能根据曹顺庆的《东方文论选》、今道友信的《东方美学》、叶渭渠和唐月梅的《日本人的美意识》及《日本文学思潮史》、铃木大拙的《禅与日本文化》等为数很少的中文著作或译作来写作。在这种条件下，要写好日本美学颇为艰难。实际上，《东方美学史·日本的美学思想》关于日本美学的实质性内容并不多，更多的篇幅是关于审美文化史背景的一般性描述。对日本文学文化基本背景的描述、对日本美学的评述、概括都出现了一些不准确、不到位乃至错误的地方。例如，在讲到日本民族审美意识特点的时候，概括为四点："第一，崇尚生命之美，赞赏生气盎然之美"；"第二，美与善同一"；"第三，色彩具有明确的人类文化学及审美象征的意义"；"第四，以植物生命为象征体系的审美意识"（第 1057—1068 页）。其中第一、第三、第四条很难说是日本美学的"特点"，因为其他民族的审美意识大体也都如此；关于第二点"善与美同一"，相信凡有日本文学阅读经验的人都知道，古今日本人审美意识的最大特点是：美是在不道德（不善）中产生的，而最能体现日本人审美价值的"物哀"论，其鲜明地反道德、超伦理性就是明证。因而，"善与美同一"说是值得商榷的。

《东方美学史·日本的美学思想》在对日本美学基本范畴的把握上，也显得无序和混乱。例如，在"日本美学范畴"一章中，作者把"物哀"这一范畴与"风""雪""月"这样的文学意象词汇，同样作为"美学范畴"来看待，甚至把"白""青""黑""赤"这样的色彩用语也视作"美学范畴"（第 1117 页）。把"一即多""简素""余白""贫穷"（第 1136 页）之类的中文词语也作为"日本美学范畴"。这就将"美学范畴"扩大化、普泛化了，"美学范畴"也就失去了应有的规定性。在概括"日本美学范畴的特点"的时候，作者认为日本美学范畴具有"形象性""象征性""情感性"三个特点。这样的概括也很成问题。第一个特点"形象性"，原来作者举出的"范畴"的例子是"风""雪""月""白""青"

"黑""赤"这些自然物或自然色彩，无怪乎由此得出了"形象性"的结论。实际上，只要称之为"范畴"，就是一种抽象概括，而不可能具有"形象性"，即便德国哲学家斯宾格勒所说的"基本象征物"，虽不无形象性，也是高度抽象的结果。实际上，真正的日本特色的美学范畴"物哀""幽玄""寂""意气""间""言灵"等，也是非常玄妙和抽象的。作者所说的第二个特点"象征性"本来应该是文学艺术形象塑造的一个特点，而言范畴具有"象征性"，不知何指。作者为说明这一特点举出的例子只是"白""花"和"月"之类。同时把"空寂""贫困""余情""自然""无"等概念的"难以令人深切理解和把握内在特征"也归结为"象征性"，非常牵强。第三个特点"情感性"，是作者把"物哀"等所指涉的情感内容，混同为"范畴"的特性了。范畴，无论指涉不指涉情感内容，都同样是一种理性的抽象概括。关于日本美学范畴的发展逻辑，作者断言所有的美学范畴都是由"真"为"逻辑起点"（第 1122 页），但是对这一重大论断，却完全没有做任何论证。作者关于日本美学范畴形成的描述，也有许多与事实不符，如谈到"物哀"时，说"在'哀'字之前冠以'物'而成为'物哀'的范畴，是由紫式部完成的"（第 1138 页）。实际上，"物哀"这个词早在紫式部之前就使用了，如在纪贯之的《土佐日记》中就有用例，实际上《源氏物语》对"物哀"的使用很少，后来经由本居宣长对《源氏物语》的解读阐发，才使"物哀"成为一个美学范畴。总之，作者未能深入日本美学原典内部，未能将真正的"美学范畴"与一般性的词语、概念区分开来，未能对日本美学的基本范畴区分出层级，并构拟出其中的逻辑结构。这一问题，到了后来在《东方美学史》基础上改写的《东方美学范畴论》（中国社会出版社 2010 年）一书涉及日本美学范畴的部分，也仍然没有改观。此外，《东方美学史·日本的美学思想》对文献的引述注释有许多不统一、不规范、不完整之处，脚注中的许多文献只列出书名，而不写出处。有的该注明出处的而未注明出处，如第 1078—1079 页用了近千字讲述了菅原道真的悲剧故事，却只字未提该故事出自什么文本。

继邱紫华《东方美学史》问世的第二本以"东方美学"为书名关键词的著作，是中南民族大学教授彭修银（1952年生）著《东方美学》（人民出版社2008年）。该书是由27篇论文构成的东方美学论文集，大部分篇目是作者和硕士、博士研究生合写。全书共分上、中、下三篇。上篇"全球化时代的东方美学"的12篇文章，对东方美学的理论形态、东方美学在世界美学中的地位与作用、东方美学形成的文化语境等问题，加以论述；对印度、阿拉伯、日本等国家和地区的传统美学及其特点，做了宏观层面上的论述。中篇"东方美学中的'他者'"中的七篇文章，主要在东方与西方、传统与现代的文化语境中，对近代日本美学如何接受西方美学与文论做了分析论述，对几位重要的理论家如西周、芬诺洛萨、冈仓天心等做了个案评述；对中日近代"美学""美术""日本画""洋画"等重要概念进行了梳理考辨。下编"东方美学中的'日本桥'作用"中的8篇文章，论述了近代日本作为中西美学之间的"中间人"的角色与作用，分析了日本美学对中国现代美学的影响。从立意布局上看，《东方美学》并没有试图写成"史"，而只是选择若干重要论题加以研究，但从东方传统美学到现代美学，也显示了一定程度的史的线索。侧重点在日本美学及中日美学之关系，尤其是下编中的各篇论文，在中日现代美学关系研究上有所推进。有的论题属于国别美学研究，有的论题注重东方美学之间的相关性的揭示，如上篇中的《东方美学中的意象理论》一文，用中国文论中的"意象"一词，将日本的"物哀""幽玄"和印度的"味"论、"韵"论统驭起来，也言之成理的。但也有的文章，如《古代印度美学》《伊斯兰美学思想初探》《"物哀"与日本民族的植物美学观》《空寂：日本民族审美意识的最高境界》等，主要使用第二手材料，缺乏对第一手原典著作的研读，基本上是对已有研究成果的祖述。

在《东方美学》一书的基础上，彭修银、皮俊珺等合著的《近代中日文艺学话语的转型及其关系研究》（人民出版社2009年）一书，进一步将研究落实到近代中日文艺学关联性的研究。该书是国家社科基金与教育部社科基金项目的最终成果，全书也分为上、中、下三编共八章，其中上编的两章分别论述王国维与梁启超的美学与日本美学中介因素的关系，中编的三至五章分别研究中国近代"美术"概念的形成与日本"美术"概念的关系、日本启蒙主义思想家西周的"美妙学说"的地位与影响、在日美国学者芬诺洛萨的东方美学思想及对中国的影响。这些论题大部分是在《东方美学》相关章节基础上修改而成，内容大致相同。该书最有原创性的，是皮俊珺执笔的下编中的第六至八章。这三章内容集中研究现代文艺理论家、美学家冈崎义惠（1892—1982 年）及其"日本文艺学"的构想与著述。冈崎义惠从 1940 年代开始，在四十多年的时间里，不断推出研究日本传统美学及文艺学方面的论著，是日本文艺学的学科奠基者，著作等身，影响颇大。但此前中国学界几乎对他没有翻译介绍，更谈不上研究。这一部分内容对冈崎义惠提出的"日本文艺学"及其学术地位与影响、他对日本文艺美学的贡献，以及日本文艺学的民族特色等做了论述。作者的研究基于对冈崎义惠原作的系统研读，因而言之有物、内容充实，是全书的有创新性的亮点。

对日本文论加以纵向的梳理和横向的综合性研究，是研究展开的重要途径和方式。在纵向的历史研究方面，出现了两本书，一本是重庆师范大学教授靳明全（1950 年生）著《日本文论史要》，一本是南京大学教授叶琳等的《现代日本文学批评史》。

《日本文论史要》（中国社会科学出版社 2010 年）是在作者所承担的国家社科基金项目《日本文学批评史》最终成果的基础上修改而成的。在日本，《文学批评史》《评论史》《论争史》之类的著作成果已有不少，但在中国，迄今为止还没有相关的专门著作，因而该选题是有意义和价值的。如果做得好，可以填补中国的外国文学批评史研究的一个空白。但是，正因为这个课题的研究难度相当大，对文献的要求、对理论的要求也很高。要做得好，首先必须对日本文论原典加以广泛涉猎，并且从文字上、内容上真正吃透。日本古代文论原典用古文写成，近代文论文白夹杂，现代文论资料浩繁，要写成一部自古及今的《日本文学批评史》，困难可想而知。事实上，作者似乎也付出了一定的努力，但努力显然很不够，终于未能做出真正的《日本文学批评史》，故而在出版最终成果的时候，将书名更改为《日本文论史要》，这就一定程度地回避了通史所应具有的全面性系统性，同时也减弱、降低了原有选题的学术价值。

从分量和结构上看，《日本文论史要》总字数只有20万，其中，"附录"的日本文学批评的译文约占全书篇幅的三分之一。而且，在附录的这些译文中，古代部分大部录自《东方文论选》，并非作者自译，近代文论部分大部分文章是早已经有了译文的篇目，如坪内逍遥、有岛武郎、厨川白村的文章，一般读者很容易查到，这些篇目虽署"靳明全译"，但和已有的译文关系如何，复译的译文质量是否有提高，尚有待译本的对比分析才能做出结论。但有一点可以肯定：在所附录的译文中，有的篇目存在大面积的错译。（错译问题属于另外的论题，此略。）不管怎么说，对国家级课题的高端学术著作而言，将本来已有译文的篇目附录于书后，除了徒充篇幅以外，只能增加该书的含水量。

除去附录的译文，属于作者实际撰写出来的字数只有13万字左右。这么小的篇幅，对于日本文论史而言，实在太单薄了。即便是"史要"，相对于古今日本文论史的丰富内容，分量也显得严重不足。日本学者久松潜一的《日本文学评论史》只写古代部分，就有厚厚五大卷，约合中文150万字，相当于《日本文论史要》的十几倍。写"史"者、读"史"者，都期求丰富的资料信息。首先是史料，然后是史识。史料不齐，史识焉附？本书在史料上的严重欠缺，并不是卷首二百来字"自序"中所称的"要而不繁、简明扼要"，而是残缺不全、丢三落四，如此，"史"的价值便大打折扣了。

从总体构架上看，《日本文论史要》采用的教科书式的写法，在章节结构上以"概述"加人头，来谋篇布局，未能提炼出问题点，也未能对文论文本做出应有的解读和阐发。在实际的行文中，流于浅层的介绍，缺乏深入的理论剖析，缺乏独到的见地。特别是站在中国学者立场上的比较文学的分析、美学层面的分析，就更为贫弱了。全书甚至连一个提纲挈领的、对日本文论发展规律及民族特点加以总结的序言、绪论都没有。作为本身就是研究"文论"的著作，却如此不"理论"，是超乎想象的。诚然，教科书式的写法、教科书式的读物也不无用处，教科书可以做得很基础，可以写得很通俗易懂，但无论如何也不能粗糙浅陋。尤其是作为国家级研究课题的最终成果，本来应该是以"原创"为根本追求，不能仅仅写出入门读物便宣告"圆满结题"（该书"后记"语）。

　　《日本文论史要》理论建构上缺失，文献资料方面也存在着残缺不全、顾此失彼、引证不规范的问题。例如，在古代部分，"连歌"论相当重要，日本古人写了不少"连歌论"的专著和文章，很有理论价值，而《日本文论史要》中却只字不提。难道作者不知道日本出版的任何一种《日本古典文学大系》在文论方面都必然收录"连歌论"吗？再如，关于世阿弥的戏剧理论，《日本文论史要》只讲《风姿花传》，而对世阿弥的其他十几部相关著作只字不提，这就不可能全面把握世阿弥的戏剧理论体系。总体上看，在文献资料方面，从古代、中世、近世部分的脚注中就可以看出，作者所依据的材料，主要是曹顺庆主编《东方文论选》一书中王晓平先生的译文，而对日本原文原典，却基本没有触及。例如，作者之所以不提连歌论，是因为连歌论原典那时尚没有中文译文；之所以对世阿弥《风姿花传》之外的其他著述不提，是因为那时其他著述尚没有中文译文；之所以对净瑠璃论、歌舞伎论等近世戏剧艺术论不提，也是因为那些文献尚没有中文译文。凡是有中文译文的，就写，凡是没有中文译文的，就省略，这显然是作者取舍时的主要考量。像这样主要靠有限的中文译文来研究和撰写《日本文论史》，就势必捉襟见肘。令人困惑的是，作者在"后记"中声称自己在日本各大图书馆"收集了《日本文论史》的大量一手资料"，但是这"大量一手资料"究竟用在了什么地方呢？

有时貌似引自原典，实则可疑。如第 50 页、第 51 页的脚注写明：所引用的井原西鹤、广濑淡窗、荻生徂徕的话，分别出自岩波书店版中村幸彦校注《近世文学论集》第 6 页、第 9 页、第 6 页。乍看上去，这似乎在引用原典，但实际上所引并非原典，而是对编者的"解说"文字的转引。更有甚者，第 23 页，引了菅原道真《新撰万叶集序》中的几句话，该页有作者的脚注云："佐佐木信纲编：《日本歌学大系》第一卷，靳明全译，文明社昭和十五年版，第 85 页。"而这个短短的脚注却隐含了三个错误：

第一，该段话不见于佐佐木信纲编《日本歌学大系》第一卷 85 页，而是在第 35 页；

第二，该段话原文为汉语，无须翻译，也根本不存在"靳明全译"的问题；

第三，该段话在引用时出了错。原文是"青春之時、冬玄之節、隨見而興（既作，觸聆而感自生。）凡厥所草稿不知幾千"。作者却错引为："青春之时，冬玄之节，随见而兴既作。触聆而感自生。凡厥取草稿不知几千"。作者的错引，把括号去掉了，把句读改变了，把文字置换了（"所"字换为"取"字），致使原文的意思也变异了、莫名其妙了。由此而不得不令人怀疑全书文献引用、翻译的可靠性。

此外，令人纳闷的是，在很多场合下，作者都援引《东方文论选》中王晓平先生的译文，而菅原道真《新撰万叶集序》在《东方文论选》中也选录了，而且文字上与佐佐木信纲编《日本歌学大系》中的原文完全一致，为什么对这段不需要翻译的汉文，反而要舍近求远，需要"直接"引自佐佐木信纲编《日本歌学大系》呢？这要么是"伪引"，要么是暴露了引用上的随意性和不严谨性。这样的问题，在《日本文论史要》中还大量存在着。篇幅所限，此处不一一列举。

近代部分在内容上的顾此失彼缺漏也很严重。例如，在日本近代文学中，自然主义是文学主潮，也是最具有日本特色的理论评论现象，但《日本文论史要》课题却几乎没有论及；再如，谈新感觉派文论，不谈该派最重要的理论家横光利一，却只谈川端康成。对于日本近代第一流的几个评论家和文论家，如高山樗牛、北村透谷、长谷川天溪等，完全没有论及；对日本对外侵略期间，文学批评如何协助对外侵略，是 1930 年代至 1940 年代日本文评中不能回避的问题，却丝毫不涉及，如此等等。战后 60 多年来的日本文学评论，丰富多彩，最值得好好梳理和评述。然而，《日本文论史要》却只写到 1930 年代至 1940 年代为止，匆匆收笔。作为"史"而缺乏当代史部分，也是一种很大的缺憾。

日本文论史方面的另一部著作是叶琳等的《现代日本文学批评史》（上海外语教育出版社，2008 年）。作者把"现代文论"界定为 1920 年代初至 1970 年代末，共 60 年的时间。这段时期日本文学批评流派甚多，文章甚多，情况更为复杂。作者以时间推移为线索，以团体流派为单位，分专章依次对无产阶级文学批评、"艺术派"文学批评、战争时期文学批评、战后文学批评、"传统派"文学批评、"批判现实主义"文学批评、经济高度增长时期的文学批评、女性文学批评等，做了评述。尽管此前日本学者的相关研究相当不少，"文学论争史""文学评论史"等已有多种，相关资料集也出版了若干，但这样的中文著述此前还没有，因而《现代日本文学批评史》选题本身很有价值。

但是，遗憾的是，《现代日本文学批评史》在很大程度上偏离了"文学批评史"的正题，书中有太多的内容，评述的是一般文学史上都讲的作家作品，而不是"文学批评"本身。这种情况，在第一章"无产阶级文学批评"和第二章"现代艺术派的文学批评"中尚不太突出，到了第三章"战争时期的文学批评"则开始明显。第四章以后，不属于"文学批评"的内容逐渐增多，乃至有的章节用了超过一多半的篇幅来综述文学史的演进及作家作品，使人感到作者似乎忘记了自己是在写"文学批评史"，而是在写一般的"文学史"！而到了第六章"批判现实主义的文学批评"，几乎全部篇幅在评述作家创作，至于"批判现实主义"有哪些"文学批评"的文章、有哪些理论主张，则完全没有涉及。第七章"高度增长时期的文学批评"共 30 多页，用于"文学批评"评述的文字不超过一页。第八章"女性文学批评"中的三节分别谈女性文学的风格、创作主题及女性文学的贡献，几乎不谈女性文学批评是怎样的。更不用说最后一章"典型作家的文学批评"，更是无关乎"文学批评"，不过作者在"前言"中明确做了说明，说因为那些作家很重要，所以需要"从理论角度"做"个案评析"。

诚然，文学批评与文学创作是密切关联的，但是，"文学批评"与"文学创作"是两个不同的领域，前者是"理论"形态的东西，后者是虚构叙事、情感想象的东西；前者涉及理论文本，后者涉及虚构性作品文本，这是无须多说的常识。然而遗憾的是，《现代日本文学批评史》的大多数章节却将两者混淆起来，不以"理论文本"的评述、解析和阐发为主要任务，于是偏离了"文学批评史"的正题。在这种情况下，书中所提到或评析的文学评论的文章篇目也出乎意料地少，"文学批评史"在很大程度上变成了一般的文学史。该书作为"国家社科基金青年项目"的最终成果，出现这一问题是很不应该的。至于书中出现的一些细节问题，如第 126—127 页谈到诗人金子光晴"反战"诗歌的时候，却不提（或不知道）该诗人也写过歌颂战争的诗歌；第 144 页提到"国民文学"主张的时候，只字不提"国民文学"最有影响的提倡者之一高山樗牛的观点，等等。还有书后附录的参考书目和论文目录，许多的与作者论题密切相关的中文及日文的重要文献未能纳入视野，显示了作者对文学史料把握的残缺不全与片面性。

孟庆枢等著《二十世纪日本文学批评》（吉林人民出版社 2009 年）是教育部社科研究规划项目，也是日本文学批评的断代史研究有一定系统性的论文集，全书分为"日本'近代''文学'批评的确立""日本文学批评的深入与发展""多元的日本文学批评"三章，除"前言"及每章前面的"概论"部分外，共收 17 篇文章，对 20 世纪日本文学批评的若干重要问题、重要现象、重要批评家及理论观点，做了评述与研究。其中有的文章选题有新意，例如第二章第五节"大众文学理论的兴起"，第三章第二节"大众文学理论的发展"（执笔者刘研），对日本大众文学批评的来龙去脉基本情况、重要理论观点做了较为系统的概述和评述，这在以往的日本文学研究及文论研究，是被忽视的，鉴于日本现代文学中的大众文学读者众多，影响很大，其理论建构也有特色，因此很有必要加以关注和研究；又如第三章第四节"战后文学研究中承上启下的前田爱"（执笔者刘金举），对战后日本文学研究与批评方法的转换及代表性人物前田爱的文本批评实践做了分析评述，指出了其探索的成就与不足，是个案研究的一个好例。由于本书不是以批评"史"来构架，而是以散点性的个案研究为主，有许多重要的理论家、理论现象未能纳入论述范围，尚不能呈现"20 世纪日本文学批评"的总体面貌，但本书在这方面所做的工作，也为将来的《20 世纪日本文学批评史》打下了基础。

# 第八章 中日文学关系史研究

　　中日文学关系史研究，是中国的日本文学研究的重要延伸和有机组成部分，它包括"交流史"和"关系史"两个方面。"交流史"指的事实上的文学交流，需要运用文献学的方法、实证、考证的历史学方法加以研究；"关系史"则更侧重两国文学的平行的比较研究、寻求两国文学精神上的关联与异同关系。日本的日中文学关系研究比中国着手早，成果颇多，中国的相关研究始于1930年代周作人的相关文章，但真正意义上的研究是从1980年代后开始的，到1990年代之后的二十几年间得以深入展开，严绍璗《中日古代文学关系史稿》、王晓平《近代中日文学关系史稿》和《佛典·志怪·物语》、王向远《中日现代文学比较论》和《中国题材日本文学史》等著作，填补了中日古代、近代、现代文学关系研究的空白。由于中国学者在史料运用特别是理论辨析能力方面占有明显优势，能够后来居上，使该领域成为中国日本文学学术研究中成果最多、学术品质最高的领域，在中国的中外比较文学研究中也占有重要地位。

## 第一节　中日文学关系史研究之概貌

中国的中日文学关系史研究，起步要比日本文学史的研究为晚。1934年，周作人发表《闲话日本文学》（1934年），大致谈了当时中国的日本文学作品翻译的情况（详后），算是中日文学关系研究的一个较早的开端。此后，1942年，在日本占领区的北京，"国立华北编译馆"出版了梁盛志的《中国文学与日本文学》的小册子，该书共五万来字，是译作与著作的合体，有周作人、藤村作、斋藤清卫、青木正儿分别写的序言。分上、下两篇。上篇《中国文学对日本文学的影响》，是梁盛志对日本学者青木正儿同名小册子的翻译，谈的是中国文学对日本古代文学的影响；下篇《日本文学对中国的影响》是梁盛志的自作，谈的是日本文学对中国近代文学特别是新文学的影响，认为"新文学运动虽然由留美学生胡适发端，而辅翼和完成这个运动的，大半是留日学生"。上、下两篇合在一起，构成了中日文学关系史的一个概要或曰大纲。古代中日文学关系部分只能编译日本学者的著作，从一个侧面反映了当时中国学者对该领域研究的欠缺。虽然该书只是粗陈大概的知识性小册子，但作为最早的同类专书也开启了中日文学关系研究之先河。

到了1980年代后，中国学界的中日关系史研究才真正全面地展开。此后的三十多年间，中日文学关系史研究大致可以分为两个阶段。

第一个阶段是1980—1990年的十余年间，是开拓和奠基阶段。

这一阶段的标志性的成果是严绍璗著《中日古代文学关系史稿》、王晓平著《近代中日文学交流史稿》（湖南文艺出版社1987年）和《佛典·志怪·物语》（江西人民出版社1990年），是中日文学关系领域的开山著作和标志性作品（详后本章第二节和第三节）。

　　这一时期，中日比较文学及文学关系研究有了自己的学术团体"中日比较文学研究会"，1988 年在长春成立。该学会首届年会的系列论文以东北师范大学主办的《外国问题研究》杂志"增刊"的方式，出版了《中日比较文学论文专辑》。1990 年，该学会采用笔会的形式，组织会员撰写出版了《中日比较文学论集》（赵乐甡、孟庆枢、于长敏主编，时代文艺出版社 1992 年），收论文 25 篇，论题从中日古代传说一直到现代文学，作者有赵乐甡、王晓平、王长新、李树果、孟庆枢、于长敏、刘立善、靳丛林等，还有几篇日本学者的论文译文。1990 年，赵乐甡主编的《中日文学比较研究》由吉林大学出版社出版，全书分为古代、中古、近代、现代共四编，收录展示了以吉林大学日本语言文学专业为主的研究人员的若干研究论文，作者有赵乐甡、王长新、王晓平、柴明俊、沈迪中等。各编的第一篇文章都概述某一时代日本文学与中国文学的总体关系，因而虽是论文集，也具有一定的系统性，特别是将中日文学理论的关系与文学创作的关系两者的研究结合起来，形成了本书的特色。同年，北京大学日本文化研究所编的论文集《中日比较文化论集》（吉林教育出版社 1990 年）收录来中日学者的 23 篇论文，其中有刘振瀛的《中日技艺观比较》、高增杰的《人工对称与自然和谐——中日民族审美意识比较》等重要文章。此外，中日文学关系研究的论文集或辑刊还有数种，如于长敏、宿久高主编的《中日比较文学论集》（吉林大学出版社 1993 年），孟庆枢主编的《中日文化文学比较研究》（吉林出版集团 2012 年），吕元明著《日本文学论释——兼及中日比较文学》（东北师范大学出版社 1992 年）等，后者作为一部个人论文集，收录了日本文学、中日文学关系史方面的论文四十余篇，全书共分"总论""古代论""中世近世论""近代论""现代论""中国论"六编，这些文章大都写于 1980 年代，许多文章选题在中文语境中而言是有开拓性的，例如从翻译史的角度看《魏志·倭人传》，日本的雅乐、谣曲与秦汉题材，日本五山文学的中国观等论题，都富有新意。

这一时期中日古代文学关系研究的成果主要是通过单篇论文的形式发表的。例如，在中日古代文学关系方面，翻译家申非关于《平家物语》《雨月物语》与中国文学关系的论文（1985年），民俗学家、北京师范大学教授张紫晨关于中日开辟神话及民间故事的比较研究的论文（1986年），日本文学研究家、吉林大学教授赵乐甡关于日本和歌理论与中国诗学关系的论文（1987年），辽宁大学教授马兴国（1946年生）关于《世说新语》、唐传奇、《三国演义》《游仙窟》《搜神记》《水浒传》《金瓶梅》《红楼梦》、"三言两拍"等在日本传播与影响的系列论文（1987—1991年），邵毅平关于日本平安文学、江户文学与中国文学关系的论文（1988—1989年）等，还有严绍璗、王晓平的一系列文章，都有新意。此后，武汉大学历史系覃启勋（1950年生）的专著《〈史记〉与日本文化》（武汉大学出版社1989年）以16万字的篇幅，全面梳理了《史记》在日本的传播与影响的历史，包括《史记》何时传入日本，何时盛传于日本，《史记》传入日本的种种原因，《史记》对日本政治、日本教育、日本史学、日本文学的影响，以及日本学术界对《史记》研究的成就及特点等，都做了细致的分析论述。虽然该书印制粗陋，但学术价值不低，填补了中日文化交流史研究的一处空白。此外，斯英奇翻译的日本学者野口元太的《从传承到文学的飞跃——〈竹取物语〉和〈斑竹姑娘〉》（少年儿童出版社1983年）对日本的最早的物语与中国西南藏族地区的民间故事《斑竹姑娘》的惊人相似，做了比较研究和解释，在选题及方法论上都有参考价值。

此阶段中日现代文学关系研究、比较研究，尚未全面展开，以与日本文学之关系研究的成果为主，这方面除了大量论文外，还有刘柏青的《鲁迅与日本文学》（吉林大学出版社1985年）、程麻的《鲁迅留学日本史》（陕西人民出版社1985年）和《沟通与更新——鲁迅与日本文学关系发微》（中国社会出版社1990年）等专门著作。后来还出现了集大成者的著作——彭定安主编《鲁迅：在中日文化交流的坐标上》（春风文艺出版社 1994 年）。但严格而论，这类成果是以为中心的，主要属于中国文学及研究的范畴。

第二阶段是 1991 年之后的二十多年间，是展开和深化阶段。这一阶段在上个十年的积累、积淀的基础上，中日文学关系史的若干专门著作也陆续问世，研究的幅度和深度都有拓展。

在中日古代文学关系史领域，除张龙妹的《离魂文学的中日比较》（《日语学习与研究》1999 年第 2 期）和《中日"好色"文学比较》（《日语学习与研究》2003 年第 2 期），丁国旗的《〈徒然草〉对中国隐逸思想的接受考察》（《广东外语外贸大学学报》2012 年第 6 期）等单篇文章外，陆续出现了相关专门著作。较早的成果是马兴国（1946 年生）教授在已发表的系列论文的基础上写成的《中国古典小说与日本文学》（辽宁教育出版社 1993 年）一书。杭州大学王勇的《中日关系史考》（中央编译出版社 1995 年）一书的"文学篇"的第十四章"明清戏曲小说中的倭寇题材——明代短篇传奇《斩蛟记》"，较早涉及明清文学的倭寇题材，并对《斩蛟记》做了细致的分析，在选题上独辟蹊径，具有启示意义。山东大学教授高文汉的《中日古代文学比较研究》（山东教育出版社 1999 年），是一部涉及中日整个古代文学史上各个时代的带有通史性质的著作，全书以论述日本汉文学的发展及重要作家作品为主，评述了日本的汉诗、汉文及其与中国文学的关联，同时也涉及日本物语文学《竹取物语》《源氏物语》对中国文学的吸收与借鉴。其中，最富有新意的是对日本"五山文学"与中国关系的部分，在此前的相关中文著作中很少涉足，而作者以五万字的篇幅论述之，填补了这一领域的知识空缺。邱岭、吴芳龄合著的《三国演义在日本》（宁夏人民出版社，"人文日本新书"2005 年），作为中国学界研究《三国演义》在日本影响问题的第一部专门著作有开创价值。书中的上篇"日本文学对《三国演义》的发现——《太平记》与《三国演义》"，对中世"战记文学"《太平记》中的《三国演义》影响作了分析；中篇"日本近世文学对《三国演义》的借鉴"，对日本近世、近现代文学对《三国演义》的翻译、研究与再创作做了评述；下篇"日本文学对《三国演义》的重构"，对吉川英治的巨作《三国志》与《三国演义》的关系，从细节重写、结构重建、人物重塑等三个方面做了分析研究。《三国演义》与日本文学、日本文化的关系源远流长、极为密切和复杂，该书只选择了若干重要的"点"加以评述研究，还是初步的，也为今后的研究开了好头。王晓平的《远传的衣钵——日本传衍的敦煌佛教文学》和《唐土的种粒——日本传衍的敦煌故事》（宁夏人民出版社"人文日本新书"，2005 年）两书，从文本分析与比较的角度论述了敦煌文学在日本文学中的传播与影响（详见本章第三节）。吴毓华、陈红著《日本文学专题研究》（日文版，线装书局 2008 年）中的第一章"《宇津保物语》与中国古典文学"，以"琴"为中心，通过文本细读，揭示了中国文学的影响。天津外国语学院张晓希等著《中日古典文学比较研究》（南开大学出版社 2009 年）是在十几篇相关选题的硕士学位论文的基础上编辑修改而成的论文集，内容涉及不同历史时期的日本古典文学与中国文学的比较研究，大部分属于没有事实关系的平行比较，例如刘沙沙的《闺怨诗人——小野小町与鱼玄机》、徐丽丽的《从绘画的角度看王维的汉诗与芜村的俳谐》等，选题上都有一定新意。张晓希编著《日本古典诗歌的文体与中国文学》（日文版，南开大学出版社 2010 年）对包括歌谣、汉诗、和歌、连歌、俳谐、川柳、狂歌在内的日本古典诗歌诸文体的产生、特点、历史演变及其与中国文学的关系做了概述。金文峰的《〈徒然草〉受中日古典文学的影响》（日文版，上海交通大学出版社 2009 年，书名表述似欠规范）是目前所见到的相关领域的仅有的专门著作，该书通过细致的影响分析方法，论证了《徒然草》所受《白居易集》《文选》《蒙求》等中国典籍的影响，同时也探讨了《徒然草》对此前的《源氏物语》、和歌、说话文学的继承与接受。隽雪艳的《文化的重写——日本古典文学中的白居易形象》（清华大学出版社 2010 年）一书，从题目上看选题很有价值，而且研究的当然应该是"日本古典文学中的白居易形象"，但翻阅之后，就会发现全书内容大大偏离了一般读者的阅读期待。全书第一章"文化的重写：日本古典文学中的白居易形象"似乎最为切题，但也只是简单评述了《千载佳句》等几种汉诗选集中所选收白居易诗在主题上的特点；第二章"句题和歌与白居易"只是从《文集百首》等和歌集中分析日本歌人对白居易诗歌"句题"的化用问题，而这些都不是比较文学的"形象"问题，只是白居易诗歌在日本的流传和接受问题；第三章和第四章"日本中世的文艺理论与白居易"（上、下）也是很好的题目，可是作者仅以大约14000字左右的简单介绍，便浅尝辄止，究竟白居易对中古日本文论有何影响，未能做出深入的分析；至于占全书一半篇幅的第五章"日本思想散论"和第六章"翻译研究心得"，则完全与"日本古典文学中的白居易形象"无关。这种"文不对题"的极为随便自由的构篇方式，在无视理论逻辑的一些日本学者那里常常可以见到，但在中国的学术著作中，并不多见。

一些关于中日古代文化交流史研究方面的论著，也包含了文学的内容。其中广西大学李寅生（1962年生）教授的《论唐代文化对日本文化的影响》（巴蜀书社2001年）和《论宋元时期的中日文化交流及其相互影响》（巴蜀书社2007年）两书，论述了唐、宋、元三个时代的中国文化对日本文化的影响，在相关章节涉及了中日作家、诗人的交流及语言文学方面的交流。长期旅日的中日关系研究专家汪向荣（1920—2006年）与孙女汪皓合著的《中世纪的中日关系》（中国青年出版社2001年）以元代蒙古的两次对日战争、明代倭寇的肆虐、明朝军的抗日援朝战争为中心，研究了元、明两个时代中日关系史。对倭寇问题，作者对"前期倭寇"和"后期倭寇"的性质做了清晰的区分，指出"后期倭寇"是以王直等中国人为主构成的，基本成员是那些在明代海禁政策下不能从事商业活动而衣食无着的贫民；对明代的抗日援朝，作者对《明史》中的官方记载提出了有力的质疑，对丰臣秀吉侵略朝鲜并直指中国的动机做了深刻分析，都足资参考。接着，汪向荣又出版了《古代中国人的日本观》（上海古籍出版社 2006 年），是一本论题大体相近的中日关系史论文集，其中最后一篇文章《古代中国人的日本观》以《后汉书》《魏志·倭人传》等正史为据，分析了古代中国人对日本列岛地理、风俗等方面的认识，指出了其可靠性。汪先生的研究虽然是从历史学角度进行的，但采用的是比较史学的方法，其中涉及了不同时代中国人的对日记载和认识，分析了有关古籍中对日本的记载、日本形象的描述以及对日认识，与中日文学关系的形象学研究有叠合之处。

与此相关的是张哲俊的《中国古代文学中的日本形象研究》（北京大学出版社 2004 年）一书，从比较文学形象学的角度系统地评述了古代中国人的日本观与日本形象描写。全书分为六章："唐前的倭国形象""唐代的日本形象""宋代的日本形象""元代的日本的形象""明代的日本形象""清代的日本形象"（作者称因晚清部分材料极多，故略），运用以诗证史、以史证诗、文史互证的方法，梳理了中国的文史典籍中的对日本及日本人的描述。几年后，作者将"形象"的研究进一步由"人"的形象而转移、聚焦于"物质"的形象，即以共同的"物质"为媒介的中日两国文学关系研究，认为这样的研究不同于"平行研究"和"影响研究"，而是通过物质媒介而形成的"第三关系"的研究。这一思路体现在《杨柳的形象：物质的交流与中日古代文学》（人民文学出版社，2011年）一书中。杨柳在中日文学中描写极多，中日两国学者对杨柳及其文学描写的研究也不少，作者收集了丰富的相关资料和作品文本，对中日两国文学中的有关杨柳的素材、题材、主题，包括由杨柳形成的想象与比喻（柳腰）等，都做了细致的、不厌其烦的比较分析。不过，"杨柳"这种自然界的植物不同于人工的物质产品，人工的物质产品是需要不断地通过人工加以交换和交流的，而"杨柳"这样的自然植物，即便可以假定是经"物质的交流"的途径而从中国传入，但一经传入，便是日本人自行种植，或者杨柳自身自然孳生，就不属于"物质交流"的范畴了。不只是杨柳之于日本，还有西瓜、石榴等西域的各种瓜果、红薯、番茄、玉

米、辣椒等从美洲传入的植物之于中国，情况都是如此。该书的副标题是
"物质的交流与中日古代文学"，其中的关键词之一是"物质的交流"，但
是全书除第一章讲到杨树柳树传入日本之外，就没有再涉及"物质的交
流"的问题了。可以说，"杨柳"这种"物质"本质上不属于一个"物
质的交流"问题，所谓"杨柳的形象"的杨柳严格地说也不属于"形象"
问题，而是意象、素材的问题。就中日文学而言，杨柳的问题只是一个相
同的素材运用与描写的问题。该书的研究可以归为通常所说的"形象学"
研究的范畴，也带有主题学研究的性质，并非如作者所言是通过物质媒介
而形成的所谓"第三关系"的研究。但无论如何，本书资料丰富、分析
细致，展示了以杨柳为素材的中日文学的系统知识。

在日本的中国形象及中国题材研究方面，还有吴光辉的《日本的中
国形象》（人民出版社 2010 年）一书，但该书所使用的资料主要不是文
学文本，而是学术思想史文献。

在近代文学方面，以中国近代文学重要团体"南社"为中心，对其
与中日文学的关系做出深入研究的，是山西大学教授陈春香（1956 年生）
的系列论文，包括：《马君武的外国文学翻译与日本》（《广西大学学报》
2007 年第 3 期）、《南社与日本的关系》（《中国现代文学研究丛刊》2007
年第 6 期）、《清末国民性批判思潮中的日本影响》（《北京师范大学学报》
2007 年第 6 期）、《苏曼殊诗歌创作的中国传统与日本意象》（《文学评
论》2008 年第 3 期）、《苏曼殊的外国诗歌翻译与日本》（《长江学术》
2008 年第 4 期）、《从高旭的涉日诗歌看晚清中国人的日本观》（《重庆大
学学报》2009 年第 3 期）、《中国人眼中的日本汉诗——以田桐的〈扶桑
诗话〉为例》（《东方文学研究集刊》第 5 集）、《高旭新思想的日本渊
源》（《晋中学院学报》2010 年第 2 期）、《高旭与吉田松阴》（《南京理工
大学学报》2011 年第 2 期）、《从叶楚伧的〈蒙边鸣筑记〉看近代中国的
日本认识》（《纪念南社成立一百周年论文集》，中国美术出版社 2011 年）
等，从各个不同侧面将南社作家与日本及日本文学的关联性揭示出来，填

补了这方面研究的空白。此外，王宝平主编的《晚清东游日记汇编》（上海古籍出版社 2001 年）将晚清时期中国人的日本游记文章加以整理汇编并影印，对研究近代中日文学文化关系具有重要的史料价值。

这一阶段，中日现代文学关系研究与中日现代文学比较研究全面展开，取得一系列成果。

中日近现代文学思潮的比较研究，是学者们较为关注的重要领域。这方面最早的专门著作，是东北师大教授孟庆枢（1943 年生）主编的《日本近代文学与中国现代文学思潮》（时代文艺出版社 1992 年）一书，这是国家"七五"社科研究课题的最终成果，执笔者除孟庆枢外，还有张福贵、陈泓等。内容包含中日近现代文学思潮比较研究中的若干重要问题，其中有的文章颇有新意与创见，如张福贵的《日本白桦派与周作人》等，但不同文章的质量颇有参差，如《日本新剧运动与田汉》一文，思路不清，结构混乱。有的文章在材料和观点上颇可商榷，如《日本唯美主义在中国：从引进到流失——以谷崎润一郎为中心》一文，由于对中日唯美主义文学的材料掌握和消化不够，便匆忙得出了结论说："中国文学方面始终没有'平行地'存在过即使是最低意义上的唯美主义流派或作家"，日本唯美主义文学也没有能够影响中国文学，日本唯美主义介绍到中国，接着又"流失"了。现在看来，这种结论是难以成立的。尽管有这类的问题，该书作为我国第一部同类著作，在选题上的开创性是显而易见的。特别是书后附录的《中国译介日本文学年表》，表明著者对有关资料的收集下了工夫，对读者也很有用处。除主编《日本近代文学与中国现代文学思潮》外，孟庆枢关于中日近现代文学比较研究的文章大都收录在《孟庆枢自选集》（时代文艺出版社 2003 年）一书中，该书收录了关于森鸥外、夏目漱石、芥川龙之介、中岛敦、谷崎润一郎、川端康成等日本作家与中国文学之关系的十几篇文章，在观点或材料方面都有新意。

以作家为单元，对中日现代文学关系加以研究的，是靳明全的《中

国现代作家与日本》（山东文艺出版社 1993 年），该书试图多方位地描述
"日本"对中国现代留日或旅日作家的影响，共分十八章，从内容上看，
可分为四部分：（1）中国作家对日本社会、日本人、日本文化的评论认
识，主要以郭沫若和为中心；（2）中国现代作家与日本作家、日本文学
之比较，如郁达夫与佐藤春夫、丰子恺与夏目漱石、与有岛武郎、张资平
与日本自然主义、欧阳予倩与日本歌舞伎和中日新感觉派等；（3）日本
普罗文艺运动对中国现代文学的影响，胡风、李初梨、蒋光慈等与日本无
产阶级文学理论的关联；（4）对茅盾、巴金、冰心等中国作家旅居日本
时的创作活动的分析。这些问题，有的是此前已经有人研究过的问题，有
的是作者提出的问题，无论是哪种情况，作者都力图从事实材料出发加以
陈述。但大多数情况下，作者只是极为简单地指出影响关系，而对中国作
家与日本文化、日本文学的复杂纠葛缺乏深入分析。由于该书出版较早，
学术界这方面的研究积累不多，也有情可原。十多年后，靳明全又出版了
《中国现代文学兴起发展中的日本影响因素》（中国社会科学出版社 2004
年），该书显然是在《中国现代作家与日本》一书基础上改写的，并在四
川大学文学院通过了博士论文答辩，在全书的章节编排上有所变化，但在
论题的范围、篇幅规模（均 20 万字左右）方面都未见进展，在材料、观
点上也未见有明显突破。在中日现代比较文学研究的成果已经相当丰厚的
2004 年，作为原创性的博士学位论文，作者未能在自己已有研究的基础
上有所推进，也未能在借鉴吸收他人研究成果的基础上有所超越，是令人
可惜的。

1990 年代末期，出现了两部对中日现代文学做出系统比较研究的著
作：一是王向远的《中日现代文学比较论》（1998 年，详见本章第四
节），二是吉林大学张福贵（1955 年生）和靳丛林（1952 年生）合著的
《中日近现代文学关系比较研究》（吉林大学出版社 1999 年）。该书与王
向远的横向截面的研究不同，从历史、纵向的角度，对中日现代文学关系
做了系统研究。作者按历史线索将中日现代文学交流史分为四个阶段。第

一个阶段为 1840—1918 年，作者认为这一阶段主要是中国向日本学习，经过黄遵宪、梁启超和三个阶梯，基本完成了由传统文学交流向近代文学交流的过渡；第二个阶段为 1919—1927 年，作者认为五四文学革命虽然在日本没有引起太大的反响，但却使中国近代文学的水平提高到了一个更有利于交流的层面；第三个阶段为 1928—1936 年，是中日无产阶级文学交流甚密的时期，是两国文学交流最活跃的时期，同时也是最后的共振期；第四个阶段为 1937—1949 年，战争阻断了中日文学的交流，但尚有涓涓细流使两国文学关系不致完全中断。全书根据这样的四个时期的划分，分为四编。每编分若干章节，较为系统地评述了中日两国近现代文学的交流历史。由于篇幅有限，本书对这种关系的梳理大多是粗略的，还有不少问题点没有涉及。例如，在第四编中对战争期间的中日文学关系，叙述太过简略。总之，作为第一部试图系统评述中日近现代文学关系史的著作，在理论与材料、观点与方法上，都提供了有益的经验。

此后，选题上相关的著作还有武汉大学方长安（1963 年生）的《选择·接受·转化——晚清至 20 世纪 30 年代初中国文学流变与日本文学关系》（武汉大学出版社 2003 年），此书在选题范围及论题上，大多与此前的研究重合，出新较难，因而在观点材料上多借鉴和化用此前的成果，但有的章节选题论述富有新意，如第四章第一节"五四文学发展与夏目漱石《文学论》"，主要讲夏目漱石的《文学论》的译本及其影响，特别是对成仿吾的影响，指出：成仿吾在 1922—1923 年间发表的《诗之防御战》等一系列理论批评文章，"对五四以来文学中出现的哲学化、概念化和庸俗的写实倾向，作了批评，提出了自己的救治方案。而如果将他们与夏目漱石的《文学论》相对照，便可发现其诸多立论与《文学论》相同，而这种相同，从基本概念、观点、论述方式等角度看，绝非跨文化语境的巧合，实属直接借用的结果"（第 115 页），并做了令人信服的分析。林祁的小册子《风骨与物哀——二十世纪中日女性叙述比较》（陕西人民出版社 2002 年），对现代中日女性文学做了系统的比较研究，认为现代中日女性文学刚好有着时间上颇为相近的三个发展阶段，第一阶段是"作为'人'的女性觉醒"的阶段，第二阶段是"从'社会感伤'到自我表现"的阶段，第三阶段是"女性躯体的重新书写"阶段，试图以此揭示中日女性文学发展的共同规律，是有新意和启发性的。北京师范大学李怡（1966 年生）的《日本体验与中国现代文学的发生》（北京大学出版社 2009 年）以"日本体验"为关键词，深入分析了从黄遵宪、梁启超到、周作人、创造社作家等如何通过留日体验，完成了对创作主体的激活，并由此角度对中国现代文学的发生与起源做了探索。湖南大学李群从"文学史写作"及"文学史观"角度，发表了《近代"中国文学史"的诞生、写作与日本之关系研究》（《文学评论丛刊》2011 年第 2 期）、《近代复古主义思潮下的中日文学史写作》（《东方丛刊》2009 年第 3 期）、《早期中国文学史写作中的日本影响因素》（《苏州科技学院学报》2009 年第 2 期）、《近代中国"悲剧"观的引入、形成与日本影响》（《社会科学辑刊》2011 年第 5 期）等文章，从一个新的侧面切入了中日文学关系研究，有助于中日文学关系研究的深化。

文学思潮运动是推动中日现代文学发展的基本动力，在中日现代文学关系研究中，以某种文学思潮及相关的团体流派为研究对象，是研究的一种重要途径和模式。

其中，对中日启蒙主义文学思潮之关系加以研究的，有王晓平、陈应年、夏晓虹、王向远等人的相关论文。在专著方面，有何德功（1957 年生）的《中日启蒙文学论》、秦弓（张中良，1955 年生）的《觉醒与挣扎：20 世纪初中日"人的文学"比较》（东方出版社 1995 年），都是中国社科院现代文学专家林非先生指导的博士学位论文，研究的分别是五四新文化运动前夕的启蒙主义文学思潮和五四时期的人道主义文学思潮。何德功的《中日启蒙文学论》，研究范围，就中国文学来说是晚清以梁启超为代表的启蒙运动和五四时期以、周作人为中心的文学革命运动；就日本文学来说，涉及日本明治初期的启蒙文学，并延伸到大正时代的白桦派人道主义文学，作者论述了日本政治小说与晚清小说界革命，诗界、文界革命与日本明治文坛，周氏兄弟在五四运动前夕的文学主张与日本文学的影响，"人的文学"与日本白桦派、、郁达夫与私小说等问题。在有关问题上，作者展示了自己的看法，但在资料的收集和利用上，尚有一些未尽之处，限制了作者将论题进一步展开和深化。秦弓的《觉醒与挣扎——20世纪初中日"人的文学"比较》，其核心概念似乎是"人的文学"。很大程度上说，"人道主义和个性主义思想"是中日近现代文学的主导思想，涉及面相当广泛。秦弓的意图在于对中日两国的"人的文学"做"宏观性的比较研究"。全书分为"思潮研究"和"主题研究"两部分，对中日两国"人的文学"发展演进的历史轨迹、中国的"人的文学"对日本近代"人的文学"的择取、"人的文学"的理论建构及框架、"人的文学"的主题在创作中的表现等，都做了全方位的比较研究，对于理解中日两国人道主义文学对应发展的轨迹、规律和特色都有助益。

在中日人道主义文学思潮流派的比较研究方面，刘立善的专著《日本白桦派与中国作家》（辽宁大学出版社 1995 年）只选取了日本的一个文学流派——白桦派，并以此为中心，对中日人道主义文学思潮的关系进行细致的清理和比较研究。此前，无论在中国还是在日本，这方面的研究都有不少的成果。刘立善的著作充分吸收了现有的研究成果，尽可能多地收集材料，从而成为这个课题研究的集大成之作。它不仅提供了丰富的有关白桦派文学的背景材料，并对白桦派作家与、周作人、郭沫若、郁达夫、梁山丁等作家的关系，做了细致的梳理。对长与善郎与中国的关系，也做了评述。虽然有些章节中直接从日文著作引进的材料显得过多，过琐细，但它作为迄今为止我们所见到的白桦派与中国文学关系研究的最翔实的著作，具有重要的学术价值。

对中日浪漫主义文学思潮的关系加以研究的专门著作是山东大学肖霞（1963 年生）《浪漫主义：日本之桥与"五四"文学》（山东大学出版社 2003 年）一书，这是作者的博士论文，也是研究中日浪漫主义文学之关系的第一部专著。作者对、郭沫若、郁达夫、成仿吾、田汉、张资平、陶晶孙七位留日作家，如何受到日本浪漫主义的影响，如何通过日本浪漫主义受到西方浪漫主义的影响，做了细致的分析评述，并在影响分析中，指出了中国浪漫主义文学的特色。"即留日作家的浪漫主义特征既不是西方的，也不是日本的，它是以情绪抒发与表现的浪漫情调，表现民族危亡、社会转型时期知识分子的内心痛苦与反抗，是带有反帝反封建色彩的中国特有的抒情主义。"（第 19 页）该书的关于中国浪漫主义、日本浪漫主义的一些基本结论，是此前的研究已经有的。通过留日作家的文学主张与文学作品的分析、通过日本浪漫主义相关史料的援引和参照，加以进一步论证和印证，是该书的特色和贡献。

对中日唯美主义文学思潮加以比较研究的专门著作是孙德高（1959年生）的《唯美的选择与转换——日本文学与中国现代唯美主义思潮》（光明日报出版社 2008 年），是在复旦大学通过的博士学位论文的基础上修改而成的。关于中国现代文学中是否像日本、英国那样形成了唯美主义思潮，学术界是有争议的。作者对唯美主义做了泛义的界定，认为"文学上的唯美主义从更宽泛的意义上说可以叫做审美主义，和文学上的唯美主义比较起来，审美主义是一个更为宽泛的概念，其最广泛的含义应当是指现代性语境下的审美主义"（第 13 页），并据此认为五四时期的创造社、1920 年代至 1930 年代的京派、海派（新感觉派），1940 年代的"战国策"派，还有闻一多的诗歌"三美"主张等不同时期、不同流派的作家作品和理论主张，都列入"中国现代唯美主义思潮"的范畴。实际上，作为文学思潮的"唯美主义"，与作为艺术至上的、为艺术而艺术的"审美主义"倾向，在内涵上应该颇有不同。但书的副标题却没有标注"中国现代审美主义"而是标注了"中国现代唯美主义"；同样的，对于日本唯美主义文学，作者也不是单指以谷崎润一郎、永井荷风为代表的日本唯美派，而是宽泛到了包括自然主义、私小说、新浪漫主义在内的其他思潮流派。这种宽泛的"唯美主义思潮"的界定到了对"唯美主义思潮"近乎解构的程度，就不得不削弱全书的比较研究的依据、理由和基础。

翻译文学是国别文学之间互通互读的津梁，中国的日本翻译文学也是中日文学关系研究的重要研究领域。这方面最早的专著，是王向远的《二十世纪中国的日本翻译文学史》（北京师范大学出版社 2001 年；2007年再版改题《日本文学汉译史》，详见本章第四节）。此后，相关文章不断出现，许多文章不单单是语言学上的对错分析，而是跨文化的翻译学的、文艺学的比较研究。其中，北京日本学研究中心文学研究室编、2004年出版的《翻译文学论集》（人民文学出版社 2004 年），一定程度地体现了中国的日本翻译文学研究的面貌。该书收录了 23 篇相关文章，卷首第一篇文章是已故翻译家李芒的《日本文学翻译史漫谈》，这是李芒先生晚年的重要文章之一，根据自己亲身体验和经历，对 1950 年代后中国的日本文学翻译情况谈了自己的看法，也具有一定的史料价值；第二篇文章是刘德有的《我和日本问题翻译》，也是体验谈，并具有史料价值。其他如王成的《夏目漱石作品在中国的翻译与影响》《苦闷的话语空间——〈苦闷的象征〉在中国的翻译及传播》，林涛的《武者小路实笃作品在中国的翻译与接受》，秦刚的《现代中国文坛对芥川龙之介的译介与接受》等，相关材料的收集都很到位，内容充实。王琢的《翻译者的语言禁忌——关于〈同时代的游戏〉的"不译"》以大江健三郎的《同时代的游戏》的李正伦译本为例，指出了译者出于对性描写的"翻译禁忌"而对相关文段加以淡化，或干脆"不译"的做法，并再次重申了翻译家的责任是忠实原作的原则。

王志松的《小说翻译与文化建构——以中日比较文学研究为视角》（清华大学出版社 2011 年）是以中国的日本文学翻译为主题的论文集，收论文 14 篇。这些文章都在《日语学习与研究》上发表，论题从晚清到当代，几乎篇篇有新意，有的文章发前人之未发。例如，在《李伯元和〈前本经国美谈新戏〉》一文中，对晚清作家李伯元根据矢野龙溪的小说《经国美谈》改编的戏剧《前本经国美谈新戏》做了细致的分析，指出了这个剧本在对原作的取舍改编中所显示的政治倾向与审美意识，认为它在一定程度上促进了中国现代话剧的诞生。《翻译、解读与文化的越境——析"林译"村上文学》一文，对林少华翻译的村上春树在中国当代日本文学翻译中的贡献、特色、影响以及围绕林译所展开的褒贬争论等，都做了具体细致的分析评述，并指出中国的村上热的形成与"小资"阅读的关系，将原作、译作、译者、读者及评论者等要素结合起来，在翻译评论的写法上也有示范意义，是一篇高水平的当代翻译文学的评论文章。《90年代出版业的市场化与"情色描写"——与日本翻译文学的关系》分析了 1990 年代中国的《上海宝贝》《北京娃娃》等情色小说与日本村上春树的《挪威的森林》、渡边淳一的《失乐园》译本之间的关系、不同译本对原作色情文字的处理策略、翻译与出版策划者的动机与运作所起的作用，以及时代与社会对情欲小说的逐渐接纳与宽容的趋向，都做了很中肯的分析，从一个角度揭示了日本文学对当下中国文学，乃至中国出版者与读者的影响。

此外，康东元著《日本近现代文学翻译研究》（上海交通大学出版社 2009 年）是用日文写的小册子（约合中文十万字），试图考察清末以来一直到 21 世纪初日本近现代文学作品在中国的翻译情况，分五个历史时期加以论述，但该书在资料上有大量不应有的遗漏，大都是随意抽样式的个案罗列，文本分析也相当粗浅。

日本文学中的"中国题材"也是中日文学关系研究的重要角度和重要层面，在这方面，近年来的论文主要有：王中忱的《故乡、语言与认同的困境——两部中国题材日本小说解读》（见《越界与想象——20 世纪中国、日本比较文学研究论集》），王向远的《中国题材日本文学史研究与比较文学的观念方法》（《中国比较文学》2007 年第 1 期）、《当代日本文学中的"三国志"题材》（《北京师范大学学报》2006 年第 3 期）、《当代中国历史小说的新旗手宫城谷昌光》（《长江学术》2006 年第 4 期）、《历史小说巨匠海音寺潮五郎》（《苏州科技学院学报》2006 年第 6 期），

郭雪妮的《历史情感与都市想象——论明治日本人长安游记的单一性》
(《江淮论坛》2012 年第 5 期),姜毅然的《日本文学中的中国形象——
以〈大地之子〉为例》(《日语学习与研究》2012 年第 3 期)等系列文
章。在专著方面,有王向远的《源头活水——日本当代历史小说与中国
历史文化》(宁夏人民出版社 2006 年)和《中国题材日本文学史》(上海
古籍出版社 2007 年,详见本章第四节)等。在单个作家的中国题材研究
方面,中央财经大学卢茂君(1973 年生)的《井上靖中国题材历史小说
研究》(九州出版社 2010 年)一书,以 23 万字的篇幅,对当代名家井上
靖的中国题材历史小说的创作动因、文化内涵、艺术手法及其在中日两国
的影响等,做了全面的分析评述;该书姊妹篇《井上靖与中国》(九州出
版社 2011 年)除对井上靖的中国题材创作做出大体描述外,主要将井上
靖作为当代中日文化交流的个案,对他在中国的行迹、与中国的文化界人
士的交往做了史料性的系统梳理。日本当代文坛的另一个以中国题材见长
的作家是华裔作家陈舜臣,1980 年以后的三十年间,中国翻译出版的陈
舜臣作品有三十来种,在读者中影响较大,值得做专门研究。在这方面,
曾有王向远的《华裔日本作家陈舜臣论》(上、下,《励耘学刊》2006 年
第 3—4 辑)等文章加以初步研究。接着,曹志伟出版《陈舜臣的文学世
界》(天津人民出版社 2008 年),这是在天津师范大学通过的博士论文基
础上修改而成的,以 25 万字的篇幅对陈舜臣的中国题材的历史小说、推
理小说和随笔游记散文创作,做了全面的分析评述,指出了中国历史文化
和中日文化的融合对陈舜臣创作的重大意义,书后附录的陈舜臣访谈、汉
译本目录等,都具有文献价值。

　　与"日本文学的中国题材"相对的是"中国文学中的日本题材"。近
年来在这方面也有一些成果,如沈庆利的《现代中国异域小说研究》(北
京大学出版社 2009 年)中的第二章"日本形象与现代中国异域小说",
评述了苏曼殊、平江不肖生、郁达夫、陶晶孙、郭沫若、张资平的日本题
材的小说;刘舸的《他者之镜:中国当代文学中的日本》(湖南大学出版

社 2012 年）对当代中国（包括台湾）文学（包括影视剧）中的日本、日本人的描写做了系统的评述分析，是该领域的第一部系统的研究著作。但因这类研究主要属于中国文学的范畴，此不详述。与此相关的还有徐冰（1957 年生）的《20 世纪三四十年代中国文化人的日本认识——基于〈宇宙风〉杂志的考察》（商务印书馆 2010 年），在特定对象的中国"日本认识"评述中多少有一些与文学相关的内容。

在中日现代文学关系研究领域，还出现了若干论文集性质的中日现代文学比较研究的著作，大部分是将已经发表的论文加以编辑，在材料观点上都有较高的原创性。其中，清华大学教授王中忱《越界与想象——20 世纪中国、日本比较文学研究论集》（中国社会科学出版社 2001 年）收录了 14 篇文章，分为四辑并附录三篇短文，作者以"越界"（似可理解为超越"文学"之界）与"想象"（似可理解为文学的自主特性）入手，分别论述了作家作品与日本殖民侵略的关系，梁启超、周作人与日本文学翻译问题，中日现实主义文学，以及当代作家大江健三郎与西方文学之关系等，许多篇目令人耳目一新。例如，第一辑"帝国·殖民以及与此相关的想象"中的《殖民主义冲动与二叶亭四迷的中国之旅》一文，对二叶亭四迷关于日本殖民的种种设想、设计和身体力行地在中国及亚洲各地的实地考察，做了深入的分析研究，揭示了二叶亭四迷作为所谓"东亚大经纶家"的殖民主义先驱者的另一面，而这一面长期以来被研究者所忽略了，因而该文不仅对日本近代文学及二叶亭四迷的研究很有价值，对日本侵华史及殖民史研究也有重要的参考价值。该辑的第二篇文章《殖民空间中的日本现代主义诗歌》，分析了诗人安西冬卫在中国大连的殖民生活体验及与现代主义诗歌起源之关联，而这一点长期被一般的日本文学史著作所忽略。此类文集还有邵毅平的《东洋的幻象——中日法文学中的中国与日本》（上海锦绣文章出版社 2010 年）、王虹的《中日比较文学研究》（中日双语版，厦门大学出版社 2008 年）等。

最后需要特别提到的是王琢编选的《中日比较文学研究资料汇编》

（中国美术学院出版社，2002 年）将 1980 年后的二十年间的有代表性的相关论文 24 篇（包括日本学者的 4 篇），辑录成书，颇有选家眼光，编者在书后所附《20 世纪中日比较文学的回顾与展望》《20 世纪日中比较文学的回顾与展望》两篇回顾总结文章，颇得要领，书后的"20 世纪中日/日中比较文学研究文献目录要览"，具有重要的文献资料价值。

## 第二节　严绍璗《中日古代文学关系史稿》的垦拓

　　从 1980 年代初开始，严绍璗教授就较早地开始了中日古代文学的比较研究，陆续发表了《日本古代小说的产生与中国文学的关联》（《国外文学》1982 年第 2 期）、《日本古代短歌诗型中的汉文学形态》（《北京大学学报》1982 年第 5 期）、《〈竹取物语〉与中国多民族文化的关系》（《中日文化与交流》第 1 辑，1984 年）、《日本"记纪神话"变异体模式和形态及其与中国文学的关联》（《中国比较文学》1985 年第 1 期）、《日本古代小说〈浦岛子传〉与中国中世纪文学》（《中日文化与交流》第 2 辑，1985 年）等文章。在此基础上，1987 年，严绍璗的《中日古代文学关系史稿》由湖南文艺出版社作为"中国比较文学丛书"之一种出版发行，这是作者在中日古代文学关系研究中的集大成之作，也是中日文学关系史研究中的开拓性、创新性的作品。此前，日本学者研究中日文学关系的论文著作已经相当不少，但像这样系统的、有明确学术思想加以贯穿的中日古代文学关系通史，还是很罕见的。

　　《中日古代文学关系史稿》有一个显著特点，就是学术思想十分明确并且贯穿全书，通过中日文学关系的研究，提出并论证"日本古代文学是一种'复合形态的变异体文学'"这一结论。在此之前，严绍璗在有关中日文化比较研究的文章中，就提出了日本文化的本质是"变异体文

化"的观点。"变异体文学"显然是"变异体文化"的一部分，也是严绍
璗在文学研究中对"变异体文化"的进一步阐述和论证。在日本文化研
究及中日比较文化的研究中，许多学者都强调了日本文化善于吸收消化和
改造外来文化这一事实。如日本学者加藤周一认为日本文化为"杂种文
化"，其特点是日本文化与传统文化、日本文化与西方文化的融合达到了
难分难解的程度。严绍璗的"变异体"的提法，是在中日比较文学领域中
将日本文化吸收外来文化的这一特征更进一步具体化、明晰化和深刻化
了。他在本书的前言中指出：

> 文学的"变异"，指的是一种文学所具备的吸收外来文化，
> 并使之溶解而形成新的文学形态的能力。文学的"变异性"所
> 表现出来的这种对外来文化的"吸收"和"溶解"，不是一般意
> 义上的理解。如果从生物学的观点来说，"变异"就使新生命、
> 新形态产生。文学的"变异"，一般说来，就是以民族文学为母
> 本，以外来文化为父本，它们相互会合而形成新的文学形态。这
> 种新的文学形态，正是原有的民族文学的某些性质的延续和继
> 承，并在高一层次上获得发展。
>
> ……这种共同融合而产生的文学形态，不是一种"舶来文
> 化"，而是日本民族的文学，是表现日本民族心态的民族文学。

这种理论概括，来源于作者的中日文学比较研究的实践，同时，又反
过来成为作者研究分析具体问题的理论总纲。由于有了这个理论总纲的贯
穿，作者没有把《日本古代文学关系史稿》写成囊括一切问题的、史料
完备的书。由于中日古代文学关系非常复杂，涉及的问题也非常多，要写
成一部面面俱到的中日文学关系史，非有庞大篇幅不可，这在当时既不可
能，也没有充分的必要。事实上，这样的书在进入 2010 年代的今天也还
是没有出现（将来可能会出现）。而且，在此之前，一般中国人，包括学

人普遍存在一种误解，以为日本文化、日本文学主要是受了中国的影响，若除去了中国因素，它本身就所剩无几了。严绍璗的这部书着重分析论证日本文学如何接受中国影响，又如何消化、转化中国影响，而形成了不同于中国的鲜明的民族性，可以帮助中国读者消除长期形成的某些误解。作者强调指出：

> 与中国古代的"诗教"之说、中世时代的"文以载道"论等所谓"文章乃经国之大业"的观念不同，日本文学从一开始就远离政治，它仅是作为一种纯粹表达感情和调剂精神享受的手段，故而，也就绝少见如中国文坛那样，作家诗人由文学获取功名，爬进官僚阶层的情景。日本民族对于文学的这种根本观念，造成日本古代文学耽于唯美的内容和形式，不能自拔，追求所谓"物哀"、"幽玄"、"寂静"等相融或相通的境界，以求表达民族心理深层的古朴、典雅和自然返真等气质，由此而构成了日本文学的"民族性"。

由于有了理论聚焦点，严绍璗的这部书作为"史"书，篇幅不大，内容显得十分聚拢。作者并不试图描绘中日古代文学关系的全部图景，而只是选取若干重要的领域和课题，进行以点代面式的研究。全书共有八章，依次研究中日神话的关联、日本古代短歌中的汉文学形态、上古时代中国人的日本知识与日本文学的西渐、日本古代小说的产生与中国文学的关系、白居易文学在日本中古韵文史上的地位与意义、中世时代日本女性文学的繁荣与中国文学的影响、中世近世日本文学在中国文坛上的地位、明清俗语文学的东渐和日本江户时代小说的繁荣，共八个问题。这些问题都是中日文学关系中的重大基本问题。并且都从不同角度证明了日本古代文学是"复合形态的变异体文学"这一基本结论。

作者在第一章中论述日本的"记纪神话"时指出："记纪神话"中的

"高天原"（天上界）、"苇原中国"（地上界）和"黄泉国"这三层宇宙模式，以及内含的诸种观念，是在通古斯人的萨满教、中国汉族的古典哲学，和经由中国、朝鲜传入的印度佛教等多种观念的混合影响下形成的。作者把神话分为"创世神话"和"唯美神话"两大类型，认为这也是中日古代神话的两种基本形态，指出日本神话的民族特征在唯美神话中体现得更为明显，日本唯美神话主要内容是崇尚勇武、热爱海洋、镇凶避邪、追求吉祥等，并体现在神话形象中。例如，在中国神话中，"鬼"的形象是与"恐怖"与"恶念"联系在一起的，而日本的"鬼"形象则常常是勇武的一种体现。在本书第二章"日本古代短歌诗型中的汉文学形态"中，作者通过大量的具体作品的分析，认为原始形态的和歌（"记纪"神话中的歌谣）是不具备"五七音音律数"的，而是从三个音到九个音，参差不齐，诗行也是奇数与偶数并存。而五言、七言的汉诗在日本的流传，日本人大量的写作汉诗，对"五七"调的和歌韵律的定型起了重要作用，推断"和歌形态发展中的韵律化和短歌的定型，在很大程度上是模拟了中国歌骚体及乐府体诗歌中内含的节奏韵律"，同时又指出：日本的和歌的特点，"它以诗行音数的长短参差构成一种具有民族风情的韵律——'音数律'。'音数律'表现了日本民族抒情的节奏和格调，但是，它是没有韵的。日本的和歌是有律无韵的诗"。在第四章"日本古代小说的产生与中国文学的关联"中，作者认为，在日本古代神话到"物语"形成期这一过程中，还经历了一个以古汉文小说的创作为主要内容的过渡阶段。这一过渡阶段，以《浦岛子传》为代表，在小说的题材、构思与创作手法诸方面，都从中国文学，特别是从六朝小说与唐代传奇中吸取了诸多的营养；这种早于"物语"而产生的以中国文学为模拟对象的汉文的翻案作品，为此后的"物语"的产生，奠定了基础，准备了条件。作者还以日本"物语"文学的鼻祖《竹取物语》为例，对它所受中国文化与文学的影响做了细致的分析，并总结了三个要点：第一，《竹取物语》全面接受了中国汉民族自秦汉以来关于"仙人"的观念，将原来的"月神"改为"月宫",作为仙人们的生活之所,这一观念成为全篇小说构思的基础;第二,《竹取物语》接受了中国汉代方士们所编造的"嫦娥"的形象,并把她改造为美貌无瑕的日本式女子,作为全书的主人公;第三,《竹取物语》采用了中国嫦娥神话中的"不死之药"的情节,并把它与作为日本国象征的富士山连接起来,构成故事的结尾……换言之,日本物语文学产生的过程,就是日本接受中国文学的影响,并加以改造、加以民族化的历程。第五章"白居易文学在日本中古韵文学史上的地位与意义"考察了唐代诗人白居易对日本汉诗及和歌的影响。关于白居易与日本文学关系的研究,日本学者的研究成果很多,但在这一章里,作者对以往的成果做了高度的吸收和概括,逐层分析了白居易的诗歌何以传入日本、何以广泛流布,"白体诗"何以影响日本汉诗的风格、何以被日本的和歌逐渐改造吸收,乃至完全醇化为日本的东西。从而矫正了一些日本学者提出的平安时代汉诗与和歌"相克"说,而认为汉诗与和歌本来就是"相生"的,正是白居易为代表的汉诗促进日本和歌的发展与醇化。第六章"中世时代日本女性文学的繁荣与中国文学的影响",分析了平安王朝时代以紫式部为代表的日本女性文学的繁荣与中国文学的影响关系,指出当时贵族女性的汉诗文的高度修养,对《源氏物语》等日本王朝文学起到了"基础性的浸润作用",中国文学不露痕迹地融入贵族女性作家的创作中,渗透于文学观念、创造方法和情节构造中。第八章"明清俗语文学的东渐和日本江户时代小说的繁荣"梳理了当时日本的汉语口语翻译人员——"唐通事"在明清小说与日本町人社会读者之间的桥梁作用,认为由于"唐通事"的培养以《水浒传》《西游记》等白话小说为教材,促使了明清小说的传播,指出了日本的"假名草子""读本小说"所受中国明清小说的影响以及独到的日本特色。

以上第一、二、四、五、六、八各章都是以日本文学为主体、为中心加以论述的。而全书的第三章、第七章则是以中国文学为中心展开论述,由此而形成了"日中—中日"双向互动的文学交流关系的框架。其中,

第三章"上古时代中国人的日本知识与日本文学西渐的起始",介绍了中国古籍中对"倭"或"倭奴"的记述,并指出了唐代诗人与日本诗人之间的唱和交流。第七章"中近世时代日本文学在中国文坛的地位",从中国宋元明清时代的文献中,呈现了日本文学在中国译介传播与影响的重要事例。其中包括历代文献中关于徐福东渡的故事的记载、宋元时代中日诗人之间的唱和、明清时代中国文学中的日本题材与日本文学作品汉译的发生,特别是中国诗人完整描述日本风情的最早的完整诗作——明代宋濂的《日东曲》10 首以及清代诗人沙起云的《日本杂诗》16 首,明清时代以丰臣秀吉为题材的传奇小说《斩蛟记》《野叟曝言》及戏曲《连囊记》,清人曹寅的使用大量日汉对译词(即所谓"寄语")创造的以日本臣民祝愿大清国为主题的剧本《日本灯词》,还有明代的《日本考》中对 51首日本和歌的介绍与翻译,以及清代鸿濛陈人对日本剧本《忠臣藏》的改变翻译。这些史料与史实在《中日古代文学关系史稿》出版之前,虽然也有文章个别地提及,但像这样在中日文学交流的框架内系统地予以呈现并加以分析,此前还未有过。

　　中日古代文学关系史是一个巨大的研究领域,有很多史料需要进一步发掘、呈现、研究,严绍璗作为一个知名文献学家,在《中日古代文学关系史稿》出版之前,已经对日本的中国学研究及日本所藏汉籍开始了调查研究,出版了《日本的中国学家》(1980 年)一书。作为一位文献学出身的学者,严绍璗的中日文学关系的研究是在丰富的文献阅历基础上做成的。不过,或许由于"中国比较文学丛书"的篇幅与规模的限制,《中日古代文学关系史稿》只是就若干最重要的问题做了提纲挈领的研究,在许多方面未能充分展开。书中的几乎每一章,都可以作为一部专门著作加以细化和深化。但是,在有限的篇幅内,该书涉及了中日文学关系的大部分重要问题,由于全书的主题论旨非常鲜明,作者没有过多罗列史料,而是采用举例式的写法,没有淹没在繁琐散漫的史料中,而是写得不枝不蔓,要言不烦,读者读起来也大有眉目清秀、酣畅淋漓之感。作为中国文学学术史上的第一部中日古代文学关系史著作，它所提出的论题、它体现的中日文学双向互动的交流模式、史论结合的论述方式，都为后来的研究，奠定了基础，昭示了方向。

《中日古代文学关系史稿》出版后，严绍璗与王晓平合著了《中国文学在日本》（花城出版社 1990 年），全书 32 万字，其中古代部分占全书的三分之二的篇幅，基本上是在《中日古代文学关系史稿》基础上的改写。1996 年，严绍璗和日本学者中西进联袂主编的《中日文化交流史大系·文学卷》由浙江人民出版社出版，收录了中日两国学者的有关研究成果。该书的序论和第一章、第三章由严绍璗执笔，涉及中日神话和物语同中国小说的交流，基本上也是在《中日古代文学关系史稿》的基础上的补充和改写。后来，严绍璗将主要研究方向超出了扩展到了日本的"中国学"及日藏汉籍的收集整理，陆续出版了《日本中国学史》（1991年）、《汉籍在日本的流布研究》（1992 年）、《日本藏宋人文集善本钩沉》（1995 年）、《日本藏汉籍珍本追踪纪实》（2005 年），最后推出了全三卷、多达 300 多万字的《日藏汉籍善本书录》（2007 年），从日藏汉籍文献学的角度，为中日文学、文化关系的进一步研究奠定了坚实的目录学的基础。

## 第三节　王晓平《近代中日文学交流史稿》的创新

　　王晓平（1947 年生）是改革开放后最早从事中日比较文学研究的学者之一，在中日古代文学、近代文学的比较研究中取得了卓越的成果。早在 1980 年代初期，他就发表了《〈万叶集〉对〈诗经〉的借鉴》（《外国文学研究》1981 年第 4 期），1984 年又发表《论〈今昔物语集〉中的中国物语》（《中国比较文学》创刊号）等有影响的文章。1987 年，湖南文艺出版社出版了王晓平的《近代中日文学交流史稿》，这部书和上述严绍璗的《中日古代文学关系史稿》都属于"比较文学丛书"，也是珠联璧合的姊妹篇。《近代中日文学交流史稿》内容极为丰富，学术信息量很大，填补了一个重要的学术研究和知识领域中的空白。可以说，二十年来我国读者关于中日近代文学关系的知识，很大程度上来源于这本书。关于中日近代文学的研究，日本学者开始得早，成果也很多。王晓平的著作充分吸收和借鉴了日本学者的研究成果，将有关的成果进行甄别、提炼和提升，并在学术水平上有了明显的超越。

《中日近代文学交流史稿》所说的"近代"，与通常所说的"近代"相比很有弹性，包括了通常所说的"近世"时代或"前近代"，中国方面包括了明清时代，日本方面则包含整个江户时代，但论述的重心大体上是19世纪中期到20世纪初年的半个多世纪，在日本是指从维新之前的江户时代后期到整个明治年间，在中国则是指从鸦片战争前夕到清末民初。但这一时期是中日文学交流较为活跃频繁而又颇为错综复杂的时期。这是日本文人作家的汉文学教养空前普及和提高，中国文学的影响空前多样化、曲折化的时期，同时也是日本文学转向西洋世界，中国文学的影响逐渐式微的时期。另一方面，长期充当日本文学之"先生"角色的中国文学，在这一时期里却逐渐转变了角色，开始以"学生"的姿态学习和借鉴日本文学。王晓平的《近代中日文学交流史稿》准确地展现了近代中日文学关系的这一历史趋势和历史面貌。全书共有二十章，每章均以一个专题的方式，集中论述中日近代文学关系中的某一重要课题。

该书的头五章论题基本一致，就是论述明清时代诗歌、小说、诗论及小说论对日本的影响。在第一章论述了袁弘道和山本北山等人的诗论之间的关系；第二章论述了袁枚的《随园诗话》与广濑淡窗的《淡窗诗话》；第三章明清小说与日本前近代小说的关联，指出日本人对中国的历史演义、才子佳人等明清小说的改编、训点、翻译和仿作，促进了日本"前近代"小说的产生；第四、五章则论述了明清小说批评对都贺庭钟、上

田秋成、曲亭马琴的影响，指出了中国劝善惩恶的小说观念与日本传统的
写人情的小说观念之间的冲突与融合；第六、七章，从不同角度论述了日
本的明治维新时期的作家诗人，特别是维新运动先驱人物的汉诗、汉文创
作，指出了汉文学在日本明治维新中所起的独特作用；第八章论述了明治
时代的翻译文学与晚清文学翻译的关系，指出最早是中国的西洋文学译本
传到日本，影响了日本的译者，明治翻译文学也带有明显的"汉文调"，
晚清时代中国的外国文学翻译落后于日本，又通过日文译本转译了不少西
洋文学作品，两国译者都存在随意改写原文的所谓"豪杰译"倾向；第
九章分析了日本政治小说与中国文学之间的关系，认为日本的政治小说是
运用明清小说的创造手法、叙事套路而注入西方式的自由民主思想；第十
章论述了明代瞿佑的《牡丹灯记》从江户时代一直到明治时代对日本的
翻案小说《牡丹灯笼》、上田秋成的读本小说《雨月物语·吉备津之釜》
以及落语、歌舞伎等文艺样式所产生的持续影响；第十一章论述了梁启超
的小说界革命与日本政治小说的关系；第十二章论述了坪内逍遥的《小
说神髓》的理论主张及与中国的关联；第十三章讲述日本的新名词对中
国近代文章文体的影响，比较了晚清的"言文合一"与明治时代的"言
文一致"运动异同；第十四章论述日本的新派剧对中国早期话剧的影响；
第十五章至十八章，论述日本明治、大正时期的有关作家，包括森鸥外、
幸田露伴、土井晚翠、芥川龙之介、谷崎润一郎、长与善郎等的中国题材
的创作；第十九章论述了明治大正年间中国戏曲研究；最后第二十章，对
近代中国的日本文学介绍与研究情况做了概述。

　　由此可见，《近代中日文学交流史稿》涉及了中日两国近三百年间文
学交流的某些重要现象与问题。基本上是以论题为单位，一个问题设一
章，并大体上按历史线索依次编排，这样的写法便于作者将史与论结合起
来，将文献学与文学批评、文学理论结合起来。作者以传播与影响研究为
基本方法，对近代中日文学双向交流的线索、途径和方式，做了清晰的描
绘。由于作者能够得心应手地驾驭和运用材料，在传播与影响的描述和考

辨中，时有画龙点睛的理论分析，表现出作者的独到的识见。因而，这不是死板的、堆砌材料的传播与影响研究，而是将文献资料与理论分析有机结合在一起的充满生机和活力的传播与影响研究，为比较文学的传播与影响研究提供了成功的范例。书中所涉及的 20 个论题，在此前的中文著述中大都没有人专门论述过，填补了一连串的研究空缺，后来其他学者关于这个领域的研究，大都是在王晓平这部书的基础上加以细化和深化的。可以说，这部书是中日近代文学关系研究的奠基之作。当然，这部著作也有不足的地方。一方面，在全书论述的范围上，能否将明清时代与江户时代文学关系的相关论题纳入"近代"的范畴，是值得商榷的；在全书各章的逻辑上也有不甚顺畅之处，如第十章"《牡丹灯记》和《怪谈牡丹灯笼》"插在以政治小说为论题的第九章与第十一章之间，对于文气结构的贯通似有妨碍。近代中日文学交流中还有大量相关问题该书未能涉及，这当然主要是因为篇幅规模的限制，更重要的原因似乎是因为作者只在此前缺乏研究的领域论确定论题，而对研究较多的领域（如、周作人兄弟与日本文学）则略而不论。由于涉及的问题点较多，有些问题在有限的篇幅内难以充分地展开和深化。另外，作为一部严谨的学术著作，它没有在书后列出"参考文献"。日本学术界研究中日文学关系的著作有很多，在本书中有哪些内容是借鉴日本人的研究成果，哪些是作者自己的超越和独创，光有脚注还不够，还应该通过"参考文献"加以清理和说明。

　　1990 年，王晓平的《佛典·志怪·物语》由江西人民出版社出版。这部书以印度的佛典、中国的志怪、日本的物语为切入点，将亚洲三国的古典文学作为一个整体，纳入比较研究的范围。这是一个十分诱人的研究领域。历史上，中国的志怪小说受到印度佛经的影响，而汉译佛经、中国志怪又对日本物语文学产生了影响，可以说，佛典、志怪、物语是印度、中国和日本文学交流的三个基本点，并且三点连成一线。王晓平在这三点一线上展开研究，表现出相当大的选题智慧。在"引言"中，王晓平写道：

　　佛典、志怪、物语三者的比较研究，既要找出和证明其间影响的存在，更要深入到中古时代艺术理解和评价诸问题中去。志怪和物语在接受佛教故事的构思时，绝不是原封不动地挪用移置其中的全部因素，即便是抄袭式的"搬移"或直译式的转述，思想内涵也有某种扩展或重新限定，接受者的联想指向也在发生位移。中国人并没有全盘接受印度人无拘无束、漫无边际的幻想方式，日本人也是尽量脱去中国小说中文士想象的庄重拘谨气氛，来发展自己的想象体系的。通过对一系列问题（接受者保存了哪些，扬弃了哪些，原始材料为何与如何被吸收或同化，接受之后发生了哪些变化，等等）的探讨，将会增加我们的文学史知识，增进我们对早期小说创作过程的了解和对作品的艺术理解；对那些并没有谁影响过谁这种关系的异国作品进行主题的分类与剖析，将其放在国际文化交流的氛围中作整体观察，则更会有助于对三国文学的倾向性、文学传统的探讨。

　　《佛典·志怪·物语》就是这样，灵活运用比较文学的传播研究、影响研究和平行研究的方法，以六朝至隋唐的志怪小说为中心，对印度、中国、日本三国文学的复杂关系，进行了不同角度和不同层面上的研究。全书分"导论篇""浸润篇""溯游篇""渊海篇"四篇，每篇之下分三四章，共十四章，从翻译学、主题学、接受美学的角度，考察了志怪小说与印度、日本文学的关系。其中，"导论篇"是全书的总论，对汉译佛典、中国志怪、日本物语三者之间的内在与外在的联系做了概观，指出了佛典汉译对印度文学的引进所起的作用，分析了中国志怪对印度文学的容摄及其特点，进而分析了汉译佛典及中国志怪小说在日本文学中如何被编译改写（翻译）、如何被日本化。在"浸润篇"中，作者通过对日本的《日本灵异记》《今昔物语集》《江谈抄》等几部重要作品的分析，考察了中国志怪小说在当时日本的传播情况，分析了日本对中国志怪的翻译、翻案、仿作的相关作品，并与中国志怪小说加以对照分析；"溯游篇"则以平行研究的主题学的方法，从几个共同的主题、母题和题材如弃老、蛇婚、乱宫的母题、复仇主题、龟报故事出发，进行了比较研究，梳理了这些主题形成、流传与演变的轨迹，并论述了这些主题背后的不同的文化背景；"渊海篇"则从影响研究的角度，梳理了中国经史叙事文学对日本物语文学的浸润与影响、中国志怪小说在日本文学中的扩衍与延展，以及中国志怪传奇对日本近代作家创作的启发。这四篇共十四章虽然在结构逻辑上稍有不畅之处，主要是第二篇"浸润篇"与第四篇"渊海篇"实际上都是对中国文学特别是志怪小说在日本的传播与影响接受的研究，但作者却在中间插入了以平行比较为主要内容的第三篇，因而一定程度地阻断了论述的流程与篇章文气，但即便如此，全书逻辑结构基本上还是清晰的。通过这几个层面的研究，作者指出，自从佛教传入中国以来，印度文学通过汉译佛典传入中国，促使中国小说史发生了深刻转折，以经史文学为基础又冲破了经史文学的束缚，吸收了印度文学的夸诞性、虚幻性、神异性，借用了佛经故事的母题，形成了志怪小说这一小说类型和创作传统。在此基础上，又进一步影响了日本文学。日本的物语文学大量采用了汉译佛典的语言词汇、题材与结构形态，广泛接受中国志怪小说的影响，形成了自己的物语文学小说传统。在此之前，胡适、梁启超、陈寅恪等先辈学者，曾在中印文学的关系中的相关问题做过论述，也提出过类似的看法和结论，但《佛典·志怪·物语》作为一部将亚洲三国文学打通、进行多角度比较研究的专门著作，以"佛典、志怪、物语"为线索，将印度、中国、日本三国文学联通起来加以区域文学层面的整体的细致的研究，无论在选题方法还是研究方法上，都对后学有着相当的启发性。

其后，王晓平对中日两国佛教文学与民间通俗文学之间的关系继续加以研究，在2005年，出版了《远传的衣钵——日本传衍的敦煌佛教文学》和《唐土的种粒——日本传衍的敦煌故事》（宁夏人民出版社"人文日本新书"，2005年），可以说是在《佛典·志怪·物语》基础上的进一步生发出来的成果。两书作为姊妹篇，以敦煌学为依托，以中日文学关系史为经纬，以民间通俗文学为中心，研究了敦煌文献，特别是一些文学性的作品，在日本的传衍及对日本文学创作的影响。在题为《从敦煌到日本海》的"代前言"中，王晓平指出，敦煌石窟发现的许多手抄本，在我国已经失传，却在日本以各种形式留存和传播着。流传于日本的有关作品可以与敦煌石窟中的一些作品加以对照，以重现其本来面目。他把流传在日本的敦煌文学，按照其与敦煌保存的原本的距离，划分为五个等级：第一级，是日本的那些以抄本或刻本形式保存下来的本子，和在敦煌发现的本子很接近者。可以称为敦煌文学的"分身"，例如，日本的《孔子论》与敦煌的《孔子相蠡相问书》、日本的上野本《孝子传》、李暹注《千字文注》及《蒙求注》等。这些本子都是当年的遣唐使留学生带回日本，尔后辗转流传。第二级，是日本文学文献中引用或引述的敦煌文学资料，可以称之为敦煌文学的"影子"，有一些在中国已经失传，如中世时代佛教故事集《今昔物语集》《宝物集》中，较多地保持着敦煌文献中的原作的面貌。第三级，是日本人根据敦煌文献作品所改写（日本人所谓"翻案"）的作品，可以称之为敦煌文学的"化身"，例如《日本灵异记》中描写的骷髅报恩的故事便是利用了句道兴《搜神记》中侯光侯霍故事的构思。第四级，是由敦煌文学的文体发展起来的日本文体样式，可以称之为敦煌文学的"亲戚"，最典型的就是所谓"愿文"。第五级，是敦煌文学的精神影响，主要表现在敦煌文学中的宗教信仰、思想观念在日本的文学与文化中的转化，可以说是敦煌文学的"苗裔"。王晓平先生在这两本书中，从个案研究的角度，对上述的敦煌文学在日本传衍的五种情形做了钩沉、分析和论述，回答了来自敦煌文学的种子，是怎样在日本文学中生根开花并传衍不息的。作者从文献学的立场，对日本文学作品相关文本资料，做了大量的引用、校点或翻译，不但使中国一般读者能够直接接触原典，也为研究者提供了稀见的文本资料，学术价值与阅读欣赏的价值并存，可谓雅俗共赏。

在王晓平的中日文学关系研究中，中国的《诗经》与日本的关系是一个重点。王晓平的学术道路是从《诗经》的学习研究开始的，早在1980年代初期就开始发表相关文章，他对《诗经》的研究在中国诗经研究中可谓独辟蹊径，那就是一开始就走跨文化研究的路子，运用比较文学的方法，重点研究《诗经》与日本文学、日本文化、日本学术的关系。2009年出版的《日本诗经学史》是他三十年研究的结晶，全书共50余万字，系统梳理、总结和评述了从古至今一千多年间日本人阅读、翻译、借鉴和研究《诗经》的历史，涉及的问题点众多，文献资料极为丰富，这样的书，不仅在此前的中国没有，而且日本学者也一直没有写出来，从一个侧面表明了中国学术文化的进步。这样厚重的、创新的学术著作，若没有长期的积累和思考，没有深厚的学术修养，是写不出来的。作者为读者生产了一个重要的知识领域，填补了中日文化关系史研究中的一个空白。

《日本诗经学史》既属于日本文学史、汉学史，也是中日学术文化、中日文学交流史。作者在"前言"中指出，他在本书中首先想搞清的是在日本人的诗经学史上，他们读了什么（什么版本）？又是怎么读的？读出了什么？为什么要这样读等这样一系列问题，并从这些问题的解答而得出了一个基本结论："一部日本的《诗经》学史，其中很大一部分，就是日本人用自己的文化来解读《诗经》的历史。"（"前言"第5—6页）全书分为十章：第一章"《毛诗》写本促成的文化传递"对日本遣唐使以来对《诗经》写本（抄本）的接触、学习研读、收藏的情况做了梳理，指出了日藏《诗经》写本的文献学价值及其对日本语言文化的影响；第二章"清原诗经学"指出平安时代以后日本的诗经学是清原和大江两家世袭相传，大江家的资料保存不全，因而江户时代以前的诗经学，大体可以称之为"清原诗经学"，并对其版本源流做了评介；第三章"明清诗学与江户时代的《诗经》研究"，评述了江户时代《诗经》的繁荣及其特点，指出朱子学对《诗经》研究影响甚大，朱熹的《诗集传》是日本人解诗的基本依据，随着市井文化的发展，《诗经》被纳入到俳谐、川柳等通俗文学的素材中，到了江户时代后期，朱子学的权威受到质疑，而明清时代的诗经学的成果受到了重视；第四章"诗经论、诗论、歌论与俳论"，从文论的角度，谈了《诗经》及中国诗经学对日本的诗论、歌论、俳论的影响；第五章"《诗经》与日本文学"从文学创作的角度，分析了从《万叶集》到江户时代汉诗创作，日本歌人、诗人、作家对《诗经》的摄取、改写与活用；第六章"《诗经》的异文化变奏"继续评述江户时代日本文学与《诗经》的关系，探讨了《诗经》的元素在歌谣、歌舞伎、谣曲等文艺样式中的表现，还有江户时代俳人小林一茶、近代俳人金子兜太对《诗经》的"俳译"（用俳句的形式翻译《诗经》）；第七章"近现代《诗经》研究中的诸问题"分析了日本近现代《诗经》研究中的研究立场、思维模式、学术方法等问题，认为以西方的、日本的思维模式、概念与术语来阐释《诗经》，是近现代日本《诗经》研究中的主要倾向，而其中文化人类学的研究方法，特别是折口信夫为代表的民俗学研究方法影响最大，并对日本侵华战争中的《诗经》研究的御用化倾向也做了剖析批判；第八章"《诗经》文化阐释的得与失"继续从研究方法的角度评述日本的《诗经》学，特别是对现代日本学者，如松本雅明、家井真、白川静等人从文化人类学的角度对《诗经》的研究做了分析；第九章"《诗经》的重写"从训点、翻译的角度，对日本人在不懂汉文的情况下如何借助训读来解读《诗经》、翻译家如何翻译《诗经》做了介绍，并从翻译文学的角度对重要的《诗经》译本做了分析；第十章"日本诗经学与国际学术的互动"，主要讲述了日本诗经学与中国的《诗经》研究之间的学术互动，以及学者们所采用的比较研究的方法。全书各章布局大体上以时代演进为纵线，以不同的角度和层面来设题分章，全面、细致地评述和分析了日本的诗经学的千年历史。这是一个非常专门的学术领域，非专门研究者不敢赞一词。除了某些章节在逻辑序列的衔接上稍嫌不畅外，全书内容近乎无可挑剔。

## 第四节　王向远的比较论、汉译史与题材史研究

　　在上述严绍璗《中日古代文学关系史稿》和王晓平的《近代中日文学交流史稿》出版十年之后，关于中日现代文学比较研究的系统著作也出现了，那就是王向远的《中日现代文学比较论》（湖南教育出版社"博士论丛"，1998 年）。该书研究的范围是 20 世纪上半期的中国文学与日本近现代文学，该书封底的"内容提要"称"本书是我国第一部全面系统的中日现代文学比较研究的专门著作"。

　　该书在"绪论"中回顾了此前中日现代文学关系研究的历史与现状，认为：中日现代文学比较研究已经取得了可观的成果，但研究的格局还不够完善，研究的深度和广度还不够，还存在一些问题和缺憾。首先，研究的视野还不够开阔，大部分论著集中在等少数作家与日本文学的关系研究上，其他许多重要的课题无人涉及或很少涉及，因而还不能充分说明中日现代文学之间的广泛联系。第二，发现、整理两国文学交流和文学影响的事实是十分重要的，但还要在事实材料的发掘和归纳整理中求同辨异，既说明"原来是这样"，又说明"为什么会这样"，通过比较，发现和总结规律，而中日现代文学的比较研究在这方面还相当薄弱。第三，有些论著材料不足、不新，见解平平，甚至反映了作者知识结构的欠缺。有的专论在论题的确立和概念术语的使用上缺乏严密的论证和界定，使比较研究显得牵强肤浅。第四，迄今为止，无论在中国还是在日本，都未见一部由个人撰写的、有自己的理论体系的全面系统的中日现代文学比较研究的著作。《中日现代文学比较论》就是基于这种判断而写出来的。全书共分为"思潮比较论""流派比较论""文论比较论""创作比较论"四章，每章有七节，每节作为一篇相对独立的论文都在学术期刊上公开发表过，可以

说该书是一部有着内在结构系统的论文集。论文集的写法使全书最大限度地挤掉了"水分",使著作保持了论文的品格,而且,由于将28篇论文纳入了一个较为严整的体系之中,也使全书保持了理论体系的完整统一性。作者在"绪论"中提出了该书在构思与谋篇布局上的追求:第一,它不是一部中日现代比较文学史著作,因此并未面面俱到地谈及中日现代比较文学的所有问题,但又不放过其中的重大基本问题,大体涵盖了中日现代文学比较研究的基本课题和主要方面。第二,它不以史的线索谋篇布局,而是着意追求内在的理论体系。全书四章二十八节,由外及内,从宏观到微观,纵横交织,上下贯通,分别在不同的角度、不同的层次上展开论述。第三,它不是综述或归纳现有的研究成果,而是发表作者自己的见解和心得。在前人研究得较多、较充分的一些领域,力求独辟蹊径,务实而又求新;对前人有所论及,但未能深入的课题,在材料和观点上有所发掘、有所深化;在前人较少研究,或完全没有研究的领域尽力开拓。

2007年,该书收入在《王向远著作集》第五卷再版时,中国社会科学院文学所秦弓(张中良,1955年生)研究员在为该卷写的"解说"中认为:"《中日现代文学比较论》,是海内外第一部全面系统的中日现代文学比较研究的专著,此次收于《王向远著作集》第五卷再版。初版十年后再读,更深深地感到,此书无论是历史的梳理,还是理论的透视,无论是微观的辨析,还是宏观的把握,都把中日近现代文学的比较研究提高到一个新的水平,而且至今仍未被他书所超越。"他认为该书总体上呈现出如下三个特点:

第一,在内容布局上,《中日现代文学比较论》具有"整体性视野"。全书整体结构分为思潮、流派、文论、创作四章,基本涵盖了中日近现代文学的重要文学现象;另一方面,在进行中日文学比较时,作者把视野放大到广阔的东西方文学、世界文学的广阔背景之下。第一章"思潮比较论",举凡启蒙主义、写实主义、浪漫主义、自然主义、唯美主义、新浪漫主义、普罗文学等思潮,均囊括在内。第二章"流派比较论",不仅对学术界已有相当研究的白桦派、新理智派、新感觉派予以重新审视，而且视野延及此前很少甚或没有注意的鸳鸯蝴蝶派与砚友社、中国乡土文学与日本农民文学、战国策派与日本浪漫派等的比较研究。在第三章"文论比较论"里，著者先是宏观性地梳理了中国文坛对日本近现代文论的接受脉络及其特点，然后论述了对中国影响较大的几位文论家，如小泉八云、本间久雄、萩原朔太郎、木村毅、宫岛新三郎等。而像夏目漱石的"余裕"论、厨川白村的《苦闷的象征》、日本的杂文观念与小说题材类型理论等，对中国来说尤其重要。例如，作者对夏目漱石的"余裕"论与"文明批评"及写生文给予中国的影响做了新颖而深入的考察，指出了主张的"文明批评""社会批评"，其源头之一即是夏目漱石的"余裕"观与"文明批评"，这一认识无疑拓展了研究与中国现代杂文研究的视野。第四章"创作比较论"，涉及话剧、小说、诗歌、散文四种现代体裁，但不是大而化之地泛泛而谈，而是抓取典型现象，如早期话剧与日本新派剧，田汉的话剧创作与日本新剧，郁达夫、郭沫若与"私小说"，与芥川龙之介、菊池宽的历史小说，的散文诗《野草》与夏目漱石的《十夜梦》，中国的小诗与日本的和歌俳句，中国的小品文与日本的写生文。在这里，整体性的观照不是以牺牲具体性为代价，而是通过具有典型意义的具体现象生动地呈现出来。

秦弓认为《中日现代文学比较论》的第二个特点是"历史主义眼光"，无论是史料的钩沉，还是具体文学现象的脉络梳理，抑或历史动因的追寻与文学现象的评价，无不表现出作者的深邃的历史主义眼光。在历史资料的发掘方面，作者深知资料工作的重要性，也明了中日现代文学比较研究中日文资料的单薄，下了很大工夫，沉潜到日本文学深处，找到许多能够说明中日文学因缘的材料。由于材料的发掘、脉络的梳理、动因的追寻与现象的评价等环节始终贯穿着历史主义眼光，使本书具有扎实厚重的中日现代比较文学史的价值。

秦弓指出的《中日现代文学比较论》第三个特点是理论上的"深邃

独到的辨析"。每节内容都有鲜明透彻的理论分析，并提出了令人信服的观点与结论。例如，对写实主义、浪漫主义、自然主义、新浪漫主义等思潮流派的概念，对政治小说、人的文学、平民文学等概念，写生文的趣味、"黑色的悲哀"与"幻灭的悲哀"等在中日文坛上的微妙差异，均有细致的辨析。关于、周作人与白桦派，芥川龙之介与中国现代文学，中日新感觉派，厨川白村与中国现代文艺理论等复杂的关系，都有前所未有、丝丝入扣的理论辨析。细致深邃的比较辨析不仅有助于准确把握中日现代文学的各自特征，而且对于重新认识中国现代文学史上的难点大有裨益。譬如胡风文艺思想的来源问题，先生通过细致的考察，认为胡风文艺理论的一系列关键词——诸如感性直观、内在体验、主观精神、主观战斗精神、自我扩张、精神的燃烧、精神力量、精神扩展、精神斗争、人物的心理内容、战斗要求、人的欲求、个人意志、思想愿望的力量、人格力量、生命力、冲击力、力感、突进、肉搏、拥入、征服、精神奴役的创伤等等，均可以在厨川白村那里找到原型。再如，战国策派曾经在几十年间被视为带有法西斯主义色彩的流派，近年来评价才略有转机。日本浪漫派通常被拿来同创造社等浪漫主义色彩鲜明的流派进行比较，而先生却把战国策派与日本浪漫派联系起来进行全面的考察，真可谓别具慧眼。通过古典文化观、近代文化观、战争观、文学观与美学观等方面的对比分析，透视出日本浪漫派这一法西斯主义文学流派真面目，而澄清了战国策派头上的阴霾，还之以反侵略的民族主义文学之清白。

　　继《中日现代文学比较论》之后，又写出了《二十世纪中国的翻译文学史》（北京师范大学出版社 2001 年）一书（收入《王向远著作集》第三卷时，改题为《日本文学汉译史》，宁夏人民出版社 2007 年）。从中国文学的角度看，中国的日本翻译文学史，是中国文学史、中国翻译文学史的一个重要组成部分；从日本文学的角度看，中国的日本翻译文学史是日本文学在中国的传播、接受和影响的历史，也是以翻译为途径的中日文学关系史。作者在该书前言中指出：在 20 世纪中国的翻译文学史中，日本文学的翻译同俄国文学、英美文学、法国文学的翻译一样，具有特别重要的地位。100 年来，中国共翻译出版日本文学译本 2000 多种。日本翻译文学对中国的近代文学、"五四"新文学、1930 年代文学以及 1980 年代至 1990 年代的文学，都产生了不小的影响。但长期以来，我国没有出现一部日本文学翻译史的著作，在这方面的研究也处于空白状态。在 20 世纪即将结束的时候，我们有责任研究、整理百年来我国的日本文学译介的历史。这对于总结和借鉴中日文化交流史及翻译文学的历史经验，对于丰富 20 世纪中国文学史的内容，对于拓展文学史的研究领域，对于我国比较文学研究的深化，对于促进东方文学、日本文学及中国现代文学的学科发展，对于指导广大读者阅读和欣赏翻译文本，都具有重要的意义和价值。作者阐述了"翻译文学史"的基本理念，认为"翻译文学史本身就是一种文学交流史、文学关系史，因而也就是一种比较文学史"。"翻译文学是文学研究的一个独立部门，翻译文学史应该是与外国文学史、中国文学史相并列的文学史研究的三大领域之一。"认为翻译文学史与一般的文学史，在内容的构成要素方面，有共通的地方，也有特殊的地方。一般的文学史，其基本的构成要素有四个，即"时代环境—作家—作品—读者"；而翻译文学史的内容要素则为六个，即"时代环境—作家—作品—翻译家—译本—读者"。在这六个要素中，前三个要素是外国文学史著作的核心，而翻译文学史则应把重心放在后三个要素上，而其中最重要的还是"译本"。翻译文学史还是应以译本为中心来写。翻译文学史应该解决和应该回答的主要是如下的四个问题：一是为什么要译？二是译的是什么？三是译得怎么样？四是译本有何反响？

孟庆枢在为《王向远著作集·日本文学汉译史》所写的"解说"中指出："本书初版本刚出版不久我就拜读过，这次为了写'解说'，又有了一次通读的机会，我觉得比初读还显厚重。这是我国第一部国别文学翻译史，在中国的翻译文学史研究、中日文学交流研究中具有开创意义……该书对后来的各种国别文学翻译史的研究与撰写出版都有一定的启发与推动作用，书中的材料与观点也被许多论文及著作所征引。应该说，不管今后谁写‘中日文学交流史’、‘中国翻译文学史’、‘外国文学汉译史之类’的著作，向远的这部书都是难以绕过的、应该参考的著作。”他认为：“作者‘把近百年来中国的日本翻译文学划分为五个时期，围绕着各时期翻译文学的选题背景与动机、翻译家的翻译观、译作风格及其成败得失、译本的读者反应及译本对中国文学的影响等问题’，进行了全方位梳理，全景式论述，从而构架了日本文学汉译史的框架体系。进入《日本文学汉译史》的世界里，就仿佛一个旅游者跟随一位高明的导游走进一个琳琅满目的‘书博会展’，让人目不暇接。以百年历史作为纵轴，以古典、近代、现代、当代，各种题材作为展台，把各种译介（包括代表性译者、译本）作为网络，纵横捭阖，宏观与微观结合，做许多切中肯綮的评说，不由得让你与之对话、交流。而且，包括推理、科幻作品、儿童作品在内通俗大众文学（这些领域有时在文学评论界受到不应有的轻视）都纳入了研究视野之中，论述精确到位，这是十分不容易的。”

2007 年，王向远著《中国题材日本文学史》由上海古籍出版社出版，是从“题材”切入的中日文学交流史和关系史，也是中日两国第一部中国题材的日本文学史著作。作者指出：综观世界文学史，在漫长的文学史发展演变过程中，一千多年间持续不断地从一个特定的外国——中国——撷取题材，并写出了丰富的作品，形成了独特的文学传统的国家，惟有日本而已。就中国题材的重要性而言，朝鲜传统文学几可与日本文学相若，但由于种种原因，进入近代之后朝鲜文学的中国题材已经萎缩，不成规模，而日本文学的中国题材在近代以后数量更多，20 世纪后期以来更取得了空前的繁荣，则是绝无仅有的。鉴于中国题材在日本文学发展史上的地位和重要性，有必要为中国题材的日本文学史写出一部独立的、有一定规模的专门著作。这是一件拓荒性的工作。在日本，笔者没有发现这样的专门著作，在中国更是空白。而研究这个问题，具有重要的文化的、学术的价值与意义。它将有助于读者进一步了解日本文学与中国的关系，有助

于从一个独到的侧面深化中日文化交流史的研究，有助于进一步揭示中国
文学、中国文化对日本文学的巨大的、持续不断的影响，有助于中国读者
了解日本人如何塑造、如何描述他们眼中的"中国形象"，并看出不同时
代日本作家的不断变化的"中国观"，并由此获得应有的启发。

　　作者写作此书有着鲜明的文学史方法论更新意识。作者在"前言"
中指出：我国的文学史研究，包括中国文学史与外国文学史研究，经过
20世纪近百年的积累，已经有了相当扎实的基础，取得了不少成果，各
种中国文学史，以及由中国人撰写的各种综合性的外国文学史、世界文学
史及国别文学史著作与教材已达上百种。但是毋庸讳言，除了少量成果
外，角度较为单一，作家作品的传记式研究、教科书式的陈陈相因的文学
史，占了大多数。同样地，日本的日本文学史研究也存在类似的问题，日
本已出版各种各样的《日本文学史》类的著作数以千计，比中国出版的
中国文学史研究著作还要多。但是除了少量著作外，在层面角度、结构体
系、观点资料上多是大同小异，带有明显的滞定性与模式化的特征。文学
史研究要进一步推进与深化，就必须从通史、断代史、作家评传等单一
化、模式化的研究中寻求突破，尝试从不同的角度、不同的层面，发掘和
呈现文学史上被忽略、被遮蔽的某些侧面，以各种专题文学史的形式，呈
现文学史原有的生动性与复杂性。认为"外国题材中国文学史"的研究、
"中国题材外国文学史"的研究，是比较文学的"涉外文学"研究的两个
重要领域，主张从比较文学的"涉外文学"的角度，从域外题材切入，
更新文学史研究的视角。同时强调，所谓"日本文学的中国题材"，也不
同于"日本文学史上的中国形象"。"题材"当然可以涵盖"形象学"的
研究对象——异国形象及异国想象，但同时它又不局限于异国形象及异国
想象。它包括了异国人物形象，也包括了异国背景、异国舞台、异国主题
等；它包括了"想象"性的虚构文学、纯文学，也包括了有文学价值的
非纯文学——写实性、纪实性的游记、报道、评论杂文等等。另一方面，
文学的题材史的研究既是文学研究的一种途径与方法，又不是一种纯文学

的研究。因为题材不是纯形式问题，它承载着丰富的社会文化内容，对题材的研究本质上是一种文化研究，特别是文学社会学的研究。而对中国题材外国文学史的研究，实际上是中日双边文化交流关系史的研究，是中国文化在日本的传播与接受的研究，是比较文学与比较文化的研究。

作者通过对中国题材日本文学史的研究，得出了一些基本结论，认为日本文学对中国题材的大量撷取、借用和吸收，根据其需要，其途径、方式与处理方法也有所不同，日本人是在两个层面上摄取和运用中国题材的。第一个层面，就是中国题材的直接、较为完整的运用。在这个层面上，作品的舞台背景、人物形象、故事情节等，都明确表明为中国。第二个层面，就是对中国题材加以改造，将中国题材的某些诗歌意象、情节要素、故事原型、人物类型，糅入日本文学当中，也就是日本人所谓的"翻案"（亦即翻改）。"翻案"后的中国题材，不再有"中国"的外在标记，须经后世的研究者加以考证与研究之后，才能搞清它们与中国题材的渊源关系。如日本江户时代的"读本小说"，大量翻改《水浒传》、《剪灯新话》、"三言两拍"、《聊斋志异》等中国明清小说，中国题材在这些日本作品中已经不具备原有的完整形态，而是被吸收到日本题材之中了。如果说第一个层面的作品对中国题材的处理方式是"易地移植"，那么第二个层面的作品则是把中国的枝条嫁接到日本树木上的"移花接木"。"移花接木"是日本文学对中国文学及中国题材深度消化的结果，已经不再属于严格意义上的"中国题材"。因而，《中国题材日本文学史》指的就是第一个层面上的作品，即相对完整的中国题材在日本的"易地移植"的历史过程及种种情形。作者又指出，中国题材在日本"易地移植"的历史，是与整个日本文学的发展历史相伴随的。中国题材的日本文学已经有了长达一千多年的历史传统，在不同的历史时期都没有中断，至今仍繁盛不衰。可以说，在世界文学史上，没有任何一个具有独自历史传统的文化和文学大国，像日本一样在如此长的历史时期内，持续不断地从一个特定国家（中国）撷取题材。

王晓平在《王向远著作集》第四卷《中国题材日本文学史》的"解说"中写道：他许久以来就盼能有一部中国学者撰写的这一类论题的书，现在"这样的书终于盼来了。它不仅涉及的作家作品远远超过了川西政明的著述，而且从日本古代论到 20 世纪末，写成了一部纵贯古今的专题文学史。这就是教授的《中国题材日本文学史》"；"这本书，是 21 世纪初中日比较文学的最新收获之一，也是有志于日本中国学研究的学者值得细读的好书。它以'中国题材'这一独特视角，描述了日本文学的发展脉络，展现了日本人的中国形象、中国话语、中国观的镜像"。他认为，《中国题材日本文学史》中的"中国题材"，把"想象"性的虚构文学、纯文学，以及有文学价值的非纯文学——写实性、纪实性的游记，乃至一部分报道、评论杂文等，一并收入囊中，同时，又把对中国题材日本文学史的研究，赋予中日双边文学交流史研究的意义，注目于中国文化在日本的传播与接受，展开比较文学与比较文化研究。而日本中国学研究最有力的两大支柱，一个是考据，另一个是比较研究。这样的视野和方法，首先对于我们的日本文学研究提供了巨大的可能性；同时研究日本学术史的人，也可以从本书对作家作品冷峻而暗含激情的独到阐释中，更具体全面地眺望日本中国学的背景、舞台和纵深影响。王晓平最后说："曾有学者对近年出版的日本文学研究类书籍，发出这样的感慨：'怎么老是这些东西？'何以如此？除了材料陈旧外，一些论著不见'自我'，一味沿用日本学者二十年前文学研究的老模式，缺乏自己的眼光和声音，恐怕是主要原因。看重学术研究的实有价值，多读未读之书，多探未探之境界，在《中国题材日本文学史》中解密'文艺中国'艺术世界的'画外音'，写进了对诸多重要问题的潜心思考。"

由于中国题材日本文学史作为一部从古至今的"通史"，所涉及的理论问题众多、作品史料非常浩繁，《中国题材日本文学史》也留下了一些遗憾和问题。例如，由于对"中国题材"的界定偏于严格，对日本古代文学中虽不是"易地移植"的"相对完整的中国题材"，但涉及中国的人

*333*

物、中国的舞台背景的作品，如平安朝末期的《浜松中纳言物语》、镰仓时代初期的《松浦宫物语》都没有提到；对日本现代文学中的中国题材作品，虽然广为搜罗，但像清冈卓行的小说《槐树下的大连》却也遗漏掉了。看来，中国题材日本文学史，作为新开辟的文学史领域，是需要不断加以充实和完善的。

# 人名索引

（按照字母顺序排列，作者名后的阿拉伯数字为所在页码）

# 书名索引

说明：以下列出的是截至 2012 年底中国学者日本文学研究的书目，不含单篇文章、译著，但含少量编著。它们既是本书评述与研究的对象文本，也是本书写作的参考书目。兹按书名字母顺序排列，每条最末的阿拉伯数字表示所在本书页码。

## A

## B

## C

E

F

G

H

**L**

**M**

**N**

**R**

**S**

## T

## W

## X

## Y

## Z

# 初版后记

由于种种缘由，我又写出了一部新的学术史著作。

最近十几年来，我为中国的东方文学、比较文学、翻译文学等学科，写出了五六部学术史。最先是写《东方各国文学在中国——译介与研究史述论》，是我自己主动要写的，话说得冠冕堂皇一点，就是出于东方文学学科建设的责任感。接着写《二十世纪中国的日本翻译文学史》，也是自选的题目，理由也同样堂皇，就是觉得那时中国还没有一部国别文学翻译史的书，而要写好《中国翻译文学史》，非从国别翻译文学史研究起不可，于是想开一个头。然后再写《中国比较文学二十年（1980—2000）》的时候，心中就不免忐忑了，因为"比较文学"的圈子更大一些，涉及的知识面和阅读面很宽，怕是写不好，自取其辱，但是终于还是经不住"从无到有"的诱惑，就写了。接下来又写《二十世纪中国人文学科学术研究史丛书·比较文学研究》，是受乐黛云先生邀约合作。因为乐先生看了我那本《中国比较文学二十年（1980—2000）》，说我有了很好的基础，于是分工，乐先生写20世纪前五十年，我写后五十年。再接下去是因出版十卷本《王向远著作集》，比较文学学术史需要独立成卷，但不能把那部与乐先生合写的《比较文学研究》收于自己的著作集中，只好重写前五十年，与已经写好的后五十年的内容合拢，于是就有了独立著述的《中国比较文学百年史》。

写现在这本《日本文学研究的学术历程》，是受了华东师范大学陈建华先生的委托。五年前，陈先生牵头申请国家社科基金重大招标项目"新中国外国文学研究60年"，其中的"日本卷"要我承担。承蒙陈先生信任，我不能推辞，并且也自以为具备了写这本书的一些条件。例如，早先写的东方文学学术史和日本文学汉译史，与本课题有密切关联，其中《东方各国文学在中国——译介与研究史述论》书后附录的"20世纪中国的东方文学研究论文编目"的日本部分，还有我主编的《中国比较文学论文索引1980—2000》的中日比较文学部分，在文献索引方面奠定了基础；日本文学研究的书籍资料，我也收藏了绝大部分，不必再跑腿费力到处找材料了。不过，尽管有了这些前期的相关基础工作，要以一人之力，通读浩繁文献后写出一部日本文学学术史，其工作量之大，不言而喻。然而没有别的办法，只好一如既往，凭着一种蛮勇，知其不可为而为之，尽心尽力而已。

不过，始料未及的是，整个写作过程与大环境很不和谐。就在2012年10月前后，因为日本右翼政客挑发钓鱼岛问题，引起了持续的反日活动。我一边端坐于书斋研读日本文学研究的文献，一边听闻着不绝于耳的抗日声。媒体报道多个城市的爱国者们冲上街头示威。这反日活动不久也波及了中国的日本研究，并波及了鄙人。有一天，与我长期合作的一家出版社忽然打来电话宣布"领导决定"——"本社两年内不出版涉日书籍！"于是本来已经论证通过的、只待我签字生效的一套涉日翻译选题，就这样以作废了之；我的专题论文集《日本之文与日本之美》本来已编辑完毕，合同约定2010年10月见书，但出版社不敢付印，直到2013年3月才得以问世；我主持的东方文学研究会与有关院校早已筹备好的关于日本文学文化的学术研讨会，也被告知不能如期举行，最终只好调整会议主题。无独有偶，其间又不断传来消息，一些出版社对正在编辑的涉日书籍，决定暂缓乃至撤销；有上海的朋友发来短信，说那里的某某出版社，也做出了类似的决定；接着，我指导的一位博士生也告知，某大学学报本来已经决定刊发其论文，但编辑部称因论文研究中日关系，故而被撤稿；网上有消息说，一些学生家长决定不让自己的孩子报考日语专业了，以示爱国；近来又有传闻，说一些大学已经削减了日语专业的招生计划……这一切，似乎都有从此将与日本一刀两断、势不往来的意思。从这些一连串的事情中可以看出，一些人似乎习惯于以中国式的举国一致的体制及思维方式来理解日本，殊不知日本并不等于日本政府，日本也不等于哪个执政党，日本是一个多元的存在，日本政府往往并不能"代表"全体国民，更不能代表具体的公民。在政治立场上日本人至少可以分为右翼、左翼、中间势力三个部分。表现在历史问题上，否定、抹煞侵略战争罪责者有之，反省、道歉、揭露侵略罪责者亦有之；对华不友好者有之，对华友好者亦有之；民族主义者有之，国际主义与世界主义者亦有之。我国一些人却不问青红皂白，一见日本便反、一听日本就烦，这显然不是理性的态度。

而且，彼此为邻是中日两国的宿命，日本人没法无视我们，我们更不能故意无视日本。即便从某种意义上，将整体的日本作为对手来看待，甚至即便打仗了，那也要知道"知彼知己、百战不殆"这个简单的道理。不出版涉日图书，不发表涉日文章，不想知道日本，也不研究日本，不知这是爱国还是害国，是在制裁日本，还是在制裁自己呢？英、法、德、意等欧洲各国，历史上都打了好几百年，但它们之间的学术文化交流因此而停止过吗？这些都值得我们三思。回头看看我国的日本研究史就会明白，恰恰正是因为中日关系不好，才使得有识之士觉得应该好好研究日本。明代研究日本，是因为有倭寇之患；晚清研究日本，是因为甲午海战；抗日战争时期研究日本，是因为日本侵华。后来，在新的中日关系背景下，一些作者在书的"前言""后记"中，声言写书的目的是为了"中日友好"。但是要照这样的思路，不"友好"的时候还需要研究吗？我们的日本研究当然可以有助于"中日友好"，但恐怕不能仅仅局限于这个。归根到底，我们研究日本不是为了日本，而是为了我们自己；正如日本研究中国，不是为了中国而是为了他们自己一样。什么时候，中国研究日本就像日本研究中国那样，把它的历史与现实、文化与文学都吃透，都了如指掌，那中国的事情就好办了。

而且，站在更高的视点上说，研究日本也不能只有一个功利主义的考量，不能只是以应对两国关系、解读中日冲突来代替真正的日本研究。历史可以证明，那些非功利的、纯学问的研究才是真正的研究，因为无"用"，也就纯粹，也就美，也就更有生命力、更有价值。说到底，研究学术就是为了研究学术，为学术而学术，这也是一直以来世界上文化发达国家的主流的学术价值观，也是一种自强、自信、包容、开放的文化胸怀。什么时候我们有了这样的价值观、这样的胸怀和态度，那我们的学术研究，包括日本研究及日本文学研究，就不再动辄为时局所左右，不再急功近利，我们才能真正成为学术文化大国，我们就能为世界贡献思想，而不仅仅是贡献鞋子、袜子、裤子、帽子之类。况且，就日本文学研究而言，它属于纯学问的研究，对时局、时政助益不大，但是它的学术文化价值却很大，在深度求知、深度理解上无可替代。

基于上述的理解，不管外在环境怎样，我的研究还得照常进行。在这段时间里，除去照例每周有一天去学校授课外，我大都是宅在家里，逆流而上地、默默地写着我的日本文学研究史。

写学术研究史的主要任务，除了建构学术谱系外，主要是对著作人及其著作的评论。对人的评论，尤其是对活人的评论，往往难免牵涉是非。而议论人际是非，是最缺乏美感的。但是，毕竟写"学术史"不同于写"政治史"，应该重"书"而不重"人"。假如要我写"人"，那我就只好承认，自己不能胜任。我的想法和做法是：不琢磨"人"，只琢磨"事"。不过有时候要做到这一点真不容易。因为"事"是人干的，琢磨"事"的同时，多少也免不了要琢磨"人"。那没法儿，只好尽可能地将"事"和"人"分开。就是钱钟书所说的，把下蛋的鸡，和鸡下的蛋，作为两码事分开来。好在我虽见过很多的鸡蛋，却很少见过那些下蛋的鸡，要将蛋与鸡分开，并不难。因为这么多年来埋头伏案，各种活动极少参与，认识人不多，跟日本文学学术圈的人，除了前辈老先生外，交往甚少。对圈内的是非恩怨，虽有耳闻，但置身其外。正是这种距离感，使我在写作的时候不必瞻前顾后，而是就学术论学术，可以尽可能减少人际方面的考量。

写学术史的人可以把"书"与"写书的人"分开，但是，被写进学术史里的那些书的作者，能把书与自己分开吗？不得而知。一般而论，受到了肯定和褒扬者，不必说了；若受了负面的批评，就可能不悦，此乃人之常情，在所难免。所以我在这里有必要郑重地说一句：如有得罪，还请您多多包涵、多多谅解！再加上一句：欢迎您写文章、写书，对鄙人做反批评。这不是虚言客套，而是诚恳的期待。批评—反批评—反反批评，如此循环往复，学术就繁荣了，思想就活跃了，学术研究的目的就达到了。

还有，写作本书时曾有一个稍感踌躇的问题，就是要不要写、怎样写王向远本人。若为了避免"王婆卖瓜"之嫌，那就不要写；但是若不写，那既不尊重历史事实，也显得不自然，那就得写。办法就是尽可能将自己"客观化"，主要援引他人的评述来代替自评。这样做合适否，就得由读者来判断和批评了。

想来，如今写学术史这东西，断然不同于从前那种官修国史，最多只能算是草根野史之类。像我这样写史的人，既没权力也没权威，因此在书中说了什么话，对相关各方应该是无关紧要的，最多最多，或许只是对某些人稍关痛痒而已。但是学术史书的价值不在于它有权力或权威的背景，而在于它的独立思考，不为任何利害考量所左右的学术本身。换言之，如果它有价值，那只能通过"学术良知"来获得。书中所有的叙述、所有的判断，都应基于学术良知；对每一本著作，该说什么、说多少、怎么说，都不是随意的、随便的，而是仔细掂量和考量的，都凭学术良知说话。不过，即便如此，由于研究对象的复杂性和困难性，更由于鄙人水平所限，本书在材料的取舍、成果的评价等方面，仍会有种种问题和缺陷，也期待方家读者的指正。

最后，我要感谢课题首席专家陈建华教授的信任和委托；感谢我的硕士生陈婧、叶怡雯同学帮助查询编制 2001—2012 年中国日本文学研究文献论文论著索引；感谢王升远校阅初稿并提出修改意见，感谢卢茂君、寇淑婷两位认真为我校对样稿，感谢为本书的先期成果提供发表机会的《外国文学研究》、《山东社会科学》、《广东社会科学》以及大连外国语大学的《东北亚外语文化研究》、天津外国语大学的《比较文学与文化研究丛刊》等有关期刊；感谢我在书中提到的所有作者，没有你们的著作和文章，就不会有中国的日本文学研究史，也不会有我这本书。我愿把本书献给所有同行朋友，愿为我们共同的学术文化事业，互相切磋，共同努力。

王向远

2015 年 11 月 31 日

# 卷末说明与志谢

2020年1月初，有出版界朋友建议我，将以往三十多年间出版的单行本著作予以修订，出版一套学术著作集。时值"百年未遇之大变局"的特殊时期，居家读写，时间上有保证，我觉得此事可行。于是在二十多位弟子的帮助下，将已有的作品做了编选、增补、修订或校勘，编为二十卷。6月份，当全部书稿完成排版后，被告知《"笔部队"和侵华战争》等侵华史研究的三部著作按规定须送审，且要等待许久。考虑到二十卷若缺少这三卷，就失去了"学术著作集"的完整性，于是决定放弃二十卷本的编纂出版方式，另按"文学史书系"（七种）、"比较文学三论"（三种）、"译学四书"（四种）、"东方学论集"（四种）几类不同题材，分别陆续编辑出版。其中文学史类著作先行编出，于是就有了这套"文学史书系"（七种）。

感谢我的弟子们帮忙分工负责，他们各用了两三个月的时间精心校勘。其中，"文学史书系"中，曲群校阅《东方文学史通论》和《东方文学译介与研究史》，姜毅然校阅《日本文学汉译史》，张焕香校阅《中国题材日本文学史》，郭尔雅校阅《中日现代文学关系史论》，寇淑婷校阅《中国比较文学百年史》，渠海霞校阅《中国日本文学研究史》。子曰："有事，弟子服其劳"，诚如是也！这七部书稿最后又经九州出版社责任编辑周弘博女士精心把关校改，发现并改正了不少差错，可以成为差错最少的"决定版"。

就在这套书编校的过程中，我已于去年初冬从凛寒的北地来到温暖的南国，面对着窗外美丽的白云山，安放了一张新的书桌。现在，这套"文学史书系"就要出版了。我愿意把它献给我国外语及涉外研究的重镇——广东外语外贸大学，献给信任我、帮助我的广外的朋友和同事们，献给新成立的广外"东方学研究院"，以此为研究院这座东方学研究的殿堂添几块砖瓦。

王向远

2020 年 7 月 16 日，于广外，白云山下